鲁迅著译编年全集

王世家
止庵 编

人民出版社

鲁迅著译编年全集

拾柒

目　录

一九三四　乙

九月

十一月

十二月

一九三四　乙

九月

一日

日记 晴。上午得赵家璧信并《记丁玲》及《赶集》各一本。阿芷来谈。下午复赵家璧信。诗荃来。北新书局送来版税泉二百。晚蕴如来。三弟来并为取得《图画见闻志》一本。夜得紫佩信。

致 赵家璧

家璧先生:

顷收到来信,并版税单一纸;又承送我《文学丛书》两本,谢谢。以前的九本,我都有的。近一年来,所发表的杂文,也还不少,但不宜于给良友公司印,因为文字都很简短,一被删节,就会使读者不知道说什么,所以只好自己出版。能够公开发行的东西,却还没有,也许在检阅制度之下,是不见得有的了。

来信所说的木刻集,当是《引玉集》,出版之后,因为有一个人要走过公司前面,我便将送先生的一本托他带去交出,直到今天,才知道竟被他没收了,有些人真是靠不住。现当于下星期一托书店挂号寄上,以免错误。

《记丁玲》中,中间既有删节,后面又被截去这许多,原作简直是遭毁了。以后的新书,有几部恐怕也不免如此罢。

专此布复,即请
暑安。

迅 上 九月一日

二日

日记　星期。晴。上午内山君归国省母,赠以肉松,火腿,盐鱼,茶叶共四种。得诗荃稿一,即为转寄《自由谈》。寄三弟信。得『ツルゲーネフ全集』第四卷一本,二元五角。下午保宗及西谛来,并赠《清人杂剧》二集一部十二本,名印两方。河清来。晚得罗生信。

三日

日记　昙。上午得秋朱之介信,即复。复李天元信并寄《毁灭》及《杂感选集》各一本。寄赵家璧《引玉集》一本。下午译《饥馑》起。晚省吾来。

题《淞隐漫录》

《淞隐漫录》十二卷

原附上海《点石斋画报》印行,后有汇印本,即改称《后聊斋志异》。此尚是好事者从画报析出者,颇不易觏。戊年盛夏,陆续得二残本,并合为一部存之。

九月三日南窗记。

据手稿编入,题于《淞隐漫录》重装本首册扉页。钤旅隼印。

初未收集。

题《淞隐续录》残本

《淞隐续录》残本

自序云十二卷,然四卷以后即不著卷数,盖终亦未全也。光绪癸巳排印本《淞滨琐话》亦十二卷,亦丁亥中元后三日序,与此序仅数语不同,内容大致如一;惟十七则为此本所无,实一书尔。

九月三日上海寓楼记。

据手稿编入,题于《淞隐续录》重装本首册扉页。钤旅隼印。

初未收集。

题《漫游随录图记》残本

《漫游随录图记》残本

此亦《点石斋画报》附录。序云图八十幅,而此本止五十幅,是否后有续作,或中止于此,亦未详。图中异域风景,皆出画人臆造,与实际相去远甚,不可信也。

狗儿年六月收得,九月重装并记。

据手稿编入,题于《漫游随录图记》重装本扉页。钤鲁迅印。

初未收集。

题《风筝误》

李笠翁《风筝误》

亦《点石斋画报》附录也;盖欲画《笠翁十种曲》而遂未全,余亦仅得此一种,今以附之天南遁叟著作之末。画人金桂,字蟾香,与吴友如同时,画法亦相类,当时石印绣像或全图小说甚多,其作风大率如此。

戌年九月将付装订因记。

据手稿编入，题于《风筝误》重装本扉页。钤鲁迅印。
初未收集。

四日

日记　晴，热。上午得思远信，即复。午后蕴如来并为取得《辞通》下册一本。下午大雨。晚望道招饮于东亚酒店，与保宗同往，同席十一人。

致 王志之

思远兄：

一日信收到，但稿尚未来。前两函也收到的，并小说两本，惟金君终未见访也。丁君确健在，但此后大约未必再有文章，或再有先前那样的文章，因为这是健在的代价。

我因向不交际，与出版界很隔膜，绍介译作，总是碰钉子居多，现在是不敢尝试了。郑君已南来，日内当可见面，那时当与之一谈。

我一切如前，但因小病，正在医治，再有十来天，大约可以全愈，回到家里去了。

此布，即颂

时绥。

豫　顿首　九月四日

五日

日记　昙。晨得诗荃稿二，即为转寄《自由谈》。上午得猛克信,午后复。下午寄紫佩信并《淞隐漫录》等一包,托其觅人重装,又海婴照片一枚,转赠阮长连。夜三弟来。

六日

日记 晴,热。午后作短评一篇与文学社。下午得『チェーホフ全集』〔七〕一本,二元五角。得张梓生信并上月《自由谈》稿费五十九元。

做"杂文"也不易

"中国为什么没有伟大的文学产生"这问题,还是半年前提出的,大家说了一通,没有结果。这问题自然还是存在,秋凉了,好像也真是到了"灯火倍可亲"的时节,头脑一冷静,有几位作家便又记起这一个大问题来了。

八月三十日的《自由谈》上,浑人先生告诉我们道:"伟大的作品在废纸篓里!"

为什么呢?浑人先生解释说:"各刊物的编辑先生们,他们都是抱着'门罗主义'的,……他们发现稿上是署着一个与他们没有关系的人底姓名时,看也没有工夫一看便塞下废纸篓了。"

伟大的作品是产生的,然而不能发表,这罪孽全在编辑先生。不过废纸篓如果难以检查,也就成了"事出有因,查无实据"的疑案。较有意思,较有作用的还是《现代》九月号卷头"文艺独白"里的林希隽先生的大作《杂文和杂文家》。他并不归咎于编辑先生,只以为中国的没有大著作产生,是因为最近——虽然"早便生存着的"——流行着一种"容易下笔",容易成名的"杂文",所以倘不是"作家之甘自菲薄而放弃其任务,即便是作家毁掉了自己以投机取巧的手腕来替代一个文艺作者的严肃的工作"了。

不错,比起高大的天文台来,"杂文"有时确很像一种小小的显微镜的工作,也照秽水,也看脓汁,有时研究淋菌,有时解剖苍蝇。从高超的学者看来,是渺小,污秽,甚而至于可恶的,但在劳作者自己,却也是一种"严肃的工作",和人生有关,并且也不十分容易做。现在就用林先生自己的文章来做例子罢,那开头是——

> "最近以来,有些杂志报章副刊上很时行的争相刊载着一种散文非散文,小品非小品的随感式的短文,形式既绝对无定型,不受任何文学制作之体裁的束缚,内容则无所不谈,范围更少有限制。为其如此,故很难加以某种文学作品的称呼;在这里,就暂且名之为杂文吧。"

"沉默,金也。"有一些人,是往往会"开口见喉咙"的,林先生也逃不出这例子。他的"散文"的定义,是并非中国旧日的所谓"骈散""整散"的"散",也不是现在文学上和"韵文"相对的不拘韵律的"散文"(Prose)的意思:胡里胡涂。但他的所谓"严肃的工作"是说得明明白白的:形式要有"定型",要受"文学制作之体裁的束缚";内容要有所不谈;范围要有限制。这"严肃的工作"是什么呢? 就是"制艺",普通叫"八股"。

做这样的文章,抱这样的"文学观"的林希隽先生反对着"杂文",已经可以不必多说,明白"杂文"的不容易做,而且那任务的重要了;杂志报章上的缺不了它,"杂文家"的放不掉它,也可见正非"投机取巧","客观上"是大有必要的。

况且《现代》九月号卷头的三篇大作,虽然自名为"文艺独白",但照林先生的看法来判断,"散文非散文,小品非小品",其实也正是"杂文"。但这并不是矛盾。用"杂文"攻击"杂文",就等于"以杀止杀"。先前新月社宣言里说,他们主张宽容,但对于不宽容者,却不宽容,也正是这意思。那时曾有一个"杂文家"批评他们说,那就是刽子手,他是不杀人的,他的偶然杀人,是因为世上有杀人者。但这未免"无所不谈",太不"严肃"了。

林先生临末还问中国的作家:"俄国为什么能够有《和平与战争》这类伟大的作品产生?……而我们的作家呢,岂就永远写写杂文而引为莫大的满足么?"我们为这暂时的"杂文家"发愁的也只在这一点:现在竟也累得来做"在材料的捃摭上尤是俯拾皆是,用不着挖空心思去搜集采取"的"杂文",不至于忘记研究"俄国为什么能够有《和平与战争》这类伟大的作品产生"么?

但愿这只是我们的"杞忧",他的"杂文"也许独不会"非特丝毫无需要之处,反且是一种恶劣的倾向"。

原载 1934 年 10 月 1 日《文学》月刊第 3 卷第 4 号。署名直。

初未收集。

七日

日记 雨,午后晴。得吴景崧信。捐世界语社泉十。

八日

日记 晴,风。上午得绀弩信。下午得诗荃稿三,即为转寄《自由谈》,并附答张梓生及吴景崧笺。蕴如携孩子来。夜三弟来并为取得《吴越备史》一部二本。得母亲信附与三弟笺。

九日

日记 星期。晴。上午得李又燃信。译《饥馑》讫,约万字。下午同广平携海婴并邀阿霜至大上海戏院观《降龙伏虎》,毕往四而斋吃面。夜浴。

饥　馑

"某市的历史之一"

[俄国]萨尔蒂珂夫

千七百七十六年这一年,在古尔波夫①市,是以大吉大利的兆头开场的。以前的整六年,市里既没有火灾和凶荒,也没有人们的时症和牲口的恶疫,市民们以为编年史上未曾写过的这幸福,乃是市长彼得·彼得洛维支·菲尔特活息兼珂旅长的质朴的行政之赐,原也一点不错的。的确,菲尔特活息兼珂的办事,是既质朴,又简单,至于使编年史家特笔叙述了好几回,作为在他的治世中,市民之所以非常满足的当然的缘故。他什么也不多事,只要一点年礼就高兴,还喜欢到酒店去,和店主人闲谈,每天晚上,披着油渍的寝衣站在市长衙门的大门口,也和下属斗纸牌。他爱吃油腻,也喝酸汤,还爱用"喂,朋友"这种亲昵口气来装饰自己的言语。

"喂,朋友,躺下来,"他对着犯了事,该打板子的市民也这么说。或者是:"喂,朋友,你得卖掉那条牛了,年礼还欠着呢。"

因为是这样,所以在市公园里腾空的兑·山格罗德公爵的无孔不入的行政之后,这老旅长的平和的统治,就令人觉得实在是"幸福"的"值得出惊"的了。古尔波夫的市民这才吐出了满肚子的闷气,明白了"不是高压的"的生活,比起"高压的"的来,真不知要好到多少。

也不看操,也不叫团兵来操练,但这些都由它,——古尔波夫的市民说——托旅长大人的福,却给我们也见了世面了。现在是即使走出门外面,要坐,坐着也可以,要走,随便走也可以,可是先前是多么严紧呵。那样的时代,是已经过去了。

---

①　"愚蠢"的意思。——译者。

然而,到了旅长菲尔特活息兼珂治世的第七年,他的脾气竟不料起了大变化。先前是那么老实,至于带点懒惰的上司,这回却突然活动起来,发挥出绝顶执拗的性子来了。他脱下六年来的油渍的寝衣,穿上堂堂的军服,到市上来阔步,再不许市民们在街上漫不经心,要总是注意着两边,紧张着。他那无法无天的专制,是几乎要闹出乱子来了的,但聪明的市民们当愤慨将要炸裂之际,就恍然大悟道:"且慢,诸位,就是做了这样的事,也不会有好处的。"这才幸而没有什么了。

　　旅长的性格的突变,然而是有原因的。就为了市外那伏慈那耶①村的百姓的老婆里面,有一个名叫亚梨娜·阿息波华的出名的美女。这女人,是具有俄罗斯美人特殊的型式,只要一看见,男人并不是烧起了热情,却是全身静静的消融下去的。身中,肉胖,雪白的皮肤上,带一点微红,眼睛是灰色的凸出的大眼睛,表情是似乎有些不识羞,却又似乎也有些羞怯。肥厚的樱唇,分明的浓眉,拖到脚跟的密密的淡黄色的头发,仿佛小鸭似的在街上走。她的丈夫特米忒里·卜罗珂非耶夫,是赶马车的,恰是一个配得上她的年青的可靠的出色的汉子。他穿着绵劈绒的没有袖子的外套,戴着插孔雀毛的绒帽。特米忒里迷着亚梨娜,亚梨娜也迷着特米忒里。他们俩常常到近地的酒店去,那和睦地一同唱歌的样子,是令人见了也开心的。

　　但是,他们的幸福的生活却不长久。千七百七十六年开头的有一天,那两人享着休息时候的福的酒店里,旅长走进来了。走了进来,喝干一瓶烧酒,于是问店主人,近来酒客可有增加之数,在这一忽,他竟看见了亚梨娜。旅长觉得舌头在喉咙上贴住了,但究竟是老实人,似乎连这也不好明说,一到外面,便设法招了那女人来。

　　"怎么样,美人儿,和我一起好好的过活去罢。"

　　"胡说。我顶讨厌你那样的秃头,"亚梨娜显出不耐烦模样,看

---

　　① "粪桶"的意思。——译者。

看他的眼睛,说,"我的男人,是好男人呀!"

两个人来回了几句问答,但是没有味儿的问答。第二天,旅长立刻派两个废兵到特米忒里·卜罗珂非耶夫家去把门,命令他们要管得紧。自己是穿好军服,跑到市场,为了要训练自己,惯于严肃的行政,看见商人,便大声吆喝道:

"你们的头儿是谁呀,说出来。莫非想说我不是你们的头儿吗?"

但是特米忒里·卜罗珂非耶夫怎么样呢,他如果赶快屈服,劝劝他老婆,倒还好,然而竟相反,说起不中听的费话来了。亚梨娜又拿出铁扒来,赶走了废兵,还在市上跑着叫喊道:

"旅长这东西,简直像臭虫似的,想爬进有着丈夫的女人这里来!"

听到了这样的名誉的宣言的旅长,悲观是当然的。然而正值自由思想已在流布,居民里面,也听见议会政体的声音的时光,虽是老旅长,也觉得了单用自己的权势来办的危险。于是他招集了中意的市民们,简单地说明了事情之后,马上要求罚办这不奉长官的命令的两个人。

"请你们去查一查书,"他显着坦白的态度,申明说,"每一个人,应该给多少鞭才是呢,全听你们的决定。现在是谁都有自己的意见的时候了呀。我这一面,只要执行笞刑就好了。"

中意的人们便来商量,微微的嚷了一阵,回答道:

"对这两个坏蛋,请您给他们天上的星星一样数目的鞭子罢。"

旅长(编年史家在这里又写道:"他是有如此老实的。")于是开手来数天上的星星,但到得一百,就弄不清楚了,只好和护兵商量怎么办。那受着商量的护兵,回答是:天上的星星,多到不知道有多少。

旅长大约很满足了这护兵的回话。因为亚梨娜和米吉加①受过

---

① 特米忒里的爱称。——译者。

刑罚,回到家里来的时候,简直像烂醉似的走得歪歪邪邪了。

但是,虽然吃了这样的苦头,亚梨娜却还是不屈服。借了编年史的话来说,那就是"该妇虽蒙旅长之鞭,亦未能发明有益于己之事。"她倒更加愤激了。过了一礼拜,旅长又到酒店来,抓住她说:

"怎么样,小蹄子,懂了没有?"

"这不要脸的老东西!"她骂了起来。"难道我的××还没有看够吗?"

"好,"旅长说。

然而老年人的执拗,竟使亚梨娜决了心。她一回家,什么事也不做,过了一会,便伏在男人那里,唏唏吁吁的哭起来了。

"可还有什么法子吗? 难道我总得听旅长的话吗?"她呜咽着,说。

"敢试试看,我把你的头敲得粉碎!"她的男人米卡 ① 刚要上炕床上去取缰绳,忽然好像想到了什么似的,全身一抖,倒在长板椅子上,喊了出来。

米吉加拼命的吆喝,吆喝什么呢,那可不知道,然而,总而言之,这是对于上司的暴动,却明明白白的。

一看见他的暴动,旅长更加悲观了。暴徒即刻上了铐,捉进警察局里去。亚梨娜好像发了疯,闯进旅长的府邸去了,但能懂的话,却一句也不说。只是撕着自己的衣服,无缘无故的嚷:

"吓,狗子,吃罢,吃罢,吃罢!"

但是,奇怪的是旅长挨了这样的骂,不但不生气,却装作没听见,把点心呀,雪花膏的瓶子呀,送给了亚梨娜。见了这赠品的亚梨娜,便完全失掉勇气,停止吆喝,幽静的哭起来了。旅长一看见这情形,就穿着崭新的军服,在亚梨娜面前出现。同时也到了团长的家里的仆妇头目,开始来劝亚梨娜。

---

① 也是特米忒里的爱称。——译者。

"你怎么竟这样的没有决断的呀，想一想罢，"那老婆子说些蜜甜的话，"你只要做了旅长的人，可就像是用蜜水在洗澡哩。"

"米吉加可怜呵。"亚梨娜回答说，那音调已经很无力，足见她已在想要屈服了。

恰在这一夜里，旅长的家里起了火。幸而赶快救熄了，烧掉的只是一间在祭日之前，暂时养着猪子的书房。然而也疑心是放火，这嫌疑，当然是在米吉加身上的。而且又查出了米吉加在警察局里请看守人喝酒，这一夜曾经出去过。犯人马上被捕，加了严审，但他却否认了一切。

"我什么都不知道。知道的只是这老畜生，你偷了人家的老婆去了。这也算了就是，请便罢。"

然而米吉加的话并没有人相信，因为是紧急事件，所以省去种种的例行公事，大约过了一个月，米吉加已经在市的广场上打过鞭子，加上烙印，和别的真正的强盗和恶棍一同送到西伯利亚去了。旅长喝了庆祝酒，亚梨娜却暗暗的哭起来。

但这事件，对于古尔波夫市的市民们，却并不这样就完结，上司的罪业，那报应，是一定首先就落在市民们的头上的。

从这时候起，古尔波夫的样子完全改变了。旅长穿着军装，每早晨跑到各家的铺子里，拿了东西去。亚梨娜也跟在一起，只要抢得着的就拿。而且不知道为什么，说自己并非马车夫的老婆，乃是牧师的闺女了。

如果单是这一点，倒还要算好的，然而连天然的事物，竟对古尔波夫也停止了表示它的好意。编年史家写道，"这新的以萨贝拉①，将旱灾带到我们的市里来了，"从尼古拉节，就是水开始进到田里的时候起，一直到伊利亚节，连一滴雨也没有下。市里的老人也说，自

---

① 像是俄国谁都知道的故事中的人物，然未详出典。——译者。

从他识得事情以来,未曾有过这等事,他们将这样的天灾,归之于旅长的罪孽,原也并非无理的。天空热得通红,强烈的光线,洒在一切生物上。空中闪着眩眼的光,总好像满是火焦的气味。地面开了裂,硬到像石头一样,锄锹都掘不进去。野草和菜蔬的萌芽,统统干枯了,裸麦虽然早抽了穗子,但又瘦,又疏,连收麦种也不够。春种的禾谷,就简直不抽芽,种着这些东西的田,是柏油一般漆黑,使看见的人心痛。连藜草也不出。家畜都苦得呜呜的叫。野地里没有食物,大家逃到市里来,街上都塞满了。居民只剩着骨和皮,垂头丧气的在走。只有做壶的人,起初是喜欢太阳光的,但这也只是暂时之间,不多久,就觉得虽然做好许多壶,却没有可盛的肉汁,不得不后悔他先前的高兴的轻率了。

但是,虽然如此,古尔波夫的市民却还没有绝望。这是因为不很明白那等候他们的不幸有多么深。在还有去年的积蓄之间,许多人们是吃,喝,甚至于张燕,简直显着仿佛无论怎么化消,那积蓄也永不会完的态度。旅长大人仍然穿着军装,俨然的在市上阔步,一看见有些疲乏的忧郁的样子的人,就交给警察,命令他带到自己那里去。还因为振作民气起见,他教御用商人到郊外的树林里去作野游,放烟火。野游也游过了,烟火也放了,然而"这不能使穷人有饭吃"。于是旅长又召集了市民中的"中意的人们",使他们振作民气去。"中意的人们"就各处奔波,一看见疲乏了的人,便一个也不放过的给他安慰。

"我们是惯了的角儿呀,"他们中的一个说,"看起来,我们是能够忍耐的。即使现在把我们聚在一起,四面用枪打起来,我们也不会出一句怨言的!"

"那自然,"别一个附和道。

"我们能够忍耐。因为是有上司照顾我们的!"

"你在怎么想?"第三个说,"你以为上司在睡觉么?那里的话,兄弟，他一只眼睛闭着，别一只却总是看着，什么地方都看见的。"

　　但是到收割枯草的时候，却明白了可以果腹的东西，是一点也没有了。到得割完了的时候，也还是明白了人们可吃的东西，竟一点也没有。古尔波夫的市民们这才吃了惊似的，跑到旅长的府上那边去。

　　"这怎么好呢，旅长？面包怎么样了？您在着急么？"他们问。

　　"在着急呵，朋友们，在着急呵。"旅长回答说。

　　"这就好，请您使劲的干罢。"

　　到七月底，虽然下了一点已经不中用的雨，但到八月里，就有了吃光贮蓄，饿死的人了。于是想尽方法，来做可以果腹的食物，将草屑拌在小麦粉里试试看，不行。舂碎了松树皮，吃了一下，也不能使人真的肚子饱。

　　"吃了这些，虽然好像肚子有些饱了，但是，因为原是没有力量的东西……"他们彼此说。

　　市场也冷静了。既没有出卖的东西，市里的人口又渐渐的减少了，所以也没有买主。有的饿死——编年史家记载着说——有的拼命往各处逃。然而旅长却还不停止他的狂态，新近又给亚梨娜买了"特拉兑檀"①的手帕。知道了这事的市民，就又激昂起来，拥到旅长的府里去了。

　　"旅长，还是您不好，弄了人家的老婆去，"大家对他说。"上头派您到这里来，怕不见得是要使我们为了您的傻事，大家来当灾的罢！"

　　"忍耐一下罢，朋友们。马上就什么都有了！"

　　"这就好，我们是什么都会忍耐的。我们是惯了的角儿。不但饥馑，就是给火来烧，也能够忍耐。但是，大人，请您细细的想一想我们的话。因为时候不好。虽然忍耐着，忍耐着，我们里面，可也有

————————

　　①　织物的名目。——译者。

16

不少昏蛋，会闹出事来也难保的！"

群众静静的解散了，好个旅长，这回可真的来想了一想。一切罪孽，都在亚梨娜，那是明明白白的，不过也不能因此就和她走散。没有法，只好派人去请牧师去，想说明这事，得点慰安。然而牧师却反而讲起亚诃伐①和以萨贝拉的故事来，使大人更加不安了。

"狗还没有把她撕得粉碎的时候，人民已经统统灭亡了。"牧师这样的结束了他的故事。

"那里的话，师傅。教我拿亚梨娜喂狗么？"

"讲这故事，是并非为着这事的。"牧师说明道。"不过要请你想一想。这里的檀越既然冷淡，教职的收入又少，粮价却有那么贵。教牧师怎么过得下去呢，旅长大人？"

"唉唉，我真犯了重罪了，"旅长呻吟着，于是大哭起来了。

他又动手来写信。写了许多，寄到各处去。

他在报告里，写着倘使没有面包，那就没有法，只好请派军队来的意思。但什么地方也没有回信来。

古尔波夫的市民，一天一天的固执起来了。

"怎么样，旅长，回信来了没有呢？"大家显着未曾有的傲慢的态度，问。

"还没有来哩，朋友们。"

大家正对着他，毫无礼貌的看着，摇摇头。

"因为你是秃子呀。所以就没有回信了。废料。"

总而言之，古尔波夫市民的质问，颇有点令人难受了。现在是已经到了肚子说话的时候，这性质，是无论用什么理由，什么计策，都没有效验的。

"唔，无论怎么开导，这人民，可到底不行，"旅长想。"没有开导

_____

① 疑即 Aholibamah，亚当和夏娃之子该隐的孙女，被一个下级天使（Seraph）所爱，在大洪水时，将她带到别一行星上去了。——译者。

17

的必要了。必要的是两样里的一样。面包,否则……军队!是的,军队!"

正如一切好官一样,这旅长,也忍痛承认了最后的思想。但是,一想惯,就不但将军队和面包混在一起,而且终于比面包更希望军队了。他豫先写起将来的禀帖的草稿来——

"因接连反抗行政官之命令,遂不得已,决予严办。本职先至广场,加以适当之告诫后……"

写完之后,便开始望着街道,等候大团圆的到来。

每天每天,旅长一清早就起来靠着窗门,侧耳去听可有什么地方在吹号——

小队,散开!

向障蔽的后面,

两人一排。

不行,没有听到,"简直好像连上帝也把我们的地方忘记了,"旅长低声说。

市里的青年,已经全都逃走了。据编年史家的记载,则虽然全都逃走,有许多却就在路上倒毙;有许多是被捉回来,下了狱,然而他们倒自以为幸福云。在家里,就只剩了不会逃走的老人和小儿。开初,因为减少了人口,留着的是觉得轻松一点的,总算好歹挨过了一礼拜,但接着就又是死。女人们只是哭,教堂里停滞了灵柩,真成了所谓"饿莩载路"的情形。因为腐烂的尸臭,连呼吸也吃苦,说是怕有发生时疫的危险,就赶忙组织委员会,拟定建筑能收十个人的临时医院的办法,做起纱布来,送到各处去。但是,上司虽然那么热心的办事,居民的心却已经完全混乱,时常给旅长看大拇指,还叫他秃子,叫他毒虫。感情的激昂,真也无以复加了。

然而,"古尔波夫"市民还开始用了那昏庸的聪明 ①照古来的

---

① 因为"古尔波夫"是"愚蠢"的意思,所以有这样的句子。——译者。

"民变"老例,在钟楼附近聚集,大家来商议。商议的结果,是从自己们里面举出代表来,于是就请了市民中年纪最大的遏孚舍支老头子。民众和老人,彼此客气了好一会。民众说一定要托他,老人说一定请饶放,但民众终于说:

"遏孚舍支老头子,你已经活得这么老了,见过了多少官员。但是,不是还是好好的活着么?"

一听到这话,遏孚舍支就熬不住了。

"不错,活到这样的年纪了。"他忽然奋兴得叫起来。"也见过许多官,可是活着呢。"

老头子哭出来了。编年史家附记道,"他的老心,动了,要为民众服务。"遏孚舍支于是接了公禀,暗自决定,去向旅长试三回。

"旅长,你知道这市里的人们都快要死了吗?"老人用这话开始了第一试。

"知道的,"旅长回答说。

"那么,可知道因为谁的罪孽,惹出了这样的事的呢?"

"不,不知道。"

第一试完结了。遏孚舍支回到钟楼那里,详详细细的报告了民众。编年史家记载着:"旅长看见遏孚舍支的声势,颇有恐怖之意"云。

过了三天,遏孚舍支又到旅长这里来,"然而,这一回,已经没有先前那样的声势了。"

"只要和正义在一起,我无论到那里都站得住,"他说,"我做的事,如果是对的,那就即使你拿我充军,我也不要紧。"

"对啦。只要和正义在一起,那一定是无论在那里都好的。"旅长回答说。"不过我要告诉你一句话。像你似的老东西,还是和正义一起坐在家里好。不要管闲事,自己讨苦吃罢!"

"不,我不能和正义一起坐在家里面。因为正义是坐不住的。你瞧。只要你一走进谁的家,正义马上逃走……这样的!"

"我么,也许就是这样的罢,但我对你说的是不要使你的正义遭殃!"

第二试于是告终,遏孚舍支又回到钟楼那里,详详细细的报告了民众。据编年史家说,则其时旅长已经省悟了一个事实,就是倘无特别的必要,却转转弯弯的来作正义的说明,那便是这人不很确信着自己决没有为正义而吃皮鞭之虑的证据,所以早不如第一回那样的害怕老人了。

过了三天,遏孚舍支第三次又到旅长这里来。

"你,老狗,知道吗……"

老人开口了,但还不很开口,旅长就大喝道:

"锁起这昏蛋来!"

遏孚舍支立刻穿上囚衣,"像去迎未来之夫的新娘似的",被两个老废兵拉往警察局里去。因为行列走来了,群集就让开路。

"是的,是遏孚舍支呀。只要和正义在一起,什么地方都好过活的!"

老人向四面行礼,说道:

"诸位,宽恕我罢。如果我曾经得罪了谁,造了孽,撒了谎……请宽恕我罢。"

"上帝要宽恕的,"他听到这答话。

"如果对上头有不好的地方……如果入过帮……请宽恕我罢。"

"上帝要宽恕的。"

从此以后,遏孚舍支老人就无影无踪了。像俄国的"志士"的消失一样,消失了。但是,旅长的高压手段,也只有暂时的效验。后来市民们也安静了几天,不过还是因为没有面包,(编年史云:"因无困苦于此者",)不得已,又在钟楼左近聚集起来了。在自己的府门口,看看这"捣乱"的旅长,就心里想,"当这时候,给吃一把卫生丸,这才好哩。"但古尔波夫的市民,聚起来却实在并不是想捣乱,他们在静静的讨论此后的办法,只因为另外也想不出新的花样来,便又弄成了派代表。

这回推选出来的代表巴诃密支,意见却和那晦气的前辈略有些不同,以为目前最好的办法,是将请愿书寄到各方面去。他说:

"要办这事,我认识一个合式的人在这里。还是先去托他的好罢。"

听了这话的市民们,大半都高兴了。虽然大难临头,但一听到什么地方有着肯替他们努力的人在那里,人们也就觉得好像减轻了担子一样。不努力,没有办法,是谁都明白的。然而谁都觉得如果有别人来替自己努力,总比自己去努力还要便宜得远。于是群集即刻依了巴诃密支的提议,准备出发了,但临行又发生了问题,是应该向那一面走,向右,还是向左呢。"暗探"们,就是后来(也许连现在)博得"聪明人"的名声的人们,便利用了这狐疑的一刹那,发了话:

"诸位,等一等罢。为了这人,去得罪旅长,是犯不上的,所以还不如先来问一问这个人,是怎样的一个人的好罢。"

"这个人,东边,西边,出口,入口,他都知道,一句话,是一个了不得的熟手呀。"巴诃密支解释说。

查起来一看,原来这人是因为"右手发抖",撤了职的前书记官波古列波夫。手的发抖的原因,是饮料。他在什么地方的"洼地"上,和一个绰号"山羊"呀,"洋杯"呀的放浪女人,同住在她快要倒掉了的家里,也并无一定的职业,从早到夜,就用左手按着右手,做着诬告的代笔。除此以外,这人的传记就什么也不知道,但在已经豫先十分相信了的民众的大半,是也没有知道的必要的。

然而,"暗探"们的质问,却又并非无益。当群众依照巴诃密支的指点,出发了的时候,一部份便和他们分开,一直跑到旅长的府上去了。这就是团体起了分裂。那"分开党",也就是以对于将来要来的振动,保护住自己的脊梁为急务的慧眼者。他们到得旅长的府上,却什么也说不出,单在一处地方顿着脚,表示着敬意。但旅长分明看见,知道善良的,富足的市民,乃是不屑捣乱,能够忍耐的人们。

"哪,兄弟,我们绝没有,"他们趁旅长和亚梨娜同坐在大门的阶沿上,咬开胡桃来的时候,絮叨着说,"没有和他们一同去,这是应该请上帝饶恕的,但只因为我们不赞成捣乱。是的!"

然而,虽然起了分裂,"洼地"里的计划却仍然在进行。

波古列波夫仿佛要从自己的头里,赶走宿醉似的,沉思了一下,于是赶忙从墨水瓶上拔起钢笔,用嘴唇一吸,吐一口唾沫,使左手扶着右手,写起来了——

最不幸之古尔波夫市,窘迫之至的各级市民请愿书

俄罗斯帝国全国诸君公鉴:

（一）谨以此书奉告俄罗斯帝国各地诸君。我等市民,今也已臻绝境。官宪庸碌,苛敛诛求,其于援助人民,毫不努力。而此不幸之原因,盖在与旅长菲尔特活息兼珂同居之马车夫之妻亚梨娜也。当亚梨娜与其夫同在时,市中平稳,我等亦安居乐业。我等虽决计忍耐到底,但惟恐我等完全灭亡之际,旅长与亚梨娜加我等以污蔑,导上司于疑惑耳。

（二）再者,古尔波夫市居民中,多不识字,故二百三十人,其署名皆以十字代之。

读完这信,签好十字署名之后,大家就都觉得卸了重担似的。装进封套里,封起来,寄出去了。看见了三匹马拉的邮车,向着远方飞跑,老人们便说:

"出去了,出去了,那么,我们的受苦,也不会长久了。面包那些,怕不久就有许多会来的了。"

市里又平静了。市民不再企图更厉害的骚扰,只坐在人家前面的椅子上,等候着。走过的人问起来,他们回答道:

"这回可是不要紧了。因为信已经寄出去了。"

但是过了一个月,过了两个月,毫无消息。市民们却还在等候粮食。希望逐日的大起来,连"分裂"了的人们,也觉得先前的自危

之愚,至于来运动一定要把自己加在一伙里。这时候,如果旅长手段好,不做那些使群众激昂的事,市民就静静的死光,事情也就这样的完结也说不定的,然而被外貌的平稳所蒙的旅长,却觉得自己是居于很古怪的地位了。他一面明知道什么也无可做,一面又觉着不能什么也不做。于是他选了中庸之道,开手来做孩子所玩的钓鱼的游戏似的事情了。那就是在群集中放下钓钩去,拉出黑心的家伙来,关到牢里去。钓着一个,又下钩,这一钓上,便又下,一面却不停的向各处发信。第一个上钩的自然是波古列波夫,他吓得供出了一大批同伙的姓名,那些人们,又供出一大批自己的伙伴。旅长很得意,以为市民在发抖了罢,却并不,他们竟在毫不介意的交谈:

"什么,老叭儿狗,又玩起新花样来了。等着罢。马上会出事的。"

然而什么事也没有出。旅长是不住的在结网,逐渐的将全市罩住了。危险不过的是顺着线索,太深的深入根里去。旅长呢——和两个废兵一伙,几乎将全市都放在网里面,那情形,简直是没有一两个犯人的人家,连一家也寻不出了。

"兄弟,这可不得了。他像是要统统抓完我们哩。"市民们这才觉到了,但要在快灭的火上添油,这一点就尽够。

从旅长的爪里逃了出来的一百五十个人,并没有什么豫先的约会,却同时在广场上出现(那"分开"党,这回也巧妙的躲开了)。而且拥到市长衙门前面去了。

"交出亚梨娜来!"群众好像失了心,怒吼着。

旅长看破了情形的棘手,知道除了逃进仓库之外,没有别的法,便照办。亚梨娜跟着他,也想跳进去,但不知道是怎的一顺手,旅长刚跨过门限,就砰的关上了仓库的门,还听得在里面下锁。亚梨娜就张着两臂,在门外痴立着。这时候,群众已经拥进来了。她发了青,索索的抖着,几乎像发疯一样。

"诸位,饶命罢,我是什么坏事也没有做的,"她太恐怖了,用了没有力气的声音,说,"他硬拉我来,你们也知道的罢。"

但大家不听她。

"住口，恶鬼。为了你，市里糟成这样了。"

亚梨娜简直像失了神，挣扎着。她似乎也自觉了事件的万不能免的结果，连琐细的辩解也不再说，单是迭连的说道：

"我苦呀，诸位，我真苦呀。"

于是起了那时的文学和政治新闻上，记得很多的可怕的事情。大家把亚梨娜抬到钟楼的顶上，从那十来丈高的处所，倒摔下来了。

于是这旅长的慰藉者，遂不剩一片肉。因为饿狗之群，在瞬息间，即将她撕得粉碎，搬走了。

然而这惨剧刚刚收场，却看见公路的那边忽然起了尘头，而且好像渐渐的向古尔波夫这面接近。

"面包来了。"群众立刻从疯狂回到高兴，叫喊道。然而！

"底带，底带，带，"从那尘头里，分明听到了号声。

排纵队，归队。

用刺刀止住警钟呀。

赶快！赶快！赶快！

（一八六九年作。）

萨尔蒂珂夫（Mikhail Saltykov 1826—1889）是六十年代俄国改革期的所谓"倾向派作家"（Tendenzios）的一人，因为那作品富于社会批评的要素，主题又太与他本国的社会相密切，所以被绍介到外国的就很少。但我们看俄国文学的历史底论著的时候，却常常看见"锡且特林"（Shchedrin）的名字，这是他的笔名。

他初期的作品中。有名的是《外省故事》，专写亚历山大二世改革前的俄国社会的缺点；这《饥馑》，却是后期作品《某市的历史》之一，描写的是改革以后的情状，从日本新潮社《海外文学新选》第二十编八杉贞利译的《请愿人》里重译出来的，但作者的锋利的笔尖，深刻的观察，却还可以窥见。后来波兰作家显克微支的《炭画》，还颇与这一篇的命意有类似之处；十九世纪末他本国的阿尔志跋绥夫的短篇小说，也有结构极其相近的东西，但其中的百姓，却已经不是"古尔波夫"市民那样的人物了。

原载 1934 年 10 月 16 日《译文》月刊第 1 卷第 2 期。署许遐译。

初未收集。

十日

日记 昙，上午雨一陈即霁。寄达夫信。下午诗荃来并为代买《格林童话》，《威廉·蒲雪新画帖》各一本，共泉二十一元五角。

致 郁达夫

达夫先生：

生活书店要出一种半月刊，大抵刊载小品，曾请客数次，当时定名《太白》，并推定编辑委员十一人，先生亦其一。时先生适在青岛，无法寄信，大家即托我见面时转达。今已秋凉，未能觌面，想必已径返杭州，故特驰书奉闻，诸希

照察为幸。专此布达，即请

道安。

迅　顿首　九月十日

密斯王阁下均此请安不另。

十一日

日记 昙，上午雨。得内山君信。得增田君信。下午何昭容来

访，并赠梨及石榴一筐。夜得亚丹信。得曹聚仁信。

十二日

日记　雨。上午复增田君信。夜得达夫信。得山本夫人所寄画片十幅。得『虚無よりの創造』一本，一元五角。

致 增田涉

九月二日の手紙を拝見致しました。

漢学大会には大にやりなさい。曼殊和尚の事は左傳や公羊などの研究よりも余程面白いに違ひない。併し今度の東方学報を見れば日本の学者が漢文で論文を書いて居る御方がありましたから実におどろきました。一体誰によませるつもりでしょう。

こゝに於ける曼殊熱は此頃少々下火となり全集を印刷した後には拾遺などは現はれない。北新も元気無之です。

上海はすゞしくなりました。私共は無事です。

皆様にもよろしく

洛文　上　九月十二日

増田兄卓前

二伸、内山老板は母様の病気の為め帰國しました。二十日頃、上海へ帰るそうです。

十三日

日记　雨，上午晴。午后得吴渤信。晚曹聚仁招饮于其寓，同席八人。

十四日

日记 雨。上午得张慧信并木刻十四幅。得诗荃稿一,即为转寄自由谈社。午后霁。得新生周刊社信。译戈理基作《童话》二篇讫,约四千字。下午烈文来。晚河清来并持来《译文》五本。得阿芷信,即复。夜雨。

俄罗斯的童话（一）

[苏联]高尔基

一个青年,明知道这是坏事情,却对自己说——

"我聪明。会变博学家的罢。这样的事,在我们,容易得很。"

他于是动手来读大部的书籍,他实在也不蠢,悟出了所谓知识,就是从许多书本子里,轻便地引出证据来。

他读透了许多艰深的哲学书,至于成为近视眼,并且得意地摆着被眼镜压红了的鼻子,对大家宣言道——

"哼! 就是想骗我,也骗不成了! 据我看来,所谓人生,不过是自然为我而设的罗网!"

"那么,恋爱呢?"生命之灵问。

"呵,多谢! 但是,幸而我不是诗人! 不会为了一切干酪,钻进那逃不掉的义务的铁栅里去的!"

然而,他到底也不是有什么特别才干的人,就只好决计去做哲学教授。

他去拜访了学部大臣,说——

"大人,我能够讲述人生其实是没有意思的,而且对于自然的暗示,也没有服从的必要。"

大臣想了一想,看这话可对。

于是问道——

"那么,对于上司的命令,可有服从的必要呢?"

"不消说,当然应该服从的!"哲学家恭恭敬敬的低了给书本磨灭了的头,说。"这就叫作'人类之欲求'……"

"唔,就是了,那么,上讲台去罢,月薪是十六卢布。但是,如果我命令用自然法来做教授资料的时候,听见么——可也得抛掉自由思想,遵照的呵! 这是决不假借的!"

"我们,生当现在的时势,为国家全体的利益起见,或者不但应该将自然的法则也看作实在的东西,而还得认为有用的东西也说不定的——部份的地!"

"哼,什么! 谁知道呢!"哲学家在心里叫。

但嘴里却没有吐出一点声音来。

他这样的得了位置。每星期一点钟,站在讲台上,向许多青年讲述。

"诸君! 人是从外面,从内部,都受着束缚的。自然,是人类的仇敌,女人,是自然的盲目的器械。从这些事实看起来,我们的生活,是完全没有意义的。"

他有了思索的习惯,而且时常讲得出神,真也像很漂亮,很诚恳。年青的学生们很高兴,给他喝采。他恭敬的点着秃头。他那小小的红鼻子,感激得发亮。就这样地,什么都非常合适。

吃食店里的饭菜,于他是有害的——像一切厌世家一样,他苦于消化不良。于是娶了妻,二十九年都在家庭里用膳。在用功的余闲中,在自己的不知不觉中,生下了四个儿女,但后来,他死掉了。

带着年青的丈夫的三位女儿,和爱慕全世界一切女性的诗人的他的儿子,都恭敬地,并且悲哀地,跟在他灵柩后面走。学生们唱着"永远的纪念"。很响亮,很快活,然而很不行。坟地上是故人的同事的教授们,举行了出色的演说,说故人的纯正哲学是有系统的。诸事都堂皇,盛大,一时几乎成了动人的局面。

"老头子到底也死掉了。"大家从坟地上走散的时候,一个学生对朋友说。

"他是厌世家呀。"那一个回答道。

"喂,真的吗?"第三个问。

"厌世家,老顽固呵。"

"哦! 那秃头么,我倒没有觉得!"

第四个学生是穷人,着急的问道——

"开吊的时候,会来请我们吗?"

来的,他们被请去了。

这故教授,生前做过许多出色的书,热烈地,美丽地,证明了人生的无价值。销路很旺,人们看得很满意。无论如何——人是总爱美的物事的!

遗族很好,过得平稳——就是厌世主义,也有帮助平稳的力量的。

开吊非常热闹。那穷学生,见所未见似的大嚼了一通。

回家了后,和善的微笑着,想道——

"唔! 厌世主义也是有用的东西……"

原载 1934 年 10 月 16 日《译文》月刊第 1 卷第 2 期。署邓当世译。

初收 1935 年 8 月上海文化生活出版社版"文化生活丛刊"之三《俄罗斯的童话》。

俄罗斯的童话(二)

[苏联]高尔基

还有一桩这样的故事。

有一个人,自以为是诗人,在做诗,但不知怎的,首首是恶作。

因为做不好,他总是在生气。

有一回,他在市上走着的时候,看见路上躺着一枝鞭——大约是马车夫掉下的罢。

诗人可是得到"烟士披里纯"了,赶紧来做诗——

　　路边的尘埃里,黑的鞭子一样

　　蛇的尸身被压碎而卧着。

　　在其上,蝇的嗡嗡凄厉的叫着,

　　在其周围,甲虫和蚂蚁成群着。

　　从撕开的鳞间,

　　看见白的细的肋骨圈子。

　　蛇哟! 你使我记得了,

　　死了的我的恋爱……

这时候,鞭子用它那尖头站起来了,左右摇动着,说道——

"喂,为什么说谎的,你不是现有老婆吗,该懂得道理罢,你在说谎呀! 喂,你不是一向没有失恋吗,你倒是喜欢老婆,怕老婆的……"

诗人生气了。

"你那里懂得这些!"

"况且诗也不像样……"

"你们不是连这一点也做不出来吗! 你除了呼呼的叫之外,什么本领也没有,而且连这也不是你自己的力量呀。"

"但是,总之,为什么说谎的! 并没有失过恋罢?"

"并不是说过去,是说将来……"

"哼,那你可要挨老婆的打了! 你带我到你的老婆那里去……"

"什么,还是自己等着罢!"

"随便你!"鞭子叫着,发条似的卷成一团,躺在路上了。并且想着人们的事情。诗人也走到酒店里,要一瓶啤酒,也开始了默想——但是关于自己的事情。"鞭子什么,废物罢了,不过诗做得不好,却是真的！奇怪！有些人总是做坏诗,但偶然做出好诗来的人却也有——这世间,恐怕什么都是不规则的罢！无聊的世间……"

他端坐着,喝起来,于是对于世间的认识,渐渐的深刻,终于达到坚固的决心了——应该将世事直白地说出来,就是:这世间的东西,毫无用处。活在这世间,倒是人类的耻辱！他将这样的事情,沉思了一点多钟,这才写了下来的,是下面那样的诗——

> 我们的悲痛的许多希望的斑斓的鞭子,
>
> 把我们赶进"死蛇"的盘结里,
>
> 我们在深霭中彷徨。
>
> 呵哟,打杀这自己的希望哟！

> 希望骗我们往远的那边,
>
> 我们被在耻辱的荆棘路上拖拉,
>
> 一路凄怆伤了我的心,
>
> 到底怕要死的一个不剩……。

就用这样的调子,写好了二十八行。

"这妙极了！"诗人叫道,自己觉得非常满意,回到家里去了。

回家之后,就拿这诗读给他女人听,不料她也很中意。

"只是,"她说。"开首的四行,总好像并不这样……"

"那里,行的很！就是普希金,开篇也满是谎话的。而且那韵脚又多么那个？好像派腻唏达①罢！"

于是他和自己的男孩子们玩耍去了。把孩子抱在膝上,逗着,一面用次中音(tcnor)唱起歌来:

> 飞进了,跳进了。
>
> 别人的桥上！

---

① Panikhida,是追荐死者的祈祷会,这时用甜的食品供神,所以在这里,就成了诗有甘美的调子的意思。——译者。

哼。老子要发财，

造起自己的桥来，

谁也不准走！

他们非常高兴的过了一晚。第二天，诗人就将诗稿送给编辑先生了。编辑先生说了些意思很深的话，编辑先生们原是深于思想的。所以，杂志之类的东西，也使人看不下去。

"哼，"编辑先生擦着自己的鼻子，说。"当然，这不坏，要而言之，是很适合时代的心情的。适合得很！唔，是的，你现在也许发见了自己了。那么，你还是这样的做下去罢……一行十六戈贝克①……四卢布四十八戈贝克……呵唷，恭喜恭喜。"

后来，他的诗出版了，诗人像自己的命名日一样的喜欢，他女人是热烈的和他接吻。并且献媚似的说道——

"我，我的可爱的诗人！阿阿，阿阿……"

他们就这样地高高兴兴的过活。

然而，有一个青年——很良善，热烈地找寻人生的意义的青年，却读了这诗，自杀了。

他相信，做这诗的人，当否定人生以前，是也如他的找寻一样，苦恼得很长久，一面在人生里面，找寻过那意义来的。他没有知道这阴郁的思想，是每一行卖了十六戈贝克。他太老实了。

但是，我极希望读者不要这样想，以为我要讲的是虽是鞭子那样的东西，有时也可以给人们用得有益的。

高尔基这人和作品，在中国已为大家所知道，不必多说了。

这《俄罗斯的童话》，共有十六篇，每篇独立；虽说"童话"，其实是从各方面描写俄罗斯国民性的种种相，并非写给孩子们看的。发表年代未详，恐怕还是十月革命前之作；今从日本高

---

① 一百戈贝克为一卢布，一戈贝克那时约值中国钱一分。——译者。

桥晚成译本重译,原在改造社版《高尔基全集》第十四本中。

原载 1934 年 10 月 16 日《译文》月刊第 1 卷第 2 期。署邓当世译。

初收 1935 年 8 月上海文化生活出版社版"文化生活丛刊"之三《俄罗斯的童话》。

十五日

日记 雨。上午得诗荃稿一,即为转寄《自由谈》。午后同广平携海婴往须藤医院诊。下午诗荃来并赠印一枚,文曰"迅翁",不可用也。晚蕴如来。三弟来并为取得《春秋胡氏传》一部四本。得曲传政信并见赠频果一筐。夜雷电大雨。

十六日

日记 星期。晴。上午得光人信,即复。得志之信。寄母亲信,附海婴笺,广平所写。午后雨一阵即霁,天气转热。下午买书三种,共泉七元七角。夜得楼炜春信附适夷笺。得夏丏尊信。得刘岘信并木刻一本。

致 母 亲

母亲大人膝下敬禀者,来信已收到。给老三的信,亦于前日收到,当即转寄了。长连所要的照相,因要寄紫佩书籍,便附在里面,托其转交 大人,想不久即可收到矣。

张恨水的小说,定价虽贵,但托熟人去买,可打对折,其实是不贵的。即如此次所寄五种,一看好像要二十元,实则连邮费不过十元而已。

何小姐已到上海来,曾当面谢其送母亲东西,但那照相,却因光线不好,所以没有照好,男是原想向她讨一张的,现在竟讨不到。

上海久旱,昨夜下了一场大雨,但于秋收恐怕没什么益处了。

合寓都平安如常,请勿念。

海婴也好的,他要他母亲写了一张信,今附上。他是喜欢夏天的孩子,今年如此之热,别的孩子大抵瘦落,或者生疮了,他却一点也没有什么。天气一冷,却容易伤风。现在每天很忙,专门吵闹,以及管闲事。

专此布达,恭请

金安。

男树　叩上。广平及海婴随叩。九月十六日

致 徐懋庸

アンドレ・ジイド作　竹内道之助译

『ドストイエフスキイ研究』　　　一円八十钱

　　东京淀桥区户冢町一,四四九,三笠书房出版

アンドレ・ジイド作　秋田滋译

『ドストエフスキー论』　　　一円八十钱

　　东京市品川区上大崎二丁目五四三,芝书店出版

　　以上两种,竹内氏译本内另有ジイド关于ド氏的小文数篇,

　　便于参阅,但译文是谁的的确,则无从知道。此上

懋庸先生

迅　顿首　九月十六日

十七日

日记 晴。上午同广平携海婴往须藤医院诊。晚三弟及梓生来，蕴如亦至，留之夜饭。北新书局送来版税泉二百。夜编《译文》第二期稿讫。

十八日

日记 晴。下午须藤先生来为海婴诊。晚得寄野信。得烈文信并稿，即转寄译文社。夜回寓。得山本夫人信。

十九日

日记 昙。上午寄还志之小说稿一篇。得徐懋庸信。得诗荃信并诗一首。得 *The Chinese Soviets* 一本并信，译者寄赠。得絵葉书九枚，ナウカ社寄来。内山君及其夫人见赠海苔，黍糖各一合，梨五枚，儿衣一件。下午雨。得 A. Kravchenko 信并木刻十五幅。夜译《童话》(三)讫，约万字。

俄罗斯的童话(三)

[苏联]高尔基

埃夫斯契古纳·沙伐庚是久在幽静的谦虚和小心的羡慕里，生活下来的，但忽然之间，竟意外的出了名了。那颠末，是这样的。

有一天，他在阔绰的宴会之后，用完了自己的最后的六格林那①。次早醒来，还觉着不舒服的凤醉。乏透了的他，便去做习惯了的自己的工作去了，那就是用诗给"匿名殡仪馆"拟广告。

---

① 一格林那现在约值中国钱二角。——译者。

对着书桌,淋淋漓漓的流着汗,怀着自信,他做好了——

　　您,颈子和前额都被殴打着,

　　到底是躺在暗黑的棺中……

　　您,是好人,是坏人,

　　总之是拉到坟地去……

　　您,讲真话,或讲假话,

　　也都一样,您是要死的!

这样的写了一阿尔申①半。

他将作品拿到"殡仪馆"去了,但那边却不收。

"对不起,这简直不能付印。许多故人,会在棺材里抱憾到发抖也说不定的。而且也不必用死来训诫活人们,因为时候一到,他们自然就死掉了……"

沙伐庚迷惑了。

"呸! 什么话! 给死人们担心,竖石碑,办超度,但活着的我——倒说是饿死也不要紧吗……"

抱着消沉的心情,他在街上走,突然看到的,是一块招牌。白地上写着黑字——

"送终。"

"还有殡仪馆在这里,我竟一点也不知道!"

埃夫斯契古纳高兴得很。

然而这不是殡仪馆,却是给青年自修用的无党派杂志的编辑所。

编辑兼发行人是有名的油坊和肥皂厂主戈复卢辛的儿子,名叫摩开,虽说消化不良,却是一个很活动的青年,他对沙伐庚,给了殷勤的款待。

摩开一看他的诗,立刻称赞道——

_____

①　一阿尔申约中国二尺强。——译者。

"您的'烟士披里纯',就正是谁也没有发表过的新诗法的言语。我也决计来搜索这样的诗句罢,像亚尔戈舰远征队的赫罗斯忒拉特似的!"

他说了谎,自然是受着喜欢旅行的评论家拉赛克·希复罗忒加的影响的。他希复罗忒加这人,也就时常撒谎,因此得了伟大的名气。

摩开用搜寻的眼光,看定着埃夫斯契古纳,于是反复地说道——

"诗材,是和我们刚刚适合的,不过要请您明白,白印诗歌,我们可办不到。"

"所以,我想要一点稿费。"他实招了。

"给,给你么?诗的稿费么?你在开玩笑罢!"摩开笑道。"先生,我们是三天以前才挂招牌的,可是寄来的诗,截到现在已经有七十九萨仁①了!而且全部都是署名的!"

但埃夫斯契古纳不肯退让,终于议定了每行五个戈贝克。

"然而,这是因为您的诗做得好呀!"摩开说明道。"您还是挑一个雅号罢,要不然,沙伐庚可不大有意思。譬如罢,渐灭而绝息根②之类,怎样呢?不很幽默吗!"

"都可以的。我只要有稿费,就好,因为正要吃东西……"埃夫斯契古纳回答说。

他是一个质朴的青年。

不多久,诗在杂志创刊号的第一页上登出来了。

"永劫的真理之声"是这诗的题目。

从这一天起,他的名声就大起来,人们读了他的诗,高兴着——

"这好孩子讲着真话。不错,我们活着。而且不知怎的,总是这

---

① 一萨仁约中国七尺。——译者。
② Smelti 就是"死"的意思。——译者。

么那么的在使劲,但竟没有觉到我们的生活,是什么意义也没有的。真了不得,澌灭而绝息根!"于是有夜会,婚礼,葬礼,还有做法事的时候,人们就来邀请他了。他的诗,也在一切新的杂志上登出来,贵到每行五十戈贝克,在文学上的夜会里,凸着胸脯的太太们,也恍惚的微笑着,吟起"澌灭而绝息根"的诗来了。

　　日日夜夜,生活呵叱着我们,

　　各到各处,死亡威吓着我们。

　　无论用怎样的看法,

　　我们总不过是腐败的牺牲!

"好极了!""难得难得!"大家嚷着说。

"这样看来,也许我真是诗人罢?"埃夫斯契古纳想道。于是就慢慢的自负起来,用了黑的斑纹的短袜和领结,裤子也要有白横纹的黑地的了。还将那眼睛向各处瞟,用着矜持的调子来说话——

"唉唉,这又是,多么平常的,生活法呢!"就是这样的调子。

看了一遍镇灵礼拜式用的经典,谈吐之间,便用些忧郁的字眼,如"复次","洎夫彼时","枉然"之类了。

他的周围,聚集着各方面的批评家,化用着埃夫斯契古纳赚来的稿费,在向他鼓动——

"埃夫斯契古纳,前进呀,我们来帮忙!"

的确,当《埃夫斯契古纳·澌灭而绝息根的诗,幻影和希望的旧账》这一本小本子出版的时候,批评家们真的特别恳切地将作者心里的深邃的寂灭心情称赞了一番。埃夫斯契古纳欢欣鼓舞,决计要结婚了。他便去访一个旧识的摩登女郎银荷特拉·沙伐略锡基娜,说道——

"阿阿,多么难看,多么惹厌哟。而且是多么不成样子的人呵!"

她早就暗暗的等候着这句话,于是挨近他的胸膛,溶化在幸福里,温柔的低语道——

"我,就是和你携着手,死了也情愿哟!"

"命该灭亡的你哟!"埃夫斯契古纳感叹了。

为情热受了伤,几乎要死的银荷特拉,便回答道——

"总归乌有的人呵!"

但立刻又完全复了原,约定道——

"我们俩是一定要过新式的生活的呀!"

渐灭而绝息根早已经历过许多事,而且是熟悉了的。

"我,"他说,"是不消说,无论什么因袭,全然超越了的。但是,如果你希望,那么,在坟地的教堂里去结婚也可以的!"

"问我可希望?是的,赞成!并且婚礼一完,就教傧相们马上自杀罢!"

"要大家这样,一定是办不到的,但古庚却可以,他已经想自杀了七回了。"

"还有,牧师还是老的好,对不对,像是就要死了一样的人……"

他们俩就这样地耽着他们一派的潇洒和空想。一直坐到月亮从埋葬着失了光辉的数千亿太阳,冰结的流星们跳着死的跳舞的天界的冰冷的坟洞中——在死绝了的世界的无边的这空旷的坟地上,凄凉地照着吞尽一切要活而且能活的东西的地面,露出昏暗的脸来。呜呼,惟有好像朽木之光的这伤心的死了的月色,是使敏感的人的心,常常想到存在的意义,就是败坏的。

渐灭而绝息根活泼了,已经到得做诗也并不怎么特别的为难的地步,而且用了阴郁的声音,在未来的骸骨的那爱人的耳边低唱起来。

听哟,死用公平的手,
打鼓似的敲着棺盖。
从尽敲的无聊的工作日的寻常的混杂中,
我明明听到死的呼声。

生命以虚伪的宣言,和死争斗,

招人们到它的诡计里。

但是我和你哟——

不来增添生命的奴隶和俘囚的数目！

我们是不给甘言所买收的。

我们两个知道——

所谓生命，只是病的短促的一刹那，

那意义，是在棺盖的下面。

"唉唉，像是死了似的心情呀！"银荷特拉出神了。"真像坟墓一样呀。"她是很清楚的懂得一切这样的玩笑的。

有了这事之后四十天，他们便在多活契加的尼古拉这地方——被满是自足的坟墓填实的坟地所围绕的旧的教堂里，行了结婚式。体裁上，请了两个掘坟洞的工人来做证婚人，出名的愿意自杀的人们是傧相。从新娘的朋友里面，还挑了三个歇斯迭里病的女人。其中的一个，已曾吞过醋精，别的两个是决心要学的人物。而且有一个还立誓在婚礼后第九天，就要和这世间告别了。

当大家走到后门的阶沿的时候，一个遍身生疮的青年，也是曾用自己的身子研究过六○六的效验的傧相，拉开马车门，凄凉地说道——

"请，这是枢车！"

身穿缀着许多黑飘带的白衣，罩上黑的长面纱的新娘，快活得好像要死了。但渐灭而绝息根却用他湿漉漉的眼睛，遍看群众，一面问那傧相道——

"新闻记者到了罢！"

"还有照相队——"

"嘶，静静的，银荷契加……"

新闻记者们因为要对诗人致敬，穿着擎火把人的服装，照相队是扮作刽子手模样。至于一般的人们——在这样的人们，只要看得有趣,什么都是一样的——他们大声称赞道——

"好呀,好呀!"

连永远饿着肚子的乡下人,也附和着他们,叫道——

"入神得很!"

"是的,"新郎渐灭而绝息根在坟地对面的饭店里,坐在晚餐的桌边,一面说。"我们是把我们的青春和美丽葬送了! 只有这,是对于生命的胜利!"

"这都是我的理想,是你抄了去的罢?"银荷特拉温和地问。

"说是你的? 真的吗?"

"自然是的。"

"哼……谁的都一样——"

  我和你,是一心同体的!

  两人从此永久合一了。

  这,是死的贤明的命令,

  彼此都是死的奴隶,

  死的跟丁。

"但是,总之,我的个性,是决不给你压倒的!"她用妖媚的语调,制着机先,说。"还有那跟丁,我以为'跟'字和'丁'字,吟起来是应该拉得长长的! 但这跟丁,对于我,总似乎还不很切贴!"

渐灭而绝息根还想征服她,再咏了她一首。

  命里该死的我的妻哟!

  我们的"自我",是什么呢?

  有也好,无也好——

  不是全都一样吗?

  动的也好,静的也好——

  你的必死是不变的!

"不,这样的诗,还是写给别人去罢。"她稳重的说。

许多时光,迭连着这样的冲突之后,渐灭而绝息根的家里,不料生了孩子——女孩子了,但银荷特拉立刻吩咐道——

"去定做一个棺材样的摇篮来罢!"

"这不是太过了吗?银荷契加。"

"不,不的,定去!如果你不愿意受批评家和大家的什么骑墙呀,靠不住呀的攻击,主义是一定得严守的!"

她是一个极其家庭式的主妇。亲手腌王瓜,还细心搜集起对于男人的诗的一切批评来。将攻击的批评撕掉,只将称赞的弄成一本,用了作者赞美家的款子,出版了。

因为东西吃得好,她成了肥胖的女人了,那眼睛,总是做梦似的蒙胧着,惹起男人们命中注定的情热的欲望来。她招了那雄壮的,红头发的熟客的批评家,和自己并肩坐下,于是将蒙胧的瞳神直射着他的胸膛。故意用鼻声读她丈夫的诗,然后好像要他佩服似的,问道——

"深刻罢?强烈罢?"

那人在开初还不过发吼似的点头,到后来,对于那以莫名其妙的深刻,突入了我们可怜人所谓"死"的那暗黑的"秘密"的深渊中的渐灭而绝息根,竟每月做起火焰一般的评论来了,他并且以玲珑如玉的纯真之爱,爱上了死。他那琥珀似的灵魂,则并未为"存在之无目的"这一种恐怖的认识所消沉,却将那恐怖化了愉快的号召和平静的欢喜,那就是来扑灭我们盲目的灵魂所称为"人生"的不绝的凡庸。

得了红头毛人物——他在思想上,是神秘主义者,是审美家;在职业上,是理发匠。那姓,是卜罗哈尔调克。——的恳切的帮助,银荷特拉还给埃夫斯契古纳开了公开的诗歌朗诵会。他在高台上出现,左右支开了两只脚,用羊一般的白眼,看定了人们,微微的摇动着生着许多棕皮色杂物的有棱角的头,冷冷的读起来——

> 为人的我们,就如在向着死后的
> 暗黑世界去旅行的车站……
> 你们的行李愈是少,那么,

为了你们,是轻松,便当的!

不要思想,平凡地生活罢!

如果谦虚,那就纯朴了。

从摇篮到坟地的路径,是短的!

为着人生,死在尽开车人的职务!

"好哇好哇,"完全满足了的民众叫了起来。"多谢!"

而且大家彼此说——

"做得真好,这家伙,虽然是那么一个瘟生!"

知道渐灭而绝息根曾经给"匿名葬仪馆"做过诗的人们也有在那里,当然,至今也还以为他那些诗是全为了"该馆"的广告而作的,但因为对于一切的事情,全都随随便便,所以只将"人要吃"这一件事紧藏在心头,不再开口了。

"但是,也许我实在是天才罢,"渐灭而绝息根听到民众的称赞后的叫声,这样想。"所谓'天才',到底是什么,不是谁也不明白么,有些人们,却以为天才是欠缺智力的人……但是,如果是这样……"

他会见相识的人,并不问他健康,却问"什么时候死掉"了。这一件事,也从大家得了更大的赏识。

太太又将客厅布置成坟墓模样。安乐椅是摆着做出坟地的丘陵样的淡绿色的,周围的墙壁上,挂起临写辉耶的画的框子来,都是辉耶的画,另外还有,也挂威尔支的!

她自负着,说——

"我们这里,就是走进孩子房去,也会感到死的气息的,孩子们睡在棺材里,保姆是尼姑的样子——对啦,穿着白线绣出骷髅呀,骨头呀的黑色长背心,真是妙的很呵!埃夫斯契古纳,请女客们去看看孩子房呀!男客们呢,就请到卧室去……"

她温和的笑着,给大家去看卧室的铺陈。石棺式的卧床上,挂着缀有许多银白流苏的黑色的棺材罩。还用槲树雕出的骷髅,将它勒住。装饰呢——是微细的许多白骨,像坟地上的蛆虫一样,在闹着玩。

"埃夫斯契古纳是，"她说明道，"给自己的理想吸了进去，还盖着尸衾睡觉的哩！"

有人给吓坏了——

"盖尸衾睡觉？"

她忧愁地微笑了一下。

但是，埃夫斯契古纳的心里，还是质直的青年，有时也不知不觉的这样想——

"如果我实在是天才，那么，这是怎么一回事呢。批评呢，说着什么渐灭而绝息根的影响呀，诗风呀，但是，这我……我可不相信这些！"

有一回，卜罗哈尔调克运动着筋肉，跑来了，凝视了他之后，低声问道——

"做了么？你多做一些罢，外面的事情，自有尊夫人和我会料理的……你这里的太太真是好女人，我佩服……"

就是渐灭而绝息根自己，也早已觉到这事的了，只因为没有工夫和喜欢平静的心，所以对于这事，什么法也不想。

但卜罗哈尔调克，有一次，舒服地一屁股坐在安乐椅子上，恳恳的说道——

"兄弟，我起了多少茧，怎样的茧，你该知道罢，就是拿破仑身上，也没有过这样的茧呀……"

"真可怜……"银荷特拉漏出叹息来，但渐灭而绝息根却在喝着咖啡，一面想。

"女子与小人，到底无大器，这句话说得真不错！"

自然，他也如世间一般的男人一样，对于自己的女人，是缺少正当的判断的。她极热心地鼓舞着他的元气——

"斯契古纳息珂①，"她亲爱地说。"你昨天一定也是什么都没有

___

① 就是埃夫斯契古纳的亲爱的称呼。——译者。

写罢？你是总是看不起才能的！去做诗去，那么我就送咖啡给你……"

他走出去，坐在桌前了。而不料做成了崭新的诗——

　　我写了多少

　　平常事和昏话呵，银荷特拉哟。

　　为了衣裳，为了外套，

　　为了帽子，镶条，衫脚边！

这使他吃了一吓，心里想到的，是"孩子们"。

孩子有三个。他们必得穿黑的天鹅绒。每天上午十点钟，就有华丽的柩车在大门的阶沿下等候。

他们坐着，到坟地上去散步，这些事情，全都是要钱的。

渐灭而绝息根消沉着，一行一行的写下去了——

　　死将油腻的尸臭，

　　漂满了全世界。

　　生却遭了老鹰的毒喙，

　　像在那骨立的脚下挣扎的"母羊一样"。

"但是，斯契古纳息珂，"银荷特拉亲爱地说。"那是，也不一定的！怎么说呢？玛沙①，怎么说才好呢？"

"埃夫斯契古纳，这些事，你是不知道的，"卜罗哈尔调克低声开导着，说。"你不是'死亡赞美歌'的作家吗？所以，还是做那赞美歌罢……"

"然而，在我的残生中，这是新阶段哩！"渐灭而绝息根反驳道。

"阿呀，究竟是怎样的残生呢？"那太太劝谕道。"还得到雅尔达那些地方去，你倒开起玩笑来了！"

一方面，卜罗哈尔调克又用了沉痛的调子，告诫道——

"你约定过什么的呀？对吗，留心点罢，'母羊一样'这句，令人

---

　　①　就是卜罗哈尔调克的小名。——译者。

不觉想起穆阳一这一个大臣的名字①来。这是说不定会被看作关于政治的警句的！因为人民是愚蠢，政治是平庸的呀！"

"唔，懂了，不做了。"埃夫斯契古纳说。"不做了！横竖都是胡说八道！"

"你应该时时留心的，是你的诗近来不但只使你太太一个人怀疑了哩！"卜罗哈尔调克给了他警告。

有一天，渐灭而绝息根一面望着他那五岁的女儿丽莎在院子里玩耍，一面写道——

> 幼小的女儿在院子里走，
> 雪白的手胡乱的拗花……
> 小女儿哟，不要拗花了罢，
> 看哪，花就像你一样，真好！

> 幼小的女儿，不说话的可怜的孩子哟！
> 死悄悄的跟在你后面，
> 你一弯腰，扬起大镰刀的死
> 就露了牙齿笑嘻嘻的在等候……

> 小女儿哟！死和你可以说是姊妹——
> 恰如乱拗那清净的花一样，
> 死用了锐利的，永远锐利的大镰刀，
> 将你似的孩子们砍掉……

"但是，埃夫斯契古纳，这是感情的呀。"银荷特拉生气了，大声说。

"算了罢！你究竟将什么地方当作目的，在往前走呢？你拿你

---

① "母羊一样"的原语是"凯克·渥夫札"，所以那人名原是"凯可夫札夫"。——译者。

46

自己的天才在做什么了呀？"

"我已经不愿意了。"渐灭而绝息根阴郁地说。

"不愿意什么？"

"就是那个，死，死呀——够了！那些话，我就讨厌！"

"莫怪我说，你是胡涂虫！"

"什么都好。天才是什么，谁也没有明白。我是做不来了，……什么寂灭呀，什么呀，统统收场了。我是人……"

"阿呀，原来，是吗？"银荷特拉大声讥刺道。

"你不过是一个平常的人吗？"

"对啦，所以喜欢一切活着的东西……"

"但是，现代的批评界却已经看破，凡是诗人，是一定应该清算了生命和一般凡俗的呵！"

"批评界？"渐灭而绝息根大喝道。"闭你的嘴，这不要脸的东西！那所谓现代的批评这家伙，和你在衣厨后面亲嘴，我是看得清清楚楚的！"

"那是，却因为给你的诗感动了的缘故呀！"

"还有，家里的孩子们都是红头毛，这也是给诗感动了的缘故吗？"

"无聊的人！那是，也许，纯精神底影响的结果也说不定的。"

于是忽然倒在安乐椅子里，说道——

"阿阿，我，已经不能和你在一处了！"

埃夫斯契古纳高兴了，但同时也吃惊。

"不能了吗？"他怀着希望和恐怖，问着。

"那么，孩子们呢？"

"对分开来呀！"

"对分三个吗？"

然而，她总抱定着自己的主张。到后来，卜罗哈尔调克跑来了。猜出了怎样的事情，他伤心了。还对埃夫斯契古纳说道——

"我一向以为你是大人物的。但是，你竟不过是一个渺小的汉子！"

于是他就去准备银荷特拉的帽子。他阴郁地正在准备的时候，她却向男人说起真话来——

"你已经出了气了，真可怜，你这里，什么才能之类，已经一点也没有了，懂得没有，一点也没有了哩！"

她被真的愤懑和唾液，塞住了喉咙，于是结束道——

"你这里，是简直什么也没有的。如果没有我和卜罗哈尔调克，你就只好做一世广告诗的。瘟生！废料！抢了我的青春和美丽的强盗！"

她在兴奋的一霎时中，是总归能够雄辩的。她就这样的离了家。并且立刻得到卜罗哈尔调克的指导和实际的参与，挂起"巴黎细珊小姐美容院专门——皮茧的彻底的医治"的招牌来，开店了。

卜罗哈尔调克呢，不消说，印了一篇叫作《朦胧的蜃楼》的激烈的文章，详详细细的指摘着埃夫斯契古纳不但并无才智，而且连究竟有没有这样的诗人存在，也就可疑得很。他又指摘出，假使有这样的诗人存在，而世间又加以容许，那是应该归罪于轻率而胡闹的批评界的。

埃夫斯契古纳这一面，也在苦恼着。于是——俄罗斯人是立刻能够自己安慰自己的！——想到了——

"小孩子应该抚养！"

对赞美过去和死亡的一切诗法告了别，又做起先前的熟识的工作来了。是替"新葬仪馆"去开导人们，写了活泼的广告——

    永久地，快活地，而且光明地，
    我们愿意在地上活着，
    然而运命之神一到，
    生命的索子就断了！

要从各方面将这事情

来深深的想一下，

奉劝诸位客官们

要用最上等的葬仪材料！

敝社的货色，全都灿烂辉煌，

并非磨坏了的旧货，

敢请频频赐顾，

光临我们的"新葬仪馆"！

坟地街十六号门牌。

就这样子，一切的人，都各自回到自己的路上去了。

《俄罗斯的童话》里面，这回的是最长的一篇，主人公们之中，这位诗人也是较好的一个，因为他终于不肯靠装活死人吃饭，仍到葬仪馆为真死人出力去了，虽然大半也许为了他的孩子们竟和帮闲"批评家"一样，个个是红头毛。我看作者对于他，是有点宽恕的，——而他真也值得宽恕。

现在的有些学者说：文言白话是有历史的。这并不错，我们能在书本子上看到；但方言土话也有历史——只不过没有人写下来。帝王卿相有家谱，的确证明着他有祖宗；然而穷人以至奴隶没有家谱，却不能成为他并无祖宗的证据。笔只拿在或一类人的手里，写出来的东西总不免于蹊跷，先前的文人哲士，在记载上就高雅得古怪。高尔基出身下等，弄到会看书，会写字，会作文，而且作得好，遇见的上等人又不少，又并不站在上等人的高台上看，于是许多西洋镜就被拆穿了。如果上等诗人自己写起来，是决不会这模样的。我们看看这，算是一种参考罢。

原载 1934 年 11 月 16 日《译文》月刊第 1 卷 3 期。署邓当世译。

初收 1935 年 8 月上海文化生活出版社版"文化生活丛刊"之三《俄罗斯的童话》。

二十日

日记　晴，风。上午复徐懋庸信。寄陈望道信。午后张望寄来木刻三幅。内山书店送来『玩具工业篇』(『玩具丛书』之一)一本，二元五角。

"莎士比亚"

严复提起过"狭斯丕尔"，一提便完；梁启超说过"莎士比亚"，也不见有人注意；田汉译了这人的一点作品，现在似乎不大流行了。到今年，可又有些"莎士比亚""莎士比亚"起来，不但杜衡先生由他的作品证明了群众的盲目，连拜服约翰生博士的教授也来译马克斯"牛克斯"的断片。为什么呢？将何为呢？

而且听说，连苏俄也要排演原本"莎士比亚"剧了。

不演还可，一要演，却就给施蛰存先生看出了"丑态"——

"……苏俄最初是'打倒莎士比亚'，后来是'改编莎士比亚'，现在呢，不是要在戏剧季中'排演原本莎士比亚'了吗？(而且还要梅兰芳去演《贵妃醉酒》呢!)这种以政治方策运用之于文学的丑态，岂不令人齿冷!"(《现代》五卷五期，施蛰存《我与文言文》。)

苏俄太远，演剧季的情形我还不了然，齿的冷暖，暂且听便罢。但梅兰芳和一个记者的谈话，登在《大晚报》的《火炬》上，却没有说要去演《贵妃醉酒》。

施先生自己说："我自有生以来三十年，除幼稚无知的时代以外，自信思想及言行都是一贯的。……"（同前）这当然非常之好。不过他所"言"的别人的"行"，却未必一致，或者是偶然也会不一致的，如《贵妃醉酒》，便是目前的好例。

其实梅兰芳还没有动身，施蛰存先生却已经指定他要在"无产阶级"面前赤膊洗澡。这么一来，他们岂但"逐渐沾染了资产阶级的'余毒'"而已呢，也要沾染中国的国粹了。他们的文学青年，将来要描写宫殿的时候，会在"《文选》与《庄子》"里寻"词汇"也未可料的。

但是，做《贵妃醉酒》固然使施先生"齿冷"，不做一下来凑趣，也使预言家倒霉。两面都要不舒服，所以施先生又自己说："在文艺上，我一向是个孤独的人，我何敢多撄众怒？"（同前）

末一句是客气话，赞成施先生的其实并不少，要不然，能堂而皇之的在杂志上发表吗？——这"孤独"是很有价值的。

九月二十日。

原载 1934 年 9 月 23 日《中华日报·动向》。署名苗挺。
初收 1936 年 6 月上海联华书局版《花边文学》。

致 徐懋庸

懋庸先生：

来信收到。《译文》因为恐怕销路未必好，所以开首的三四期，算是试办，大家白做的，如果看得店里有钱赚了，然后再和他们订定稿费之类，现在还说不上收稿。

如果这杂志能立定了，那么，如 Gide 的《D. 论》恐怕还太长，因为现在的主意，是想每本不登，或少登"未完"的东西，全篇至多以万余字为度。每一本，一共也只有五万字。

Gide 的作家评论,我看短的也不少,有的是评文,有的则只说他的生活状态(如 Wilde),看起来也颇有趣,先生何妨先挑短的来试试呢?

先生去编《新语林》,我原是不赞成的,上海的文场,正如商场,也是你枪我刀的世界,倘不是有流氓手段,除受伤以外,并不会落得什么。但这事情已经过去了,可以不提。不过伤感是不必的,孩子生疮,也是暂时的事。由我想来,一做过编辑,交际是一定多起来的,而无聊的人,也就乘虚而入,此后可以仍旧只与几个老朋友往还,而有些不可靠的新交,便断绝往来,以省无谓的口舌,也可以节省时间,自己看书。至于投稿,则可以做得隐藏一点,或讲中国文学,或讲外国文学,均可。这是专为卖钱而作,算是别一回事,自己的真意,留待他日发表就是了。

专此布复,即请

秋安。

迅　上　九月廿日

二十一日

日记　晴,风。上午同广平携海婴往须藤医院诊。寄三弟信。寄《动向》稿一篇。午得耳耶信附杨潮信,下午复。晚寄楼炜春信。

致 楼炜春

炜春先生:

蒙惠函并适兄笺,得知近状,甚慰。

适兄译成英文之小说,即《盐场》,并非登在杂志上,乃在一本中国小说选集,名《草鞋脚》者之中,其书选现代作品,由我起至新作家止,共为一书,现稿已寄美国,尚未出书,待印出后,当寄阅也,希便中转告。

所要之书九种,现在收得六种。此外一种不久可有,惟卢氏《艺术论》与《艺术社会学》则上海已无有,今日托书店向东京去买,至多三礼拜后可得回音,惟有无殊不可必。现有之六种,是否先生先行至书店来取,抑待余书消息确定后再说,希示及。倘先来取此六种,当交与书店后,再行通知也。

此复,即请

秋安。

迅　顿首　九月二十一夜

二十二日

日记　晴。下午须藤先生来为海婴诊。晚诗荃来。夜蕴如及三弟来并为取得《先天集》一部二本,饭后并同广平往南京大戏院观电影。

二十三日

日记　星期。旧历中秋。晴。午后得炜春信。得谷非信。得望道信并《太白》稿费四元,即复。下午寄山本夫人信。夜同内山君及其夫人,村井,中村并一客往南京大戏院观《泰山情侣》。

致山本初枝

拝啓　先日『版芸術』をいただきました。これは自分も持って居ますけれども下さった分も珍蔵して置きます、丁度金持が金の多いことに飽かない様に。そうしてナウカ社からの複製絵画及び絵葉書も到着しました、別に特色もなくその方の出版物、もとめることはよしましやう。内山老版及び其の太太は二三日前に上海へ帰って来ました、今度は非常に早いです。増田一世からも手紙一本貰って其の論文は『斯文』といふ雑誌に載って居るそうだがこの雑誌は上海に売って居ないから読むことも出来ませんでした。

迅　拝上　九月二十三日

山本夫人几下

二十四日

日记　晴。上午得『ゴーゴリ全集』（四）一本，二元五角。午后得白涛信，下午复。得靖华信，夜复。寄艾寒松信并稿一篇。

中国语文的新生

中国现在的所谓中国字和中国文，已经不是中国大家的东西了。

古时候，无论那一国，能用文字的原是只有少数的人的，但到现在，教育普及起来，凡是称为文明国者，文字已为大家所公有。但我们中国，识字的却大概只占全人口的十分之二，能作文的当然还要少。这还能说文字和我们大家有关系么？

也许有人要说，这十分之二的特别国民，是怀抱着中国文化，代表着中国大众的。我觉得这话并不对。这样的少数，并不足以代表中国人。正如中国人中，有吃燕窝鱼翅的人，有卖红丸的人，有拿回扣的人，但不能因此就说一切中国人，都在吃燕窝鱼翅，卖红丸，拿回扣一样。要不然，一个郑孝胥，真可以把全副"王道"挑到满洲去。

我们倒应该以最大多数为根据，说中国现在等于并没有文字。

这样的一个连文字也没有的国度，是在一天一天的坏下去了。我想，这可以无须我举例。

单在没有文字这一点上，智识者是早就感到模胡的不安的。清末的办白话报，五四时候的叫"文学革命"，就为此。但还只知道了文章难，没有悟出中国等于并没有文字。今年的提倡复兴文言文，也为此，他明知道现在的机关枪是利器，却因历来偷懒，未曾振作，临危又想侥幸，就只好梦想大刀队成事了。

大刀队的失败已经显然，只有两年，已没有谁来打九十九把钢刀去送给军队。但文言队的显出不中用来，是很慢，很隐的，它还有寿命。

和提倡文言文的开倒车相反，是目前的大众语文的提倡，但也还没有碰到根本的问题：中国等于并没有文字。待到拉丁化的提议出现，这才抓住了解决问题的紧要关键。

反对，当然大大的要有的，特殊人物的成规，动他不得。格理莱倡地动说，达尔文说进化论，摇动了宗教，道德的基础，被攻击原是毫不足怪的；但哈飞发见了血液在人身中环流，这和一切社会制度有什么关系呢，却也被攻击了一世。然而结果怎样？结果是：血液在人身中环流！

中国人要在这世界上生存，那些识得《十三经》的名目的学者，"灯红"会对"酒绿"的文人，并无用处，却全靠大家的切实的智力，是明明白白的。那么，倘要生存，首先就必须除去阻碍传布智力的结核：非语文和方块字。如果不想大家来给旧文字做牺牲，就得牺牲掉旧文字。走那一面呢，这并非如冷笑家所指摘，只是拉丁化提倡者的成败，乃是关于中国大众的存亡的。要得实证，我看也不必等候怎么久。

至于拉丁化的较详的意见，我是大体和《自由谈》连载的华圉作《门外文谈》相近的，这里不多说。我也同意于一切冷笑家所冷嘲的大众语的前途的艰难；但以为即使艰难，也还要做；愈艰难，就愈要做。改革，是向来没有一帆风顺的，冷笑家的赞成，是在见了成效之后，如果不信，可看提倡白话文的当时。

九月二十四日。

原载 1934 年 10 月 13 日《新生》周刊第 1 卷第 36 期。
署名公汗。
初收 1937 年 7 月上海三闲书屋版《且介亭杂文》。

致 何白涛

白涛先生：

十九日信收到。中国木刻选集因木刻版不易用机器印，故进行甚慢，大约须十月初可以订成，除每一幅入选画即赠一本共二十四本外，可以发卖的只有八十本。

我任北大教授，绝无此事，他们是不会要我去教书的。

《引玉集》款，可俟卖完后再寄。先生所刻之《风景》一幅，曾寄与太白社，他们在第一本上印出，得发表费四元，此款希即在书款中扣除为幸。

用过之木版，当于日内作小包寄还。木刻集一出版，亦当从速寄上。　此布，即颂
时绥。

迅 上　九月廿四夜。

致 曹靖华

亚兄：

九月廿一日信收到，甚慰，前一信也收到的。

《文学报》已有十余份在此，日内当挂号寄校。又前日得克氏一信并木刻画十五张信已拆开，缺少与否不可知，其信亦当与《文学报》一同寄上也。

我们如常，请勿念。　兄寓是否仍旧，此后信可直接寄寓否，便中希示及。

专此布达，即请

秋安。

弟豫　顿首　九月廿四日

令夫人均此致候不另。

二十五日

日记　昙。午后得母亲信，二十二日发。得徐懋庸信并译稿一。得烈文信，即复，并附徐氏译文，托其校定。得钦文信，即复。得耳耶信，即复。雨。

上海所感*

一有所感，倘不立刻写出，就忘却，因为会习惯。幼小时候，洋纸一到手，便觉得羊臊气扑鼻，现在却什么特别的感觉也没有了。初看见血，心里是不舒服的，不过久住在杀人的名胜之区，则即使见了挂着的头颅，也不怎么诧异。这就是因为能够习惯的缘故。由此看来，人们——至少，是我一般的人们，要从自由人变成奴隶，怕也未必怎么烦难罢。无论什么，都会惯起来的。

中国是变化繁多的地方，但令人并不觉得怎样变化。变化太多，反而很快的忘却了。倘要记得这么多的变化，实在也非有超人的记忆力就办不到。

但是，关于一年中的所感，虽然淡漠，却还能够记得一些的。不知怎的，好像无论什么，都成了潜行活动，秘密活动了。

至今为止，所听到的是革命者因为受着压迫，所以用着潜行，或者秘密的活动，但到一九三三年，却觉得统治者也在这么办的了。譬如罢，阔佬甲到阔佬乙所在的地方来，一般的人们，总以为是来商量政治的，然而报纸上却道并不为此，只因为要游名胜，或是到温泉里洗澡；外国的外交官来到了，它告诉读者的是也并非有什么外交问题，不过来看看某大名人的贵恙。但是，到底又总好像并不然。

用笔的人更能感到的，是所谓文坛上的事。有钱的人，给绑匪架去了，作为抵押品，上海原是常有的，但近来却连作家也往往不知所往。有些人说，那是给政府那面捉去了，然而好像政府那面的人们，却道并不是。然而又好像实在也还是在属于政府的什么机关里的样子。犯禁的书籍杂志的目录，是没有的，然而邮寄之后，也往往不知所往。假如是列宁的著作罢，那自然不足为奇，但《国木田独步集》有时也不行，还有，是亚米契斯的《爱的教育》。不过，卖着也许犯忌的东西的书店，却还是有的，虽然还有，而有时又会从不知什么地方飞来一柄铁锤，将窗上的大玻璃打破，损失是二百元以上。打破两块的书店也有，这回是合计五百元正了。有时也撒些传单，署名总不外乎什么什么团之类。

平安的刊物上，是登着莫索里尼或希特拉的传记，恭维着，还说是要救中国，必须这样的英雄，然而一到中国的莫索里尼或希特拉是谁呢这一个紧要结论，却总是客气着不明说。这是秘密，要读者自己悟出，各人自负责任的罢。对于论敌，当和苏俄绝交时，就说他得着卢布,抗日的时候,则说是在将中国的秘密向日本卖钱。但是,用了笔墨来告发这卖国事件的人物,却又用的是化名,好像万一发生效力,敌人因此被杀了,他也不很高兴负这责任似的。

革命者因为受压迫,所以钻到地里去,现在是压迫者和他的爪牙,也躲进暗地里去了。这是因为虽在军刀的保护之下,胡说八道,其实却毫无自信的缘故;而且连对于军刀的力量,也在怀着疑。一面胡说八道,一面想着将来的变化,就越加缩进暗地里去,准备着情势一变,就另换一副面孔,另拿一张旗子,从新来一回。而拿着军刀的伟人存在外国银行里的钱,也使他们的自信力更加动摇的。这是为不远的将来计。为了辽远的将来,则在愿意在历史上留下一个芳名。中国和印度不同,是看重历史的。但是,并不怎么相信,总以为只要用一种什么好手段,就可以使人写得体体面面。然而对于自己以外的读者,那自然要他们相信的。

我们从幼小以来,就受着对于意外的事情,变化非常的事情,绝不惊奇的教育。那教科书是《西游记》,全部充满着妖怪的变化。例如牛魔王呀,孙悟空呀……就是。据作者所指示,是也有邪正之分的,但总而言之,两面都是妖怪,所以在我们人类,大可以不必怎样关心。然而,假使这不是书本上的事,而自己也身历其境,这可颇有点为难了。以为是洗澡的美人罢,却是蜘蛛精;以为是寺庙的大门罢,却是猴子的嘴,这教人怎么过。早就受了《西游记》教育,吓得气绝是大约不至于的,但总之,无论对于什么,就都不免要怀疑了。

外交家是多疑的,我却觉得中国人大抵都多疑。如果跑到乡下去,向农民问路径,问他的姓名,问收成,他总不大肯说老实话。将对手当蜘蛛精看是未必的,但好像他总在以为会给他什么祸祟。这种情形,很使正人君子们愤慨,就给了他们一个徽号,叫作“愚民”。但在事实上,带给他们祸祟的时候却也并非全没有。因了一整年的经验,我也就比农民更加多疑起来,看见显着正人君子模样的人物,竟会觉得他也许正是蜘蛛精了。然而,这也就会习惯的罢。

愚民的发生,是愚民政策的结果,秦始皇已经死了二千多年,看看历史,是没有再用这种政策的了,然而,那效果的遗留,却久远得多么骇人呵!

十二月五日。

日文稿作于 1933 年 12 月 5 日,原载 1934 年 1 月 1 日大阪《朝日新闻》。中译稿为石介所译,原载 1934 年 9 月 25 日《文学新地》创刊号,题作《 九三三年上海所感》。

初收拟编书稿《集外集拾遗》。

中秋二愿

前几天真是"悲喜交集"。刚过了国历的九一八,就是"夏历"的"中秋赏月",还有"海宁观潮"。因为海宁,就又有人来讲"乾隆皇帝是海宁陈阁老的儿子"了。这一个满洲"英明之主",原来竟是中国人掉的包,好不阔气,而且福气。不折一兵,不费一矢,单靠生殖机关便革了命,真是绝顶便宜。

中国人是尊家族,尚血统的,但一面又喜欢和不相干的人们去攀亲,我真不知道是什么意思。从小以来,什么"乾隆是从我们汉人的陈家悄悄的抱去的"呀,"我们元朝是征服了欧洲的"呀之类,早听的耳朵里起茧了,不料到得现在,纸烟铺子的选举中国政界伟人投票,还是列成吉思汗为其中一人;开发民智的报章,还在讲满洲的乾隆皇帝是陈阁老的儿子。

古时候,女人的确去和过番;在演剧里,也有男人招为番邦的驸马,占了便宜,做得津津有味。就是近事,自然也还有拜侠客做干爷,给富翁当赘婿,陡了起来的,不过这不能算是体面的事情。男子汉,大丈夫,还当别有所能,别有所志,自恃着智力和另外的体力。

要不然,我真怕将来大家又大说一通日本人是徐福的子孙。

一愿:从此不再胡乱和别人去攀亲。

但竟有人给文学也攀起亲来了,他说女人的才力,会因与男性的肉体关系而受影响,并举欧洲的几个女作家,都有文人做情人来作证据。于是又有人来驳他,说这是弗洛伊特说,不可靠。其实这并不是弗洛伊特说,他不至于忘记梭格拉第太太全不懂哲学,托尔斯泰太太不会做文章这些反证的。况且世界文学史上,有多少中国所谓"父子作家""夫妇作家"那些"肉麻当有趣"的人物在里面?因为文学和梅毒不同,并无霉菌,决不会由性交传给对手的。至于有"诗人"在钓一个女人,先捧之为"女诗人",那是一种讨好的手段,并非他真传染给她了诗才。

二愿:从此眼光离开脐下三寸。

九月二十五日。

原载 1934 年 9 月 28 日《中华日报·动向》。署名白道。

初收 1936 年 6 月上海联华书局版《花边文学》。

商贾的批评

中国现今没有好作品,早已使批评家或胡评家不满,前些时还曾经探究过它的所以没有的原因。结果是没有结果。但还有新解释。林希隽先生说是因为"作家毁掉了自己,以投机取巧的手腕"去作"杂文"了,所以也害得做不成莘克莱或托尔斯泰(《现代》九月号)。还有一位希隽先生,却以为"在这资本主义的社会里头,……作家无形中也就成为商贾了。……为了获利较多的报酬起见,便也不得不采用'粗制滥造'的方法,再没有人殚精竭虑用苦工夫去认真创作了。"(《社会月报》九月号)

着眼在经济上，当然可以说是进了一步。但这"殚精竭虑用苦工夫去认真创作"出来的学说，和我们只有常识的见解是很不一样的。我们向来只以为用资本来获利的是商人，所以在出版界，商人是用钱开书店来赚钱的老板。到现在才知道用文章去卖有限的稿费的也是商人，不过是一种"无形中"的商人。农民省几斗米去出售，工人用筋力去换钱，教授卖嘴，妓女卖淫，也都是"无形中"的商人。只有买主不是商人了，但他的钱一定是用东西换来的，所以也是商人。于是"在这资本主义社会里头"，个个都是商人，但可分为在"无形中"和有形中的两大类。

用希隽先生自己的定义来断定他自己，自然是一位"无形中"的商人；如果并不以卖文为活，因此也无须"粗制滥造"，那么，怎样过活呢，一定另外在做买卖，也许竟是有形中的商人了，所以他的见识，无论怎么看，总逃不脱一个商人见识。

"杂文"很短，就是写下来的工夫，也决不要写"和平与战争"（这是照林希隽先生的文章抄下来的，原名其实是《战争与和平》）的那么长久，用力极少，是一点也不错的。不过也要有一点常识，用一点苦工，要不然，就是"杂文"，也不免更进一步的"粗制滥造"，只剩下笑柄。作品，总是有些缺点的。亚波理奈尔咏孔雀，说它翘起尾巴，光辉灿烂，但后面的屁股眼也露出来了。所以批评家的指摘是要的，不过批评家这时却也就翘起了尾巴，露出他的屁眼。但为什么还要呢，就因为它正面还有光辉灿烂的羽毛。不过倘使并非孔雀，仅仅是鹅鸭之流，它应该想一想翘起尾巴来，露出的只有些什么！

九月二十五日。

原载 1934 年 9 月 29 日《中华日报·动向》。署名及锋。

初收 1936 年 6 月上海联华书局版《花边文学》。

考场三丑

古时候,考试八股的时候,有三样卷子,考生是很失面子的,后来改考策论了,恐怕也还是这样子。第一样是"缴白卷",只写上题目,做不出文章,或者简直连题目也不写。然而这最干净,因为别的再没有什么枝节了。第二样是"钞刊文",他先已有了侥幸之心,读熟或带进些刊本的八股去,倘或题目相合,便即照钞,想瞒过考官的眼。品行当然比"缴白卷"的差了,但文章大抵是好的,所以也没有什么另外的枝节。第三样,最坏的是瞎写,不及格不必说,还要从瞎写的文章里,给人寻出许多笑话来。人们在茶余酒后作为谈资的,大概是这一种。

"不通"还不在其内,因为即使不通,他究竟是在看题目做文章了;况且做文章做到不通的境地也就不容易,我们对于中国古今文学家,敢保证谁决没有一句不通的文章呢? 有些人自以为"通",那是因为他连"通""不通"都不了然的缘故。

今年的考官之流,颇在讲些中学生的考卷的笑柄。其实这病源就在于瞎写。那些题目,是只要能够钞刊文,就都及格的。例如问"十三经"是什么,文天祥是那朝人,全用不着自己来挖空心思做,一做,倒糟糕。于是使文人学士大叹国学之衰落,青年之不行,好像惟有他们是文林中的硕果似的,像煞有介事了。

但是,钞刊文可也不容易。假使将那些考官们锁在考场里,骤然问他几条较为陌生的古典,大约即使不瞎写,也未必不缴白卷的。我说这话,意思并不在轻议已成的文人学士,只以为古典多,记不清不足奇,都记得倒古怪。古书不是很有些曾经后人加过注解的么? 那都是坐在自己的书斋里,查群籍,翻类书,穷年累月,这才脱稿的,然而仍然有"未详",有错误。现在的青年当然是无力指摘它了,但作证的却有别人的什么"补正"在;而且补而又补,正而又正者,也时或有之。

由此看来，如果能钞刊文，而又敷衍得过去，这人便是现在的大人物；青年学生有一些错，不过是常人的本分而已，但竟为世诟病，我很诧异他们竟没有人呼冤。

九月二十五日。

原载 1934 年 10 月 20 日《太白》半月刊第 1 卷第 3 期。

署名黄棘。

初收 1936 年 6 月上海联华书局版《花边文学》。

中国人失掉自信力了吗

从公开的文字上看起来：两年以前，我们总自夸着"地大物博"，是事实；不久就不再自夸了，只希望着国联，也是事实；现在是既不夸自己，也不信国联，改为一味求神拜佛，怀古伤今了——却也是事实。

于是有人慨叹曰：中国人失掉自信力了。

如果单据这一点现象而论，自信其实是早就失掉的。先前信"地"，信"物"，后来信"国联"，都没有相信过"自己"。假使这也算一种"信"，那也只能说中国人曾经有过"他信力"，自从对国联失望之后，便把这他信力都失掉了。

失掉了他信力，就会疑，一个转身，也许能够只相信了自己，倒是一条新生路，但不幸的是逐渐玄虚起来了。信"地"和"物"，还是切实的东西，国联就渺茫，不过这还可以令人不久就省悟到依赖它的不可靠。一到求神拜佛，可就玄虚之至了，有益或是有害，一时就找不出分明的结果来，它可以令人更长久的麻醉着自己。

中国人现在是在发展着"自欺力"。

"自欺"也并非现在的新东西，现在只不过日见其明显，笼罩了一切罢了。然而，在这笼罩之下，我们有并不失掉自信力的中国人在。

我们从古以来，就有埋头苦干的人，有拼命硬干的人，有为民请命的人，有舍身求法的人，……虽是等于为帝王将相作家谱的所谓"正史"，也往往掩不住他们的光耀，这就是中国的脊梁。

这一类的人们，就是现在也何尝少呢？他们有确信，不自欺；他们在前仆后继的战斗，不过一面总在被摧残，被抹杀，消灭于黑暗中，不能为大家所知道罢了。说中国人失掉了自信力，用以指一部分人则可，倘若加于全体，那简直是诬蔑。

要论中国人，必须不被搽在表面的自欺欺人的脂粉所诳骗，却看看他的筋骨和脊梁。自信力的有无，状元宰相的文章是不足为据的，要自己去看地底下。

九月二十五日。

原载 1934 年 10 月 20 日《太白》半月刊第 1 卷第 3 期。

署名公汗。

初收 1937 年 7 月上海三闲书屋版《且介亭杂文》。

致 黎烈文

烈文先生：

廿二信并稿两篇，顷已收到。

佛朗士小说及护肚带均已购得，今持上。带之大小，不知合式否？倘太大，希示知，当另买较小者，此二枚可留为明年之用。如太小，则上面之带，可以自行放长，尚不合，则可退换，这是与店铺先已说好的。

徐君来译稿一，并原文，今附上，希一阅，最好是一改，以登《译文》。将来看来稿大约要比自译还要苦。

此复，即请

道安。

插画法文书有二三本，存他处，日内当去取回奉　览。又及。

二十六日

　　日记　晴。上午寄望道信并稿二篇。午后寄《动向》稿二篇。理发。

二十七日

　　日记　昙。午后得西谛信并笺样六幅，即复。得阿芷信，即复。得顾君留柬，下午即同广平携海婴往访之。大雨。晚寄雾城信。

致 郑振铎

西谛先生：

　　廿四日信并纸样及笺样，顷已收到；惟书未到，例必稍迟。开明买纸事，因久无消息，曾托丐尊去问，后得来信，谓雪村赴粤，此外无人知其事云云，落得一个莫名其妙。日前，又托梓生去问其熟人之纸铺，迨寄纸样来，则所谓"罗甸纸"者，乃类乎连史之物，又落得一个莫名其妙。今得实物，大佳，日内当自去探门路一访，倘不得要领，当再托开明，因我颇疑开明亦善于渺无消息者也。

　　《十竹斋》首册已刻好，我以为可以先卖，不待老莲。但豫约之法颇难，当令卖[买]者付钱四元，取书一册，至半年后乃有第二册，而尚止半部。较直截之法，则不如于书印出后，每本卖特价二三月，两块钱一本也。但如此办法，每本销数，必有不同，于善后有碍。如何是好，请　先生决之。

后之三本，还是催促刻工，赶至每五个月刻成一本，如是，则明年年底，可以了结一事了。太久不好。

《水浒牌子》恐不易得，但当留心。《凌烟阁图》曾一见，亦颇佳，且看纸价如何，如能全附在后，不如全印，而于序中志其疑。因上官周之作，亦应绍介，《竹庄画传》尚流行，我辈自不重印，趁机会带出一种，亦大佳也。

专此布复，即请

著安。

迅　顿首　九月廿七日

《译文》只印二千五百，销路未详，但恐怕未必好。　又及。

致母亲

母亲大人膝下敬禀者，来信收到。秉中不肯说明地址，即因恐怕送礼之故，他日相见，当面谢之。海婴照相，系便中寄与紫佩，托其转交，并有一信。今紫佩并无信来言不收到，想必不至于遗失。近见《申报》，往郑州开国语统一会之北平代表，有紫佩名，然则他近日盖不在北平也。海婴近来较为听话，今日为他出世五周年之生日，但作少许小菜，大家吃了一餐，算是庆祝，并不请客也。

专此布达，恭请

金安。

男树　叩上　广平及海婴同叩。九月廿七日

二十八日

　　日记　晴。上午寄母亲信。午后往广雅纸店访黄色罗纹纸,不得。得西谛所寄书二本,纸二百二十枚,晚复。寄夏丐尊信。夜同广平观电影。

致 郑振铎

西谛先生:

　　昨得惠函,即奉复,想已达。今午得书三本,纸二百二十枚,共一包无误。《凌烟功臣图》曾在上海见过一部,版较大,与寄来者不同,盖小者又系摹本。翻阅一过,觉其技尚在上官竹庄下远甚,疑系取《竹庄画传》中人物,改头换面,以欺日本人者,并沈南苹跋亦属伪造,盖南苹在日本颇有名也。南苹虽专长花卉,但对于人物,当亦不至不能辨别至此。我看连一二幅亦不必附,或仅于总序中一提,但即不提亦可。

　　午前持"罗甸纸"问纸铺,多不识,谓恐系外国品,然则此物在南方之不多见,亦可知矣。看纸样,帘纹甚密,或者高丽产亦说不定。现已一面以样张之半寄夏丐尊,托其择内行人再向纸铺一访,一面托内山去问日本纸店,有无此物,并取日本纸样张,看可有宜于使用者否。

　　《九歌图》每页须照两次,制版费必贵。如每页纸价二分,则百页之书,本钱已在三元左右,非卖五元不可了。

　　现在的问题,是倘有罗甸,自然即用罗甸。倘没有,则用毛太纸,抑用日本纸乎(如果每页不逾二分的话),希给与意见为幸。

　　专此布达,即请
道安。

迅　上　九月廿八日

二十九日

  日记 晴,暖。午得李天元信。午后为吉冈君书唐诗一幅,又为梓生书一幅,云:"绮罗幕后送飞［光］,柏栗丛边作道场。望帝终教芳草变,迷阳聊饰大田荒。何来酪果供千佛,难得莲花似六郎。中夜鸡鸣风雨集,起然烟卷觉新凉。"晚蕴如及三弟来并赠阿菩照相一枚。

秋夜偶成

绮罗幕后送飞光,柏栗丛边作道场。

望帝终教芳草变,迷阳聊饰大田荒。

何来酪果供千佛,难得莲花似六郎。

中夜鸡鸣风雨集,起然烟卷觉新凉。

九月二十九日

未另发表。据手稿编入。

初未收集。

三十日

  日记 星期。晴,暖。午后得母亲信附与海婴笺,二十七日发。得罗清桢信。夜作《解杞忧》一篇,约二千字。夜风。

"以眼还眼"

杜衡先生在"最近,出于'与其看一部新的书,还不如看一部旧的书'的心情"，重读了莎士比亚的《凯撒传》。这一读是颇有关系的，结果使我们能够拜读他从读旧书而来的新文章：《莎剧凯撒传里所表现的群众》（见《文艺风景》创刊号）。

这个剧本，杜衡先生是"曾经用两个月的时间把它翻译出来过"的，就可见读得非常子细。他告诉我们："在这个剧里，莎氏描写了两个英雄——凯撒，和……勃鲁都斯。……还进一步创造了两位政治家（煽动家）——阴险而卑鄙的卡西乌斯，和表面上显得那么麻木而糊涂的安东尼。"但最后的胜利却属于安东尼，而"很明显地，安东尼底胜利是凭借了群众底力量"，于是更明显地，即使"甚至说，群众是这个剧底无形的主脑，也不嫌太过"了。

然而这"无形的主脑"是怎样的东西呢？杜衡先生在叙事和引文之后，加以结束——决不是结论，这是作者所不愿意说的——道——

"在这许多地方，莎氏是永不忘记把群众表现为一个力量的；不过，这力量只是一种盲目的暴力。他们没有理性，他们没有明确的利害观念；他们底感情是完全被几个煽动家所控制着，所操纵着。……自然，我们不能贸然地肯定这是群众底本质，但是我们倘若说，这位伟大的剧作者是把群众这样看法的，大概不会有什么错误吧。这看法，我知道将使作者大大地开罪于许多把群众底理性和感情用另一种方式来估计的朋友们。至于我，说实话，我以为对这些问题的判断，是至今还超乎我底能力之上，我不敢妄置一词。……"

杜衡先生是文学家，所以这文章做得极好，很谦虚。假如说，"妈的群众是瞎了眼睛的！"即使根据的是"理性"，也容易因了表现的粗暴而招致反感；现在是"这位伟大的剧作者"莎士比亚老前辈"把群众这样看法的"，您以为怎么样呢？"異语之言，能无说乎"，至少也得客客气气的搔一搔头皮，如果你没有翻译或细读过莎剧《凯撒传》的话——只得说，这判断，更是"超乎我底能力之上"了。

于是我们都不负责任，单是讲莎剧。莎剧的确是伟大的，仅就杜衡先生所介绍的几点来看，它实在已经打破了文艺和政治无关的高论了。群众是一个力量，但"这力量只是一种盲目的暴力。他们没有理性，他们没有明确的利害观念"，据莎氏的表现，至少，他们就将"民治"的金字招牌踏得粉碎，何况其他？ 即在目前，也使杜衡先生对于这些问题不能判断了。一本《凯撒传》，就是作政论看，也是极有力量的。

　　然而杜衡先生却又因此替作者捏了一把汗，怕"将使作者大大地开罪于许多把群众底理性和感情用另一种方式来估计的朋友们"。自然，在杜衡先生，这是一定要想到的，他应该爱惜这一位以《凯撒传》给他智慧的作者。然而肯定的判断了那一种"朋友们"，却未免太不顾事实了。现在不但施蛰存先生已经看见了苏联将要排演莎剧的"丑态"（见《现代》九月号），便是《资本论》里，不也常常引用莎氏的名言，未尝说他有罪么？ 将来呢，恐怕也如未必有人引《哈孟雷特》来证明有鬼，更未必有人因《哈孟雷特》而责莎士比亚的迷信一样，会特地"吊民伐罪"，和杜衡先生一般见识的。

　　况且杜衡先生的文章，是写给心情和他两样的人们来读的，因为会看见《文艺风景》这一本新书的，当然决不是怀着"与其看一部新的书，还不如看一部旧的书"的心情的朋友。但是，一看新书，可也就不至于只看一本《文艺风景》了，讲莎剧的书又很多，涉猎一点，心情就不会这么抖抖索索，怕被"政治家"（煽动家）所煽动。那些"朋友们"除注意作者的时代和环境而外，还会知道《凯撒传》的材料是从布鲁特奇的《英雄传》里取来的，而且是莎士比亚从作喜剧转入悲剧的第一部；作者这时是失意了。为什么事呢，还不大明白。但总之，当判断的时候，是都要想到的，又未必有杜衡先生所豫言的痛快，简单。

　　单是对于"莎剧凯撒传里所表现的群众"的看法，和杜衡先生的眼睛两样的就有的是。现在只抄一位痛恨十月革命，逃入法国的显斯妥夫(Lev Shestov)先生的见解,而且是结论在这里罢——

　　"在《攸里乌斯·凯撒》中活动的人,以上之外,还有一个。那是复合底人物。那便是人民,或说'群众'。莎士比亚之被称为写实家,并不是无意义的。无论在那一点,他决不阿谀群众,做出凡俗的性格来。他们轻薄,胡乱,残酷。今天跟在彭贝的战车之后,明天喊着凯撒之名,但过了几天,却被他的叛徒勃鲁都斯的辩才所惑,其次又赞成安东尼的攻击,要求着刚才的红人勃鲁都斯的头了。人往往愤慨着群众之不可靠。但其实,岂不是正有适用着'以眼还眼,以牙还牙'的古来的正义的法则的事在这里吗?劈开底来看,群众原是轻蔑着彭贝,凯撒,安东尼,辛那之辈的,他们那一面,也轻蔑着群众。今天凯撒握着权力,凯撒万岁。明天轮到安东尼了,那就跟在他后面罢。只要他们给饭吃,给戏看,就好。他们的功绩之类,是用不着想到的。他们那一面也很明白,施与些像个王者的宽容,借此给自己收得报答。在拥挤着这些满是虚荣心的人们的连串里,间或夹杂着勃鲁都斯那样的廉直之士,是事实。然而谁有从山积的沙中,找出一粒珠子来的闲工夫呢?群众,是英雄的大炮的食料,而英雄,从群众看来,不过是余兴。在其间,正义就占了胜利,而幕也垂下来了。"(《莎士比亚〔剧〕中的伦理的问题》)

　　这当然也未必是正确的见解,显斯妥夫就不很有人说他是哲学家或文学家。不过便是这一点点,就很可以看见虽然同是从《凯撒传》来看它所表现的群众,结果却已经和杜衡先生有这么的差别。而且也很可以推见,正不会如杜衡先生所豫料,"将使作者大大地开罪于许多把群众底理性和感情用另一方式来估计的朋友们"了。

　　所以,杜衡先生大可以不必替莎士比亚发愁。彼此其实都很明白:"阴险而卑鄙的卡西乌斯,和表面上显得那么麻木而糊涂的安东尼",就是在那时候的群众,也"不过是余兴"而已。

　　　　　　　　　　　　　　　　　　　九月三十日。

原载 1934 年 11 月 1 日《文学》月刊第 3 卷第 5 期。原稿题作《解杞忧》。署名隼。

初收 1937 年 7 月上海三闲书屋版《且介亭杂文》。

致 黎烈文

烈文先生：

日译法朗士小说一本及肚围二枚，已于一星期前送往申报馆，托梓生转交。昨晚始知道 先生并不常到馆去，然则函件不知梓生已为设法转致否？殊念。如未收到，希往馆一问为幸。

专此布达，即请
道安。

迅　顿首　九月卅夜。

十月

一日

日记 昙。上午寄烈文信。午后得十月分『版芸術』一本，五角。得耳耶信，即复，并附稿一篇。下午雨。复罗清桢信。晚蕴如及三弟来并为取得《法书考》一本。得钱君匋信。寄保宗信并稿一篇。

又是"莎士比亚"

苏俄将排演原本莎士比亚，可见"丑态"；马克思讲过莎士比亚，当然错误；梁实秋教授将翻译莎士比亚，每本大洋一千元；杜衡先生看了莎士比亚，"还再需要一点做人的经验"了。

我们的文学家杜衡先生，好像先前是因为没有自己觉得缺少"做人的经验"，相信群众的，但自从看了莎氏的《凯撒传》以来，才明白"他们没有理性，他们没有明确的利害观念；他们底感情是完全被几个煽动家所控制着，所操纵着"。（杜衡：《莎剧凯撒传里所表现的群众》，《文艺风景》创刊号所载。）自然，这是根据"莎剧"的，和杜先生无关，他自说现在也还不能判断它对不对，但是，觉得自己"还再需要一点做人的经验"，却已经明白无疑了。

这是"莎剧凯撒传里所表现的群众"对于杜衡先生的影响。但杜文《莎剧凯撒传里所表现的群众》里所表现的群众，又怎样呢？和《凯撒传》里所表现的也并不两样——

"……这使我们想起在近几百年来的各次政变中所时常看到的，'鸡来迎鸡，狗来迎狗'式……那些可痛心的情形。……

人类底进化究竟在那儿呢？抑或我们这个东方古国至今还停滞在二千年前的罗马所曾经过的文明底阶段上呢?"

真的,"发思古之幽情",往往为了现在。这一比,我就疑心罗马恐怕也曾有过有理性,有明确的利害观念,感情并不被几个煽动家所控制,所操纵的群众,但是被驱散,被压制,被杀戮了。莎士比亚似乎没有调查,或者没有想到,但也许是故意抹杀的,他是古时候的人,有这一手并不算什么玩把戏。

不过经他的贵手一取舍,杜衡先生的名文一发挥,却实在使我们觉得群众永远将是"鸡来迎鸡,狗来迎狗"的材料,倒还是被迎的有出息;"至于我,老实说",还竟有些以为群众之无能与可鄙,远在"鸡""狗"之上的"心情"了。自然,这是正因为爱群众,而他们太不争气了的缘故——自己虽然还不能判断,但是,"这位伟大的剧作者是把群众这样看法的"呀,有谁不信,问他去罢!

十月一日。

原载 1934 年 10 月 4 日《中华日报·动向》。署名苗挺。
初收 1936 年 6 月上海联华书局版《花边文学》。

致 罗清桢

清桢先生:

来示敬悉。《木刻纪程》已在装订,大约再有十来天,便可成功,内有先生之作四幅,应得四本,一成当即寄奉。因为经济关系,只印了一百二十本,发售的大约不多了。

学生要印木刻,倘作为一种"校刊",自无不可,但如算是正式的作品,恐怕太早一点,我是主张青年发表作品,要"胆大心细"的,因为心若不细,便容易走入草率的路。至于题字,只要将格式及大小见示,自当写寄。

日本的两个画家,也许有回信,但恐怕只是普通的应酬信,他们的作家,和批评家分工,不是极熟的朋友,是不会轻发意见的。

此复,即请

秋安。

迅　上　十月一日

二日

日记　　小雨。上午得董永舒信并泉十五。得林绍仑信,即复。下午北新书局送来版税泉二百。茅盾来并赠《短篇小说集》一本。晚寄《动向》稿一篇。

点句的难

看了《袁中郎全集校勘记》,想到了几句不关重要的话,是:断句的难。

前清时代,一个塾师能够不查他的秘本,空手点完了"四书",在乡下就要算一位大学者,这似乎有些可笑,但是很有道理的。常买旧书的人,有时会遇到一部书,开首加过句读,夹些破句,中途却停了笔:他点不下去了。这样的书,价钱可以比干净的本子便宜,但看起来也真教人不舒服。

标点古书,印了出来,是起于"文学革命"时候的;用标点古文来试验学生,我记得好像是同时开始于北京大学,这真是恶作剧,使"莘莘学子"闹出许多笑话来。

这时候,只好一任那些反对白话,或并不反对白话而兼长古文的学者们讲风凉话。然而，学者们也要"技痒"的，有时就自己出手。一出手，可就有些糟了，有几句点不断，还有可原，但竟连极平常的句子也点了破句。

古文本来也常常不容易标点，譬如《孟子》里有一段，我们大概是这样读法的："有冯妇者，善搏虎，卒为善士。则之野，有众逐虎。虎负嵎，莫之敢撄。望见冯妇，趋而迎之。冯妇攘臂下车，众皆悦之，其为士者笑之。"但也有人说应该断为"卒为善，士则之，野有众逐虎……"的。这"笑"他的"士"，就是先前"则"他的"士"，要不然，"其为士"就太鹘突了。但也很难决定究竟是那一面对。

不过倘使是调子有定的词曲，句子相对的骈文，或并不艰深的明人小品，标点者又是名人学士，还要闹出一些破句，可未免令人不遭蚊子叮，也要起疙瘩了。嘴里是白话怎么坏，古文怎么好，一动手，对古文就点了破句，而这古文又是他正在竭力表扬的古文。破句，不就是看不懂的分明的标记么？说好说坏，又从那里来的？

标点古文真是一种试金石，只消几点几圈，就把真颜色显出来了。

但这事还是不要多谈好，再谈下去，我怕不久会有更高的议论，说标点是"随波逐流"的玩意，有损"性灵"，应该排斥的。

十月二日。

原载 1934 年 10 月 5 日《中华日报·动向》。署名张沛。
初收 1936 年 6 月上海联华书局版《花边文学》。

三日

日记 小雨。上午寄姚省吾信。午得谷非信。得冰山信。《木刻纪程》（一）印成，凡一百二十本。午后得猛克信。晚诗荃来。得望道信。夜同广平邀内山君及其夫［人］并村井，中村二君往新中央戏院观《金刚》。

四日

日记　昙。午后复冰山信。寄陈铁耕信。得王泽长信，即复。得耳耶信并徐行译稿，即复。下午广平为从蟫隐庐买《安徽丛书》三集一部二函十八本，价十元。寄陈铁耕信并《木刻纪程》三本。

说"面子"

"面子"，是我们在谈话里常常听到的，因为好像一听就懂，所以细想的人大约不很多。

但近来从外国人的嘴里，有时也听到这两个音，他们似乎在研究。他们以为这一件事情，很不容易懂，然而是中国精神的纲领，只要抓住这个，就像二十四年前的拔住了辫子一样，全身都跟着走动了。相传前清时候，洋人到总理衙门去要求利益，一通威吓，吓得大官们满口答应，但临走时，却被从边门送出去。不给他走正门，就是他没有面子；他既然没有了面子，自然就是中国有了面子，也就是占了上风了。这是不是事实，我断不定，但这故事，"中外人士"中是颇有些人知道的。

因此，我颇疑心他们想专将"面子"给我们。

但"面子"究竟是怎么一回事呢？不想还好，一想可就觉得胡涂。它像是很有好几种的，每一种身份，就有一种"面子"，也就是所谓"脸"。这"脸"有一条界线，如果落到这线的下面去了，即失了面子，也叫作"丢脸"。不怕"丢脸"，便是"不要脸"。但倘使做了超出这线以上的事，就"有面子"，或曰"露脸"。而"丢脸"之道，则因人而不同，例如车夫坐在路边赤膊捉虱子，并不算什么，富家姑爷坐在路边赤膊捉虱子,才成为"丢脸"。但车夫也并非没有"脸",不过这时不算"丢",要给老婆踢了一脚,就躺倒哭起来,这才成为他的"丢脸"。这一条"丢脸"律,是也适用于上等人的。这样看来,"丢脸"的机会,似乎上等人比较的多,但也不一定,例如车夫偷一个钱袋,被人发见,是失了面子的,而上等人大捞一批金珠珍玩,却仿佛也不见得怎样"丢脸",况且还有"出洋考察",是改头换面的良方。

谁都要"面子",当然也可以说是好事情,但"面子"这东西,却实在有些怪。九月三十日的《申报》就告诉我们一条新闻:沪西有业木匠大包作头之罗立鸿,为其母出殡,邀开"赁器店之王树宝夫妇帮忙,因来宾众多,所备白衣,不敷分配,其时适有名王道才,绰号三喜子,亦到来送殡,争穿白衣不遂,以为有失体面,心中怀恨,……邀集徒党数十人,各执铁棍,据说尚有持手枪者多人,将王树宝家人乱打,一时双方有剧烈之战争,头破血流,多人受有重伤。……"白衣是亲族有服者所穿的,现在必须"争穿"而又"不遂",足见并非亲族,但竟以为"有失体面",演成这样的大战了。这时候,好像只要和普通有些不同便是"有面子",而自己成了什么,却可以完全不管。这类脾气,是"绅商"也不免发露的:袁世凯将要称帝的时候,有人以列名于劝进表中为"有面子";有一国从青岛撤兵的时候,有人以列名于万民伞上为"有面子"。

所以,要"面子"也可以说并不一定是好事情——但我并非说,人应该"不要脸"。现在说话难,如果主张"非孝",就有人会说你在煽动打父母,主张男女平等,就有人会说你在提倡乱交——这声明是万不可少的。

况且,"要面子"和"不要脸"实在也可以有很难分辨的时候。不是有一个笑话么? 一个绅士有钱有势,我假定他叫四大人罢,人们都以能够和他扳谈为荣。有一个专爱夸耀的小瘪三,一天高兴的告诉别人道:"四大人和我讲过话了!"人问他"说什么呢?"答道:"我站在他们门口,四大人出来了,对我说:滚开去!"当然,这是笑话,是形容这人的"不要脸",但在他本人,是以为"有面子"的,如此的人一多,也就真成为"有面子"了。别的许多人,不是四大人连"滚开去"也不对他说么?

在上海,"吃外国火腿"虽然还不是"有面子",却也不算怎么"丢脸"了,然而比起被一个本国的下等人所踢来,又仿佛近于"有面子"。

中国人要"面子",是好的,可惜的是这"面子"是"圆机活法",善于变化,于是就和"不要脸"混起来了。长谷川如是闲说"盗泉"云:"古之君子,恶其名而不饮,今之君子,改其名而饮之。"也说穿了"今之君子"的"面子"的秘密。

十月四日。

原载 1934 年 10 月《漫画生活》月刊第 2 期。

初收 1937 年 7 月上海三闲书屋版《且介亭杂文》。

五日

日记　昙。上午寄漫画生活社稿一篇。午后得增田君信。得烈文信。得刘岘信。得霁野信。得靖华信。下午得征农信,即复。得『ドストイエフスキイ全集』(二)一本,二元五角。

致 曹靖华

亚兄:

一日信奉到,甚慰。克氏信附奉,弟亦无甚话要说,惟欲知画片有无缺少耳,收到者为大小十五幅,未知信中提及否?本年一月至六月止之《星花》版税已结算,仅十二元,较常年减少五分之四,今呈上汇票一纸,乞在后面署名盖印,往琉璃厂商务印书馆分店账房(在楼上)一取为荷。《文学报》当于十日左右寄上。弟一切如常,内人及孩子亦均安好,希勿念是幸。

专此布达,即请

秋安。

弟豫　顿首　十月五日夜。

附汇票一张;克氏信一张。

六日

日记　晴。上午同海婴往须藤医院诊,广平亦去。下午寄刘岘,白涛及罗清桢信,并赠《木刻纪程》及还木版。广平往蟫隐庐为取得豫约之《仰视千七百二十九鹤斋丛书》一部六函卅六本。夜公饯巴金于南京路饭店,与保宗同去,全席八人。复靖华信附克氏笺一枚,版税泉十二元汇票一纸。

致 何白涛

白涛先生:

《木刻纪程》已印出,即托书店寄奉四本,不知已收到否?此次付印,颇费心力,经费亦巨,而成绩并不好,颇觉懊丧。第二本能否继续,不可知矣。

木版亦当于数日内作小包寄还,至希检收。铁耕兄之两块,亦附在内的。

专此布达,即颂

时绥。

迅　上　十月六日

致 罗清桢

清桢先生：

　　《木刻纪程》已订出，即托书店寄上四本，因所选先生画为四幅，故每幅以一本为报酬。

　　木版亦当于数日内作小包寄还，至希检收。

　　此次印工并不佳，而颇费手续，所费亦巨，故第二本何时可出，颇在不可知之数。先生之版，现仅留《五指山之松》一块在敝处，《在码头上》已见他处发表，似可不必复印，故一并附还耳。

　　专此布达，即颂

时绥。

迅　上　十月六日

七日

　　日记　星期。晴。上午同内山君夫妇及广平携海婴往日本人俱乐部观堀越英之助君洋画展览会。得耳耶信。得西谛信。晚三弟及蕴如携晔儿来，并为取得《吴骚合编》一部四本。得梓生信并《自由谈》稿费二十九元。

八日

　　日记　晴。上午复西谛信并赠《木刻纪程》一册，又二册托其转赠施君夫妇。以《文报》一束寄亚丹。为仲方及海婴往须藤医院取药。下午托内山君以《北平笺谱》一部寄赠日本上野图书馆。得小山信。得丏尊信，即转寄西谛。

致 郑振铎

西谛先生：

三日信已收到。日本纸样已去取，但无论如何，价必较中国贵。丐尊尚无信来，黄色罗纹纸事，且稍待后文罢。想周子竞会心急，但只得装作不知。

我前函谓《九歌图》须照两次，系想当然，因为书不能拆开，则前后半页恐须分照也。至于印工，则总不会在五六元。

《十竹斋》第一本，印成大约总在老莲画册之前，则单独先行豫约，似亦无不可。价自当增加，但若每本四元，则全书即要十六元，今定为三元半，豫约满后五元，何如？豫约须有截止期，以第二本刻成发售豫约时（明年二月）为度，不知太长否？或以今年十二月为止亦可。老成人死后，此种刻印本即不可再得，自当留其姓名。中国现行之板权页，仿自日本，实为彼国维新前呈报于诸侯爪牙之余痕，但如《北平笺谱》，颇已变相，也还看得过去。我想这回不如另出新样，于书之最前面加一页，大写书名，更用小字写明借书人及刻工等事，如所谓"牌子"之状，亦殊别致也。

近选了青年作者之木刻二十四页，印成一本，名《木刻纪程》，用力不少，而印订殊不惬意，下午当托书店寄上一本，乞察收。另有二本，乞转交施乐（E. Snow）先生（其一本内有展览会广告，是还他的），他住在军机处八号（8 Chun Chi Ch'u），离学校当不远，也许他也在学校教书的。但第一页上均已写字，希察及。

此布，即请

著安。

迅　顿首　十月八日

致 郑振铎

西谛先生：

上午寄一函并《木刻纪程》，不知已达否？顷得丐尊回信，附上备览。

最好是仍由王伯祥先生托来青阁，能得黄色者，如须染色，必大麻烦，至少，由京寄沪，由沪又寄东京，纸张要旅行两回了。

先生函问内山之《北平笺谱》款为若干。查系叁百，晨函似忘记答复，故续以闻。

此布即请

著安。

迅 顿首 十月八日晚

九日

日记 晴。上午得刘岘信，即复。午后得冈察罗夫所寄木刻十四幅。下午得张慧信，即复。得萧军信，即复。

致 罗清桢

清桢先生：

有复张慧先生一信，而忘其确实之通信地址，乞费神转寄，不胜感荷。

此布，即请

秋安。

迅　上　十月九日

致　张　慧

张慧先生：

　　蒙赐函及木刻，甚感。拜观各幅，部分尽有佳处，但以全体而言，却均不免有未能一律者。如《乞丐》，树及狗皆与全图不相称，且又不见道路，以致难云完全。弟非画家，不敢妄说，惟以意度之，木刻当亦与绘画无异，基本仍在素描，且画面必须统一也。

　　专此布复，即颂

时绥。

迅　上　十月九日

致　萧　军

萧军先生：

　　给我的信是收到的。徐玉诺的名字我很熟，但好像没有见过他，因为他是做诗的，我却不留心诗，所以未必会见面。现在久不见他的作品，不知道那里去了？

　　来信的两个问题的答复——

　　一，不必问现在要什么，只要问自己能做什么。现在需要的是斗争的文学，如果作者是一个斗争者，那么，无论他写什么，写出来的东西一定是斗争的。就是写咖啡馆跳舞场罢，少爷们和革命者的作品，也决不会一样。

二，我可以看一看的，但恐怕没工夫和本领来批评。稿可寄"上海、北四川路底、内山书店转、周豫才收"，最好是挂号，以免遗失。

我的那一本《野草》，技术并不算坏，但心情太颓唐了，因为那是我碰了许多钉子之后写出来的。我希望你脱离这种颓唐心情的影响。

专此布复，即颂

时绥。

迅 上 十月九夜。

十日

日记　晴。上午得韩白罗信并翻印《母亲》插画一本，午后复。寄杨霁云信。夜同广平往光陆大戏院观《罗宫绮梦》。

致 杨霁云

霁云先生：

中国新作家的木刻二十四幅，已经印出，名《木刻纪程》；又再版《北平笺谱》亦已到沪，不及初版，我可以换一部初版的给　先生的。但不知寄到府上，还是俟　先生来沪时自取好呢？大约邮寄是有小小损毁之虑的。希示为幸。

此布，即颂

时绥。

迅 上 十月十日

十一日

日记 晴。午前钦文来,并赠《两条裙子》一本。得省吾信。得征农信。下午寄 Harriette Ashbrook 信,谢其赠书。寄小山杂志一包。复董永舒信并所代买书一包。夜同广平往上海大戏院观《傀儡》。

十二日

日记 晴。晚得『ツルゲーネフ全集』(十四)一本,价二元五角。晚蕴如来。

十三日

日记 晴。上午得林绍仑信。得谭正璧信。得邵逸民信。得合众书店信,即复。得杨霁云信,午后复。下午买『ドーソン蒙古史』一本,六元。晚寄烈文信。得何白涛信并木刻二幅。蕴如携阿菩来。三弟来并为取得《郑守愚文集》一本。

致 合众书店

径启者,得　惠函,要将删余之《二心集》改名出版,以售去版权之作者,自无异议。但我要求在第一页上,声明此书经中央图书审查会审定删存;倘登广告,亦须说出是《二心集》之一部分,否则,蒙混读者的责任,出版者和作者都不能不负,我是要设法自己告白的。此请

合众书店台鉴

鲁迅　十月十三日

致 杨霁云

霁云先生：

十一日惠函收到。新印的杂感集，尚未校完，也许出版要在先生来沪之后的。

小说《发掘》，见过批评，书未见，但这几天想去买来看一看，近来专门打杂，看书的时间简直没有了，自然，闲逛却不能免。"流火"固然太典雅，但我想，"火流"也太生，不如用什么"大旱""火海"之类，直截了当。近来有了检查会，好的作品，除自印之外，是不能出版的，如果要书店印，就得先送审查，删改一通，弄得不成样子，像一个人被拆去了骨头一样。

我平常并不做诗，只在有人要我写字时，胡诌几句塞责，并不存稿。自己记得的也不过那一点，再没有什么了。

专此布复，顺颂

时绥。

迅　顿首　十月十三日

致 黎烈文

烈文先生：

《译文》第三期收稿期已将届，茅先生又因生病不能多写字，先生能多译而且速译一点否？并希以拟译或已译之篇名及作者名见示，以便计划插图也。

专此布达，即请

道安。

迅　顿首　十月十三夜。

十四日

日记 星期。晴，暖，下午昙。得亚丹信。夜同广平邀内山君及其夫人，村井，中村，蕴如及三弟往大上海戏院观《金刚之子》。雨而风。

致 曹靖华

亚兄：

十日信已到。三四日前，曾寄《文学新闻》一卷，不知已收到否？兄寓是否仍旧，希便中示及，那么，信就可以不必由学校转了。

《引玉集》不到，真奇，那是挂号寄的，一包内五本，这样看来，就五本都不到了。我当于日内寄给克氏一本。今年正月间，我寄给美术家团体六七部书，由 V. 收，内中有些是清朝初年的木刻，都挂号，还有一封信，是它兄代写的。但至今没有一封回信，莫非都不到么？要是这样，以后寄书可就难了。

克氏我想兄得写一点回信，说明曾经寄过不少中国旧书给美术家，还有，当于日内寄一本《引玉集》，因为他的作品，收到的只有一张，所以最少。至于中国的青年木刻家，已被弄得七零八落，连找也无处找，但我已选印了近一年中所得的作品，名《木刻纪程》，亦当寄给一本。

此信请兄写好，并信封一同寄下（V 地址附上），由我寄去。

又日前得冈氏信并木刻十四张，今将信附上，如要回信，可以附在给克氏的回信里的。

《引玉集》大约冈氏必也没有收到，现在可以补寄（同作一包），因为邮费横竖一样的。但请在给克氏的信中声明。

如来信，请写克氏地址两张（即由其夫人收转的地方）附下，一是帖《引玉集》上，一帖《木刻纪程》上的。

新得的木刻，现在有约四十张，选起来，可有三十余张，恐怕还有寄来的，那么，明年可出二集了。

我们都好，请勿念。

专此布达，即请

秋安。

弟豫　顿首　十月十四日

附冈氏信二纸，V 地址一条。

Ул. Лассаля. д. И 2.

В. О. К. С. для：

十五日

日记　雨。上午复亚丹信附冈察罗夫笺。得阿芷信。得耳耶所寄稿三种。下午烈文来。晚黄河清来并交《译文》第二期五本。

十六日

日记　昙。午后得陈铁耕信并《阿 Q 正传》木刻插画九幅。得吴渤信，即复。得雾城信，即复。下午寄耳耶信并还稿一篇。得陈侬非信。晚寄徐懋庸信。夜雨。同广平往南京戏院观 VIVA VILLA。

《山民牧唱》序文*

拟"讲故事"体

〔西班牙〕巴罗哈

喂，姑娘，正有一点乱谈想给您讲讲哩。

"什么,乱谈?"怕您就会皱起眉头来的罢。因为您是最讨厌胡说白道的。

可是,也还是乱谈。是有些意思的一点乱谈,不过我倒觉得有什么真实的东西在里面的。唉唉,不要这么的皱起眉头来呀。用了我那里的土话来说,我虽然是一个"顽皮",但这可不是我不好。我又有了年纪了,然而也不是我的错;就是外面铁板正经,里面有着那么一点儿的傻气和疯气,也还是不能怪我的。

"那么一点儿?"

对了,那么一点儿。可是我想,这就尽够了。把我弄成这样的人的,是造化。这一点儿的疯气,就扰乱了我的心,常常使我的重心歪到底积外面去。

"又闹起这么麻烦的说法来了呀。"

麻烦么?那是当然的。因为由您看来,以为既不应该,也不正当的伤,怎样的在内面出着血,您简直不知道。这么一想,可就使我为难了。

"阿呀,那可不得了。我相信就是了。"

您要信得坚。从您看起来,我是一个傻子,不必量的东西却要去量,不必称的东西也要去称的人,那是明明白白……

"而且不必多说的话也要多说的。"

从您看起来,我一定是一个过重式的人罢。然而呀,我可一向自负是尖穿门式的人物的哩。

"你在说什么呀?简直一点不懂了。"

那么,您就是说,不要听我的话么?

"那倒不是的。为什么?"

您如果肯听一会我的话,那就讲一个短的寓言罢。我的村子的近地,有一座早就有了的大树林,在那林子里,有好些烧炭的人们在做工,您就这么想。

阿阿,姑娘,这一开口,您就觉得已经就是乱谈了罢。不过,那是不用管它的。

那些烧炭的人们里,做着大家的头目的,是叫作玛丁·巴科黎的汉子。这巴科黎有一个女儿,是四近最漂亮的人物。她名叫喀拉希阿莎,但我们跋司呵人是都叫她喀拉希,喀拉希的。恐怕您就要问头发是黑的呢,还是金黄的了罢。但是,我几乎不知道。我看见她的时候,就给那漂亮镇压住,竟知不清头呀脸呀是什么样子了。如果说这也是乱谈,那是我也承认的。老实说,因为生得太漂亮了,头呀脸呀是什么样子的呢,就看也看不见。别的不必说,就是您……

"阿阿,胡说白道!"

玛丁·巴科黎是在想给女儿找丈夫。他是一个看过许多先前的故事的风流人,所以就想,在女儿的命名日里,邀些自以为可以中选的青年们,请一回客,从中挑一个女婿罢。您要说,这种挑选,爷娘用不着来管的罢?那是,也不错。不过这是传统,我们的祖宗传下来的传统,那是了不得的文雅的传统呵……

巴科黎的筵席上,到了七个候选人,是玄妙的数目。因为别的许多人,都被拒绝了。第一个,是退伍炮兵伊革那屇·巴斯丹,第二个是阿尔契克塞的牧羊人密开尔·喀拉斯,第三,是芬台拉比亚的水手特敏戈·玛丁,第四,是莱塞加的矿工安多尼·伊巴拉吉来,第五,是培拉的遏罗太辟台部落的孚安·台烈且亚(俗称孚安曲),第六,是奥塞的樵夫珊卡戈·莎巴来太(俗称伊秋亚),第七,是渥耶司伦部落的青年沛吕·阿司呵那,就是这几个。这七个幻想气味的人物,如果向您来求爱,怕会变成实在的七百个人的罢。

"阿阿,胡说白道!"

不,正确到像宇宙引力说一样的。吃了一通之后,烧炭的玛丁·巴科黎就另行开口了,"那么,诸位,请你们讲讲各样的本领罢。"他说着,向候选者们环顾了一转。

天字第一号说话的是士兵巴斯丹。他讲了在亚菲利加的冒险,用毛瑟枪的枪刺刺杀过的摩罗人的数目,救了濒死的性命的女人们,半夜里在摩洛哥平原上所遇着的危险。喀拉希一点也不感动。

"大概,是不喜欢军人罢?"我想,您是要这么问的。

"不呀,我什么也没有问呢。"

但是,她也并非不喜欢军人。其实,喀拉希是有着秘密的,有着藏在心里的很深的秘密的。

第二个说话的是看羊的密开尔·喀拉斯。喀拉斯讲了在群山中往来的生活,给山羊和初生的小羊的照管,夜里看了星辰而知道的事情。喀拉希还是不感动。

"大概,是不喜欢到外面去罢?"我看您是要这么想的。

"不呀,我并没有这么想呢。"

喀拉希有秘密,有着藏在心里的很深的秘密的。

第三个说话的是水手特敏戈·玛丁了。他讲了狂风怒涛声中的洋面的冒险,航海的危险,船被潜水艇击破时候的可怕的感情。喀拉希不动心。并不是她不喜欢水手,决不是的,这只因为她有着秘密,有着藏在心里的很深的秘密的缘故呵。

第四个说话的是莱塞加的矿工安多尼·伊巴拉吉来。他说明了在地下的矿洞的黑暗里做工,以及掘出那藏在大地的肚子里面的矿石来,从漆黑的地狱里,运到太阳照着的地上的努力。喀拉希不动心。因为她是有着秘密的,有着藏在心里的很深的秘密的。

第五个,遏罗太辟台部落的猎人乎安曲说话了。他叙述了因为找野猪,就不怕深冬的寒冷,踏雪前去打猎的冒险,还讲了关于自己发明的各样的猎法,以及和那么凶猛的动物的斗争。然而喀拉希还是不感动。

"喀拉希是不喜欢打猎的么?"

并不是的。还是为了她有秘密,有着藏在心里的很深的秘密的缘故呵。

第六,是奥塞的樵夫伊秋亚说话了。他就讲给了树林里的冷静的生活,密林中的深入,自己的小屋子的幽静和平安……

"可是喀拉希还是不感动罢?"

当然罗,不感动。这就还是为了她有秘密,有着藏在心里的很深的秘密的缘故呵。

第七个,是渥耶司伦部落的青年沛吕·阿司珂那非说不可了。然而阿司珂那却不知道说什么才好,讲什么才好。单是胡里胡涂的不知所措,一面凝视着喀拉希。

"那么,她呢?"

她微笑着,凝视着阿司珂那,伸出手去,允许了订婚的握手了。

"为什么沉默着的呢?"

为什么,就只是不开口罢了。因为所谓喀拉希的秘密,很深的秘密,其实就是爱着阿司珂那呀。

喂,姑娘,这是我们跋司珂族。正经,沉默,不高兴说谎的种族。最爱少说的人,善感的人的种族呵。

"但是,你不是很会说费话么?"

那是,姑娘,因为在这小小的寓言里,我是代表着多话而碰钉子的军人,牧羊人,水手,矿工,猎人,樵夫等辈的呀。

"那么,也代表着傲慢,装阔,惹厌的罢。"

并且也代表着空想和梦的哩。懂了罢,姑娘?

《山民牧唱序》从日本笠井镇夫的译文重译,原是载在这部书的卷首的,可以说,不过是一篇极轻松的小品。

作者巴罗哈(Pío Baroja Y Nessi)以一八七二年十二月二十八日生于西班牙的圣绥巴斯锵市,从马德里大学得到 Doctor 的称号,而在文学上,则与伊本纳兹齐名。

但以本领而言,恐怕他还在伊本纳兹之上,即如写山地居民跋司珂族(Vasco)的性质,诙谐而阴郁,虽在译文上,也还可以看出作者的非凡的手段来。这序文固然是一点小品,然而在发笑之中,不是也含着深沉的忧郁么?

原载 1934 年 10 月 16 日《译文》月刊第 1 卷第 2 期。署张禄如译。

初收所编书稿《山民牧唱》,列入上海联华书局"文艺连丛"之一,未出版。

描写自己 *

[法国]纪德

我任凭你们以为和这肖像(瓦乐敦的)相像。那么,我在街上,可以不给你们认识了。况且我不很在巴黎。我倒喜欢在棕榈树下。橄榄树下和稻子豆下,我也幸福的。柏树下面,不大幸福。枞树下面,就全不幸福了。我大概喜欢热天。

每半年,我刮了胡子,回到大街的麦罗尼来。约一个月,即使并无别人,我也快活。但是,没有比孤独更好的了。我最不愿意拿出去的是"我的意见"。一发议论,我在得胜之前,就完全不行。我有一个倾听别人的话的缺点……但我独自对着白纸的时候,就拿回了自己。所以我所挑选的,是与其言语,不如文章,与其新闻杂志,不如单行本,与其投时好的东西,不如艺术作品。我的时常逃到毕斯库拉和罗马,也是与其说是要赴意大利和菲洲去,倒是因为不愿留在巴黎。其实,我是厌恶出外的,最爱的是做事,最憎厌的是娱乐。

虽然这么说,我却并非憎恶人类的人,在以友谊为荣耀……但这是并不相同的。

原载 1934 年 10 月 16 日《译文》月刊第 1 卷第 2 期。署乐雯译。

初未收集。

说述自己的纪德 *

[日本]石川涌

法兰西版《纪德全集》第三卷上，收着一篇题为《著者的肖像》的短文。年代不知道，也许是一九〇一年顷的东西罢。因为还有点意思，就抄下全文来看看。

这里所说的瓦乐敦，是法国有名的版画家。关于他，记得厨川白村确曾绍介过的。在诗人古尔蒙的作家论集《假面的书》中，刻过许多法兰西作家的肖像。

据《全集》编辑者玛尔丹·晓斐的话，则这肖像，好像是登在《巴黎之声》(*Le Cri de Paris*)报的连载作品《描写自己》里，一并发表了纪德的文章的。这肖像，后来就收在《假面的书》里。

瓦乐敦作这版画的时候，还没有见过纪德，只据着毕斯库拉（亚菲利加）棕榈树下所照的照相，刻成木版的。不久之后，两人第一次会面的时候，瓦乐敦叫道，"用我的版画，怕不能找出你来的罢。"

纪德喜欢南方（意大利和菲洲），这些地方的屡次的旅行，产生他的许多杰作，也是大家知道的事实。关于这事，批评家是以为和法兰西南部（游什斯）人的父系的血脉相关的。

（乐雯译自《文化集团》第二卷第八号。）

纪德在中国，已经是一个较为熟识的名字了，但他的著作和关于他的评传，我看得极少极少。

每一个世界的文艺家，要中国现在的读者来看他的许多著作和大部的评传，我以为这是一种不看事实的要求。所以，作者的可靠的自叙和比较明白的画家和漫画家所作的肖像，是帮助读者想知道一个作家的大略的利器。

《描写自己》即由这一种意义上，译出来试试的。听说纪德的文章很难译，那么，这虽然不过一小篇，也还不知道怎么亵渎了作者了。至于这篇小品和画像的来源，则有石川涌的说明在，这里不赘。

文中的稻子豆，是 Ceratonia siliqual 的译名，这植物生在意大利，中国没有；瓦乐敦的原文，是 Félix Vallotton。

原载 1934 年 10 月 16 日《译文》月刊第 1 卷第 2 期。署乐雯译。

初未收集。

致 吴 渤

吴渤先生：

五日的信，十六日才收到的。《木刻纪程》已出，五六天前曾寄一本，托铁耕先生转交，不知道收到了没有？

中国木刻，已在巴黎展览过，那边的作家团体有一封信给中国作者，但并无批评，不过是鼓励的话。这信现在也没法发表。

《木刻法》的稿子，暂时还难以出版，因为上海的出版界，真是艰难极了。

专此布复，即颂

时绥。

迅 上 十月十六日

致 徐懋庸

懋庸先生：

《论心理描写》托黎先生校对了一回，改了一点，现已交来，又由我改了几个字，以避检查者之挑剔，拟编入《译文》第三期，想不至于再有问题。

今将原文寄回，请写一点《后记》，即行寄下，如关于作者履历无可考，那么，只一点译文出于某报某期也可以的。但译者自己的感想，也可以记进去。

专此布达，即颂

时绥。

迅　上　十月十六夜。

十七日

日记　晴。上午得母亲信，十三日发。得山本夫人所寄『斯文』（十六编之八号）一本。下午诗荃来。收北新书局版税泉二百。寄李雾城《木刻记程》四本。晚得杨晦所寄《除夕》及《被囚的普罗密修士》各一本。得李天元所寄三七粉及百宝丹各一瓶。得徐懋庸信，夜复。

十八日

日记　晴。午后买『ジイド全集』（四）一本，二元六角。得徐懋庸信，即复。得殷林信，即复。下午须藤先生来为海婴诊。

致 徐懋庸

懋庸先生：

十七日信收到。那篇译文，黎先生改得并不多，大约有八九处，二三处是较为紧要的。

原文所在的刊物的期数，无大关系，既然调查费事，可以不必了。我想，也未必有要对照阅读那么用功的人。

专此布复，并颂

时绥。

迅　上　十月十八日

十九日

日记　晴。上午内山书店送来『物質与悲劇』一本，一元八角。寄陶亢德信并诗荃稿一篇，即得复。得耳耶信，即复。寄三弟信。下午得紫佩信并代付装订之《淞隐漫录》等两函共十本。夜编第三期《译文》讫。

会　友

[西班牙]巴罗哈

迭土尔辟台·孚安（他自己这么称呼的）是战争开头的前两年的样子，在培拉·台·别达沙出现的。他在曾去当兵的法兰西的军队里，做过山地居民编成的一个大队里的喇叭长。退伍之后，就住在亚司凯因，做打石匠。迭土尔辟台在培拉，颇有些面子。赛会的时节，常常带着乌路尼亚和亚司凯因的四五个朋友，经过伊巴尔廷的冈子，跑到这里来，这时候，他总是将喇叭放在嘴上，吹着军歌。于是大家看齐了脚步往前走。

迭土尔辟台是为了偶然的机缘，到培拉来取他的亲戚，住在拉仑山腰的一个乡下人的两三陀罗①遗产的。这一来，就这样的住在

---

①　一陀罗约合中国银二元。——译者。

这镇上了。迭土尔辟台在亚贝斯谛义轩的葡萄酒和波尔多轩的葡萄酒里,看出了一种特别的颜色。而且即使并不是因此使他为了别达沙河的河流抛掉了尼培廉河的河流,至少,也使他决计为了这镇上的葡萄酒,抛了别的镇上的葡萄酒的。

迭土尔辟台拿着作为遗产,领了下来的蚊子眼泪似的一点钱,索性喝掉,还是在这里做些什么事好呢,踌躇了一下。终于决定要做一点事,前打石匠便开起他之所谓"肉店"来了。

迭土尔辟台在阿尔萨提外区的税关对面,租好一所很小的店铺。于是就在那里的柜台上,苦干着自己的神秘的生意,用一个小机器,切肉呀,磨肉呀,一面拌着血,一面唱着曼什尔·尼多乌先的一出歌。这是他当兵的时候,一个中尉教给他唱的歌,由

Le couvent,séjour charmant

这句子开头,用

Larirrette,Larirrette,Larirre…e……e…tte.

这迭句和那曼声结尾。

迭土尔辟台有着上低音的极好的喉音,唱些 Charmangaria,Uso Churia,el Montagnard 和别的法属跋司珂的歌给邻近的人们听,使大家开心。

叫他"肉店家"比真名字还要通行的迭土尔辟台,不多久,就成了出色人物了。他提着盒子,上各处跑,用那非常好听的跋司珂话,挨家兜售着自己做出来的货色。

为了他的好声音,还是因为别的缘故呢,总而言之,在姑娘们中,这"肉店家"是受欢迎得很。完全属意于他的姑娘之一,是税关的马枪手的头目的女儿拉·康迪多。那是一个黑眼珠,颜色微黑,活泼而且有些漂亮的娃儿,然而脾气也很大。

拉·康迪多的父亲是古拉那达人,母亲是生于里阿哈的。这女儿被人叫作"七动"。拉·康迪多不懂跋司珂话,却有着加司谛利亚女人所特有的那非常清楚,非常锋利的声音。她还像她的母亲,有

常常说些连自己也莫名其妙的下流事情和胡涂事情的习癖。因为这缘故，她一在襄提列尔加叫作开尔萨提河的小河里洗东西，年青的马枪手们就常常跑过去，和她开玩笑，招她乱七八遭的痛骂起来，自以为有趣。

迭土尔辟台·孚安和拉·康迪多开始交口了，也就结了婚。也还是照旧唱着拿手的歌和那迭句：

    Larirrette, Larirrette, Larirre⋯e⋯e⋯tte.

开着"肉店。"

战争开头的时候，迭土尔辟台对拉·康迪多说，自己恐怕是得去打仗的。但她的回话，却道，倘敢转这样的念头，就要像他的处置做香肠的背肉一样，砍掉他，剁得粉碎。

"连不懂事情的孩子和还没有生下来的肚子里的孩子也不管，要抛掉了这我，独自去了吗？你是流氓吗？为什么要去打仗的？你这佛郎机鬼子！到这样的地方去酗酒的罢。流氓！佛郎机鬼子的废料！废料的汉子！"

迭土尔辟台也说些 Patrie 呀！drapeau 呀之类来试了一试。但拉·康迪多却说，在跋司珂，管什么 drapeau，只要在这里上紧做着香肠，就好了。

迭土尔辟台停下了。也不再想去打仗。

"她们娘儿们，不懂得伟大的事业。"他说。

家里的管束虽然严，"肉店家"却还是常常偷走，跑到亚贝斯谛义轩去。他在那里，显着满足得发闪的猫似的眼睛，红胡子被酒精浸得稀湿，唱着法属跋司珂的歌，但给发见了。

一回家，拉·康迪多就有一场大闹，他是知道得清清楚楚的。然而，在这些处所，他是大彻大悟的人物。老婆的唠叨，用不着当真，简直就像听着雨声一样。一到明天，就又在柜台上切肉丁，拌上血，准备来做猪肉腊肠和小香肠，一面唱着歌儿了。

    Larirrette, Larirrette, Larirre⋯e⋯e⋯tte.

两年之前，"肉店家"曾经做了一件轰动一时的事情。

五月间，莱哥羌台奇正在培拉，有一回，在亚贝斯谛义轩发了大议论。那结论，是说，最要紧的是加重培拉和伊仑之间的向来的友谊，要达这目的，培拉的人们就应该编成一队，去赴伊仑的圣玛尔夏勒会去。

主张被采用了。那时候，莱哥羌台奇又说，他还有一个计划，是联合了远近驰名的别达沙河沿岸一带的村镇，结成一个秘密团体，叫作"别达沙河却贝伦提会"，来作"酒神礼赞会"的准备，但这且待慢慢的发表。

他又说，"却贝伦提会"的会友是应该戴着旧式的无边帽，一见就可以和别人有分别的。

莱哥羌台奇的种种主张，惹起了很大的狂热。亚贝斯谛义轩的重要人物襄穹，修杜尔，理发匠革涅修，诃修·密开尔，加波戈黎，普拉斯卡，玛丁·诃修，还有迭土尔辟台，这八个人共同议决，决不放弃这计划。

他们将使命委托了加波戈黎，是去借一辆到伊仑去的坐得十五人到二十人的大车子。

加波戈黎和马车栈的头子去商量，结果是马匿修说妥了。

马匿修是一个奇特的马车夫，他的马车，只要一看就认得。因为恰如见于高压线的电线柱上那样，车台两面，都叫人画着两条腿骨和一个骷髅，那下面还自己写着两行字——

不可妄近，

小心丧命！

马匿修在车台里藏着那么强烈的蓄电池，会教人一碰就送命么？并不是的。莫不是养着响尾蛇么？也不是的。其实，是这样的。有一回，马匿修被人偷去了放在车台里的钱，他于是发怒，就写了那样的广告句子。不过用死来吓吓想偷的人的。

马匿修和大家约定,赛会前一天的夜里,他赶了大车子到培拉来,第二天早晨,远征者们便坐着向伊仑出发。"肉店家"是留下那卖去几尺猪肉腊肠和小香肠的钱来,并不动用。

远征的事,未来的"却贝伦提会"会友都守着绝对的秘密,对谁也不说。

迭土尔辟台和理发匠和襄穷,用黄杨树叶装饰了马车。理发匠是有学问的人,所以在一大张贴纸上,挥大笔写了起来——

培拉的学人哲士们

前赴比略・台・伊仑。

呜呼,"别达沙河却贝伦提会"的会友们对于别达沙泰拉郡的首邑的致敬之道,除此以外,还能有更有意义,更形仰慕的么?

这班学人哲士,一早就各自从家里走出,带些食品和一皮袋葡萄酒,坐上了马车。

培莱戈屈带着手风琴,给人们在路上高兴,迭土尔辟台用喇叭吹了好几回有点像空心架子的军歌。

太阳开始进到别达沙河的溪谷,照着毕利亚多的人家。马车就穿过了这中间的街道。

到得伊仑,便上亚列契比大街的一家酒店里去吃东西。菜蔬很出色。然而很爱烧乳猪,几乎奉为教义的理发匠和说了这是不好吃的一个会友之间,也生了种种意见的扞格。

吃光了七八盘之后,有人提议,说要参拜圣玛尔夏勒庙去了。

"为什么呢?"莱哥羌台奇愤然的说,"我们不是在这里举行市民的典礼么?(是的,是的。)还是诸君乃是头上插着记号,称为什么教导法师的受了退职马枪手之流的教育的人们呢?(不是,不是。)那么,诸君。诸君就该振作起市民的勇气来,留在这地方。"

一个莱哥羌台奇的朋友,鞋店的推销员,请允许他暂时离开他的坐席,这是因为他偶然得了灵感,要做几行款待他朋友培拉的学人哲士们的诗了。莱哥羌台奇以座长的资格，立刻给了许可。于是推销员就做了可以采入诗选那样的值得赞叹的诗。那是用这样的句子开头的——

> 听哟，列位，莫将
>
> 献给别达沙河的
>
> 却贝伦提各方面的这诗，
>
> 当作颂词哟。

临末，是用下面似的流畅而含教训的调了来作收束

> 由这亲睦的飨宴，
>
> 我要更加博得名声。
>
> 要成为可以竞争的敌手，
>
> 和那华盛顿的市民们。

培拉和伊仑和亚美利加合众国的首府之间，存着什么敌对呢，那可不明白。然而这诗的思想，却使大家发了非常的热狂。那热狂，就表现在可以吸干陀末克园珂匿克河的杯数上。

"喂，培莱戈屈！拉你的手风琴呀。肉店家，来，你唱罢，唱罢！"大家都叫喊说。

培莱戈屈和迭土尔辟台，一个拉，一个唱。但不多久，就生出音乐的混沌来。席上的有一面的人们，拼命的在唱着献给姆鲤鱼和培兑鱼的精神底的诗句了——

Chicharrua ta berdela.

坐在席面的别一边的人们，是在唱着《安特来·玛大伦》。于是一个站起来了，叫道，不行，不行。然而究竟是什么不行呢，却谁也不明白。

要唱《蒙大尼儿》的提议，使大家平静下来，产生了一同的合唱。但是，用那轻快的音律，唱完了《蒙大尼儿》，满是烟气的酒店的空气中，就又恢复了音乐底无政府。天一晚，"却贝伦提会"会友就各自衔着烟卷，跑到圣孚安广场去。在这地方，看见肉店家和希蒲尔村

的胖姑娘跳着番探戈舞。这胖姑娘是意外地显出不像生手的模样来。培莱戈屈却合着斗牛的入场曲的调子,好像绥比利亚人似的,和一个卖蜡烛的姑娘紧紧的搂着在跳舞。莱哥羌台奇是戴了红纸的帽子,跳来跳去,仿佛发了疯。

晚膳之后,培拉的学人哲士们又到新广场去,一到半夜十二点,就合着鼓声,"开小步"从这里走出来。大家都紧抓着胖姑娘和略有一些鱼腥气的渔家姑娘们走,还有大概是谁都出于故意的挨挤和这跋司珂地方的术语叫作 Ziuis 的呵痒。莱哥羌台奇有着特出的叫声。

"唏! 唏! 噢呵!"因为叫得太滑稽,尖利了,姑娘们就被呵了痒似的笑得要命。

"唏! ……唏! ……噢呵! ……"莱哥羌台奇反复的叫着。

"开小步"一完,大家散开,都回到波罗大学(俗名小酒店)去。莱哥羌台奇只好走得歪歪斜斜的回家。这并非为了喝醉,决不是的。关于这一点,他就是和世界上医学院的硕学们来辩论也不怕。有一回,一盘带点焦气的蛋糕,曾经使他醉倒了。焦气,是一定害他身体的,但这回却只因为落在咖啡杯里的烟灰,使他当不住。

已经三点钟了,马车夫马匿修等候着动身。小酒店的两个壮丁和两三个守夜人,像搬货包或是什么似的,将培拉的学人哲士们抱到马车上。恰在这时候,小酒店的主人像疯子一般发着怒,奔来了,嚷着说是给人偷去了一箱啤酒,而这箱子就在马车里。的确不错,啤酒箱也真在马车里。这是两个学人或哲士搬了上来,豫备一路喝着回去的。

"谁呀,干出这样事来的?"马匿修在车台上叫道,"干了这事的东西,把这马车的名誉完全毁掉了。我不能再到这里来了!"

"这样的破马车,你还是抛到别达沙河里去罢。"路上的人说。

"什么,抛到别达沙河里去?再说一遍试试看,打死你。"

两个学人哲士,就是拿了啤酒的出色的木器匠,骂小酒店主人为野蛮,伊仑是不懂道理的处所。因为自己原是想付酒钱的,但如果要不给酒喝却谋命，那么，请便就是了。

这问题一解决，马匿修赶了马就跑。那气势，简直好像是想找一个障碍物去碰一下。眼格很小的闲汉们，以为马车夫是要去撞倒圣孚安·亚黎庙的圆柱，否则碰跳一把椅子的。但是，并不走那向着贝渥比亚的路，却飞跑的下了坡去了。等到大家静了下来的时候，马车已经在雉子岛前面走过。路上是电灯尚明，河面上是罩着朦胧的烟雾。马匿修的马车所过之处，就听到打鼾声，培莱戈屈的丰风琴声，要不然，便是肉店家的喇叭声。

第二天，迭土尔辟台起来的时候，他的太太就给他一个怕人的大闹。

迭土尔辟台仍照先前一样，低声下气，说是被朋友硬拉了去的。但是，仅仅这一点，却还不够使拉·康迪多相信。她一只手按着屁股，一只手抱着孩子，用了正像加司谛利亚女人的，清楚的声音，向他吼个不住。

"流氓！在这里的钱，放到那里去了？流氓汉子呀！这佛郎机鬼子的废料！这废料的汉子！"

他仿佛没有了耳朵似的，一面磨着做猪肉腊肠和小香肠的肉，拌上血去，一面唱着歌——

　　Le couvent，séjour charmant.

停了一会，她转为攻击了。隔一下，叫一通，正确到像经线仪一样。

"喂，说出来，你这流氓！问你这里的钱，放到那里去了！流氓汉子呀！这佛郎机鬼子的废料！这废料的汉子！"

肉店家仿佛没有了耳朵似的，一面磨着做猪肉腊肠和小香肠的肉，拌上血去，一面发出长长的曼声，唱着歌——

　　Larirrette，Larirrette，Larirre……e……tte.

《会友》就是上期登过序文的笠井镇夫译本《山民牧唱》中的一篇，用诙谐之笔，写一点不登大雅之堂的山村里的名人故事，和我先曾绍介在《文学》翻译专号上的《山中笛韵》，情景的阴郁和玩皮，真有天渊之隔。但这一篇里明说了两回：这跋司珂人的地方是法国属地。属地的人民，大概是阴郁的，否则嘻嘻哈哈，像这里所写的"培拉的学人哲士们"一样。同是一处的居民，外观上往往会有两种相反的性情。但这相反又恰如一张纸的两面，其实是一体的。

作者是医生，医生大抵是短命鬼，何况所写的又是受强国迫压的山民，虽然嘻嘻哈哈，骨子里当然不会有什么乐趣。但我要绍介的就并不是文学的乐趣，却是作者的技艺。在这么一个短篇中，主角迭土尔辟台不必说，便是他的太太拉·康迪多，马车夫马匿修，不是也都十分生动，给了我们一个明确的印象么？假使不能，那是译者的罪过了。

原载 1934 年 11 月 16 日《译文》月刊第 1 卷第 3 期。署张禄如译。

初收所编书稿《山民牧唱》，列入上海联华书局"文艺连丛"之一，后未出版。

致 黎烈文

烈文先生：

日译的《田舍医生》，今天为止，只查出《农民文学》中有之，寥寥数十页，必是摘本，不足取。此外尚未知，待后来再查。

《纪德集》日译有两种，皆众人分译而成。一种十八本，每本一元六十五钱，一种十二本，每本二元七十五钱，我看是后一种好。先生要总付(共三十円八十钱,每一円约合中国九角)还是每月分付,希示知。书由书店直接送上(现已出七本,此后每月一本),款可由我代付。

纪德的诗,即用前回写来的一行作为《后记》,但《西班牙书简》的《后记》还请写一点,因为否则读者觉得寂寞。说空话,或讲作者在西班牙时事,或抄文学史,或大发议论均可也。成后希直寄黄河清先生。

专此布达,即请

道安。

迅　上　十月十九日

二十日

日记　晴。晨寄烈文信。上午得单忠信信。得罗清桢信并木刻一卷。午后寄母亲信。复李天元信。下午收新生社稿费六元。晚河清来。蕴如携蕖官来。三弟来并为取得《雪窦四集》一部二本。

致 母 亲

母亲大人膝下,敬禀者,十月十三日来示,已经收到,这之前的一封信,也收到的。上海出版的有些小说,内行人去买,价钱就和门市不同,譬如张恨水的小说,在世界书店本店去买是对折或六折,但贩到别处,就要卖十足了。不过书店生意,还是不好,这是因为大家都穷起来,看书的人也少了的缘故。海婴渐大,懂得道理了,所以有些事情已经可以讲通,比先前好办,良心也还好,好客,不小气,只是有时要欺侮人,尤其是他自己的母亲,对男却较为客气。明年本该进学校了,但上海实在无好学校,所以想缓一年再说。有一封他口讲,广平写下来的信,今附呈。上海天气尚温和,男及广平均好,请勿念为要。

专此布达,恭请

金安。

男树　叩上　广平及海婴同叩　十月二十日

二十一日

日记　星期。晴。午后复罗清桢信。复阿芷信。下午得耳耶及阿芷信。得孟斯根信并译文后记,即转寄河清,并复。得西谛信。

致 罗清桢

清桢先生:

十日信并木刻均收到,感谢之至。《木刻纪程》及原版已于数日前寄出,想已收到。这回的印刷是失败的,因为版面不平,所以不合于用机器印。可见木刻莫妙于手印,否则,版面必须弄得极平。

去问书店,据云木刻刀已寄出,但恰没有四本组的,数目所以有些出入。

日本的木刻家,经商量之后,实在无人可问。一者,因为他们的木刻,都是超然的,流派和我们的不同(这一点上,有些日本人也不满于他们自己的艺术家的态度),他们无法批判。二则,他们的习惯和我们两样,大抵非常客气,不肯轻易说话,所以要得一个真实的——不是应酬的批评,是办不到的。

先生的印木刻,的确很进步,就是木刻,也很进步,但我看以风景为最佳,而人物不及,倘对于人体的美术解剖学,再加一番研究,

109

那就好了。

　　木刻用纸，其实是先生这回所用的算很好，如果成书，只要内衬另外的纸，就好看了；贴在厚纸上，亦极相宜。至于我所用的这信纸（淡赤色的，就是用这纸染上颜色，质地是一样的），名"抄更纸"，上海所出，其实是用碎纸捣烂重造，即所谓"还魂纸"，并不好的。近来又有一种"特别宣"，很厚，却好，但广东怕未必有。

　　专此布复，即颂

时绥。

　　　　　　　　　　　　　　　迅　上　十月廿一日

　　附上书面题字二纸，请择用为幸。　又及

致叶紫

Y. Z. 兄：

　　我昨天才将翻译交卷，今天看了《夜哨线》。

　　这一篇，有好的地方，也有不好的地方。这大约是出于你的预计之外的。

　　大约预计是要写赵得胜，以他为中心，展开他内心的和周围的事件来。然而第一段所写的赵公，并不活跃，从第二段起以下的事件，倒是紧张，生动的。于是倒映上来，更显得第一段的不行。

　　我看这很容易补救，只要反过来，以写事件为主，而不以赵公为主要角色，就成。那办法，是将第一段中描写及解释赵得胜的文章，再缩短一些，就是减少竭力在写他个人的痕迹，便好。不过所谓"减少"，是减少字数，也就是用几句较简的话，来包括了几行的原文。

　　此布，即颂

时绥。

　　　　　　　　　　　　　　　L　上　十月廿一日

致 孟十还

孟先生：

　　由耳耶兄寄来《译文》后记，即寄往生活书店去了，但开首处添改了一点——因为曹靖华和我都曾绍介过，所以他在中国，不算陌生人——请谅察为幸。

　　插图二幅，底子已不大清楚，重做起来就更不清楚了，只好不用，今寄回。《译文》第三期上，就有一做[?]高尔基的漫画，他的像不能常有，第四期只好不用。先生的那一幅，如底子清楚而又并不急于发表，可否给我（但不忙）看一看。

　　专此布达，即颂

时绥。

　　　　　　　　　　　　　　　　迅　上　十月廿一日

　　寄信地址:本埠北四川路底　内山书店收转　周豫才收

二十二日

　　日记　晴。上午寄靖华信附冈氏笺。寄《动向》稿一。午得 P. Ettinger 信。得萧军信。得诗荃稿并信。下午得徐懋庸信，即复。得烈文信，即复。寄黄河清信。晚蕴如及三弟来，饭后并同广平往融光大戏院观电影《奇异酒店》。

致 曹靖华

亚兄：

　　今天收到冈氏一信，今寄上，好像是说木刻集已收到了，不知道是不是。但寄他们的一包,和寄克氏们的不是一包。

明天拟托书店寄上书一包,内系文学杂志两本;又《译文》两本,是我们办着玩玩的,销路也不过三千左右。

兄如有工夫,请投稿,大约以短篇为宜,数百至一万字均可,又须作一点《后记》,绍介作者。稿费很少,每千字约三元。

我们都好,请勿念。

专此布达,即请

秋安。

弟 豫 上 十月二十二日

附冈氏信一纸

致 徐懋庸

懋庸先生:

Sheherazade 这字,在我的古旧的人地名字典上查不出,又无神话学字典,无法可想。但我疑心这也许是《天方夜谈》里的人名。

此复,即颂

时绥。

迅 上 二十二日

二十三日

日记 晴。上午季市夫人携季市函及其女世场来,即导之往篠崎医院诊。午前得秉中信片。下午寄 P. Ettinger《引玉集》一本。夜风。

运　命

有一天,我坐在内山书店里闲谈——我是常到内山书店去闲谈的,我的可怜的敌对的"文学家",还曾经借此竭力给我一个"汉奸"的称号,可惜现在他们又不坚持了——才知道日本的丙午年生,今年二十九岁的女性,是一群十分不幸的人。大家相信丙午年生的女人要克夫,即使再嫁,也还要克,而且可以多至五六个,所以想结婚是很困难的。这自然是一种迷信,但日本社会上的迷信也还是真不少。

我问:可有方法解除这夙命呢? 回答是:没有。

接着我就想到了中国。

许多外国的中国研究家,都说中国人是定命论者,命中注定,无可奈何;就是中国的论者,现在也有些人这样说。但据我所知道,中国女性就没有这样无法解除的命运。"命凶"或"命硬",是有的,但总有法子想,就是所谓"禳解";或者和不怕相克的命的男子结婚,制住她的"凶"或"硬"。假如有一种命,说是要连克五六个丈夫的罢,那就早有道士之类出场,自称知道妙法,用桃木刻成五六个男人,画上符咒,和这命的女人一同行"结俪之礼"后,烧掉或埋掉,于是真来订婚的丈夫,就算是第七个,毫无危险了。

中国人的确相信运命,但这运命是有方法转移的。所谓"没有法子",有时也就是一种另想道路——转移运命的方法。等到确信这是"运命",真真"没有法子"的时候,那是在事实上已经十足碰壁,或者恰要灭亡之际了。运命并不是中国人的事前的指导,乃是事后的一种不费心思的解释。

中国人自然有迷信,也有"信",但好像很少"坚信"。我们先前最尊皇帝,但一面想玩弄他,也尊后妃,但一面又有些想吊她的膀子;畏神明,而又烧纸钱作贿赂,佩服豪杰,却不肯为他作牺牲。崇孔的名儒,一面拜佛,信甲的战士,明天信丁。宗教战争是向来没有的,从北魏到唐末的佛道二教的此仆彼起,是只靠几个人在皇帝耳朵边的甘言蜜语。风水,符咒,拜祷……偌大的"运命",只要化一批钱或磕几个头,就改换得和注定的一笔大不相同了——就是并不注定。

我们的先哲,也有知道"定命"有这么的不定,是不足以定人心的,于是他说,这用种种方法之后所得的结果,就是真的"定命",而且连必须用种种方法,也是命中注定的。但看起一般的人们来,却似乎并不这样想。

人而没有"坚信",狐狐疑疑,也许并不是好事情,因为这也就是所谓"无特操"。但我以为信运命的中国人而又相信运命可以转移,却是值得乐观的。不过现在为止,是在用迷信来转移别的迷信,所以归根结蒂,并无不同,以后倘能用正当的道理和实行——科学来替换了这迷信,那么,定命论的思想,也就和中国人离开了。

假如真有这一日,则和尚,道士,巫师,星相家,风水先生……的宝座,就都让给了科学家,我们也不必整年的见神见鬼了。

十月二十三日。

原载 1934 年 11 月 20 日《太白》半月刊第 1 卷第 5 期。

署名公汗。

初收 1937 年 7 月上海三闲书屋版《且介亭杂文》。

二十四日

日记 晴。上午寄紫佩信并还泉六元。寄省吾信。得望道信,《太白》三期稿费六元五角,即复,并附稿一篇。得沈振黄信,即复。曇。得山本夫人信。得姚克信。得钦文信。得孟斯根信并戈理基画象一幅。得谷非信。午小雨即霁。内山书店送来『生物学講座補遺』八本,四元;又赠斗鱼二匹,答以蒲桃一包。买『支那社会史』一本,二元五角。开明书店送来泉八十一元一角七分,盖丛芜版税,还未名社欠款者。

致 沈振黄

振黄先生:

我们很感谢你对于木刻的关心。

木刻为大师之流所不屑道,所以作者都是生活不能安定的人,为了衣食,奔走四方,因此所谓铁木艺术社者,并无一定的社员,也没有一定的地址。

这一本《木刻纪程》,其实是收集了近二年中所得的木刻印成的,比起历史较久的油画之类来,成绩的确不算坏。但都由通信收集,作者与出版者,没有见过面的居多,所以也无从介绍。主持者是一个不会木刻的人,他只管付印。

先生有志于木刻,是极好的事,但访木刻家是无益的,因为就是已有成绩的木刻家,也还在暗中摸索。大概木刻的基础,也还是素描;至于雕刀,版木,内山书店都有寄售,此外也无非多看外国作品,审察其雕法而已。参考中国旧日的木刻,大约也一定有益。

这样的回信,恐怕不能给 先生满意,但为种种事情所限制,也只能如此,希与 谅察为幸。

专此布复,顺颂

时绥。

铁木社 敬启 十月二十四日

二十五日

日记 晴。下午淡海赠镜子及蛇皮笔各一,即以镜赠谷非夫人，笔赠海婴。得烈文信，即复。得河清信，即复。

奇　怪（三）

"中国第一流作家"叶灵凤和穆时英两位先生编辑的《文艺画报》的大广告，在报上早经看见了。半个多月之后，才在店头看见这"画报"。既然是"画报"，看的人就自然也存着看"画报"的心，首先来看"画"。

不看还好，一看，可就奇怪了。

戴平万先生的《沈阳之旅》里，有三幅插图有些像日本人的手笔，记了一记，哦，原来是日本杂志店里，曾经见过的在《战争版画集》里的料治朝鸣的木刻，是为记念他们在奉天的战胜而作的，日本记念他对中国的战胜的作品，却就是被战胜国的作者的作品的插图——奇怪一。

再翻下去是穆时英先生的《墨绿衫的小姐》里，有三幅插画有些像麦绥莱勒的手笔，黑白分明，我曾从良友公司翻印的四本小书里记得了他的作法，而这回的木刻上的署名，也明明是 FM 两个字。莫非我们"中国第一流作家"的这作品，是豫先翻成法文，托麦绥莱勒刻了插画来的吗？——奇怪二。

这回是文字，《世界文坛了望台》了。开头就说，"法国的龚果尔奖金，去年出人意外地（白注：可恨！）颁给了一部以中国作题材的小说《人的命运》，它的作者是安得烈马尔路"，但是，"或者由于立场的关系，这书在文字上总是受着赞美，而在内容上却一致的被一般报纸评论攻击，好像惋惜像马尔路这样才干的作家，何必也将文艺当作了宣传的工具"云。这样一"了望"，"好像"法国的为龚果尔奖金审查文学作品的人的"立场"，乃是赞成"将文艺当作了宣传工具"的了——奇怪三。

不过也许这只是我自己的"少见多怪",别人倒并不如此的。先前的"见怪者",说是"见怪不怪,其怪自败",现在的"怪"却早已声明着,叫你"见莫怪"了。开卷就有《编者随笔》在——

> "只是每期供给一点并不怎样沉重的文字和图画,使对于文艺有兴趣的读者能醒一醒被其他严重的问题所疲倦了的眼睛,或者破颜一笑,只是如此而已。"

原来"中国第一流作家"的玩着先前活剥"琵亚词侣",今年生吞麦绥莱勒的小玩艺,是在大才小用,不过要给人"醒一醒被其他严重的问题所疲倦了的眼睛,或者破颜一笑"。如果再从这醒眼的"文艺画"上又发生了问题,虽然并不"严重",不是究竟也辜负了两位"中国第一流作家"献技的苦心吗?

那么,我也来"破颜一笑"吧——

哈!

十月二十五日。

原载 1934 年 10 月 26 日《中华日报·动向》。署名白道。

初收 1936 年 6 月上海联华书局版《花边文学》。

致 黄 源

河清先生:

添进 Becher 的诗去,极好,他是德国最有名的普罗诗人,倘不逃走,一定要坐牢的。译诗想无后记,M 先生说可以代写一点,迟若干日交卷。

我有他的一张铜刻的画象,但颇大,又系原板,须装镜框才可付制板所。放在内山书店,令人持生活书店片子或先生的片子来取,怎样?

黎先生来信谓孟斯根常投稿于《论语》,《译文》可否用一新名,也有见地的。但此事颇难与本人说。今日已托一个他的朋友与之商量,所以他的那一篇,送检查可略迟一点,以俟回信。但若名字改动,虽检后亦无关,那就送去也可以了。此复,即颂

时绥。

迅　上　十月廿五夜。

二十六日

日记　晴。上午得上野图书馆信片,谢赠《笺谱》。得海滨社信并《海滨月刊》一本。得靖华信,晚复。省吾来。得读书生活社信。

致 曹靖华

汝珍兄:

廿三日信收到。日前又得冈氏一信,即转寄,未知已收到否?其中好像是说《引玉集》已经收到的。前天又得莫城美术批评家Pavel Ettinger 一函(用英文写),说从他的朋友冈氏处,见《引玉集》,他要绍介,可否也给他一本,并问我可要别的木刻及铜版画石版画。书昨已照寄,回信则今日发出,答道都要。

寄莫城的书,一包五本,冈氏的既收到,那么,克氏的一定也收到了。

但我明天就要将寄克氏的信发出,并《引玉集》一本,即使他已有,也可以转送人的。又送克氏及冈氏之《木刻纪程》各一本,则与送

E 氏之一本共作一包，寄给 E 氏，托其转交，他既是冈氏之友，一定也可以找到克氏。

至于给冈氏之信，则不再发，大约要重写了。写的时候，请提明有《木刻纪程》一本。托 E 氏转交。他们要纸，我也极愿送去，不过未得善法。信上似可说明寄纸之困难，因为税关当作商品，不准入境，前一次至于仍复运回，不知可否由他们向 V 说明，我径寄 V，则那是公共机关，想必不至于碰钉子了。

我们都如常，请勿念。

专此布达，并请

秋安。

弟豫　顿首　十月二十六日

令夫人均此问候不另

二十七日

日记 晴。上午复 A. Kravchenko 信并寄《引玉集》一本。复 P. Ettinger 信并寄《木刻纪程》一本，又二本托其分送 A. K. 及 A. Goncharov。得刘岘信并木刻一卷。午后写《准风月谈》后记毕。下午复西谛信。寄季市信。内山君赠松茸一盘。诗荃来，不见。晚蕴如携晔儿来。夜三弟来并为取得《汉上易传》一部八本，赠以『生物学講座補遺』，亦八本。

《准风月谈》后记

这六十多篇杂文，是受了压迫之后，从去年六月起，另用各种的笔名，障住了编辑先生和检查老爷的眼睛，陆续在《自由谈》上发表的。不久就又蒙一些很有"灵感"的"文学家"吹嘘，有无法隐瞒之势，虽然他们的根据嗅觉的判断，有时也并不和事实相符。但不善于改悔的人，究竟也躲闪不到那里去，于是不及半年，就得着更厉害的压迫了，敷衍到十一月初，只好停笔，证明了我的笔墨，实在敌不过那些带着假面，从指挥刀下挺身而出的英雄。

不做文章，就整理旧稿，在年底里，粘成了一本书，将那时被人删削或不能发表的，也都添进去了，看起分量来，倒比这以前的《伪自由书》要多一点。今年三月间，才想付印，做了一篇序，慢慢的排，校，不觉又过了半年，回想离停笔的时候，已是一年有余了，时光真是飞快，但我所怕的，倒是我的杂文还好像说着现在或甚而至于明年。

记得《伪自由书》出版的时候，《社会新闻》曾经有过一篇批评，说我的所以印行那一本书的本意，完全是为了一条尾巴——《后记》。这其实是误解的。我的杂文，所写的常是一鼻，一嘴，一毛，但合起来，已几乎是或一形象的全体，不加什么原也过得去的了。但画上一条尾巴，却见得更加完全。所以我的要写后记，除了我是弄笔的人，总要动笔之外，只在要这一本书里所画的形象，更成为完全的一个具象，却不是"完全为了一条尾巴"。

内容也还和先前一样，批评些社会的现象，尤其是文坛的情形。因为笔名改得勤，开初倒还平安无事。然而"江山好改，秉性难移"，我知道自己终于不能安分守己。《序的解放》碰着了曾今可，《豪语的折扣》又触犯了张资平，此外在不知不觉之中得罪了一些别的什么伟人，我还自己不知道。但是，待到做了《各种捐班》和《登龙术拾遗》以后，这案件可就闹大了。

去年八月间，诗人邵洵美先生所经营的书店里，出了一种《十日谈》，这位诗人在第二期（二十日出）上，飘飘然的论起"文人无行"来了，先分文人为五类，然后作结道——

除了上述五类外，当然还有许多其他的典型；但其所以为文人之故，总是因为没有饭吃，或是有了饭吃不饱。因为做文人不比做官或是做生意，究竟用不到多少本钱。一枝笔，一些墨，几张稿纸，便是你所要预备的一切。呒本钱生意，人人想做，所以文人便多了。此乃是没有职业才做文人的事实。

我们的文坛便是由这种文人组织成的。

因为他们是没有职业才做文人，因此他们的目的仍在职业而不在文人。他们借着文艺宴会的名义极力地拉拢大人物；借文艺杂志或是副刊的地盘，极力地为自己做广告：但求闻达，不顾羞耻。

谁知既为文人矣，便将被目为文人；既被目为文人矣，便再没有职业可得，这般东西便永远在文坛里胡闹。

文人的确穷的多，自从迫压言论和创作以来，有些作者也的确更没有饭吃了。而邵洵美先生是所谓"诗人"，又是有名的巨富"盛宫保"的孙婿，将污秽泼在"这般东西"的头上，原也十分平常的。但我以为作文人究竟和"大出丧"有些不同，即使雇得一大群帮闲，开锣喝道，过后仍是一条空街，还不及"大出丧"的虽在数十年后，有时还有几个市侩传颂。穷极，文是不能工的，可是金银又并非文章的根苗，它最好还是买长江沿岸的田地。然而富家儿总不免常常误解，以为钱可使鬼，就也可以通文。使鬼，大概是确的，也许还可以通神，但通文却不成，诗人邵洵美先生本身的诗便是证据。我那两篇中的有一段，便是说明官可捐，文人不可捐，有裙带官儿，却没有裙带文人的。

然而，帮手立刻出现了，还出在堂堂的《中央日报》（九月四日及六日）上——

女婿问题　　　　如　是

最近的《自由谈》上，有两篇文章都是谈到女婿的，一篇是

孙用的《满意和写不出》，一篇是苇索的《登龙术拾遗》。后一篇
九月一日刊出，前一篇则不在手头，刊出日期大约在八月下旬。

苇索先生说："文坛虽然不致于要招女婿，但女婿却是会要
上文坛的。"后一句"女婿却是会要上文坛的"，立论十分牢靠，
无瑕可击。我们的祖父是人家的女婿，我们的父亲也是人家的
女婿，我们自己，也仍然不免是人家的女婿。比如今日在文坛
上"北面"而坐的鲁迅茅盾之流，都是人家的女婿，所以"女婿会
要上文坛的"是不成问题的，至于前一句"文坛虽然不致于要招
女婿"，这句话就简直站不住了。我觉得文坛无时无刻不在招
女婿，许多中国作家现在都变成了俄国的女婿了。

又说："有富岳家，有阔太太，用赔嫁钱，作文学资本，……"
能用妻子的赔嫁钱来作文学资本，我觉得这种人应该佩服，因
为用妻子的钱来作文学资本，总比用妻子的钱来作其他一切不
正当的事情好一些。况且凡事必须有资本，文学也不能例外，
如没有钱，便无从付印刷费，则杂志及集子都出不成，所以要办
书店，出杂志，都得是大家拿一些私蓄出来，妻子的钱自然也是
私蓄之一。况且做一个富家的女婿并非罪恶，正如做一个报馆
老板的亲戚之并非罪恶为一样，如其一个报馆老板的亲戚，回
国后游荡无事，可以依靠亲戚的牌头，夺一个副刊来编编，则一
个富家的女婿，因为兴趣所近，用些妻子的赔嫁钱来作文学资
本，当然也无不可。

"女婿"的蔓延　　　　圣闲

狐狸吃不到葡萄，说葡萄是酸的，自己娶不到富妻子，于是
对于一切有富岳家的人发生了妒忌，妒忌的结果是攻击。

假如做了人家的女婿，是不是还可以做文人的呢？答案自
然是属于正面的，正如前天如是先生在本园上他的一篇《女婿
问题》里说过，今日在文坛上最有声色的鲁迅茅盾之流，一方面

身为文人，一方面仍然不免是人家的女婿，不过既然做文人同时也可以做人家的女婿，则此女婿是应该属于穷岳家的呢，还是属于富岳家的呢？关于此层，似乎那些老牌作家，尚未出而主张，不知究竟应该"富倾"还是"穷倾"才对，可是《自由谈》之流的撰稿人，既经对于富岳家的女婿取攻击态度，则我们感到，好像至少做富岳家的女婿的似乎不该再跨上这个文坛了，"富岳家的女婿"和"文人"仿佛是冲突的，二者只可任择其一。

目下中国文坛似乎有这样一个现象，不必检查一个文人他本身在文坛上的努力的成绩，而唯斤斤于追究那个文人的家庭琐事，如是否有富妻子或穷妻子之类。要是你今天开了一家书店，则这家书店的本钱，是否出乎你妻子的赔嫁钱，也颇劳一些尖眼文人，来调查打听，以此或作攻击讥讽。

我想将来中国的文坛，一定还会进步到有下种情形：穿陈嘉庚橡皮鞋者，方得上文坛，如穿皮鞋，便属贵族阶级，而入于被攻击之列了。

现在外国回来的留学生失业的多得很。回国以后编一个副刊也并非一件羞耻事情，编那个副刊，是否因亲戚关系，更不成问题，亲戚的作用，本来就在这种地方。自命以扫除文坛为己任的人，如其人家偶而提到一两句自己的不愿意听的话，便要成群结队的来反攻，大可不必。如其常常骂人家为狂吠的，则自己切不可也落入于狂吠之列。

这两位作者都是富家女婿崇拜家，但如是先生是凡庸的，背出了他的祖父，父亲，鲁迅，茅盾之后，结果不过说着"鲁迅拿卢布"那样的滥调；打诨的高手要推圣闲先生，他竟拉到我万想不到的诗人太太的味道上去了。戏剧上的二丑帮忙，倒使花花公子格外出丑，用的便是这样的说法，我后来也引在《"滑稽"例解》中。

但邵府上也有恶辣的谋士。今年二月，我给日本的《改造》杂志做了三篇短论，是讥评中国，日本，满洲的。邵家将却以为"这回是得之矣"了。就在也是这甜葡萄棚里产生出来的《人言》(三月三日出)上,扮出一个译者和编者来,译者算是只译了其中的一篇《谈监狱》,投给了《人言》,并且前有"附白",后有"识"——

谈 监 狱　　　鲁 迅

(顷阅日文杂志《改造》三月号,见载有我们文坛老将鲁迅翁之杂文三篇,比较翁以中国文发表之短文,更见精彩,因迻译之,以寄《人言》。惜译者未知迅翁寓所,问内山书店主人丸造氏,亦言未详,不能先将译稿就正于氏为憾。但请仍用翁的署名发表,以示尊重原作之意。——译者井上附白。)

人的确是由事实的启发而获得新的觉醒,并且事情也是因此而变革的。从宋代到清朝末年,很久长的时间中,专以代圣贤立言的"制艺"文章,选拔及登用人才。到同法国打了败仗,才知这方法的错误,于是派遣留学生到西洋,设立武器制造局,作为改正的手段。同日本又打了败仗之后,知道这还不彀,这一回是大大地设立新式的学校。于是学生们每年大闹风潮。清朝覆亡,国民党把握了政权之后,又明白了错误,而作为改正手段,是大造监狱。

国粹式的监狱,我们从古以来,各处早就有的,清朝末年也稍造了些西洋式的,就是所谓文明监狱。那是特地造来给旅行到中国来的外人看的,该与为同外人讲交际而派出去学习文明人的礼节的留学生属于同一种类。囚人却托庇了得着较好的待遇,也得洗澡,有得一定分量的食品吃,所以是很幸福的地方。而且在二三星期之前,政府因为要行仁政,便发布了囚人口粮不得刻扣的命令。此后当是益加幸福了。

至于旧式的监狱,像是取法于佛教的地狱,所以不但禁锢人犯,而且有要给他吃苦的责任。有时还有榨取人犯亲属的金钱使他们成为赤贫的职责。而且谁都以为这是当然的。倘使有不以为然的人，那即是帮助人犯，非受犯罪的嫌疑不可。但是文明程度很进步了，去年有官吏提倡，说人犯每年放归家中一次，给予解决性欲的机会，是很人道主义的说法。老实说：他不是他对于人犯的性欲特别同情，因为决不会实行的望头，所以特别高声说话，以见自己的是官吏。但舆论甚为沸腾起来。某批评家说，这样之后，大家见监狱将无畏惧，乐而赴之，大为为世道人心愤慨。受了圣贤之教，如此悠久，尚不像那个官吏那么狡猾，是很使人心安，但对于人犯不可不虐待的信念，却由此可见。

从另一方面想来，监狱也确有些像以安全第一为标语的人的理想乡。火灾少，盗贼不进来，土匪也决不来掠夺。即使有了战事，也没以监狱为目标而来爆击的傻瓜，起了革命，只有释放人犯的例，没有屠杀的事。这回福建独立的时候，说释人犯出外之后，那些意见不同的却有了行踪不明的谣传，但这种例子是前所未见的。总之，不像是很坏的地方。只要能容许带家眷，那么即使现在不是水灾，饥荒，战争，恐怖的时代，请求去转居的人，也决不会没有。所以虐待是必要了吧。

牛兰夫妻以宣传赤化之故，收容于南京的监狱，行了三四次的绝食，什么效力也没有。这是因为他不了解中国的监狱精神之故。某官吏说他自己不要吃，同别人有什么关系，很讶奇这事。不但不关系于仁政，且节省伙食，反是监狱方面有利。甘地的把戏，倘使不选择地方，就归于失败。

但是，这样近于完美的监狱，还留着一个缺点，以前对于思想上的事情，太不留意了。为补这个缺点，近来新发明有一种"反省院"的特种监狱，而施行教育。我不曾到其中去反省过，所以不详细其中的事情，总之对于人犯时时讲授三民主义，使反省他们自己的错误。而且还要做出排击共产主义的论文。

倘使不愿写或写不出则当然非终生反省下去不行，但做得不好，也得反省到死。在目下，进去的有，出来的也有，反省院还有新造的，总是进去的人多些。试验完毕而出来的良民也偶有会到的，可是大抵总是萎缩枯槁的样子，恐怕是在反省和毕业论文上面把心力用尽了。那是属于前途无望的。

（此外尚有《王道》及《火》二篇，如编者先生认为可用，当再译寄。——译者识。）

姓虽然冒充了日本人，译文却实在不高明，学力不过如邵家帮闲专家章克标先生的程度，但文字也原是无须译得认真的，因为要紧的是后面的算是编者的回答——

编者注：鲁迅先生的文章，最近是在查禁之列。此文译自日文，当可逃避军事裁判。但我们刊登此稿目的，与其说为了文章本身精美或其议论透彻；不如说举一个被本国迫逐而托庇于外人威权之下的论调的例子。鲁迅先生本来文章极好，强辞夺理亦能说得头头是道，但统观此文，则意气多于议论，捏造多于实证，若非译笔错误，则此种态度实为我所不取也。登此一篇，以见文化统制治下之呼声一般。《王道》与《火》两篇，不拟再登，转言译者，可勿寄来。

这编者的"托庇于外人威权之下"的话，是和译者的"问内山书店主人丸造氏"相应的；而且提出"军事裁判"来，也是作者极高的手笔，其中含着甚深的杀机。我见这富家儿的鹰犬，更深知明季的向权门卖身投靠之辈是怎样的阴险了。他们的主公邵诗人，在赞扬美国白诗人的文章中，贬落了黑诗人，"相信这种诗是走不出美国的，至少走不出英国语的圈子。"（《现代》五卷六期）我在中国的富贵人及其鹰犬的眼中，虽然也不下于黑奴，但我的声音却走出去了。这是最可痛恨的。但其实，黑人的诗也走出"英国语的圈子"去了。美国富翁和他的女婿及其鹰犬也是奈何它不得的。

但这种鹰犬的这面目，也不过以向"鲁迅先生的文章，最近是在查禁之列"的我而已，只要立刻能给一个嘴巴，他们就比吧儿狗还驯服。现在就引一个也曾在《"滑稽"例解》中提过，登在去年九月二十一日《申报》上的广告在这里罢——

十日谈向晶报声明误会表示歉意

敬启者十日谈第二期短评有朱霁青亦将公布捐款一文后段提及晶报系属误会本刊措词不善致使晶报对邵洵美君提起刑事自诉按双方均为社会有声誉之刊物自无互相攻讦之理兹经章士钊江容平衡诸君诠释已得晶报完全谅解除由晶报自行撤回诉讼外特此登报声明表示歉意

"双方均为社会有声誉之刊物，自无互相攻讦之理"，此"理"极奇，大约是应该攻讦"最近是在查禁之列"的刊物的罢。金子做了骨髓，也还是站不直，在这里看见铁证了。

给"女婿问题"纸张费得太多了，跳到别一件，这就是"《庄子》和《文选》"。

这案件的往复的文字，已经收在本文里，不再多谈；别人的议论，也为了节省纸张，都不剪帖了。其时《十日谈》也大显手段，连漫画家都出了马，为了一幅陈静生先生的《鲁迅翁之笛》，还在《涛声》上和曹聚仁先生惹起过一点辩论的小风波。但是辩论还没有完，《涛声》已被禁止了，福人总永远有福星照命……

然而时光是不留情面的，所谓"第三种人"，尤其是施蛰存和杜衡即苏汶，到今年就各自露出他本来的嘴脸来了。

这回要提到末一篇，流弊是出在用新典。

听说，现在是连用古典有时也要被检查官禁止了，例如提起秦始皇，但去年还不妨，不过用新典总要闹些小乱子。我那最末的《青年与老子》，就因为碰着了杨邨人先生（虽然刊出的时候，那名字已给编辑先生删掉了），后来在《申报》本埠增刊的《谈言》（十一月二十四日）上引得一篇妙文的。不过颇难解，好像是在说我以孝子自居，却攻击他做孝子，既"投井"，又"下石"了。因为这是一篇我们的"改悔的革命家"的标本作品，弃之可惜，谨录全文，一面以见杨先生倒是现代"语录体"作家的先驱，也算是我的《后记》里的一点余兴罢——

聪明之道　　　　邨人

畴昔之夜，拜访世故老人于其庐：庐为三层之楼，面街而立，虽电车玲玲轧轧，汽车鸣鸣哑哑，市嚣扰人而不觉，俨然有如隐士，居处晏如，悟道深也。老人曰，"汝来何事？"对曰，"敢问聪明之道。"谈话有主题，遂成问答。

"难矣哉，聪明之道也！孔门贤人如颜回，举一隅以三隅反，孔子称其聪明过人，于今之世能举一隅以三隅反者尚非聪明之人，汝问聪明之道，其有意难余老瞆者耶？"

"不是不是，你老人家误会了我的问意了！我并非要请教关于思辨之术。我是生性拙直愚笨，处世无方，常常碰壁，敢问关于处世的聪明之道。"

"噫嘻，汝诚拙直愚笨也，又问处世之道！夫今之世，智者见智，仁者见仁，阶级不同，思想各异，父子兄弟夫妇姊妹因思想之各异，一家之内各有主张各有成见，虽属骨肉至亲，乖离冲突，背道而驰；古之所谓英雄豪杰，各事其君而为仇敌，今之所谓志士革命家，各为阶级反目无情，甚至只因立场之不同，骨肉至亲格杀无赦，投机取巧或能胜利于一时，终难立足于世界，聪明之道实则已穷，且唯既愚且鲁之徒方能享福无边也矣。……"

"老先生虽然说的头头是道，理由充足，可是，真的聪明之道就没有了吗？"

"然则仅有投机取巧之道也矣。试为汝言之：夫投机取巧之道要在乎滑头，而滑头已成为专门之学问，西欧学理分门别类有所谓科学哲学者,滑头之学问实可称为滑头学。滑头学如依大学教授之编讲义,大可分成若干章,每章分成若干节,每节分成若干项,引古据今,中西合璧,其理论之深奥有甚于哲学,其引证之广大举凡中外历史,物理化学,艺术文学,经商贸易之道,诱惑欺骗之术,概属必列,包罗万象,自大学预科以至大学四年级此一讲义仅能讲其千分之一,大学毕业各科及格,此滑头学则无论何种聪明绝顶之学生皆不能及格,且大学教授本人恐亦知其然不知其所以然,其难学也可想而知之矣。余处世数十年,头顶已秃,须发已白,阅历不为不广,教训不为不多,然而余着手编辑滑头学讲义,仅能编其第一章之第一节,第一节之第一项也。此第一章之第一节,第一节之第一项其纲目为'顺水行舟',即人云亦云,亦即人之喜者喜之,人之恶者恶之是也,举一例言之,如人之恶者为孝子,所谓封建宗法社会之礼教遗孽之一,则汝虽曾经为父侍汤服药问医求卜出诸天性以事亲人,然论世之出诸天性以事亲人者则引'孝子'之名以责难之,惟求青年之鼓掌称快,勿管本心见解及自己行动之如何也。被责难者处于时势潮流之下,百辞莫辩,辩则反动更为证实,从此青年鸣鼓而攻,体无完肤,汝之胜利不但已操左券,且为青年奉为至圣大贤,小品之集有此一篇,风行海内洛阳纸贵,于是名利双收,富贵无边矣。其第一章之第一节,第一节之第二项为'投井下石',余本亦知一二,然偶一忆及投井下石之人,殊觉头痛,实无心编之也。然而滑头学虽属聪明之道,实乃左道旁门,汝实不足学也。"

"老先生所言想亦很有道理,现在社会上将这种学问作敲门砖混饭吃的人实在不少,他们也实在到处逢源,名利双收,可是我是一个拙直愚笨的人,恐怕就要学也学不了吧?"

"呜呼汝求聪明之道,而不学之,虽属可取,然碰壁也宜矣!"

是夕问道于世故老人，归来依然故我，呜呼噫嘻！

但我们也不要一味赏鉴"呜呼噫嘻"，因为这之前，有些地方演了"全武行"。

也还是剪报好，我在这里剪一点记的最为简单的——

艺华影片公司被"影界铲共同志会"捣毁

昨晨九时许，艺华公司在沪西康脑脱路金司徒庙附近新建之摄影场内，忽来行动突兀之青年三人，向该公司门房伪称访客，一人正在持笔签名之际，另一人遂大呼一声，则预伏于外之暴徒七八人，一律身穿蓝布短衫裤，蜂拥夺门冲入，分投各办事室，肆行捣毁写字台玻璃窗以及椅凳各器具，然后又至室外，打毁自备汽车两辆，晒片机一具，摄影机一具，并散发白纸印刷之小传单，上书"民众起来一致剿灭共产党"，"打倒出卖民众的共产党"，"扑灭杀人放火的共产党"等等字样，同时又散发一种油印宣言，最后署名为"中国电影界铲共同志会"。约逾七分钟时，由一人狂吹警笛一声，众暴徒即集合列队而去，迨该管六区闻警派警士侦缉员等赶至，均已远扬无踪。该会且宣称昨晨之行动，目的仅在予该公司一警告，如该公司及其他公司不改变方针，今后当准备更激烈手段应付，联华，明星，天一等公司，本会亦已有严密之调查矣云云。

据各报所载该宣言之内容称，艺华公司系共党宣传机关，普罗文化同盟为造成电影界之赤化，以该公司为大本营，如出品《民族生存》等片，其内容为描写阶级斗争者，但以向南京检委会行贿，故得通过发行。又称该会现向教育部，内政部，中央党部及本市政府发出呈文，要求当局命令该公司，立即销毁业已摄成各片，自行改组公司，清除所有赤色份子，并对受贿之电影检委会之责任人员，予以惩处等语。

130

事后,公司坚称,实系被劫,并称已向曹家渡六区公安局报告。记者得讯,前往调查时,亦仅见该公司内部布置被毁无余,桌椅东倒西歪,零乱不堪,内幕究竟如何,想不日定能水落石出也

十一月十三日,《大美晚报》。

　　影界铲共会

　　　警戒电影院

　　　　拒演田汉等之影片

自从艺华公司被击以后,上海电影界突然有了一番新的波动,从制片商已经牵涉到电影院,昨日本埠大小电影院同时接到署名上海影界铲共同志会之警告函件,请各院拒映田汉等编制导演主演之剧本,其原文云:

敝会激于爱护民族国家心切,并不忍电影界为共产党所利用,因有警告赤色电影大本营——艺华影片公司之行动,查贵院平日对于电影业,素所热心,为特严重警告,祈对于田汉(陈瑜),沈端先(即蔡叔声,丁谦之),卜万苍,胡萍,金焰等所导演,所编制,所主演之各项鼓吹阶级斗争贫富对立的反动电影,一律不予放映,否则必以暴力手段对付,如艺华公司一样,决不宽假,此告。上海影界铲共同志会。十一,十三。

十一月十六日,《大美晚报》。

但"铲共"又并不限于"影界",出版界也同时遭到覆面英雄们的袭击了。又剪报——

　　今晨良友图书公司

　　　突来一怪客

　　　　手持铁锤击碎玻璃窗

　　　　扬长而去捕房侦查中

　　　　▶……光华书局请求保护

沪西康脑脱路艺华影片公司,昨晨九时许,忽被状似工人

131

等数十名,闯入摄影场中,并大发各种传单,署名"中国电影界铲共同志会"等字样,事后扬长而去。不料一波未平,一波又起,今日上午十一时许,北四川路八百五十一号良友图书印刷公司,忽有一男子手持铁锤,至该公司门口,将铁锤击入该店门市大玻璃窗内,击成一洞。该男子见目的已达,立即逃避。该管虹口捕房据报后,立即派员前往调查一过,查得良友公司经售各种思想左倾之书籍,与捣毁艺华公司一案,不无关联。今日上午四马路光华书局据报后,惊骇异常,即自投该管中央捕房,请求设法保护,而免意外,惟至记者截稿时尚未闻发生意外之事云。

十一月十三日,《大晚报》。

捣毁中国论坛

印刷所已被捣毁

编辑间未受损失

承印美人伊罗生编辑之《中国论坛报》勒佛尔印刷所,在虹口天潼路,昨晚有暴徒潜入,将印刷间捣毁,其编辑间则未受损失。

十一月十五日,《大美晚报》。

袭击神州国光社

昨夕七时四人冲入总发行所

铁锤挥击打碎橱窗损失不大

河南路五马路口神州国光社总发行所,于昨晚七时,正欲打烊时,突有一身衣长袍之顾客入内,状欲购买书籍。不料在该客甫入门后,背后即有三人尾随而进。该长袍客回头见三人进来,遂即上前将该书局之左面走廊旁墙壁上所挂之电话机摘断。而同时三短衣者即实行捣毁,用铁锤乱挥,而长衣者亦加入动手,致将该店之左橱窗打碎,四人即扬长而逸。而该店时有三四伙友及学徒,亦惊不能作声。然长衣者方出门至相距不数十步之泗泾路口，为站岗巡捕所拘，盖此长衣客因打橱窗时玻璃倒下，伤及自己面部，流血不止，渠因痛而不能快行也。

　　该长衣者当即被拘入四马路中央巡捕房后，竭力否认参加捣毁，故巡捕已将此人释放矣。

十二月一日，《大美晚报》。

美国人办的报馆捣毁得最客气，武官们开的书店捣毁得最迟。"扬长而逸"，写得最有趣。

捣毁电影公司，是一面撒些宣言的，有几种报上登过全文；对于书店和报馆却好像并无议论，因为不见什么记载。然而也有，是一种钢笔版蓝色印的警告，店名或馆名空着，各各填以墨笔，笔迹并不像读书人，下面是一长条紫色的木印。我幸而藏着原本，现在订定标点，照样的抄录在这里——

　　敝会激于爱护民族国家心切，并不忍文化界与思想界为共党所利用，因有警告赤色电影大本营——艺华公司之行动。现为贯彻此项任务计，拟对于文化界来一清算，除对于良友图书公司给予一初步的警告外，于所有各书局各刊物均已有精密之调查。素知
贵……对于文化事业，热心异人，为特严重警告，对于赤色作家所作文字，如鲁迅，茅盾，蓬子，沈端先，钱杏邨及其他赤色作家之作品，反动文字，以及反动剧评，苏联情况之介绍等，一律不得刊行，登载，发行。如有不遵，我们必以较对付艺华及良友公司更激烈更彻底的手段对付你们，决不宽假！此告
…………

上海影界铲共同志会 十一，十三。

一个"志士"，纵使"对于文化事业，热心异人"，但若会在不知何时，飞来一个锤子，打破值银数百两的大玻璃；"如有不遵"，更会在不知何时，飞来一顶红帽子，送掉他比大玻璃更值钱的脑袋，那他当然是也许要灰心的。然则书店和报馆之有些为难，也就可想而知

133

了。我既是被"扬长而去"的英雄们指定为"赤色作家",还是莫害他人,放下笔,静静的看一会把戏罢,所以这一本里面的杂文,以十一月七日止,因为从七日到恭逢警告的那时候——十一月十三日,我也并没有写些什么的。

但是,经验使我知道,我在受着武力征伐的时候,是同时一定要得到文力征伐的。文人原多"烟士披离纯",何况现在嗅觉又特别发达了,他们深知道要怎样"创作"才合式。这就到了我不批评社会,也不论人,而人论我的时期了,而我的工作是收材料。材料尽有,妙的却不多。纸墨更该爱惜,这里仅选了六篇。官办的《中央日报》讨伐得最早,真是得风气之先,不愧为"中央";《时事新报》正当"全武行"全盛之际,最合时宜,却不免非常昏愦;《大晚报》和《大美晚报》起来得最晚,这是因为"商办"的缘故,聪明,所以小心,小心就不免迟钝,他刚才决计合伙来讨伐,却不料几天之后就要过年,明年是先行检查书报,以惠商民,另结新样的网,又是一个局面了。

现在算是还没有过年,先来《中央日报》的两篇罢——

杂　感　　　　洲

近来有许多杂志上都在提倡小文章。《申报月刊》《东方杂志》以及《现代》上,都有杂感随笔这一栏。好像一九三三真要变成一个小文章年头了。目下中国杂感家之多,远胜于昔,大概此亦鲁迅先生一人之功也。中国杂感家老牌,自然要推鲁迅。他的师爷笔法,冷辣辣的,有他人所不及的地方。《热风》,《华盖集》,《华盖续集》,去年则还出了什么三心《二心》之类。照他最近一年来"干"的成绩而言大概五心六心也是不免的。鲁迅先生久无创作出版了,除了译一些俄国黑面包之外,其余便是写杂感文章了。杂感文章,短短千言,自然可以一挥而就。则于抽卷烟之际,略转脑子,结果就是十元千字。大概写杂感文章,有一个不二法门。不是热骂,便是冷嘲。如能热骂后再带一句冷嘲或冷嘲里夹两句热骂,则更佳矣。

不过普通一些杂感,自然是冷嘲的多。如对于某事物有所不满,自然就不满(迅案:此字似有误)有冷嘲的文章出来。鲁迅先生对于这样也看不上眼,对于那样也看不上眼,所以对于这样又有感想,对于那样又有感想了。

我们村上有个老女人,丑而多怪。一天到晚专门爱说人家的短处,到了东村头摇了一下头,跑到了西村头叹了一口气。好像一切总不合她的胃。但是,你真的问她倒底要怎样呢,她又说不出。我觉得她倒有些像鲁迅先生,一天到晚只是讽刺,只是冷嘲,只是不负责任的发一点杂感。当真你要问他究竟的主张,他又从来不给我们一个鲜明的回答。

十月三十一日,《中央日报》的《中央公园》。

文坛与擂台　　　　鸣　春

上海的文坛变成了擂台。鲁迅先生是这擂台上的霸王。鲁迅先生好像在自己的房间里带了一付透视一切的望远镜,如果发现文坛上那一个的言论与行为有些瑕疵,他马上横枪跃马,打得人家落花流水。因此,鲁迅先生就不得不花去可贵的时间,而去想如何锋利他的笔端,如何达到挖苦人的顶点,如何要打得人家永不得翻身。

关于这,我替鲁迅先生想想有些不大合算。鲁迅先生你先要认清了自己的地位,就是反对你的人,暗里总不敢否认你是中国顶出色的作家;既然你的言论,可以影响青年,那么你的言论就应该慎重。请你自己想想,在写《阿Q传》之后,有多少时间浪费在笔战上?而这种笔战,对一般青年发生了何种影响?

第一流的作家们既然常时混战,则一般文艺青年少不得在这战术上学许多乖,流弊所及,往往越淮北而变枳,批评人的人常离开被批评者的言论与思想,笔头一转而去骂人家的私事,说人家眼镜带得很难看，甚至说人家皮鞋前面破了个小洞；甚至血偾脉张要辱及人家的父母，甚至要丢下笔杆动拳头。我说，养成现在文坛上这种浮嚣，下流，粗暴等等的坏习气，像鲁迅先生这一般人多少总要负一点儿责任的。

其实，有许多笔战，是不需要的，譬如有人提倡词的解放，你就是不骂，不见得有人去跟他也填一首"管他娘"的词；有人提倡读《庄子》与《文选》，也不见得就是教青年去吃鸦片烟，你又何必咬紧牙根，横睁两眼，给人以难堪呢？

我记得一个精通中文的俄国文人 B. A. Vassiliev 对鲁迅先生的《阿Q传》曾经下过这样的批评："鲁迅是反映中国大众的灵魂的作家，其幽默的风格，是使人流泪，故鲁迅不独为中国的作家，同时亦为世界的一员。"鲁迅先生，你现在亦垂垂老矣，你念起往日的光荣，当你现在阅历最多，观察最深，生活经验最丰富的时候，更应当如何去发奋多写几部比《阿Q传》更伟大的著作？伟大的著作，虽不能传之千年不朽，但是笔战的文章，一星期后也许人就要遗忘。青年人佩服一个伟大的文学家，实在更胜于佩服一个擂台上的霸主。我们读的是莎士比亚，托尔斯泰，哥德，这般人的文章，而并没有看到他们的"骂人文选"。

十一月十六日，《中央日报》的《中央公园》。

这两位，一位比我为老丑的女人，一位愿我有"伟大的著作"，说法不同，目的却一致的，就是讨厌我"对于这样又有感想，对于那样又有感想"，于是而时时有"杂文"。这的确令人讨厌的，但因此也更见其要紧，因为"中国的大众的灵魂"，现在是反映在我的杂文里了。

洲先生刺我不给他们一个鲜明的主张，这用意，我是懂得的；但颇诧异鸣春先生的引了莎士比亚之流一大串。不知道为什么，近一年来，竟常常有人诱我去学托尔斯泰了，也许就因为"并没有看到他们的'骂人文选'"，给我一个好榜样。可是我看见过欧战时候他骂皇帝的信，在中国，也要得到"养成现在文坛上这种浮嚣，下流，粗暴等等的坏习气"的罪名的。托尔斯泰学不到,学到了也难做人,他生存时,希腊教徒就年年诅咒他落地狱。

中间就夹两篇《时事新报》上的文章——

略 论 告 密 　　　　陈 代

最怕而且最恨被告密的可说是鲁迅先生,就在《伪自由书》,"一名:《不三不四集》"的《前记》与《后记》里也常可看到他在注意到这一点。可是鲁迅先生所说的告密,并不是有人把他的住处,或者什么时候,他在什么地方,去密告巡捕房(或者什么要他的"密"的别的机关?)以致使他被捕的意思。他的意思,是有人把"因为"他"旧日的笔名有时不能通用,便改题了"的什么宣说出来,而使人知道"什么就是鲁迅"。

"这回,"鲁迅先生说,"是王平陵先生告发于前,周木斋先生揭露于后";他却忘了说编者暗示于鲁迅先生尚未上场之先。因为在何家干先生和其他一位先生将上台的时候,编者先介绍说,这将上场的两位是文坛老将。于是人家便提起精神来等那两位文坛老将的上场。要是在异地,或者说换过一个局面,鲁迅先生是也许会说编者是在放冷箭的。

看到一个生疏的名字在什么附刊上出现,就想知道那个名字是真名呢,还是别的熟名字的又一笔名,想也是人情之常。即就鲁迅先生说,他看完了王平陵先生的《"最通的"文艺》,便禁不住问:"这位王平陵先生我不知道是真名还是笔名?"要是他知道了那是谁的笔名的话,他也许会说出那就是谁来的。这不会是怎样的诬蔑,我相信,因为于他所知道的他不是在实说"柳丝是杨邨人先生……的笔名",而表示着欺不了他?

还有,要是要告密,为什么一定要出之"公开的"形式? 秘密的不是于告密者更为安全? 我有些怀疑告密者的聪敏,要是真有这样的告密者的话。

而在那些用这个那个笔名零星发表的文章,剪贴成集子的时候,作者便把这许多名字紧缩成一个,看来好像作者自己是他的最后的告密者。

十一月二十一日,《时事新报》的《青光》。

略论放暗箭　　　　　陈　代

前日读了鲁迅先生的《伪自由书》的《前记》与《后记》,略论了告密的,现在读了唐弢先生的《新脸谱》,止不住又要来略论放暗箭。

在《新脸谱》中,唐先生攻击的方面是很广的,而其一方是"放暗箭"。可是唐先生的文章又几乎全为"暗箭"所织成,虽然有许多箭标是看不大清楚的。

"说是受着潮流的影响,文舞台的戏儿一出出换了。脚色虽然依旧,而脸谱却是簇新的。"——是暗箭的第一条。虽说是暗箭,射倒射中了的。因为现在的确有许多文脚色,为要博看客的喝采起见,放着演惯的旧戏不演演新戏,嘴上还"说是受着潮流的影响",以表示他的不落后。还有些甚至不要说脚色依旧,就是脸谱也并不簇新,只是换了一个新的题目,演的还是那旧的一套:如把《薛平贵西凉招亲》改题着《穆薛姻缘》之类,内容都一切依旧。

第二箭是——不,不能这样写下去,要这样写下去,是要有很广博的识见的,因为那文章一句一箭,或者甚至一句数箭,看得人眼花头眩,竟无从把它把捉住,比读硬性的翻译还难懂得多。

可是唐先生自己似乎又并不满意这样的态度,不然为什么要骂人家"怪声怪气地吆喝,妞妞妮妮的挑战"? 然而,在事实上,他是在"怪声怪气地吆喝,妞妞妮妮的挑战"。

或者说,他并不是在挑战,只是放放暗箭,因为"鏖战",即使是"拉拉扯扯的",究竟吃力,而且"败了""再来"的时候还得去"重画"脸谱。放暗箭多省事,躲在隐暗处,看到了什么可射的,便轻展弓弦,而箭就向前舒散地直飞。可是他又在骂放暗箭。

要自己先能放暗箭,然后才能骂人放。

十一月二十二日,《时事新报》的《青光》。

这位陈先生是讨伐军中的最低能的一位,他连自己后来的说明和别人豫先的揭发的区别都不知道。倘使我被谋害而终于不死,后来竟得"寿终×寝",他是会说我自己乃是"最后的凶手"的。

他还问:要是要告密,为什么一定要出之"公开的"形式?答曰:这确是比较的难懂一点,但也就是因为要告得像个"文学家"的缘故呀,要不然,他就得下野,分明的排进探坛里去了。有意的和无意的的区别,我是知道的。我所谓告密,是指着叭儿们,我看这"陈代"先生就正是其中的一匹。你想,消息不灵,不是反而不便当么?

第二篇恐怕只有他自己懂。我只懂得一点:他这回嗅得不对,误以唐弢先生为就是我了。采在这里,只不过充充自以为我的论敌的标本的一种而已。

其次是要剪一篇《大晚报》上的东西——

钱基博之鲁迅论　　戚　施

近人有裒集关于批评鲁迅之文字而为《鲁迅论》一书者,其中所收,类皆称颂鲁迅之辞,其实论鲁迅之文者,有毁有誉,毁誉互见,乃得其真。顷见钱基博氏所著《现代中国文学史》,长至三十万言,其论白话文学,不过一万余字,仅以胡适入选,而以鲁迅徐志摩附焉。于此诸人,大肆訾謷。迩来旧作文家,品藻文字,裁量人物,未有若钱氏之大胆者,而新人未尝注意及之。兹特介绍其"鲁迅论"于此,是亦文坛上之趣闻也。

钱氏之言曰,有摹仿欧文而谥之曰欧化的国语文学者,始倡于浙江周树人之译西洋小说,以顺文直译之为尚,斥意译之

139

不忠实,而摹欧文以国语,比鹦鹉之学舌,托于象胥,斯为作俑。效颦者乃至造述抒志,亦竞欧化,《小说月报》,盛扬其焰。然而诘屈聱牙,过于周诰,学士费解,何论民众?上海曹慕管笑之曰,吾侪生愿读欧文,不愿见此妙文也!比于时装妇人着高底西女式鞋,而跬步倾跌,益增丑态矣!崇效古人,斥曰奴性,摹仿外国,独非奴性耶。反唇之讥,或谑近虐!然始之创白话文以期言文一致,家喻户晓者,不以欧化的国语文学之兴而荒其志耶?斯则矛盾之说,无以自圆者矣,此于鲁迅之直译外国文学,及其文坛之影响,而加以訾謷者也。平心论之,鲁迅之译品,诚有难读之处,直译当否是一问题,欧化的国语文学又是一问题,借曰二者胥有未当,谁尸其咎,亦难言之也。钱先生而谓鄙言为不然耶?

钱先生又曰,自胡适之创白话文学也,所持以号于天下者,曰平民文学也!非贵族文学也。一时景附以有大名者,周树人以小说著。树人颓废,不适于奋斗。树人所著,只有过去回忆,而不知建设将来,只见小己愤慨,而不图福利民众,若而人者,彼其心目,何尝有民众耶!钱先生因此而断之曰,周树人徐志摩为新文艺之右倾者。是则于鲁迅之创作亦加以訾謷,兼及其思想矣。至目鲁迅为右倾,亦可谓独具只眼,别有鉴裁者也!既不满意于郭沫若蒋光赤之左倾,又不满意于鲁迅徐志摩之右倾,而惟倾慕于所谓"让清"遗老之流风余韵,低徊感喟而不能自已,钱先生之志,皎然可睹矣。当今之世,左右做人难,是非无定质,亦于钱先生之论鲁迅见之也!

钱氏此书出版于本年九月,尚有上年十二月之跋记云。

十二月二十九日,《大晚报》的《火炬》。

这篇大文,除用戚施先生的话,赞为"独具只眼"之外,是不能有第二句的。真"评"得连我自己也不想再说什么话,"颓废"了。然而我觉得它很有趣,所以特别的保存起来,也是以备"鲁迅论"之一格。

最后是《大美晚报》，出台的又是曾经有过文字上的交涉的王平陵先生——

骂 人 与 自 供　　　　　王平陵

学问之事，很不容易说，一般通材硕儒每不屑与后生小子道长论短，有所述作，无不讥为"浅薄无聊"；同样，较有修养的年轻人，看着那般通材硕儒们言必称苏俄，文必宗普鲁，亦颇觉得如嚼青梅，齿颊间酸不可耐。

世界上无论什么纷争，都有停止的可能，惟有人类思想的冲突，因为多半是近于意气，断没有终止的时候的。有些人好像把毁谤人家故意找寻人家的错误当作是一种职业；而以直接否认一切就算是间接抬高自己的妙策了。至于自己究竟是什么东西，那只许他们自己知道，别人是不准过问的。其实，有时候这些人意在对人而发的阴险的暗示，倒并不适切；而正是他们自己的一篇不自觉的供状。

圣经里好像有这样一段传说：一群街头人捉着一个偷汉的淫妇，大家要把石块打死她。耶稣说："你们反省着！只有没有犯过罪的人，才配打死这个淫妇。"群众都羞愧地走开了。今之文坛，可不是这样？自己偷了汉，偏要指说人家是淫妇。如同鲁迅先生惯用的一句刻毒的评语，就就骂人是代表官方说话；我不知道他老先生是代表什么"方"说话！

本来，不想说话的人，是无话可说；有话要说；有话要说的人谁也不会想到是代表那一方。鲁迅先生常常"以己之心，度人之心"，未免"躬自薄而厚责于人"了。

像这样的情形，文坛有的是，何止是鲁迅先生。

十二月三十日，《大美晚报》的《火树》。

记得在《伪自由书》里，我曾指王先生的高论为属于"官方"，这回就是对此而发的，但意义却不大明白。由"自己偷了汉，偏要指说人家是淫妇"的话看起来,好像是说我倒是"官方",而不知"有话要说的人谁也不会想到是代表那一方"的。所以如果想到了,那么,说人反动的,他自己正是反动,说人匪徒的,他自己正是匪徒……且住,又是"刻毒的评语"了,耶稣不说过"你们反省着"吗?——为消灾计,再添一条小尾:这坏习气只以文坛为限,与官方无干。

王平陵先生是电影检查会的委员,我应该谨守小民的规矩。

　　　　　　　　　　　　　　　　　　　　　　·

真的且住。写的和剪贴的,也就是自己的和别人的,化了大半夜工夫,恐怕又有八九千字了。这一条尾巴又并不小。

时光,是一天天的过去了,大大小小的事情,也跟着过去,不久就在我们的记忆上消亡;而且都是分散的,就我自己而论,没有感到和没有知道的事情真不知有多少。但即此写了下来的几十篇,加以排比,又用《后记》来补叙些因此而生的纠纷,同时也照见了时事,格局虽小,不也描出了或一形象了么?——而现在又很少有肯低下他仰视莎士比亚,托尔斯泰的尊脸来,看看暗中,写它几句的作者。因此更使我要保存我的杂感,而且它也因此更能够生存,虽然又因此更招人憎恶,但又在围剿中更加生长起来了。呜呼,"世无英雄,遂使竖子成名",这是为我自己和中国的文坛,都应该悲愤的。

文坛上的事件还多得很:献检查之秘计,施离析之奇策,起谣诼兮中权,藏真实兮心曲,立降幡于往年,温故交于今日……然而都不是做这《准风月谈》时期以内的事,在这里也且不提及,或永不提及了。还是真的带住罢,写到我的背脊已经觉得有些痛楚的时候了!

一九三四年十月十六夜,鲁迅记于上海。

未另发表。
初收 1934 年 12 月上海兴中书局版《准风月谈》。

致 郑振铎

西谛先生：

十月十六日信早收到。《木刻纪程》是用原木版印的，因为版面不平，被印刷厂大敲竹杠，上当不浅。那两本已蒙转交，甚感。

黄罗纹纸想尚无头绪，那么，印毛边纸的也好，或者印一点染色罗纹的，临时再议。我已将毛边，白宣各一种，寄给东京印局，问他印起来怎么样子，并问如《九歌图》之大的价钱，俟有回信，再行奉告。此书大约一时不易印成，周子竞［兢］处只好婉推，但如催得太紧，我想还他也可以。对于这一本，我总有些怀疑它是翻刻，因为连黄子立的名字，有时也有刻得歪斜之处。横竖我们也还找不到《水浒图》，离完全很远，先出确是原刻的一本，也可以的。

《十竹斋》预约日期，牌子放处，如来函所言，均好。预约价目，也就这样罢，全部出版以后，可以定二十元。预约限满，每本也五元。因为这是初印，不算贵。而且全部出版以后，可以在英文报上登一广告，收集西洋人的钱，因为《北平笺谱》，别发书店也到内山这里来贩去了两部。

匆复，即请

道安

迅　顿首　十月二十七日

致 许寿裳

季市兄：

二十三日嫂夫人携世场来，并得惠函，即同赴篠崎医院诊察，而医云扁桃腺确略大，但不到割去之程度，只要敷药约一周间即可。

143

因即回乡,约一周后再来,寓沪求治。如此情形,实不如能割之直捷爽快。因现在虽则治好,而咽喉之弱可知,必须永远摄卫;且身体之弱,亦与扁桃腺无关,当别行诊察医治也。后来细想,前之所以往篠崎医院者,只因其有专科,今既不割,而但敷药,内科又须另求一医诊视,所费颇多,实不如另觅一兼医咽喉及内科者之便当也。弟亦识此种医生,俟嫂夫人来沪时,当进此说,想兄必亦以为是耳。又世场看书一久,辄眼酸,闻中国医曾云患沙眼,弟以问篠崎医院,托其诊视,则云不然,后当再请另一医一视。或者因近视而不带镜,久看遂疲劳,亦未可知也。舍下如常,可释远念。匆布,即请

道安。

弟飞　顿首　十月二十七日

二十八日

　　日记　星期。晴。上午寄生活周刊社稿一篇。午后得萧军信并稿。得铃木大拙师所赠『支那仏教印象記』一本。晚得韦伊兰信片。得林来信。夜内山君及其夫人邀往歌舞伎座观淡海剧,与广平携海婴同去。

二十九日

　　日记　晴。上午访伊兰。得母亲信并照相一幅,二十五日发。得『ゴーゴリ全集』卷五及『版芸術』十一月号各一本,共泉三元。得孟斯根信,下午复。晚同仲方往上海疗养院访史美德君,见赠俄译《中国的运命》一本。

三十日

　　日记　晴。上午收文艺杂志九本,日报两卷,照相四张,盖安弥所寄,即以杂志一本交仲方,四本寄亚丹。午寄母亲信。寄中国书

店信。午后昙。得胡风信。得烟桥信。得孟斯根信。吴朗西邀饮于梁园,晚与仲方同去,合席十人。得刘炜明信。收《文学》五期稿费十二元。夜雨。

致 母 亲

母亲大人膝下,敬禀者,十月二十五日信并照相两张,均已收到,老
　　三的一张,当于星期六交给他,因为他只在星期六夜或星期日
　　才有闲空,会来谈天的。这张相照的很好,看起来,与男前年回
　　家的时候,模样并无什么不同,不胜欣慰。海婴已看过,他总算
　　第一回认识娘娘了。现在他日夜顽皮,女仆的话简直不听,但男
　　的话却比较的肯听,道理也讲得通了,不小气,不势利,性质还
　　总算好的。现身体亦好,因为将届冬天,所以遵医生的话,在吃
　　鱼肝油了。上海天气尚未大冷,男及害马亦均好,请勿念。和森
　　之女北来,母亲拟令其住在我家,可以热闹一些,男亦以为是好
　　的。专此布复,恭请
金安。

　　　　　　男树　叩上　广平及海婴同叩。十月三十日。

三十一日

　　日记　昙。午后复刘炜明信。得孟斯根信,即复。寄黄河清
信。寄三弟信。下午得徐懋庸信并稿。得叶紫信并稿费五元,即
复。晚往内山书店买『モリエール全集』(一),『牧野植物学全集』
(一)各一本,共泉九元。夜收漫画生活社稿费泉八元。雨。

脸谱臆测

对于戏剧，我完全是外行。但遇到研究中国戏剧的文章，有时也看一看。近来的中国戏是否象征主义，或中国戏里有无象征手法的问题，我是觉得很有趣味的。

伯鸿先生在《戏》周刊十一期（《中华日报》副刊）上，说起脸谱，承认了中国戏有时用象征的手法，"比如白表'奸诈'，红表'忠勇'，黑表'威猛'，蓝表'妖异'，金表'神灵'之类，实与西洋的白表'纯洁清净'，黑表'悲哀'，红表'热烈'，黄金色表'光荣'和'努力'"并无不同，这就是"色的象征"，虽然比较的单纯，低级。

这似乎也很不错，但再一想，却又生了疑问，因为白表奸诈，红表忠勇之类，是只以在脸上为限，一到别的地方，白就并不象征奸诈，红也不表示忠勇了。

对于中国戏剧史，我又是完全的外行。我只知道古时候（南北朝）的扮演故事，是带假面的，这假面上，大约一定得表示出这角色的特征，一面也是这角色的脸相的规定。古代的假面和现在的打脸的关系，好像还没有人研究过，假使有些关系，那么，"白表奸诈"之类，就恐怕只是人物的分类，却并非象征手法了。

中国古来就喜欢讲"相人术"，但自然和现在的"相面"不同，并非从气色上看出祸福来，而是所谓"诚于中，必形于外"，要从脸相上辨别这人的好坏的方法。一般的人们，也有这一种意见的，我们在现在，还常听到"看他样子就不是好人"这一类话。这"样子"的具体的表现，就是戏剧上的"脸谱"。富贵人全无心肝，只知道自私自利，吃得白白胖胖，什么都做得出，于是白就表了奸诈。红表忠勇，是从关云长的"面如重枣"来的。"重枣"是怎样的枣子，我不知道，要之，总是红色的罢。在实际上，忠勇的人思想较为简单，不会神经衰弱，面皮也容易发红，倘使他要永远中立，自称"第三种人"，精神上就不免时时痛苦,脸上一块青,一块白,终于显出白鼻子来了。黑表威猛,更是极平常的事,整年在战场上驰驱,脸孔怎会不黑,擦着雪花膏的公子,是一定不肯自己出面去战斗的。

士君子常在一门一门的将人们分类,平民也在分类,我想,这"脸谱",便是优伶和看客公同逐渐议定的分类图。不过平民的辨别,感受的力量,是没有士君子那么细腻的。况且我们古时候戏台的搭法,又和罗马不同,使看客非常散漫,表现倘不加重,他们就觉不到,看不清。这么一来,各类人物的脸谱,就不能不夸大化,漫画化,甚而至于到得后来,弄得希奇古怪,和实际离得很远,好像象征手法了。

脸谱,当然自有它本身的意义的,但我总觉得并非象征手法,而且在舞台的构造和看客的程度和古代不同的时候,它更不过是一种赘疣,无须扶持它的存在了。然而用在别一种有意义的玩艺上,在现在,我却以为还是很有兴趣的。

十月三十一日。

拟刊《生生月刊》,被抽出。未另发表。

初收 1937 年 7 月上海三闲书屋版《且介亭杂文》。

致 刘炜明

炜明先生:

昨天我收到了来信。这几年来,短评我还是常做,但时时改换署名,因为有一个时候,邮局只要看见我的名字便将刊物扣留,所以不能用。近来他们方法改变了,名字可用,但压迫书局,须将稿子先送审查,或不准登,或加删改,书局是营业的,只好照办。所以用了我旧名发表的,也不过是无关紧要的文章。

集合了短评,印成一本的,一共有三种,一就是《二心集》,二曰

《伪自由书》，三曰《南腔北调集》，出版后不久，都被禁止，印出的书，或卖完，或被没收了。现在只有《伪自由书》还有，不知先生已见过否？倘未见，当寄上。

至于别的两种，我自己也无存书，都早给别人拿去了，别处也无法寻觅。倘没有人暗中再印，大约是难以到手的。但我当随时留心，万一可得，自当寄奉。

风子不是我的化名。

专此布复，即颂

时绥。

迅　上　十月卅一日

致　孟十还

孟先生：

卅日信收到。事已通知黄先生。

高尔基的《科洛连柯》，中国好像并无译本，因为这被记的科氏，在中国并非名人，只有关于托尔斯泰的，是被译了好几回了。

我的想印行文学家（画家不在内）像，是为三种阅者而设，一，画家，尤其是肖像画家；二，收集文学史材料的人；三，好事之徒。所以想专印绘画，木刻，雕刻的像，照相不收。印工和纸张，自然要较好，我想用珂罗版，托东京有名的印刷局去印。

不过还要缓一下。因为首先要看《译文》能否出下去（这大约到下月便见分晓了），能出下去，然后可以登揩油广告，而且希望《译文》的一部分的读者，也是画像的阅者。倘出起来，我预备十二张一帖，是散页。你的几张画像，等第一帖出来后，再去取罢。

上次的信，我好像忘记回答了一件事。托翁的《安那·卡列尼那》，中国已有人译过了，虽然并不好，但中国出版界是没有人肯再印的。所以还不如译 A. T. 的《彼得第一》,此书也有名,我可没有见过。不知长短怎样?一长,出版也就无法想。

那边好像又出了一个作家 TOLSTOI,名字的第一字母是 V,洋文昌帝君似乎在托府上了。

此复,即颂

时绥。

迅　上　十月卅一日

[附　录]

致 冈察洛夫

尊敬的冈察洛夫同志:

信及木刻十四幅收到,谢谢。读来函知前所寄之《引玉集》未收到,可惜。现二次再寄一本,收后望示知。致克氏函望费神转交。

祝

好。

L. S. 十月二十五日

据鲁迅所藏曹靖华手札编入。

此信系曹靖华按照鲁迅的要求代为拟稿并译成俄文,由鲁迅寄出。

致 克拉甫钦珂

尊敬的克拉甫钦珂同志:

收到你的信及木刻,谢谢。《引玉集》未收到,很可惜。现再寄上一册,寄莫城 V,尊夫人收转。前所寄《引玉集》不知其他作家收到否？在本集内可惜只有先生一幅木刻,因为我们收到的只有那唯一的一幅。现除寄上《引玉集》一册外,并寄上《近一年来中国青年木刻集》一册(即《木刻纪程》)。

祝好。

L.S.上　十月二十五日

据鲁迅所藏曹靖华手札编入。

此信系曹靖华按照鲁迅的要求代为拟稿并译成俄文,由鲁迅寄出。

十一月

一日

日记　昙,冷。午后得中国书店书目一本。得史美德信并《现代中国》稿费二十金,又书籍画片一包。得窦隐夫信并《新诗歌》二本。夜寄徐懋庸信附复窦隐夫笺,托其转交。风。

《木刻纪程》出版告白[*]

中国青年作家出品木刻纪程(第一辑)出版。

内皆去今两年中的木刻图画,由铁木艺术社选辑,人物风景静物具备,共二个四幅。用原刻木版,中国纸精印,订成一册。只有八十本发售。爱好木刻者,以速购为佳。实价大洋一元,即购加寄一角四分。上海四川路底内山书店代售。

原载 1934 年 11 月 1 日《文学》月刊第 3 卷第 5 号。

初未收集。

略论梅兰芳及其他（上）

崇拜名伶原是北京的传统。辛亥革命后,伶人的品格提高了,这崇拜也干净起来。先只有谭叫天在剧坛上称雄,都说他技艺好,但恐怕也还夹着一点势利,因为他是"老佛爷"——慈禧太后赏识过的。虽然没有人给他宣传，替他出主意，得不到世界的名声，却也没有人来为他编剧本。我想，这不来，是带着几分"不敢"的。

后来有名的梅兰芳可就和他不同了。梅兰芳不是生，是旦，不是皇家的供奉，是俗人的宠儿，这就使士大夫敢于下手了。士大夫是常要夺取民间的东西的，将竹枝词改成文言，将"小家碧玉"作为姨太太，但一沾着他们的手，这东西也就跟着他们灭亡。他们将他从俗众中提出，罩上玻璃罩，做起紫檀架子来。教他用多数人听不懂的话，缓缓的《天女散花》，扭扭的《黛玉葬花》，先前是他做戏的，这时却成了戏为他而做，凡有新编的剧本，都只为了梅兰芳，而且是士大夫心目中的梅兰芳。雅是雅了，但多数人看不懂，不要看，还觉得自己不配看了。

士大夫们也在日见其消沉，梅兰芳近来颇有些冷落。

因为他是旦角，年纪一大，势必至于冷落的吗？不是的，老十三旦七十岁了，一登台，满座还是喝采。为什么呢？就因为他没有被士大夫据为己有，罩进玻璃罩。

名声的起灭，也如光的起灭一样，起的时候，从近到远，灭的时候，远处倒还留着余光。梅兰芳的游日，游美，其实已不是光的发扬，而是光在中国的收敛。他竟没有想到从玻璃罩里跳出，所以这样的搬出去，还是这样的搬回来。

他未经士大夫帮忙时候所做的戏，自然是俗的，甚至于猥下，肮脏，但是泼剌，有生气。待到化为"天女"，高贵了，然而从此死板板，矜持得可怜。看一位不死不活的天女或林妹妹，我想，大多数人是倒不如看一个漂亮活动的村女的，她和我们相近。

然而梅兰芳对记者说，还要将别的剧本改得雅一些。

十一月一日。

原载 1934 年 11 月 5 日《中华日报·动向》。署名张沛。
初收 1936 年 6 月上海联华书局版《花边文学》。

略论梅兰芳及其他(下)

而且梅兰芳还要到苏联去。

议论纷纷。我们的大画家徐悲鸿教授也曾到莫斯科去画过松树——也许是马,我记不真切了——国内就没有谈得这么起劲。这就可见梅兰芳博士之在艺术界,确是超人一等的了。

而且累得《现代》的编辑室里也紧张起来。首座编辑施蛰存先生曰:"而且还要梅兰芳去演《贵妃醉酒》呢!"(《现代》五卷五期。)要这么大叫,可见不平之极了,倘不豫先知道性别,是会令人疑心生了脏躁症的。次座编辑杜衡先生曰:"剧本鉴定的工作完毕,则不妨选几个最前进的戏先到莫斯科去宣传为梅兰芳先生'转变'后的个人的创作。……因为照例,到苏联去的艺术家,是无论如何应该事先表示一点'转变'的。"(《文艺画报》创刊号。)这可冷静得多了,一看就知道他手段高妙,足使齐如山先生自愧弗及,赶紧来请帮忙——帮忙的帮忙。

但梅兰芳先生却正在说中国戏是象征主义,剧本的字句要雅一些,他其实倒是为艺术而艺术,他也是一位"第三种人"。

那么,他是不会"表示一点'转变'的",目前还太早一点。他也许用别一个笔名,做一篇剧本,描写一个知识阶级,总是专为艺术,总是不问俗事,但到末了,他却究竟还在革命这一方面。这就活动得多了,不到末了,花呀光呀,倘到末了,做这篇东西的也就是我呀,那不就在革命这一方面了吗?

但我不知道梅兰芳博士可会自己做了文章,却用别一个笔名,来称赞自己的做戏;或者虚设一社,出些什么"戏剧年鉴",亲自作序,说自己是剧界的名人?倘使没有,那可是也不会玩这一手的。

倘不会玩,那可真要使杜衡先生失望,要他"再亮些"了。

还是带住罢,倘再"略论"下去,我也要防梅先生会说因为被批评家乱骂,害得他演不出好戏来。

十一月一日。

原载 1934 年 11 月 6 日《中华日报·动向》。署名张沛。
初收 1936 年 6 月上海联华书局版《花边文学》。

致 徐懋庸

懋庸先生:

信及译稿均收到。我所有的讲王尔德的文章,是说他在客栈里生病,直到出丧,系另一篇,不能校对。黎先生又正在呻吟于为书店译书,云须于年底赶好,不好去托他校。　先生如并不急于投到别处,等一下怎么样呢?

复杜谈先生一信,附上,希转交为感。

此布,即颂

时绥。

迅　上　十一月一夜。

致 窦隐夫

隐夫先生:

来信并《新诗歌》第三期已收到,谢谢;第二期也早收到了。

要我论诗,真如要我讲天文一样,苦于不知怎么说才好,实在因为素无研究,空空如也。我只有一个私见,以为剧本虽有放在书卓上的和演在舞台上的两种,但究以后一种为好;诗歌虽有眼看的和嘴唱的两种,也究以后一种为好;可惜中国的新诗大概是前一种。没有节调,没有韵,它唱不来;唱不来,就记不住,记不住,就不能在人们的脑子里将旧诗挤出,占了它的地位。许多人也唱《毛毛雨》,但这是因为黎锦晖唱了的缘故,大家在唱黎锦晖之所唱,并非唱新诗本身,新诗直到现在,还是在交倒楣运。

我以为内容且不说,新诗先要有节调,押大致相近的韵,给大家容易记,又顺口,唱得出来。但白话要押韵而又自然,是颇不容易的,我自己实在不会做,只好发议论。

我不能说穷,但说有钱也不对,别处省一点,捐几块钱在现在还不算难事。不过这几天不行,且等一等罢。

骂我之说,倒没有听人说,那一篇文章是先前看过的,也并不觉得在骂我。上海之文坛消息家,好造谣言,倘使一一注意,正中其计,我是向来不睬的。

专此布复,即颂

时绥。

迅　上　十一月一夜

就是我们的同人中,有些人头脑也太简单,友敌不分,微风社骂我为"文妖",他就恭恭敬敬的记住:"鲁迅是文妖"。于是此后看见"文妖"二字,便以为就是骂我,互相报告了。这情形颇可叹。但我是不至于连这一点辨别力都没有的,请万勿介意为要。　又及。

二日

日记　晴。上午寄《动向》稿二篇。午后得靖华信附致冈察罗夫笺,即为转寄。得读书生活社信。得『ドストイエフスキイ全集』

（六）一本，二元五角。

随便翻翻

我想讲一点我的当作消闲的读书——随便翻翻。但如果弄得不好，会受害也说不定的。

我最初去读书的地方是私塾，第一本读的是《鉴略》，桌上除了这一本书和习字的描红格，对字（这是做诗的准备）的课本之外，不许有别的书。但后来竟也慢慢的认识字了，一认识字，对于书就发生了兴趣，家里原有两三箱破烂书，于是翻来翻去，大目的是找图画看，后来也看看文字。这样就成了习惯，书在手头，不管它是什么，总要拿来翻一下，或者看一遍序目，或者读几叶内容，到得现在，还是如此，不用心，不费力，往往在作文或看非看不可的书籍之后，觉得疲劳的时候，也拿这玩意来作消遣了，而且它也的确能够恢复疲劳。

倘要骗人，这方法很可以冒充博雅。现在有一些老实人，和我闲谈之后，常说我书是看得很多的，略谈一下，我也的确好像书看得很多，殊不知就为了常常随手翻翻的缘故，却并没有本本细看。还有一种很容易到手的秘本，是《四库书目提要》，倘还怕繁，那么，《简明目录》也可以，这可要细看，它能做成你好像看过许多书。不过我也曾用过正经工夫，如什么"国学"之类，请过先生指教，留心过学者所开的参考书目。结果都不满意。有些书目开得太多，要十来年才能看完，我还疑心他自己就没有看；只开几部的较好，可是这须看这位开书目的先生了，如果他是一位胡涂虫，那么，开出来的几部一定也是极顶胡涂书，不看还好，一看就胡涂。

我并不是说，天下没有指导后学看书的先生，有是有的，不过很难得。

这里只说我消闲的看书——有些正经人是反对的,以为这么一来,就"杂"!"杂",现在又算是很坏的形容词。但我以为也有好处。譬如我们看一家的陈年账簿,每天写着"豆付三文,青菜十文,鱼五十文,酱油一文",就知先前这几个钱就可买一天的小菜,吃够一家;看一本旧历本,写着"不宜出行,不宜沐浴,不宜上梁",就知道先前是有这么多的禁忌。看见了宋人笔记里的"食菜事魔",明人笔记里的"十彪五虎",就知道"哦呵,原来'古已有之'。"但看完一部书,都是些那时的名人轶事,某将军每餐要吃三十八碗饭,某先生体重一百七十五斤半;或是奇闻怪事,某村雷劈蜈蚣精,某妇产生人面蛇,毫无益处的也有。这时可得自己有主意了,知道这是帮闲文士所做的书。凡帮闲,他能令人消闲消得最坏,他用的是最坏的方法。倘不小心,被他诱过去,那就坠入陷阱,后来满脑子是某将军的饭量,某先生的体重,蜈蚣精和人面蛇了。

讲扶乩的书,讲婊子的书,倘有机会遇见,不要皱起眉头,显示憎厌之状,也可以翻一翻;明知道和自己意见相反的书,已经过时的书,也用一样的办法。例如杨光先的《不得已》是清初的著作,但看起来,他的思想是活着的,现在意见和他相近的人们正多得很。这也有一点危险,也就是怕被它诱过去。治法是多翻,翻来翻去,一多翻,就有比较,比较是医治受骗的好方子。乡下人常常误认一种硫化铜为金矿,空口是和他说不明白的,或者他还会赶紧藏起来,疑心你要白骗他的宝贝。但如果遇到一点真的金矿,只要用手掂一掂轻重,他就死心塌地:明白了。

"随便翻翻"是用各种别的矿石来比的方法,很费事,没有用真的金矿来比的明白,简单。我看现在青年的常在问人该读什么书,就是要看一看真金,免得受硫化铜的欺骗。而且一识得真金,一面也就真的识得了硫化铜,一举两得了。

但这样的好东西,在中国现有的书里,却不容易得到。我回忆自己的得到一点知识,真是苦得可怜。幼小时候,我知道中国在"盘古氏开辟天地"之后,有三皇五帝,……宋朝,元朝,明朝,"我大清"。到二十岁,又听说"我们"的成吉思汗征服欧洲,是"我们"最阔气的时代。到二十五岁,才知道所谓这"我们"最阔气的时代,其实是蒙古人征服了中国,我们做了奴才。直到今年八月里,因为要查一点故事,翻了三部蒙古史,这才明白蒙古人的征服"斡罗思",侵入匈奥,还在征服全中国之前,那时的成吉思还不是我们的汗,倒是俄人被奴的资格比我们老,应该他们说"我们的成吉思汗征服中国,是我们最阔气的时代"的。

我久不看现行的历史教科书了,不知道里面怎么说;但在报章杂志上,却有时还看见以成吉思汗自豪的文章。事情早已过去了,原没有什么大关系,但也许正有着大关系,而且无论如何,总是说些真实的好。所以我想,无论是学文学的,学科学的,他应该先看一部关于历史的简明而可靠的书。但如果他专讲天王星,或海王星,虾蟆的神经细胞,或只咏梅花,叫妹妹,不发关于社会的议论,那么,自然,不看也可以的。

我自己,是因为懂一点日本文,在用日译本《世界史教程》和新出的《中国社会史》应应急的,都比我历来所见的历史书类说得明确。前一种中国曾有译本,但只有一本,后五本不译了,译得怎样,因为没有见过,不知道。后一种中国倒先有译本,叫作《中国社会发展史》,不过据日译者说,是多错误,有删节,靠不住的。

我还在希望中国有这两部书。又希望不要一哄而来,一哄而散,要译,就译他完;也不要删节,要删节,就得声明,但最好还是译得小心,完全,替作者和读者想一想。

十一月二日。

原载 1934 年 11 月 25 日《读书生活》月刊第 1 卷第 2 期。署名公汗。

初收 1937 年 7 月上海三闲书屋版《且介亭杂文》。

三日

日记 昙。午后往内山书店,得『園芸植物図譜』(六),『王様の背中』各一本,共泉六元三角。吉冈恒夫君赠苹果一筐。得良友图书[公]司信并《文艺丛书》(十二及十四)二本。得铁耕信。得季市信。得萧军信,即复。晚蕴如及三弟携阿菩来,并为托梓生从吴兴刘氏买得其所刻书十五种三十五本,共泉十八元四角。

致 萧 军

刘先生:

来信当天收到。先前的信,书本,稿子,也都收到的,并无遗失,我看没有人截去。

见面的事,我以为可以从缓,因为布置约会的种种事,颇为麻烦,待到有必要时再说罢。

专此布复,即颂
时绥。

迅 上 十一月三日

令夫人均此致候。

四日

日记 星期。晴。午后得徐懋庸信。夜浴。诗荃来赠照相一枚。

五日

日记　小雨。上午内山书店送来『チェーホフ全集』(八),『芸術社会学』各一本,共泉四元。午后得有恒信。得杜谈信,即复。得萧军信,即复。得刘岘信,即复。下午寄楼炜春信并适夷所索书四本。晚烈文来并交稿二篇。复夏征农信并《读书生活》稿一篇。

致 徐懋庸

懋庸先生:

来信收到。我所见的关于 O. W. 的文章,却并不长,莫非后半段吗？稍暇当一查,倘相联的,当译补,再找黎先生校一下。

寄杜先生一笺,乞转寄为荷。

此上,即颂

时绥。

迅　顿首　十一月五日

致 萧 军

刘先生:

四日信收到。我也听说东三省的报上,说我生了脑膜炎,医生叫我十年不要写作。其实如果生了脑膜炎,十中九死,即不死,也大抵成为白痴,虽生犹死了。这信息是从上海去的,完全是上海的所谓"文学家"造出来的谣言,它给我的损失,是远处的朋友忧愁不算外,使我写了几十封更正信。

上海有一批"文学家",阴险得很,非小心不可。

你们如在上海日子多，我想我们是有看见的机会的。

专复即颂

时绥。

迅　上　十一月五夜。

吟女士均此不另。

六日

日记　昙。午后寄望道信并漫画六种。寄河清信并短文一篇。下午得霁野信。夜同广平往新光戏院观电影《科学权威》。

拿破仑与隋那

我认识一个医生，忙的，但也常受病家的攻击，有一回，自解自叹道：要得称赞，最好是杀人，你把拿破仑和隋那（Edward Jenner，1749—1823）去比比看……

我想，这是真的。拿破仑的战绩，和我们什么相干呢，我们却总敬服他的英雄。甚而至于自己的祖宗做了蒙古人的奴隶，我们却还恭维成吉思；从现在的卐字眼睛看来，黄人已经是劣种了，我们却还夸耀希特拉。

因为他们三个，都是杀人不眨眼的大灾星。

但我们看看自己的臂膊，大抵总有几个疤，这就是种过牛痘的痕迹，是使我们脱离了天花的危症的。自从有这种牛痘法以来，在世界上真不知救活了多少孩子，——虽然有些人大起来也还是去给英雄们做炮灰，但我们有谁记得这发明者隋那的名字呢？

杀人者在毁坏世界，救人者在修补它，而炮灰资格的诸公，却总

161

在恭维杀人者。

这看法倘不改变，我想，世界是还要毁坏，人们也还要吃苦的。

十一月六日。

最初印入 1935 年生活书店版《文艺日记》。

初收 1937 年 7 月上海三闲书屋版《且介亭杂文》。

七日

日记 晴，风。午后复霁野信。寄河清信。寄北平全国木刻展览筹备处信并《木刻纪程》一本，木刻三十二幅。下午得徐懋庸信。得西谛信并《十竹斋笺谱》样本六幅。肋间神经痛，服须藤先生所与药二次。

致 李霁野

霁野兄：

四日函收到，前一信也收到的。青兄事如此麻烦，殊出意外。

碑帖并非急需，想不收了，但兄赴京时，可将尚存之一部分寄给我看一看，作一结束。山东山西寄来之拓片，我好像并未见过。

我们一切如常，可释远念。我也做不出什么东西来。新近和几个朋友出了一本月刊，都是翻译，即名《译文》，而被删之处也不免。兄不知见过否？

此布，即颂

时绥。

豫　启上　十一月七日

八日

日记　晴，风。上午同海婴往须藤医院诊并自取药，广平亦去。午后复西谛信并寄《博古酒牌》一本。代谢敦南寄大陆银行（北平）信。下午得俞念远信。得张慧信并木刻两幅。得罗清桢信片。诗荃来，未见，留字而去。晚得汪铭竹信，即复。夜同广平往新光戏院观《科学权威》后集。

致 郑振铎

西谛先生：

四日信收到。《博古牌子》留下照相一份，甚好。但我对于上海情形殊生疏，容易上当，所以上午已托书店寄上，请先生付店一照，较妥。大约将来制版，当与底片之大小无关，只要记下原书尺寸，可以照样放大的。

王君生病，不惟可怜，且亦可惜，好像老实人是容易发疯的。

教书固无聊，卖文亦无聊，上海文人，千奇百怪，批评者谓我刻毒，而许多事实，竟出于我的恶意的推测之外，岂不可叹。近来稍忙，生病了，但三四日就会好的。

匆复，即请

道安。

迅　顿首　十一月八日

九日

日记　晴。上午寄烈文信。得萧军及悄吟信。下午得西谛寄赠之《取火者的逮捕》一本。得紫佩信。得刘岘信并木刻一卷。得诗荃信。

十日

日记　晴。午后得马隅卿所寄赠《雨窗欹枕集》一部二本,即复。得董永舒信。下午寄西谛信。晚三弟及蕴如携棐官来。夜发热 38.6°。

致 郑振铎

西谛先生:

八日寄奉一函并《博古牌子》一本,想已到。今日得东京洪洋社来信,于玻璃版之估价,是大如《九歌图》全页者,制版及印工每张五分,那么,百张五元,正与北平之价无异。虽然日本钱略廉,但加以寄纸及运送费,也许倒要较贵了。

那么,老莲集索兴在北平印,怎样呢? 只好少印而定价贵,不能怎么普遍了。周君处也索兴拖延他一会,等先生来沪后,运了纸去(或北平也有?),立刻开手,怎样? 那么,照相费也省下了。

专布,即请

道安

迅　上　十一月十日

十一日

日记　昙。上午得烈文信,即复。得河清信,即复。午后内山书店送来田園詩『シモオヌ』及『モリエール全集』(二)各一本,共泉七元五角。下午须藤先生来诊,云是受寒,并诊海婴。热三七·二度。

致 内山完造

昨晚、熱が出てうごくかがない。疲労の為めだろーと思ひ
ます。

須藤先生に今日の午後に診察にいらしゃって下さる様に頼して
下さい。

L 上

内山先生几下

十二日

日记 雨。下午译契诃夫短篇三,共七千余字。晚复诗荃信。
复刘岘信。复萧军及悄吟信。寄懋庸及聚仁信。夜热三七·六度。

假 病 人

［俄国］契诃夫

将军夫人玛尔法·彼得罗夫娜·贝绸基娜,或者如农人们的叫
法,所谓贝绸金家的,十年以来,行着类似疗法 [①]的医道,五月里的
一个星期二,她在自己的屋子里诊察着病人。她面前的桌子上,摆
着一个类似疗法的药箱,一本类似疗法的便览,还有一个类似疗法

---

① Homoopathie,日本又译"同类疗法",是用相类似的毒,来治这病的医法,意
义大致和中国的"以毒攻毒"相同。现行的对于许多细菌病的血清注射,其实也还是
这疗法,不过这名称却久不使用了。——译者。

药的算盘。挂在壁上的是嵌在金边镜框里的一封信，那是一位彼得堡的同类疗法家，据玛尔法·彼得罗夫娜说，很有名，而且简直是伟大的人物的手笔；还有一幅神甫亚理斯泰尔夫的像，那是将军夫人的恩人，否定了有害的对症疗法，教给她认识了真理的。客厅里等候着病人们，大半是农人。他们除两三个人之外，都赤着脚，这是因为将军夫人吩咐过，他们该在外面脱掉那恶臭的长靴。

玛尔法·彼得罗夫娜已经看过十个病人了，于是就叫十一号："格夫里拉·克鲁慈提！"

门开了，走进来的却不是格夫里拉·克鲁慈提，倒是将军夫人的邻居，败落了的地主萨木弗利辛，一个小身材的老头子，昏眼睛，红边帽①。他在屋角上放下手杖，就走到将军夫人的身边，一声不响地跪下去了。

"您怎么了呀！您怎么了呀，库士玛·库士密支！"将军夫人满脸通红，发了抖。"罪过的！"

"只要我活着，我是不站起来的！"萨木弗利辛在她手上吻了一下，说。"请全国民看看我在对您下跪，您这保佑我的菩萨，您这人类的大恩人！不打紧的，这慈仁的精灵，给我性命，指我正路，还将我多疑的坏聪明照破了，岂但下跪，我连火里面还肯跳进去呢，您这我们的神奇的国手，鳏寡孤独的母亲！我全好了呀！我复活了呀，活神仙！"

"我……我很高兴……！"将军夫人快活到脸红，吞吞吐吐的说。"那是很愉快的，听到了这样的事情……请您坐下罢！上星期二，您却是病得很重的！"

"是呀，重得很！只要一想到，我就怕！"萨木弗利辛一面说，一面坐。"我全身都是风湿痛。我苦了整八年，一点安静也没有……不论是白天，是夜里，我的恩人哪！我看过许多医生，请喀山的大学教

_____
　　① 帝俄时代贵族所戴的帽子。——译者。

166

授们对诊，行过土浴，喝过矿泉，我什么方法都试过了！我的家私就为此化得精光，太太。这些医生们只会把我弄糟，他们把我的病赶进内部去了！他们很能够赶进去，但再赶出来呢——他们却不能，他们的学问还没有到这地步……他们单喜欢要钱，这班强盗，至于人类的利益，他们是不大留心的。他开一张鬼画符，我就得喝下去。一句话，那是谋命的呀。如果没有您，我的菩萨，我早已躺在坟里了！上礼拜二我从您这里回家，看了您给我的那丸药，就自己想：'这有什么用呢？这好容易才能看见的沙粒，医得好我的沉重的老病吗？'我这么想，不大相信，而且笑笑的；但我刚吃下一小粒，我所有的病可是一下子统统没有了。我的老婆看定着我，疑心了自己的眼睛，'这是你吗，珂略？①'——'不错，我呀。'于是我们俩都跪在圣像面前，给我们的恩人祷告：主呵，请把我们希望于她的，全都给她罢！"

萨木弗利辛用袖子擦一擦眼，从椅子上站起，好像又要下跪了，但将军夫人制住他，使他仍复坐下去。

"您不要谢我，"她说，兴奋得红红的，向亚理斯泰尔夫像看了一眼。"不，不要谢我！这时候我不过是一副从顺的机械……这真是奇迹！拖了八年的风湿痛，只要一粒瘰疬丸②就断根了！"

"您真好，给了我三粒。一粒是中午吃的，立刻见效！别一粒在傍晚，第三粒是第二天，从此就无影无踪了！无论那里，一点痛也没有！我可是已经以为要死了的，写信到墨斯科去，叫我的儿子回来！上帝竟将这样的智慧传授了您，您这活菩萨！现在我好像上了天堂……上礼拜二到您这里来，我还蹩着脚的，现在我可是能够兔子似的跳了……我还会活一百来年哩。不过还有一件事情困住我——我的精穷。我是健康了，但如果没有东西好过活，我的健康

---

① Kolia 就是库士玛（Kusima）的爱称。——译者。
② 原名 Skrophuroso，是一种用草药捣成的小丸子。——译者。

又有什么用处呢。穷的逼我，比病还厉害……拿这样的事来做例子罢……现在是种燕麦的时候了，但叫我怎么种它呢，如果我没有种子的话？我得去买罢，却要钱……我怎么会有钱呢?"

"我可以送您燕麦的，库士玛·库士密支……您坐着罢！您给了我这么大的高兴，您给了我这样的满足，应该我来谢您的，不是您谢我!"

"您是我们的喜神！敬爱的上帝竟常常把这样的好人放在世界上！您高兴就是了，太太，高兴您行的好事！我们罪人却没有什么好给自己高兴……我们是微末的，小气的，无用的人……蚂蚁……我们不过是自称为地主，在物质的意义上，却和农民一样，甚至于还要坏……我们确是住在石造房子里，但那仅是一座 Fata Morgana①呀，因为屋顶破了，一下雨就漏……我又没有买屋顶板的钱。"

"我可以送给您板的，库士玛·库士密支。"

萨木弗利辛又讨到一匹母牛，一封介绍信，是为了他想送进专门学校去的女儿的，而且被将军夫人的大度所感动，感激之至，呜咽起来，嘴巴牵歪了，还到袋子里去摸他的手帕……将军夫人看见，手帕刚一拉出，同时也好像有一个红纸片，没有声响的落在地板上面了。

"我一生一世不忘记的……"他絮叨着说。"我还要告诉我的孩子们，以及我的孙子们……一代一代……孩子们，就是她呀，救活了我的，她，那个……"

将军夫人送走了病人之后，就用她眼泪汪汪的眼睛，看了一会神甫亚理斯泰尔夫的像，于是又用亲密的，敬畏的眼光，射在药箱，备览，算盘和靠椅上，被她救活的人就刚刚坐在这里的，后来却终于看见了病人落掉的纸片。将军夫人拾起纸片来，在里面发见了三粒

---

① 介在意大利的 Sicily 和 Calabria 之间的 Messina 的海峡中所见的海市蜃楼；相传是仙人名 Morgana 者所为，故名。——译者。

药草的丸子，和她在上礼拜二给与萨木弗利辛的丸药，是一模一样的。

"就是那个……"她惊疑着说。"这也是那张纸……他连包也没有打开呀！那么，他吃了什么呢？奇怪……他未必在骗我罢。"

将军夫人的心里，在她那十年行医之间，开始生出疑惑来了……她叫进其次的病人来，当在听他们诉说苦恼时，也觉得了先前没有留心，听过就算的事。一切病人，没有一个不是首先恭维她的如神的疗法的，佩服她医道的学问，骂詈那些对症疗法的医生，待到她兴奋到脸红了，于是就来叙述他们的困苦。这一个要一点地，别一个想讨些柴，第三个要她许可在她的林子里打猎。她仰望着启示给她真理的神甫亚理斯泰尔夫的善良的，宽阔的脸，但一种新的真理，却开始来咬她的心了。那是一种不舒服的，沉闷的真理。

人是狡猾的。

一八八五年作

原载 1935 年 12 月 16 日《译文》月刊第 1 卷第 4 期，与《簿记课副手日记抄》、《那是她》一并题作《奇闻三则》。

初收 1936 年上海联华书局版"文艺连丛"之三《坏孩子和别的奇闻》(该书封面题作《坏孩子和别的小说八篇》)。

簿记课副手日记抄

［俄国］契诃夫

一八六三年五月十一日。我们的六十岁的簿记课长格罗试金一咳嗽，就喝和酒的牛奶，因此生了酒精中毒脑症了。医生们以他们特有的自信，断定他明天就得死。我终于要做簿记课长了。这位置是早已允许了我的。

书记克莱锡且夫要吃官司,因为他殴打了一个称他为官僚的请愿者。看起来,怕是要定罪的。

服药草的煎剂,医胃加答儿。

一八六五年八月三日。簿记课长格罗忒金的胸部又生病了。他咳嗽,喝和酒的牛奶。他一死,他的地位就是我的了。我希望着,但我的希望又很微,因为酒精中毒脑症好像是未必一定会死的!

克莱锡且夫从一个亚美尼亚人的手里抢过一张支票来,撕掉了。他也许因此要吃官司。

昨天一个老婆子(古立夫娜)对我说,我生的不是胃加答儿,是潜伏痔。这是很可能的!

一八六七年六月三十日。看报告,说是阿剌伯流行着霍乱病。大约也要到俄国来的罢,那么,就要放许多天假。老格罗忒金死掉,我做簿记课长,也未可料的。人也真韧!据我看来,活得这么久,简直是该死!

喝什么来治治我的胃加答儿呢?或者用莪求①子?

一八七〇年一月二日。在格罗忒金的院子里,一只狗彻夜的叫。我的使女贝拉该耶说,这是很准的兆头,于是我和她一直谈到两点钟,如果我做了簿记课长,就得弄一件浣熊皮子和一件睡衣。我大约也得结婚。自然不必处女,这和我的年纪是不相称的,还是寡妇罢。

昨天,克莱锡且夫被逐出俱乐部了,因为他讲了一个不成样子的笑话,还嘲笑了商业会馆的会员波纽霍夫的爱国主义。人们说,后一事,他是要吃官司的。

为了我的胃加答儿,想看波忒庚医师去。人说,他医治他的病人,很灵……

一八七八年六月四日。报载威忒梁加流行着黑死病。人们死

---

① 此日本名,德名 Zitwer,中国名未详。——译者。

得像苍蝇一样。格罗忒金因此喝起胡椒酒来了。但对于这样的一个老头子，胡椒酒恐怕也未必有效。只要黑死病一到，我准要做簿记课长的。

一八八三年六月四日。格罗忒金要死了。我去看他，并且流着眼泪请他宽恕，因为我等不及他的死。他也眼泪汪汪的宽恕了我，还教我要医胃加答儿，该喝橡子茶。

但克莱锡且夫几乎又要吃官司——因为他把一座租来的钢琴，押给犹太人了。虽然如此，他却已经有着史坦尼斯拉夫勋章，官衔也到了八等。在这世界上的一切，真是希奇得很！

生姜二沙①，高良姜一沙半，浓烧酒一沙，麒麟竭五沙，拌匀，装入烧酒瓶里，每晨空心服一小杯，可治胃加答儿。

一八八三年六月七日。格罗忒金昨天下了葬。这老头子的死，我竟得不到一点好处！每夜梦见他穿了白衫子，动着手指头。伤心，该死的我的伤心：是簿记课长竟不是我，却是察里科夫。得到这位置的竟不是我，却是一个小伙子，有那做着将军夫人的姑母帮忙的。我所有的希望都完结了！

一八八六年六月十日。察里科夫家里，他的老婆跑掉了。这可怜人简直没有一点元气了。为了悲伤，会寻短见也说不定的。倘使这样，那么，我就是簿记课长。人们已在这么说。总而言之，希望还没有空，人也还可以活下去，我也许还要用用浣熊皮。至于结婚，我也不反对。如果得了良缘，我为什么不结婚呢，不过是应该和谁去商量商量罢了；因为这是人生大事。

克莱锡且夫昨天错穿了三等官理尔曼的橡皮套鞋。又是一个问题！

管门人巴伊希劝我，医胃加答儿应该用升汞。我想试试看。

———————————

① Solotnik 是俄国的重量名，一沙约合中国一钱一分余。——译者。

一八八六年作

原载 1934 年 12 月 16 日《译文》月刊第 1 卷第 4 期。

初收 1936 年上海联华书局版"文艺连丛"之三《坏孩子和别的奇闻》。

那 是 她

[俄国]契诃夫

"您给我们讲点什么罢!"年青的小姐们说。

大佐捻着他的白胡子,扫一扫喉咙,开口了——

"这是在一八四三年,我们这团兵扎在欠斯多霍夫的附近。我先得告诉您,我的小姐们,这一年的冬天非常冷,没有一天没有哨兵冻掉了鼻子,或是大雪风吹着雪埋掉了道路的。严寒从十月底开头,一直拖到四月。那时候,您得明白,我可并不像现在,仿佛一个用旧了的烟斗的,却是一个年青的小伙子,像乳和血拌了起来的一样,一句话,是一个美男子。我孔雀似的打扮着,随手化钱,捻着胡子,这世界上就没有一个学习士官会这样。我往往只要一只眼睛一睐,把马刺一响,把胡子一捻,那么,就是了不得的美人儿,也立刻变了百依百顺的小羊了。我贪女人,好像蜘蛛的贪苍蝇,我的小姐们,假如你们现在想数一数那时缠住我的波兰女子和犹太女子的数目,我通知你,数学上的数目恐怕是用不够的……我还得告诉你们,我是一个副官,跳玛楚尔加 ①的好手,娶的是绝世的美人,上帝呵,愿给她的灵魂平安。我是怎样一个莽撞而且胡闹的人呢——你们是猜也猜不到的。在乡下,只要有什么关于恋爱的捣乱,有谁拔了犹

---

① Mazurka 是一种跳舞。——译者。

172

太人的长头发,或是批了波兰贵族的巴掌,大家就都明白,这是微惠尔妥夫少佐干的事。

"因为是副官,我得常常在全省里跑来跑去,有时去买干草或芜菁,有时是将我们的废马卖给犹太人或地主,我的小姐们,但最多的倒是冒充办公,去赴波兰的千金小姐的密约,或者是和有钱的地主去打牌……在圣诞节前一天的夜里,我还很记得,好像就在目前一样,为了公事,叫我从欠斯多霍夫到先威里加村去……天气可真冷得厉害,连马也咳嗽起来,我和我的马车夫,不到半个钟头就成了两条冰柱了……大冷天倒还不怎么打紧,但请你们想一想,半路上可又起了大风雪了。雪片团团的打着旋子,好像晨祷之前的魔鬼一样,风发着吼,似乎是有谁抢去了它的老婆,道路看不见了……不到十分钟,我们大家——我,马车夫和马——就给雪重重的包裹了起来。

"'大人,我们迷了路了!'马车夫说。

"'昏蛋!你在看什么的,你这废料?那么,一直走罢,也许会撞着一家人家的!'

"我们尽走,尽走,尽是绕着圈子,到半夜里,马停在一个庄园的门口了,我还记得,这是属于一个有钱的波兰人,皤耶特罗夫斯基伯爵的。波兰人还是犹太人,在我就如饭后的浓茶,都可以,但我也应该说句真话,波兰的贵族很爱客人,像年青的波兰女子那样热情的女人,另外可也并没有……

"我们被请进去了……皤耶特罗夫斯基伯爵这时住在巴黎,招待我们的是他的经理,波兰人加希密尔·哈普进斯基。我还记得,不到一个钟头,我已经坐在那经理的屋子里,消受他的老婆献殷勤,喝酒,打牌了。我赢了十五个金卢布,喝足了酒之后,就请他们给我安息。因为边屋里没有地方了,他们就引我到正屋的一间房子里面去。

"'您怕鬼么?'那经理领我走到通着满是寒冷和昏暗的大厅的

一间小房子里,一面问。

"'这里是有鬼的?'我听着自己的言语和脚步的回声,反问道。

"'我不知道,'波兰人笑了起来,'不过我觉得,这样的地方,对于妖魔鬼怪是很合适的。'

"我真醉了,喝得像四万个皮匠一样,但这句话,老实说,却使我发抖。妈的,见一个鬼,我宁可遇见一百个乞尔开斯人!不过也没有法,我就换了衣服,躺下了……我的蜡烛的弱弱的光,照在墙壁上,那墙壁上可是挂着一些东西,你们大约也想象得到的罢,是一张比一张更加吓人的祖像,古代的兵器,打猎的角笛,还有相类的古怪的东西……静到像坟墓一样,只在间壁的大厅里,有鼠子唧唧的叫着,和干燥的木器发着毕毕剥剥的声音。房子外面呢,可仿佛是地狱……风念着超度亡魂经,树木被吹弯了,吼叫着,啼哭着;一个鬼东西,大约是外层窗门罢,发出悲声,敲着窗框子。你们想想看,还要加上我的头正醉得在打旋子,全世界也和我的头一同在打旋子呢……我如果闭上眼,就觉得我的眠床在空屋子里跑,和鬼怪跳着轮舞一样。我想减少这样的恐怖,首先就吹熄了蜡烛,因为空荡荡的屋子,亮比暗是更加觉得可怕的……"

听着大佐讲话的三位小姐们,靠近他去了,凝视着他的脸。

"唔,"大佐讲下去道,"我竭力的想睡着,可是睡魔从我这里逃走了。忽然觉得像有偷儿爬进窗口来,忽然听得像有谁在喊喊喳喳的说话,忽然又好像有人碰了我的肩头——一句话,我觉到一切幻像,这是只要神经曾经异常紧张过的人们,全都经验过来的。现在你们也想想看,在这幻像和声音的混沌中,我却分明的听得,像有曳着拖鞋的声音似的。我尖起耳朵来,——你们想是什么呀?——我听到,有人走近了门口,咳嗽一下,想开门……

"'谁呀?'我坐起来,一面问。

"'是我……用不着怕的!'回答的是女人的声音。

"我走到门口去……只几分钟,我就觉得鸭绒一般绵软的两条

174

女人的臂膊,搁在我的肩上了。

"'我爱你……我看你是比性命还贵重的,'很悦耳的一种女人的声音说。

"火热的呼吸触着我的面庞……我忘记了风雪,鬼怪,以及世界上的一切,用我的一只手去搂住了那纤腰……那是怎样的纤腰呵!这样的纤腰,是造化用了特别的布置,十年里头只能造出一个来的……纤细,磋磨出来似的,热烈而轻柔,好像一个婴儿的呼吸!我真不能自制了,就用我的臂膊紧紧的抱住她……我们的嘴唇就合成一个紧密的,长久的接吻……我凭着全世界的女性对你们起誓,这接吻,我是到死也不会忘记的。"

大佐住了口,喝过半杯水,用了有些含胡的声音说下去道——

"第二天的早晨,我从窗口望出去,却看见风雪越加厉害了……完全不能走。我只好整天的坐在经理那里,喝酒,打牌。一到夜,我就又睡在那空荡荡的屋子里,到半夜,就又搂着那熟识的纤腰……真的呢,我的小姐们,如果没有这爱,我那时也许真会无聊得送命,或者喝到醉死了的哩。"

大佐叹一口气,站起身来,默默的在屋子里面走。

"那么……后来呢?"一位小姐屏息的等候着,一面问。

"全没有什么。第二天,我们就走路了。"

"但是……那女人是谁呢?"小姐们忸怩的问道。

"这是一猜就知道的,那是谁!"

"不,猜不到呀!"

"那就是我自己的老婆!"

三位小姐都像给蛇咬了似的,跳了起来。

"这究竟是……怎么的呀?"她们问。

"阿呀,天哪,这有什么难懂呢?"大佐耸一耸肩头,烦厌似的回问道。"我自己想,是已经讲得很清楚的了!我是带了自己的女人往先威里加村去的……她在间壁的空房子里过夜……这不是很明白的么!"

"哼哼……"小姐们失望的垂下了臂膊,唠叨道。"这故事,开头是很好的,收场可是只有天晓得……您的太太……请您不要见气,这故事简直是无聊的……也一点不漂亮。"

"奇怪!你们要这不是我自己的女人,却是一个别的谁么!唉唉,我的小姐们,你们现在就在这么想,一结了婚,不知道会得怎么说呢?"

年青的小姐们狼狈,沉默了。她们都显出不满意的态度,皱着眉头,大声的打起呵欠来……晚餐桌上她们也不吃东西,只用面包搓着丸子,也不开口。

"哼,这简直是……毫无意思!"一个忍不住了,说。"如果这故事是这样的收场,您何必讲给我们来听呢?这一点也不好……这简直是出于意外的!"

"开头讲得那么有趣,却一下子收了梢……"别一个接着道。"这不过是侮弄人,再没有什么别的了。"

"哪,哪,哪,……我是开开玩笑的……"大佐说。"请你们不要生气,我的小姐们,我是讲讲笑话的。那其实并不是我自己的女人,却是那经理的……"

"是吗!"

小姐们一下子都开心了,眼睛也发了光……她们挨近大佐去,不断的给他添酒,提出质问来。无聊消失了,晚餐也消失了,因为小姐们忽然胃口很好的大嚼起来了。

一八八六年作

以常理而论,一个作家被别国译出了全集或选集,那么,在那一国里,他的作品的注意者,阅览者和研究者该多起来,这作者也更为大家所知道,所了解的。但在中国却不然,一到翻译集子之后,集子还没有出齐,也总不会出齐,而作者可早被压杀了。易卜生,莫泊桑,辛克莱,无不如此,契诃夫也如此。

不过姓名大约还没有被忘却。他在本国,也还没有被忘却的,一九二九年做过他死后二十五周年的纪念,现在又在出他的选集。但在这里我不想多说什么了。

《奇闻三篇》是从 Alexander Eliasberg 的德译本 *Der Persische Orden und andere Grotesken*(Welt-Verlag,Berlin,1922)里选出来的。这书共八篇,都是他前期的手笔,虽没有后来诸作品的阴沉,却也并无什么代表那时的名作,看过美国人做的《文学概论》之类的学者或批评家或大学生,我想是一定不准它称为"短篇小说"的,我在这里也小心一点,根据了"Gro-teske"这一个字,将它翻作了"奇闻"。

第一篇绍介的是一穷一富,一厚道一狡猾的贵族;第二篇是已经爬到极顶和日夜在想爬上去的雇员;第三篇是圆滑的行伍出身的老绅士和爱听艳闻的小姐。字数虽少,脚色却都活画出来了。但作者虽是医师,他给簿记课副手代写的日记是当不得正经的,假如有谁看了这一篇,真用升汞去治胃加答儿,那我包管他当天就送命。这种通告,固然很近于"杞忧",但我却也见过有人将旧小说里狐鬼所说的药方,抄进了正经的医书里面去——人有时是颇有些希奇古怪的。

这回的翻译的主意,与其说为了文章,倒不如说是因为插画;德译本的出版,好像也是为了插画的。这位插画家玛修丁(V. N. Massiutin),是将木刻最早给中国读者赏鉴的人,《未名丛刊》中《十二个》的插图,就是他的作品,离现在大约已有十多年了。

原载 1934 年 12 月 16 日《译文》月刊第 1 卷第 4 期。
初收 1936 年上海联华书局版"文艺连丛"之三《坏孩子和别的奇闻》。

致 萧军、萧红

刘、悄两位先生：

七日信收到。首先是称呼问题。中国的许多话，要推敲起来，不能用的多得很，不过因为用滥了，意义变成含糊，所以也就这么敷衍过去。不错，先生二字，照字面讲，是生在较先的人，但如这么认真，则即使同年的人，叫起来也得先问生日，非常不便了。对于女性的称呼更没有适当的，悄女士在提出抗议，但叫我怎么写呢？悄婶子，悄姊姊，悄妹妹，悄侄女……都并不好，所以我想，还是夫人太太，或女士先生罢。现在也有不用称呼的，因为这是无政府主义者式，所以我不用。

稚气的话，说说并不要紧，稚气能找到真朋友，但也能上人家的当，受害。上海实在不是好地方，固然不必把人们都看成虎狼，但也切不可一下子就推心置腹。

以下是答问——

一、我是赞成大众语的，《太白》二期所录华圉作的《门外文谈》，就是我做的。

二、中国作家的作品，我不大看，因为我不弄批评；我常看的是外国人的小说或论文，但我看书的工夫也很有限。

三、没有，大约此后一时也不会有，因为不许出版。

四、出过一本《南腔北调集》，早被禁止。

五、蓬子转向；丁玲还活着，政府在养她。

六、压迫的，因为他们自己并不统一，所以办法各处不同，上海较宽，有些地方，有谁寄给我信一被查出，发信人就会危险。书是常常被邮局扣去的，外国寄来的杂志，也常常收不到。

七、难说。我想，最好是抄完后暂且不看，搁起来，搁一两月再看。

八、也难说。青年两字，是不能包括一类人的，好的有，坏的也有。但我觉得虽是青年，稚气和不安定的并不多，我所遇见的倒十之七八是少年老成的，城府也深，我大抵不和这种人来往。

九、没有这种感觉。

我的确当过多年先生和教授，但我并没有忘记我是学生出身，所以并不管什么规矩不规矩。至于字，我不断的写了四十多年了，还不该写得好一些么？但其实，和时间比起来，我是要算写得坏的。

此复，即请

俪安。

↖这两个字抗议不抗议？

迅　上　十一月十二日

致　徐懋庸

懋庸先生：

曹先生的住址，记不真切了，大约和先生只差三四号，附笺请代交去为感。

此托，即颂

时绥。

迅　上　十二日

十三日

日记　昙。上午得耳耶信一，阿芷信二，午复。得林绍仑信并木刻三十枚,午后复,并将木刻转寄北平全国木刻展览会筹备处。下午须藤先生来诊。晚蕴如来。夜三弟来并为取得《四库丛编》续编三种共九本。热三八·二度。

十四日

日记 晴。上午内山夫人来访,并赠菊花一束,熟果六罐。内山书店送来『ジイド全集』(一至三、六、八、九、十)七本,共泉十八元二角。得烈文信。得陈烟桥信。得谷非信。得杜谈信,即复。得萧军及悄吟信。得增田君信,即复。得郭孟特信,即复。下午河清来。生活书店送来《桃色的云》十本。内山书店送来英文《动物学》三本,四十二元,即以赠三弟。夜热三十八度三分。与广平同往金城大戏院观《海底探险》。

致 增田涉

　十日の手紙を拝見しました。令闈及令息の御写真もこれよりさきに頂きました。皆な大きくなってつまり増田二世達の世界上に於ける位置は広大になったわけです。

　『斯文』に載せた大作を読んで痛快だと思ひます、日本の青年も大抵さうだらうと思ひます。併し斯る文章は他の雑誌には出せられまい? 矢張り『斯文』に関係します。

　『文芸春秋』は内山雑誌部に売ってますがと一と一読まなかった。「杜甫なら悪」くないけれども、詩も金の如くないから困まる。これから大に詩を作りませうか。

　呉組湘は北平清華大学の学生です。叔文は知りません。兎角女流では有るまい。中華全国の男流がさうさわがないから、内情知る可しだ。

こゝでは出版前の検閲制を行って居ます。削除された処は点も丸もつけさせない、だから時々間抜な文章になって仕舞ひます。だから、誰も困まる、官僚の外には。併し『文学』の類は近い内に送ります。

内のものはまづ大抵達者ですが只だ僕は風で一週間熱を出して居ました。ぢき直るだらう。併し熱が出ると自分の体が大くなった様な感じがしますから面白くない事もない、西班牙的だ。
草々頓首

洛文　上　十一月十四日

増田兄几下

十五日

日记　晴。上午得靖华信。下午须藤先生来诊,并携血去检。得征农信并《读书生活》一本。晚烈文来。夜八时热三十七度九分。答《戏》周刊编者信。

答《戏》周刊编者信

鲁迅先生鉴:

《阿Q》的第一幕已经登完了,搬上舞台实验虽还不是马上可以做到,但我们的准备工作是就要开始发动了。我们希望你能在第一幕刚登完的时候先发表一点意见,一方面对于我们的公演准备或者也有些帮助,另方面本刊的丛书计划一实现也可以把你的意见和《阿Q》剧本同时付印当作一篇序。这是编者的要求,也是作者,读者和演出的同志们的要求。

祝健!

编者。

编辑先生——

在《戏》周刊上给我的公开信,我早看见了;后来又收到邮寄的一张周刊,我知道这大约是在催促我的答复。对于戏剧,我是毫无研究的,我的最可靠的答复,是一声也不响。但如果先生和读者们都肯豫先了解我不过是一个外行人的随便谈谈,那么,我自然也不妨说一点我个人的意见。

《阿Q》在每一期里,登得不多,每期相隔又有六天,断断续续的看过,也陆陆续续的忘记了。现在回忆起来,只记得那编排,将《呐喊》中的另外的人物也插进去,以显示未庄或鲁镇的全貌的方法,是很好的。但阿Q所说的绍兴话,我却有许多地方看不懂。

现在我自己想说几句的,有两点——

一,未庄在那里?《阿Q》的编者已经决定:在绍兴。我是绍兴人,所写的背景又是绍兴的居多,对于这决定,大概是谁都同意的。但是,我的一切小说中,指明着某处的却少得很。中国人几乎都是爱护故乡,奚落别处的大英雄,阿Q也很有这脾气。那时我想,假如写一篇暴露小说,指定事情是出在某处的罢,那么,某处人恨得不共戴天,非某处人却无异隔岸观火,彼此都不反省,一班人咬牙切齿,一班人却飘飘然,不但作品的意义和作用完全失掉了,还要由此生出无聊的枝节来,大家争一通闲气——《闲话扬州》是最近的例子。为了医病,方子上开人参,吃法不好,倒落得满身浮肿,用萝卜子来解,这才恢复了先前一样的瘦,人参白买了,还空空的折贴了萝卜子。人名也一样,古今文坛消息家,往往以为有些小说的根本是在报私仇,所以一定要穿凿书上的谁,就是实际上的谁。为免除这些才子学者们的白费心思,另生枝节起见,我就用"赵太爷","钱大爷",是《百家姓》上最初的两个字;至于阿Q的姓呢,谁也不十分了然。但是,那时还是发生了谣言。还有排行,因为我是长男,下有两个兄弟,为豫防谣言家的毒舌起见,我的作品中的坏脚色,是没有一个不是老大,或老四,老五的。

上面所说那样的苦心,并非我怕得罪人,目的是在消灭各种无聊的副作用,使作品的力量较能集中,发挥得更强烈。果戈理作《巡按使》,使演员直接对看客道:"你们笑自己!"(奇怪的是中国的译本,却将这极要紧的一句删去了。)我的方法是在使读者摸不着在写自己以外的谁,一下子就推诿掉,变成旁观者,而疑心到像是写自己,又像是写一切人,由此开出反省的道路。但我看历来的批评家,是没有一个注意到这一点的。这回编者的对于主角阿Q所说的绍兴话,取了这样随手胡调的态度,我看他的眼睛也是为俗尘所蔽的。

但是,指定了绍兴也好。于是跟着起来的是第二个问题——

二,阿Q该说什么话?这似乎无须问,阿Q一生的事情既然出在绍兴,他当然该说绍兴话。但是第三个疑问接着又来了——

三,《阿Q》是演给那里的人们看的?倘是演给绍兴人看的,他得说绍兴话无疑。绍兴戏文中,一向是官员秀才用官话,堂倌狱卒用土话的,也就是生,旦,净大抵用官话,丑用土话。我想,这也并非全为了用这来区别人的上下,雅俗,好坏,还有一个大原因,是警句或炼话,讥刺和滑稽,十之九是出于下等人之口的,所以他必用土话,使本地的看客们能够彻底的了解。那么,这关系之重大,也就可想而知了。其实,倘使演给绍兴的人们看,别的脚色也大可以用绍兴话,因为同是绍兴,所谓上等人和下等人说的也并不同,大抵前者句子简,语助词和感叹词少,后者句子长,语助词和感叹词多,同一意思的一句话,可以冗长到一倍。但如演给别处的人们看,这剧本的作用却减弱,或者简直完全消失了。据我所留心观察,凡有自以为深通绍兴话的外县人,他大抵是像目前标点明人小品的名人一样,并不怎么懂得的;至于北方或闽粤人,我恐怕他听了之后,不会比听外国马戏里的打诨更有所得。

我想，普遍，永久，完全，这三件宝贝，自然是了不得的，不过也是作家的棺材钉，会将他钉死。譬如现在的中国，要编一本随时随地，无不可用的剧本，其实是不可能的，要这样编，结果就是编不成。所以我以为现在的办法，只好编一种对话都是比较的容易了解的剧本，倘在学校之类这些地方扮演，可以无须改动，如果到某一省县，某一乡村里面去，那么，这本子就算是一个底本，将其中的说白都改为当地的土话，不但语言，就是背景，人名，也都可变换，使看客觉得更加切实。譬如罢，如果这演剧之处并非水村，那么，航船可以化为大车，七斤也可以叫作"小辫儿"的。

我的意见说完了，总括一句，不过是说，这剧本最好是不要专化，却使大家可以活用。

临末还有一点尾巴，当然决没有叭儿君的尾巴的有趣。这是我十分抱歉的，不过还是非说不可。记得几个月之前，曾经回答过一个朋友的关于大众语的质问，这信后来被发表在《社会月报》上了，末了是杨邨人先生的一篇文章。一位绍伯先生就在《火炬》上说我已经和杨邨人先生调和，并且深深的感慨了一番中国人之富于调和性。这一回，我的这一封信，大约也要发表的罢，但我记得《戏》周刊上已曾发表过曾今可叶灵凤两位先生的文章；叶先生还画了一幅阿Q像，好像我那一本《呐喊》还没有在上茅厕时候用尽，倘不是多年便秘，那一定是又买了一本新的了。如果我被绍伯先生的判决所震慑，这回是应该不敢再写什么的，但我想，也不必如此。只是在这里要顺便声明：我并无此种权力，可以禁止别人将我的信件在刊物上发表，而且另外还有谁的文章，更无从豫先知道，所以对于同一刊物上的任何作者，都没有表示调和与否的意思；但倘有同一营垒中人，化了装从背后给我一刀，则我的对于他的憎恶和鄙视，是在明显的敌人之上的。

这倒并非个人的事情，因为现在又到了绍伯先生可以施展老手段的时候，我若不声明，则我所说过的各节，纵非买办意识，也是调和论了,还有什么意思呢?

　　专此布复,即请

文安。

鲁迅。十一月十四日。

　　　　原载 1934 年 11 月 25 日《中华日报》副刊《戏》周刊第
15 期。
　　　　初收 1937 年 7 月上海三闲书屋版《且介亭杂文》。

十六日

　　日记　晴。上午得须藤先生信,云血无异状。午后得曹聚仁
信。得西谛信。午后得母亲信。得徐懋庸信并稿,即复。晚河清来
并赠《译文》第三本五册。夜八时热三十七度六分。得吕渐斋信,即
复。复靖华信。

致 吕蓬尊

渐斋先生:

　　蒙惠函指教,甚感。所示第一条,查德译本作"对于警察,我得
将一切替你取到自己这里来么?"李译"应付",是不错的,后有机会,
当订正。第二条诚系譬喻,讥刺系双关,一以讽商人请客之奶油,如
坏肥皂,一又以讽理发匠所用之肥皂,如坏奶油,除加注外,殊亦无
法也。

　　专此布复,即颂

时绥。

许遐　谨上　十一月十六日

致 曹靖华

汝珍兄：

两信均收到。冈信已发。碑文我一定做的，但限期须略宽，当于月底为止，寄上。因为我天天发热，躺了一礼拜了，好像是流行性感冒，间天在看医生，大约再有一礼拜，总可以好了。

女人和孩子却都好的。请勿念。

专此奉复，即请

冬安。

弟豫　拜上　十一月十六日

十七日

日记　雨。上午复萧军信。寄河清信。午晴。得徐懋庸信。得王冶秋信并忆素园文一篇。午后须藤先生来诊。下午得母亲所寄小包二个，计外套一件，以与海婴；此外为摩菰，小米，果脯，茯苓饼，均与三弟家分食。晚得伯奇信并柳倩作《生命底微痕》一本。晚蕴如及三弟来，并为取得《四部丛刊》续编三种共十六本。夜八时热三十七度七分。

致 萧军、萧红

刘吟先生：

十三日的信，早收到了，到今天才答复。其实是我已经病了十来天，一天中能做事的力气很有限，所以许多事情都拖下来，不过现在大约要好起来了，全体都已请医生查过，他说我要死的样子一点也没有，所以也请你们放心，我还没有到自己死掉的时候。

中野重治的作品，除那一本外，中国没有。他也转向了，日本一切左翼作家，现在没有转向的，只剩了两个（藏原与宫本）。我看你们一定会吃惊，以为他们真不如中国左翼的坚硬。不过事情是要比较而论的，他们那边的压迫法，真也有组织，无微不至，他们是德国式的，精密，周到，中国倘一仿用，那就又是一个情形了。

蓬子的变化，我看是只因为他不愿意坐牢，其实他本来是一个浪漫性的人物。凡有智识分子，性质不好的多，尤其是所谓"文学家"，左翼兴盛的时候，以为这是时髦，立刻左倾，待到压迫来了，他受不住，又即刻变化，甚而至于卖朋友（但蓬子未做这事），作为倒过去的见面礼。这大约是各国都有的事。但我看中国较甚，真不是好现象。

以下，答复来问——

一、不必改的。上海邮件多，他们还没有一一留心的工夫。

二、放在那书店里就好，但时候还有十来天，我想还可以临时再接洽别种办法。

三、工作难找，因为我没有和别人交际。

四、我可以预备着的，不成问题。

生长北方的人，住上海真难惯，不但房子像鸽子笼，而且笼子的租价也真贵，真是连吸空气也要钱，古人说，水和空气，大家都有份，这话是不对的。

我的女人在这里，还有一个孩子。我有一本《两地书》，是我们两个人的通信，不知道见过没有？要是没有，我当送给一本。

我的母亲在北京。大蝎虎也在北京，不过喜欢蝎虎的只有我，现在恐怕早给他们赶走了。

专此布复，并请

俪安。

迅　上　十一月十七日

十八日

日记 星期。雨。上午寄须藤先生信,取药,并赠以松子糖一包。午霁而风。夜八时体温三十六度九分半。夜半腹写,药效也。

寄《戏》周刊编者信

编辑先生:

今天看《戏》周刊第十四期,《独白》上"抱憾"于不得我的回信,但记得这信已于前天送出了,还是病中写的,自以为巴结得很,现在特地声明,算是讨好之意。

在这周刊上,看了几个阿Q像,我觉得都太特别,有点古里古怪。我的意见,以为阿Q该是三十岁左右,样子平平常常,有农民式的质朴,愚蠢,但也很沾了些游手之徒的狡猾。在上海,从洋车夫和小车夫里面,恐怕可以找出他的影子来的,不过没有流氓样,也不像瘪三样。只要在头上给戴上一顶瓜皮小帽,就失去了阿Q,我记得我给他戴的是毡帽。这是一种黑色的,半圆形的东西,将那帽边翻起一寸多,戴在头上的;上海的乡下,恐怕也还有人戴。

报上说要图画,我这里有十张,是陈铁耕君刻的,今寄上,如不要,仍请寄回。他是广东人,所用的背景有许多大约是广东。第二,第三之二,第五,第七这四幅,比较刻的好;第三之一和本文不符;第九更远于事实,那时那里有摩托车给阿Q坐呢?该是大车,有些地方叫板车,是一种马拉的四轮的车,平时是载货物的。但绍兴也并没有这种车,我用的是那时的北京的情形,我在绍兴,其实并未见过这样的盛典。

又,今天的《阿Q正传》上说:"小D大约是小董罢?"并不是的。他叫"小同",大起来,和阿Q一样。

专此布达,并请

撰安。

鲁迅上。十一月十八日。

原载 1934 年 11 月 25 日《中华日报》副刊《戏》周刊第 15 期。

初收 1937 年 7 月上海三闲书屋版《且介亭杂文》。

致 母 亲

母亲大人膝下,敬禀者,来信并小包两个,均于昨日下午收到。这许多东西,海婴高兴得很,他奇怪道:娘娘怎么会认识我的呢?

老三刚在晚间来寓,即将他的一份交给他了,满载而归,他的孩子们一定很高兴的。

给海婴的外套,此刻刚刚可穿,内衬绒线衣及背心各一件;冬天衬衣一多,即太小,但明年春天还可以穿的。他的身材好像比较的高大,昨天量了一量,足有三尺了,而且是上海旧尺,倘是北京尺,就有三尺三寸。不知道底细的人,都猜他是七岁。

男因发热,躺了七八天,医生也看不出什么毛病,现在好起来了。大约是疲劳之故,和在北京与章士钊闹的时候的病一样的。卖文为活,和别的职业不同,工作的时间总不能每天一定,闲起来整天玩,一忙就夜里也不能多睡觉,而且就是不写的时候,也不免在想想,很容易疲劳的。此后也很想少做点事情,不过已有这样的一个局面,恐怕也不容易收缩,正如既是新台门周家,就必须撑这样的空场面相同。至于广平海婴,都很好,并请勿念。上海还不见很冷,火炉也未装,大约至少还可以迟半个月。

专此布达,恭请

金安。

　　　　　　男树　叩上　广平海婴随叩　十一月十八日

十九日

　　日记　　晴。上午寄母亲信。复《戏》周刊编者信,附铁耕木刻《阿Q正传图》十幅。以罗清桢及张慧木刻寄北平全国木展筹备处。得诗荃信。得金维尧信,即复。午后寄《动向》稿一篇。得季市信。得霁野信并拓片一包,择存汉画象四幅,直四元。下午须藤先生来诊。夜八时体温三七·一五。

骂杀与捧杀

　　现在有些不满于文学批评的,总说近几年的所谓批评,不外乎捧与骂。

　　其实所谓捧与骂者,不过是将称赞与攻击,换了两个不好看的字眼。指英雄为英雄,说娼妇是娼妇,表面上虽像捧与骂,实则说得刚刚合式,不能责备批评家的。批评家的错处,是在乱骂与乱捧,例如说英雄是娼妇,举娼妇为英雄。

　　批评的失了威力,由于"乱",甚而至于"乱"到和事实相反,这底细一被大家看出,那效果有时也就相反了。所以现在被骂杀的少,被捧杀的却多。

　　人古而事近的,就是袁中郎。这一班明末的作家,在文学史上,是自有他们的价值和地位的。而不幸被一群学者们捧了出来,颂扬,标点,印刷,"色借,日月借,烛借,青黄借,眼色无常。声借,钟鼓借,枯竹窍借……""借"得他一榻胡涂,正如在中郎脸上,画上花脸,却指给大家看，啧啧赞叹道："看哪，这多么'性灵'呀！"对于中郎的本质，自然是并无关系的，但在未经别人将花脸洗清之前，这"中郎"总不免招人好笑，大触其霉头。

人近而事古的，我记起了泰戈尔。他到中国来了，开坛讲演，人给他摆出一张琴，烧上一炉香，左有林长民，右有徐志摩，各各头戴印度帽。徐诗人开始绍介了："唵！叽哩咕噜，白云清风，银磬……当！"说得他好像活神仙一样，于是我们的地上的青年们失望，离开了。神仙和凡人，怎能不离开呢？但我今年看见他论苏联的文章，自己声明道："我是一个英国治下的印度人。"他自己知道得明明白白。大约他到中国来的时候，决不至于还胡涂，如果我们的诗人诸公不将他制成一个活神仙，青年们对于他是不至于如此隔膜的。现在可是老大的晦气。

以学者或诗人的招牌，来批评或介绍一个作者，开初是很能够蒙混旁人的，但待到旁人看清了这作者的真相的时候，却只剩了他自己的不诚恳，或学识的不够了。然而如果没有旁人来指明真相呢，这作家就从此被捧杀，不知道要多少年后才翻身。

十一月十九日。

原载 1934 年 11 月 23 日《中华日报·动向》。署名阿法。

初收 1936 年 6 月上海联华书局版《花边文学》。

致 金性尧

惟[性]尧先生：

惠函收到。但面谈一节，在时间和环境上，颇不容易，因为敝寓不能招待来客，而在书店约人会晤，则虽不过平常晤谈，也会引人疑是有什么重要事件的,因此我只好竭力少见人,尚希谅察为幸。

　　专此布复,并颂

时绥。

鲁迅　十一月十九日

致 李霁野

霁野兄:

　　十六日信并拓片一包,今日同时收到。其中有一信封并汇票,想是误夹在内的,今特寄还。

　　拓片亦无甚可取者,仅在平店未取走之一份中,留下汉画象一份三幅,目录上写价四元。其余当于日内托书店寄还。

　　《译文》本是几个人办来玩玩的,一方面也在纠正轻视翻译的眼光。但虽是翻译,检查也很麻烦,抽去或删掉,时时有之,要有精采,难矣。近来颇有几位"文学家"做了检查官,正在大发挥其本领,颇可笑也。现已出三本,亦当于日内托书店寄上。

　　并不做事,而总是忙,年纪又大了,记性也坏起来,十日前生病,躺了一礼拜,天天发热,医生详细检查,而全身无病处发现,现已坐起,热度亦渐低,大约要好起来了。

　　专此布复,即颂

时绥。

豫　顿首　十一月十九日

二十日

　　日记　晴。上午复霁野信并还拓片。得许仑音所寄木刻十七幅。得张慧所寄木刻三幅。得志之信并稿一本。得萧军信。得木展筹备处信,即复。得阿芷信,即复,附画片四幅。得金肇野信,即复。下午广平为往中国书店买得《红楼梦图咏》,《绸斋画賸》,《河朔访古新录》(附碑目)各一部,《安阳发掘报告》(四)一本,共泉十三元五角。晚铭之来,留之夜饭。夜九时体温叁十七度四分。复萧军信。

致 金肇野

肇野先生:

惠函收到。当即到内山书店去问,《引玉集》还有几本,因即托其挂号寄上一本,想日内便可到达。此书定价一元五角,外加邮费(看到后的包上,便知多少),请勿寄我,只要用一角或五分的邮票,寄给书店,说明系《引玉集》的代价就好了。专此布复,即颂
时绥。

何干　启上　十一月廿日

致 萧军、萧红

刘
吟先生:

十九日信收到。许多事情,一言难尽,我想我们还是在月底谈一谈好,那时我的病该可以好了,说话总能比写信讲得清楚些。但自然,这之间如有工夫,我还要用笔答复的。

现在我要赶紧通知你的,是霞飞路的那些俄国男女,几乎全是白俄,你万不可以跟他们说俄国话,否则怕他们会疑心你是留学生,招出麻烦来。他们之中,以告密为生的人们很不少。

193

我的孩子足五岁，男的，淘气得可怕。

此致，即请

俪安。

迅　上　二十日

二十一日

日记　昙。上午得北平木刻展览会信。得耶耶信并稿。得谷非信。得金惟尧信。得陶亢德信。下午须藤先生来诊。诗荃来。得刘岘所寄木刻。夜九时体温三十七度三分。为《现代中国》作论文一篇，四千字。

中国文坛上的鬼魅

一

当国民党对于共产党从合作改为剿灭之后，有人说，国民党先前原不过利用他们的，北伐将成的时候，要施行剿灭是豫定的计划。但我以为这说的并不是真实。国民党中很有些有权力者，是愿意共产的，他们那时争先恐后的将自己的子女送到苏联去学习，便是一个证据，因为中国的父母，孩子是他们第一等宝贵的人，他们决不至于使他们去练习做剿灭的材料。不过权力者们好像有一种错误的思想，他们以为中国只管共产，但他们自己的权力却可以更大，财产和姨太太也更多；至少，也总不会比不共产还要坏。

我们有一个传说。大约二千年之前，有一个刘先生，积了许多苦功,修成神仙,可以和他的夫人一同飞上天去了,然而他的太太不愿意。为什么呢? 她舍不得住着的老房子,养着的鸡和狗。刘先生只好去恳求上帝,设法连老房子,鸡,狗,和他们俩全都弄到天上去,这才做成了神仙。也就是大大的变化了,其实却等于并没有变化。假使共产主义国里可以毫不改动那些权力者的老样,或者还要阔,他们是一定赞成的。然而后来的情形证明了共产主义没有上帝那样的可以通融办理,于是才下了剿灭的决心。孩子自然是第一等宝贵的人,但自己究竟更宝贵。

于是许多青年们,共产主义者及其嫌疑者,左倾者及其嫌疑者,以及这些嫌疑者的朋友们,就到处用自己的血来洗自己的错误,以及那些权力者们的错误。权力者们的先前的错误,是受了他们的欺骗的,所以必得用他们的血来洗干净。然而另有许多青年们,却还不知底细,在苏联学毕,骑着骆驼高高兴兴的由蒙古回来了。我记得有一个外国旅行者还曾经看得酸心,她说,他们竟不知道现在在祖国等候他们的,却已经是绞架。

不错,是绞架。但绞架还不算坏,简简单单的只用绞索套住了颈子,这是属于优待的。而且也并非个个走上了绞架,他们之中的一些人,还有一条路,是使劲的拉住了那颈子套上了绞索的朋友的脚。这就是用事实来证明他内心的忏悔,能忏悔的人,精神是极其崇高的。

二

从此而不知忏悔的共产主义者,在中国就成了该杀的罪人。而且这罪人,却又给了别人无穷的便利;他们成为商品,可以卖钱,给人添出职业来了。而且学校的风潮,恋爱的纠纷,也总有一面被指为共产党,就是罪人,因此极容易的得到解决。如果有谁和有钱的诗人辩论,那诗人的最后的结论是:共产党反对资产阶级,我有钱,他反对我，所以他是共产党。于是诗神就坐了金的坦克车，凯旋了。

但是，革命青年的血，却浇灌了革命文学的萌芽，在文学方面，倒比先前更其增加了革命性。政府里很有些从外国学来，或在本国学得的富于智识的青年，他们自然是觉得的，最先用的是极普通的手段：禁止书报，压迫作者，终于是杀戮作者，五个左翼青年作家就做了这示威的牺牲。然而这事件又并没有公表，他们很知道，这事是可以做，却不可以说的。古人也早经说过，"以马上得天下，不能以马上治之。"所以要剿灭革命文学，还得用文学的武器。

作为这武器而出现的，是所谓"民族文学"。他们研究了世界上各人种的脸色，决定了脸色一致的人种，就得取同一的行为，所以黄色的无产阶级，不该和黄色的有产阶级斗争，却该和白色的无产阶级斗争。他们还想到了成吉思汗，作为理想的标本，描写他的孙子拔都汗，怎样率领了许多黄色的民族，侵入斡罗斯，将他们的文化摧残，贵族和平民都做了奴隶。

中国人跟了蒙古的可汗去打仗，其实是不能算中国民族的光荣的，但为了扑灭斡罗斯，他们不能不这样做，因为我们的权力者，现在已经明白了古之斡罗斯，即今之苏联，他们的主义，是决不能增加自己的权力，财富和姨太太的了。然而，现在的拔都汗是谁呢？

一九三一年九月，日本占据了东三省，这确是中国人将要跟着别人去毁坏苏联的序曲，民族主义文学家们可以满足的了。但一般的民众却以为目前的失去东三省，比将来的毁坏苏联还紧要，他们激昂了起来。于是民族主义文学家也只好顺风转舵，改为对于这事件的啼哭，叫喊了。许多热心的青年们往南京去请愿，要求出兵；然而这须经过极辛苦的试验，火车不准坐，露宿了几日，才给他们坐到南京，有许多是只好用自己的脚走。到得南京，却不料就遇到一大队曾经训练过的"民众"，手里是棍子，皮鞭，手枪，迎头一顿打，使他们只好脸上或身上肿起几块，当作结果，垂头丧气的回家，有些人还从此找不到，有的是在水里淹死了，据报上说，那是他们自己掉下去的。

民族主义文学家们的啼哭也从此收了场,他们的影子也看不见了,他们已经完成了送丧的任务。这正和上海的葬式行列是一样的,出去的时候,有杂乱的乐队,有唱歌似的哭声,但那目的是在将悲哀埋掉,不再记忆起来;目的一达,大家走散,再也不会成什么行列的了。

三

但是,革命文学是没有动摇的,还发达起来,读者们也更加相信了。

于是别一方面,就出现了所谓"第三种人",是当然决非左翼,但又不是右翼,超然于左右之外的人物。他们以为文学是永久的,政治的现象是暂时的,所以文学不能和政治相关,一相关,就失去它的永久性,中国将从此没有伟大的作品。不过他们,忠实于文学的"第三种人",也写不出伟大的作品。为什么呢?是因为左翼批评家不懂得文学,为邪说所迷,对于他们的好作品,都加以严酷而不正确的批评,打击得他们写不出来了。所以左翼批评家,是中国文学的刽子手。

至于对于政府的禁止刊物,杀戮作家呢,他们不谈,因为这是属于政治的,一谈,就失去他们的作品的永久性了;况且禁压,或杀戮"中国文学的刽子手"之流,倒正是"第三种人"的永久的文学,伟大的作品的保护者。

这一种微弱的假惺惺的哭诉,虽然也是一种武器,但那力量自然是很小的,革命文学并不为它所击退。"民族主义文学"已经自灭,"第三种文学"又站不起来,这时候,只好又来一次真的武器了。

一九三三年十一月,上海的艺华影片公司突然被一群人们所袭击,捣毁得一塌胡涂了。他们是极有组织的,吹一声哨,动手,又一声哨,停止,又一声哨,散开。临走还留下了传单,说他们的所以征伐,是为了这公司为共产党所利用。而且所征伐的还不止影片公司,又蔓延到书店方面去,大则一群人闯进去捣毁一切,小则不知从那里飞来一块石子,敲碎了值洋二百的窗玻璃。那理由,自然也是因为这书店为共产党所利用。高价的窗玻璃的不安全,是使书店主人非常心痛的。几天之后,就有“文学家”将自己的“好作品”来卖给他了,他知道印出来是没有人看的,但得买下,因为价钱不过和一块窗玻璃相当,而可以免去第二块石子,省了修理窗门的工作。

四

压迫书店,真成为最好的战略了。

但是,几块石子是还嫌不够的。中央宣传委员会也查禁了一大批书,计一百四十九种,凡是销行较多的,几乎都包括在里面。中国左翼作家的作品,自然大抵是被禁止的,而且又禁到译本。要举出几个作者来,那就是高尔基(Gorky),卢那卡尔斯基(Lunacharsky),斐定(Fedin),法捷耶夫(Fadeev),绥拉斐摩维支(Serafimovich),辛克莱(Upton Sinclair),甚而至于梅迪林克(Maeterlinck),梭罗古勃(Sologub),斯忒林培克(Strindberg)。

这真使出版家很为难,他们有的是立刻将书缴出,烧毁了,有的却还想补救,和官厅去商量,结果是免除了一部分。为减少将来的出版的困难起见,官员和出版家还开了一个会议。在这会议上,有几个“第三种人”因为要保护好的文学和出版家的资本,便以杂志编辑者的资格提议,请采用日本的办法,在付印之前,先将原稿审查,加以删改,以免别人也被左翼作家的作品所连累而禁止,或印出后始行禁止而使出版家受亏。这提议很为各方面所满足,当即被采用了,虽然并不是光荣的拔都汗的老方法。

而且也即开始了实行,今年七月,在上海就设立了书籍杂志检查处，许多"文学家"的失业问题消失了，还有些改悔的革命作家们，反对文学和政治相关的"第三种人"们，也都坐上了检查官的椅子。他们是很熟悉文坛情形的；头脑没有纯粹官僚的胡涂，一点讽刺，一句反语，他们都比较的懂得所含的意义，而且用文学的笔来涂抹，无论如何总没有创作的烦难，于是那成绩，听说是非常之好了。

但是，他们的引日本为榜样，是错误的。日本固然不准谈阶级斗争，却并不说世界上并无阶级斗争，而中国则说世界上其实无所谓阶级斗争，都是马克思捏造出来的，所以这不准谈，为的是守护真理。日本固然也禁止，删削书籍杂志，但在被删削之处，是可以留下空白的，使读者一看就明白这地方是受了删削，而中国却不准留空白，必须连起来，在读者眼前好像还是一篇完整的文章，只是作者在说着意思不明的昏话。这种在现在的中国读者面前说昏话，是弗理契（Friche），卢那卡尔斯基他们也在所不免的。

于是出版家的资本安全了，"第三种人"的旗子不见了，他们也在暗地里使劲的拉那上了绞架的同业的脚，而没有一种刊物可以描出他们的原形，因为他们正握着涂抹的笔尖，生杀的权力。在读者，只看见刊物的消沉，作品的衰落，和外国一向有名的前进的作家，今年也大抵忽然变了低能者而已。

然而在实际上，文学界的阵线却更加分明了。蒙蔽是不能长久的，接着起来的又将是一场血腥的战斗。

十一月二十一日。

原载英文刊物《现代中国》月刊第 1 卷第 5 期。
初收 1937 年 7 月上海三闲书屋版《且介亭杂文》。

二十二日

日记 昙。上午得谷非信。得伊兰信。得孟十还信，午后复。

寄黄河清信。下午得杨潮信并译稿。寄增田君《文学》等。寄霁野《译文》。得烟桥信，即复，并寄《木刻纪程》五本。得太白社信并第五期稿费四元。夜九时体温三十六度八分。

致 孟十还

十还先生：

二十一日信收到，并那一篇论文，谢谢。那篇文章，我是今天第一次才知道的。

《五月的夜》迟点不要紧，因为总止能登在第五期上了，第五期是十二月十五日集稿。二万字太长，恐怕要分作两期登。插画没有新的，想就把旧的印上去，聊胜于无，希便中将原书放在书店里就好。

后记还是你自己做罢，不是夸口，自说译得忠实，又有何妨呢？倘还有人说闲话，随他去就是了。　　此颂

时绥。

迅　上　二十二日

二十三日

日记　昙。下午寄来青阁书庄信。夜九时体温三十六度六分。雨。

二十四日

日记　昙。午得张慧所寄木刻三幅。得钦文信。得陈君冶信并译稿三篇，即复。午后复金惟尧信。复王冶秋信。晚蕴如携阿玉来。得艾寒松信，即复。夜三弟来并为取得《清隽集》一本，《嵩山文

集》十本。九时体温三十六度七分。

致 金性尧

惟[性]尧先生：

来信早收到。在中国做人，一向是很难的，不过现在要算最难，我先前没有经验过。有些"文学家"，今年都做了检查官了，你想，变得快不快。

《新语林》上的关于照相的一篇文章，是我做的。公汗也是我的一个化名，但文章有时被检查官删去，弄得有头没尾，不成样子了。

此复，即颂

时绥。

迅　上　十一月廿四日

二十五日

日记　星期。昙。上午得靖华信，即复。午晴。寄《动向》稿一篇。下午西谛来。夜校《准风月谈》讫。九时热三十七度五分，十时退四分。雨。

读 书 忌

记得中国的医书中，常常记载着"食忌"，就是说，某两种食物同食，是于人有害，或者足以杀人的，例如葱与蜜，蟹与柿子，落花生与王瓜之类。但是否真实，却无从知道，因为我从未听见有人实验过。

读书也有"忌",不过与"食忌"稍不同。这就是某一类书决不能和某一类书同看,否则两者中之一必被克杀,或者至少使读者反而发生愤怒。例如现在正在盛行提倡的明人小品,有些篇的确是空灵的。枕边厕上,车里舟中,这真是一种极好的消遣品。然而先要读者的心里空空洞洞,混混茫茫。假如曾经看过《明季稗史》,《痛史》,或者明末遗民的著作,那结果可就不同了,这两者一定要打起仗来,非打杀其一不止。我自以为因此很了解了那些憎恶明人小品的论者的心情。

这几天偶然看见一部屈大均的《翁山文外》,其中有一篇戊申(即清康熙七年)八月做的《自代北入京记》。他的文笔,岂在中郎之下呢?可是很有些地方是极有重量的,抄几句在这里——

"……沿河行,或渡或否。往往见西夷毡帐,高低不一,所谓穹庐连属,如冈如阜者。男女皆蒙古语;有卖干湿酪者,羊马者,牦皮者,卧两骆驼中者,坐奚车者,不鞍而骑者,三两而行,被戒衣,或红或黄,持小铁轮,念《金刚秽咒》者。其首顶一柳筐,以盛马粪及木炭者,则皆中华女子。皆盘头跣足,垢面,反被毛袄。人与牛羊相枕藉,腥臊之气,百余里不绝。……"

我想,如果看过这样的文章,想像过这样的情景,又没有完全忘记,那么,虽是中郎的《广庄》或《瓶史》,也断不能洗清积愤的,而且还要增加愤怒。因为这实在比中郎时代的他们互相标榜还要坏,他们还没有经历过扬州十日,嘉定三屠!

明人小品,好的;语录体也不坏,但我看《明季稗史》之类和明末遗民的作品却实在还要好,现在也正到了标点,翻印的时候了:给大家来清醒一下。

十一月二十五日。

原载 1934 年 11 月 29 日《中华日报·动向》。署名焉于。
初收 1936 年 6 月上海联华书局版《花边文学》。

致 曹靖华

汝珍兄：

二十二日信收到。我从二十二日起，没有发热，连续三天不发热，流行感冒是算是全好的了，这回足足生了二礼拜病，在我一生中，算是较久的一回。

木刻除 K.G. 两人外，别人都没有信。《引玉集》却将卖完了，现又去再版二百本。

日前挂号寄上《文学报》一包至学校，不知收到否？

我大约从此可以恢复原状了。此外寓中一切都好，请勿念。此布，即请

学安。

弟豫 上 十一月廿五日

二十六日

日记 雨。上午往须藤医院诊。午前季市夫人携世场来，并赠海婴饼干及糖食各二合，饭后即同往须藤医院为世场看病。下午得望道信，即复。得猛克信并木刻八幅。得葛琴信并小说稿，即复。晚寄艾寒松信。九夜[夜九]时体温三十六度七分。风。

二十七日

日记 小雨。上午得罗生信。寄有恒信并泉二十。寄季市信。寄志之信。寄萧军信。午后望道赠云南苗人部落照相十四枚。下午河清来，并赠德译本《果戈理全集》一部五本，值十八元，以其太

巨,还以十五元也。夜九时体温三十七度一分。

致 许寿裳

季市兄:

　　惠函早收到。大约我写得太模糊,或者是兄看错了,我说的是扁桃腺既无须割,沙眼又没有,那么就不必分看专门医,以省经费,只要看一个内科医就够了。

　　今天嫂夫人携世场来,我便仍行我的主张,换了一个医生,姓须藤,他是六十多岁的老手,经验丰富,且与我极熟,决不敲竹杠的。经诊断之后,他说关键全在消化系,与扁桃腺无关,而眼内亦无沙眼,只因近视而不戴镜,所以容易疲劳。眼已经两个医生看过,皆云非沙眼,然则先前之诊断,不大可怪耶。

　　从月初起,天天发热,不能久坐,盖疲劳之故,四五天以前,已渐愈矣。上海多琐事,亦殊非好住处也。

　　专此布达,并请
道安。

弟飞　顿首　十一月廿七日

致 萧军、萧红

刘_吟先生:

　　本月三十日(星期五)午后两点钟,你们两位可以到书店里来一趟吗?小说如已抄好,也就带来,我当在那里等候。

那书店,坐第一路电车可到。就是坐到终点(靶子场)下车,往回走,三四十步就到了。

此布,即请

俪安。

迅　上　十一月二十七日

二十八日

日记　晴。上午季市夫人携世场来,即同往须藤医院诊。得萧军信,即复。得金惟尧信并稿,即复。得刘炜明信,下午复。得赵家璧,郑君平信。夜九时体温三十七度弱。

致 金性尧

维[性]尧先生:

稿子并无什么不通或强硬处,只是孩子对理发匠说的话似乎太近文言,不像孩子,最好是改一改。

另外有几个错字,也无关紧要,现在都改正了。

此复,即颂

时绥。

迅　上　十一月廿八日

致 刘炜明

炜明先生:

十五日惠函收到。一个人处在沉闷的时代,是容易喜欢看古书的,作为研究,看看也不要紧,不过深入之后,就容易受其浸润,和现代离开。

我请先生不要寄钱来。一则,因为我琐事多,容易忘记,疏忽;二则,近来虽也化名作文,但并不多,而且印出来时,常被检查官删削,弄得不成样子,不足观了。倘有单行本印出时,当寄上,不值几个钱,无须还我的。

《二心集》我是将版权卖给书店的,被禁之后,书店便又去请检查,结果是被删去三分之二以上,听说他们还要印,改名《拾零集》,不过其中已无可看的东西,是一定的。

现在当局的做事,只有压迫,破坏,他们那里还想到将来。在文学方面,被压迫的那里只我一人,青年作家,吃苦的多得很,但是没有人知道。上海所出刊物,凡有进步性的,也均被删削摧残,大抵办不[下]去。这种残酷的办法,一面固然出于当局的意志,一面也因检查官的报私仇,因为有些想做"文学家"而不成的人们,现在有许多是做了秘密的检查官了,他们恨不得将他们的敌手一网打尽。

星洲也非言论自由之地,大约报纸上的消息,是不会确于上海的,邮寄费事,还是不必给我罢。

专此布复,即颂

时绥。

鲁迅　十一月二十八夜。

二十九日

日记　昙。上午得母亲信,二十六日发。得霁野信并陀氏《被侮辱的与被损害的》一部二本。得谷非信。午后为靖华之父作《教泽碑文》一篇成。夜寄三弟信。九时体温三十七度。

河南卢氏曹先生教泽碑文

夫激荡之会，利于乘时，劲风盘空，轻蓬振翮，故以豪杰称一时者多矣，而品节卓异之士，盖难得一。卢氏曹植甫先生名培元，幼承义方，长怀大愿，秉性宽厚，立行贞明。躬居山曲，设校授徒，专心一志，启迪后进，或有未谛，循循诱之，历久不渝，惠流遐迩。又不泥古，为学日新，作时世之前驱，与童冠而俱迈。爰使旧乡丕变，日见昭明，君子自强，永无意必。而韬光里巷，处之怡然。此岂轻才小慧之徒之所能至哉。中华民国二十有三年秋，年届七十，含和守素，笃行如初。门人敬仰，同心立表，冀彰潜德，亦报师恩云尔。铭曰：

华土奥衍，代生英贤，或居或作，历四千年，文物有赫，峙于中天。海涛外薄，黄神徙倚，巧黠因时，鹦枪鹊起，然犹飘风，终朝而已。卓哉先生，遗荣崇实，开拓新流，恢弘文术，诲人不倦，惟精惟一。介立或有，恒久则难，敷教翊化，实邦之翰，敢契贞石，以励后昆。

会稽后学鲁迅谨撰。

原载 1935 年 6 月 15 日《细流》杂志第 5、6 期合刊，题作《曹植甫先生教泽碑碑文》。

初收 1937 年 7 月上海三闲书屋版《且介亭杂文》。

三十日

日记 晴。晨寄靖华信并文稿。上午季市夫人携世场来，即同往须藤医院诊，并赠世场玩具三合。买玻璃水匣一个，三元。内山书店送来『ドストイエフスキイ全集』（十）一本，二元五角。午后得有恒信。得霁野信片。萧军，悄吟来访。夜九时体温三十七度一分半。

十二月

一日

日记 晴。午后烈文寄赠《红萝卜须》一本。臧克家寄赠《罪恶的黑手》一本。下午诗荃来。晚钦文来，并赠《蜀碧》一部二本，清石刻薛涛象拓片一幅。蕴如携阿菩来。夜三弟来并为取得《容斋随笔》全集一部共十二本。九时体温三十六度九分。

二日

日记 星期。晴。午后得全国木刻展览会信。得汝珍信。得萧军信。得增田君信，夜复。九时体温三十七度一分。

致 郑振铎

西谛先生：

装好之《清人杂剧》二集早收到，感谢之至。

《十竹斋笺谱》内山豫约二十部，我要十部，共希留下三十部为感。

底本如能借出，我想，明年一年中，出老莲画集一部，更以全力完成《笺谱》，已有大勋劳于天下矣。

专此布达，即请

撰安。

　　　　　　　　　　　　迅　顿首　十二月二夜。

致 増田渉

　十一月二十五日の御手紙は到着しました。『某氏集』は全権にてやりなさい。私には別に入れなければならないと思ふものは一つもありません。併し藤野先生だけは訳して入れたい。范愛農の書きかたはうまくもないから割愛した方がよからう。

　二三日前に『文学』二から五まで送りました、一と六とは近い内に送ります。検査がきびしいから将来の発展はむつかしい。併し『現代』の如きファショ化したものも読む人がなくて自滅した。『文学新地』は左聯の機関誌で一号に限る。

　私は不相変毎晩少しづつ熱がでます、疲労の為めか西班牙的流感かわからなくなりました、大方疲労の為らしい、しからば大に遊べばなほるだらう。

洛文　頓首　十二月二夜

増田学兄几下

三日

　日记　晴。上午寄须藤先生信，取药。寄西谛信。午得夏征农信并《读书生活》第二期稿费七元四角，即复。下午诗荃来，不见。

四日

　日记　晴，风。上午得殷林信。得林绍仑信。得孟十还信并译稿，午后复。下午理发。得萧军信。晚河清来并持来《小约翰》十本。夜风。

209

致 孟十还

十还先生：

三日信并译稿，今午收到。稿子我也想最好是一期登完，不过须多配短篇，因为每期的目录，必须有八九种才像样。要我修改，我是没有这能力的，不过有几个错字，我可以改正。

插图也很好，但一翻印，缩小，就糟了。原图自当于用后奉还。

以后的《译文》，不能常是绍介 Gogol；高尔基已有《童话》，第三期得检查老爷批云：意识欠正确。所以从第五期起，拟停登数期。我看先生以后最好是译《我怎样写作》，检查既不至于怎样出毛病，而读者也有益处。大约是先绍介中国读者比较知道一点的人，如拉甫列涅夫，里别进斯基，斐丁，为合。

赠送《译文》的事，当向书店提议。和商人交涉，真是难极了，他们的算盘之紧而凶，真是出人意外。《译文》已出三期，而一切规约，如稿费之类，尚未商妥。我们要以页计，他们要以字数计，即此一端，就纠纷了十多天，尚无结果。所以先生的稿费，还要等一下，但年内是总要弄好的。

果戈理虽然古了，他的文才可真不错。日前得到德译的一部全集，看了一下，才知道《鼻子》有着译错的地方。我想，中国其实也该有一部选集 1，《Dekanka 夜谈》；2，*Mirgorod*；3，短篇小说及 *Arabeske*；4，戏曲；5 及六，《死灵魂》。不过现在即使有了不等饭吃的译者，却未必有肯出版的书坊。现在是虽是一个平常的小梦，也很难实现。

专此布复，即颂
时绥。

迅 上 十二月四日。

五日

日记　晴,风。午寄西谛信。寄孟十还信。下午得杨霁云信,夜复。寄河清信。

致 郑振铎

西谛先生:

日前上一函,说内山豫约《十竹斋笺谱》二十部,现在他又要加添十部,那么,连我的共有四十部了,特此声明。

记得《博古牌子》的裱本,序跋有些乱,第一页则似倒置卷末,这回复印,似应移正。

此布,即请

撰安。

迅　顿首　十二月五日

致 孟十还

十还先生:

昨午寄奉一函后,傍晚遇黄源先生,才知道拉甫列涅夫及里别进斯基的《我怎样写作》,早有靖华译稿寄来,所以我前信的话,应该取消。

斐定是仍可以用的,他的《花园》曾译成中文。此外不知还有和中国人较熟者否?但即使全生,我想,倘译一篇这作者的短篇一同登载,也就好。

不知先生以为何如?

211

专此布达，即颂

时绥。

迅　上　十二月五日

致　杨霁云

霁云先生：

　　顷奉到四日信，始知已在上海。七日（星期五）午后二时，希惠临书店，当在其地奉候，并携交先生所要之《北平笺谱》及《木刻纪程》。

　　欲将删遗的文字付印，倘不至于对不住读者，本人却无异议。如不急急，亦可自校一遍，惟近几日却难，因生病将近一月，尚无力气也。

　　专此布复，即请

文安。

迅　顿首　十二月五夜。

六日

　　日记　昙，风。上午得靖华信。得孟十还信，即复。午后晴。复萧军信。寄母亲信。夜濯足。

致　孟十还

孟先生：

　　五日函奉到。外国的作家，恐怕中国其实等于并没有绍介。每

212

一作家，乱译几本之后，就完结了。屠格涅夫被译得最多，但至今没有人集成一部选集。《战争与和平》我看是不会译完的，我对于郭沫若先生的翻译，不大放心，他太聪明，又大胆。

计划的译选集，在我自己，现在只是一个梦而已。近十来年中，设译社，编丛书的事情，做过四五回，先前比现在还要"年富力强"，真是拼命的做，然而结果不但不好，还弄得焦头烂额。现在的一切书店，比以前更不如，他们除想立刻发财外，什么也不想，即使订了合同，也可以翻脸不算的。我曾在神州国光社上过一次一次大当，《铁流》就是他们先托我去拉，而后来不要了的一种。

《译文》材料的大纲，最好自然是制定，不过事实上很难。没有能制定大纲的元帅，而且也没许多能够担任分译的译者，所以暂时只能杂一点，取乌合主义，希望由此引出几个我们所不知道的新的译者来——其实志愿也小得很。

稿子是该论页的，但商人的意见，和我们不同，他们觉得与萝卜白菜无异，诗的株儿小，该便宜，塞满全张的文章株儿大，不妨贵一点；标点，洋文，等于缚白菜的草，要除掉的。脑子像石头，总是说不通。算稿费论页，已由我们自己决定了，这回是他们要插画减少，可惜那几张黄纸了，你看可气不可气？

上海也有原是作家出身的老版，但是比纯粹商人更刻薄，更凶。

办一个小杂志，就这么麻烦，我不会忍耐，幸而茅先生还能够和他们"折冲尊俎"，所以至今还没有闹开。据他们说，现在《译文》还要折本，每本二分，但我不相信。

此布，即颂
时绥。

迅　上　十二月六日

213

致 萧军、萧红

刘_吟先生：

两信均收到。我知道我们见面之后，是会使你们悲哀的，我想，你们单看我的文章，不会料到我已这么衰老。但这是自然的法则，无可如何。其实，我的体子并不算坏，十六七岁就单身在外面混，混了三十年，这费力可就不小；但没有生过大病或卧床数十天，不过精力总觉得不及先前了，一个人过了五十岁，总不免如此。

中国是古国，历史长了，花样也多，情形复杂，做人也特别难，我觉得别的国度里，处世法总还要简单，所以每个人可以有工夫做些事，在中国，则单是为生活，就要化去生命的几乎全部。尤其是那些诬陷的方法，真是出人意外，譬如对于我的许多谣言，其实大部分是所谓"文学家"造的，有什么仇呢，至多不过是文章上的冲突，有些是一向毫无关系，他不过造着好玩，去年他们还称我为"汉奸"，说我替日本政府做侦探。我骂他时，他们又说我器量小。

单是一些无聊事，就会化去许多力气。但，敌人是不足惧的，最可怕的是自己营垒里的蛀虫，许多事都败在他们手里。因此，就有时会使我感到寂寞。但我是还要照先前那样做事的，虽然现在精力不及先前了，也因学问所限，不能慰青年们的渴望，然而我毫无退缩之意。

《两地书》其实并不像所谓"情书"，一者因为我们通信之初，实在并未有什么关于后来的豫料的；二则年龄，境遇，都已倾向了沉静方面，所以决不会显出什么热烈。冷静，在两人之间，是有缺点的，但打闹，也有弊病，不过，倘能立刻互相谅解，那也不妨。至于孩子，偶然看看是有趣的，但养起来，整天在一起，却真是麻烦得很。

你们目下不能工作，就是静不下，一个人离开故土，到一处生地方，还不发生关系，就是还没有在这土里下根，很容易有这一种情境。一个作者，离开本国后，即永不会写文章了，是常有的事。我到上海后，即做不出小说来，而上海这地方，真也不能叫人和他亲热。我看你们的现在的这种焦躁的心情，不可使它发展起来，最好是常到外面去走走，看看社会上的情形，以及各种人们的脸。

以下答问——

1.我的孩子叫海婴，但他大起来，自己要改的，他的爸爸，就连姓都改掉了。阿菩是我的第三个兄弟的女儿。

2.会是开成的，费了许多力；各种消息，报上都不肯登，所以在中国很少人知道。结果并不算坏，各代表回国后都有报告，使世界上更明瞭了中国的实情。我加入的。

3.《君山》我这里没有。

4.《母亲》也没有。这书是被禁止的，但我可以托人去找一找。《没落》》我未见过。

5.《两地书》我想东北是有的，北新书局在寄去。

6.我其实是不喝酒的；只在疲劳或愤慨的时候，有时喝一点，现在是绝对不喝了，不过会客的时候，是例外。说我怎样爱喝酒，也是"文学家"造的谣。

7.关于脑膜炎的事，日子已经经过许久了，我看不必去更正了罢。

我们有了孩子以后，景宋几乎和笔绝交了，要她改稿子，她是不敢当的。但倘能出版，则错字和不妥处，我当负责改正。

你说文化团体，都在停滞——无政府状态中……，一点不错。议论是有的，但大抵是唱高调，其实唱高调就是官僚主义。我的确常常感到焦烦，但力所能做的，就做，而又常常有"独战"的悲哀。不料有些朋友们，却斥责我懒，不做事；他们昂头天外，评论之后，不知那里去了。

来信上说到用我这里拿去的钱时，觉得刺痛，这是不必要的。我固然不收一个俄国的卢布，日本的金圆，但因出版界上的资格关系,稿费总比青年作家来得容易,里面并没有青年作家的稿费那样的汗水的——用用毫不要紧。而且这些小事,万不可放在心上,否则,人就容易神经衰弱,陷入忧郁了。

来信又愤怒于他们之迫害我。这是不足为奇的,他们还能做什么别的? 我究竟还要说话。你看老百姓一声不响,将汗血贡献出来,自己弄到无衣无食,他们不是还要老百姓的性命吗?

此复,即请

俪安。

迅 上 十二月六日

再:有《桃色的云》及《小约翰》,是我十年前所译,现在再版印出来了,你们两位要看吗? 望告诉我。 又及

致 母 亲

母亲大人膝下,敬禀者,十一月二十六日来信,早经收到。男这回生了二十多天病,算是长的,但现在已经好起来了,胃口渐开,精神也恢复了不少,服药亦停止,可请勿念。害马也好的。海婴很好,因为医生说给他吃鱼肝油(清的),从一月以前起,每餐后就给他吃一点,腥气得很,而他居然也能吃。现在胖了,抱起来,重得像一块石头,我们现在才知道鱼肝油有这样的力量,但麦精鱼肝油及男在北平时所吃的那一种,却似乎没有这么有力。他现在整天的玩,从早上到睡觉,没有休息,但比以前听话。外套稍小,但明年春天还可以穿一回,以后当给与老三的孩子,他们目下还用不着,大的穿起来太小,小的穿又太大。

上海总算是冷了,寓中已装火炉,昨晚生了火,热得睡不着,可见南边虽说是冷,总还暖和,和北方是比不来的。专此布达,

恭请

金安。

男树　叩上。广平海婴随叩　十二月六日

七日

日记　晴。上午得王冶秋信。午后得霁野所寄译稿一篇,其学生译。得陈君冶信。杨霁云来,赠以《木刻纪程》一本,买去《北平笺谱》一部,十二元。下午诗荃来。

八日

日记　晴。上午得霁野信。得张慧信并木刻三幅。得孟十还信。得十二月分『版芸術』一本,五角。晚蕴如携藳官来。夜三弟来并为取得《龙龛手鉴》及《金石录》各一部共八本。

九日

日记　星期。晴。下午得胡今虚信。得牧之信。得季市信,即复。得杨霁云信,即复。

关于新文字

答　问

比较,是最好的事情。当没有知道拼音字之前,就不会想到象形字的难;当没有看见拉丁化的新文字之前,就很难明确的断定以前的注音字母和罗马字拼法,也还是麻烦的,不合实用,也没有前途的文字。

方块汉字真是愚民政策的利器,不但劳苦大众没有学习和学会的可能,就是有钱有势的特权阶级,费时一二十年,终于学不会的也多得很。最近,宣传古文的好处的教授,竟将古文的句子也点错了,就是一个证据——他自己也没有懂。不过他们可以装作懂得的样子,来胡说八道,欺骗不明真相的人。

所以,汉字也是中国劳苦大众身上的一个结核,病菌都潜伏在里面,倘不首先除去它,结果只有自己死。先前也曾有过学者,想出拼音字来,要大家容易学,也就是更容易教训,并且延长他们服役的生命,但那些字都还很繁琐,因为学者总忘不了官话,四声,以及这是学者创造出来的字,必需有学者的气息。这回的新文字却简易得远了,又是根据于实生活的,容易学,有用,可以用这对大家说话,听大家的话,明白道理,学得技艺,这才是劳苦大众自己的东西,首先的唯一的活路。

现在正在中国试验的新文字,给南方人读起来,是不能全懂的。现在的中国,本来还不是一种语言所能统一,所以必须另照各地方的言语来拼,待将来再图沟通。反对拉丁化文字的人,往往将这当作一个大缺点,以为反而使中国的文字不统一了,但他却抹杀了方块汉字本为大多数中国人所不识,有些知识阶级也并不真识的事实。

然而他们却深知道新文字对于劳苦大众有利,所以在弥漫着白色恐怖的地方,这新文字是一定要受摧残的。现在连并非新文字,而只是更接近口语的"大众语",也在受着苛酷的压迫和摧残。中国的劳苦大众虽然并不识字,但特权阶级却还嫌他们太聪明了,正竭力的弄麻木他们的思索机关呢,例如用飞机掷下炸弹去,用机关枪送过子弹去,用刀斧将他们的颈子砍断,就都是的。

十二月九日。

原载 1935 年 9 月 10 日山东《青年文化》第 2 卷第 5 期。

初收入 1935 年 9 月天马书局版《门外文谈》；又收 1937 年 7 月上海三闲书屋版《且介亭杂文》。

题《芥子园画谱三集》赠许广平

此上海有正书局翻造本。其广告谓研究木刻十余年，始雕是书。实则兼用木版，石版，波黎版及人工著色，乃日本成法，非尽木刻也。广告夸耳！然原刻难得，翻本亦无胜于此者。因致一部，以赠

广平，有诗为证：

    十年携手共艰危，以沫相濡亦可哀；
    聊借画图怡倦眼，此中甘苦两心知。

戍年冬十二月九日之夜，鲁迅记

据手稿编入，题于赠许广平《芥子园画谱三集》首册扉页。钤鲁迅、旅隼印二方。

初未收集。

致 许寿裳

季市兄：

顷奉到十二月五日惠函，备悉种种。世场来就医时，正值弟自亦隔日必赴医院，同道而去，于时间及体力，并无特别耗损，务希勿以为意。至于诊金及药费，则因与医生甚熟，例不即付，每月之末，即开账来取，届时自当将世场及陶女士之帐目检出寄奉耳。

弟因感冒，害及肠胃，又不能悠游，遂至颓惫多日，幸近已向愈，

胃口亦渐开,不日当可复原,希勿念为幸。

　　专此布复,并颂

曼福。

弟飞　顿首　十二月九日

致 杨霁云

霁云先生:

　　蒙惠书,谨悉。集名还是《集外集》好;稿已看了一遍,改了几处,明日当托书店先行挂号寄还,因为托其面交和寄出,在我是一样的,而可省却先生奔波。惟虑　先生旅中未带印章,故稿系寄曹先生收,希先向曹先生接洽为幸。

　　那一篇四不像的骈文,是序《淑姿的信》,报章虽云淑姿是我的小姨,实则和他们夫妇皆素昧平生,无话可说,故以骈文含胡之。此书曾有一本,但忘却了放在何处,俟稍休息,当觅出录奉。我为别人译作所做的序,似尚有数篇,如韦丛芜译的《穷人》之类(集中好像未收),倘亦可用,当于觅《淑姿》时一同留心,搜得录奉也。

　　旧诗本非所长,不得已而作,后辄忘却,今写出能记忆者数章。《集外集》签已写,与诗一样不佳,姑先寄上,太大或太小,制版时可伸缩也。序文我想能于二十日前缴卷。此复,即颂

时绥。

迅　顿首　十二月九日

聚仁先生处乞代致候。

　　无题

　　洞庭木落楚天高,眉黛猩红浣战袍。泽畔有人吟不得,秋波渺

220

渺失离骚。

　　赠人（这与"越女……"那一首是一起的）

秦女端容理玉筝，梁尘踊跃夜风轻。须臾响急冰弦绝，但见奔
星劲有声。

　　二十三年元旦

云封高岫护将军，霆击寒村灭下民。到底不如租界好，打牌声
里又新春。

　　自嘲

运交华盖欲何求，未敢翻身已碰头。破帽遮颜过闹市，漏船载
酒泛中流。横眉冷对千夫指，俯首甘为孺子牛。躲进小楼成一
统，管它冬夏与春秋。

十日

　　日记　晴。上午寄韩振业信。寄小峰信。得张锡荣信，即复。
得西谛信，即复。得萧军信，下午复，并寄《桃色的云》，《小约翰》，
《竖琴》，《一天的工作》各一本。寄紫佩信并书四部，托其付工修整。

致 郑振铎

西谛先生：

　　七日信收到，印《笺谱》纸，八开虽较省，而看起来颇逼仄，究竟
觉得寒蠢，所以我以为不如用六开之大方，刻、印等等，所费已多，最
后之纸张费，省俭不得也。或者初版售罄，或全书印成，续行再版
时，再用八开，以示区别，亦可。

　　先出《博古页子》，极好。我想，这回一种已足，索性连《九歌图》
都不加入，独立可也。先生似应做一跋，说明底本来源，并于罗遗老

印行之伪本，加以指摘，庶几读者知此本之可贵耳。

我想特别用染黄之罗纹纸印五部，内加毛太纸衬，订以成书，页数不多，染色或不大难，不知先生能代为费神布置否？但倘麻烦，便可作罢。

此复，即请

撰安。

迅　顿首　十二月十日

致 萧军、萧红

刘
吟　先生：

八夜信收到。我的病倒是好起来了，胃口已略开，大约可以渐渐恢复。童话两本，已托书店寄上，内附译文两本，大约你们两位也没有看过，顺便带上。《竖琴》上的序文，后来被检查官删掉了，这是初版，所以还有着。你看，他们连这几句话也不准我们说。

如果那边还有官力以外的报，那么，关于"脑膜炎"的话，用"文艺通信"的形式去说明，也是好的。为了这谣言，我记得我曾写过几十封正误信，化掉邮费两块多。

中华书局译世界文学的事，早已过去了，没有实行。其实，他们是本不想实行的，即使开首会译几部，也早已暗中定着某人包办，没有陌生人的份儿。现在蒋死了，说本想托蒋译，假如活着，也不会托他译的，因为一托他，真的译出来，岂不大糟？那时他们到我这里来打听靖华的通信地址，说要托他，我知道他们不过玩把戏，拒绝了。现在呢，所谓"世界文学名著"，简直不提了。

名人，阔人，商人……常常玩这一种把戏，开出一个大题目来，热闹热闹，以见他们之热心。未经世故的青年，不知底细，就常常上他们的当；碰顶子还是小事，有时简直连性命也会送掉，我就知道不少这种卖血的名人的姓名。我自己现在虽然说得好像深通世故，但近年就上了神州国光社的当，他们与我订立合同，托我找十二个人，各译苏联名作一种，出了几本，不要了，有合同也无用，我只好又磕头礼拜，各去回断，靖华住得远，不及回复，已经译成，只好我自己付版税，又设法付印，这就是《铁流》，但这书的印本一大半和纸版，后来又被别一书局骗去了。

那时的会，是在陆上开的，不是船里，出席的大约二三十人，会开完，人是不缺一个的都走出的，但似乎也有人后来给他们弄去了，因为近来的捕，杀，秘密的居多，别人无从知道。爱罗先珂却没有死，听说是在做翻译，但有人寄信去，却又没有回信来。

义军的记载看过了，这样的才可以称为战士，真叫我似的弄笔的人惭愧。我觉得文人的性质，是颇不好的，因为他智识思想，都较为复杂，而且处在可以东倒西歪的地位，所以坚定的人是不多的。现在文坛的无政府情形，当然很不好，而且坏于此的恐怕也还有，但我看这情形是不至于长久的。分裂，高谈，故作激烈等等，四五年前也曾有过这现象，左联起来，将这压下去了，但病根未除，又添了新分子，于是现在老病就复发。但空谈之类，是谈不久，也谈不出什么来的，它终必被事实的镜子照出原形，拖出尾巴而去。倘用文章来斗争，当然更好，但这种刊物不能出版，所以只好慢慢的用事实来克服。

其实，左联开始的基础就不大好，因为那时没有现在似的压迫，所以有些人以为一经加入，就可以称为前进，而又并无大危险的，不料压迫来了，就逃走了一批。这还不算坏，有的竟至于反而卖消息去了。人少倒不要紧，只要质地好，而现在连这也做不到。好的也常有，但不是经验少，就是身体不强健（因为生活大抵是苦的），这于战斗是有妨碍的。但是，被压迫的时候，大抵有这现象，我看是不足悲观的。

卖性的事，我无所闻，但想起来是能有的；对付女性，南方官大约也比北方残酷，血债多得很。

此复，即请

俪安。

迅　上　十二月十夜。

十一日

日记　晴。上午得烈文信。得烟桥信。得林绍仑信。得金维[性]尧信，即复。得曹聚仁及杨霁云信，即复。夜为《文学》作随笔一篇，约六千字。

病后杂谈

一

生一点病，的确也是一种福气。不过这里有两个必要条件：一要病是小病，并非什么霍乱吐泻，黑死病，或脑膜炎之类；二要至少手头有一点现款，不至于躺一天，就饿一天。这二者缺一，便是俗人，不足与言生病之雅趣的。

我曾经爱管闲事，知道过许多人，这些人物，都怀着一个大愿。大愿，原是每个人都有的，不过有些人却模模胡胡，自己抓不住，说不出。他们中最特别的有两位：一位是愿天下的人都死掉，只剩下他自己和一个好看的姑娘，还有一个卖大饼的；另一位是愿秋天薄暮，吐半口血，两个侍儿扶着，恹恹的到阶前去看秋海棠。这种志向，一看好像离奇，其实却照顾得很周到。第一位姑且不谈他罢，第二位的"吐半口血"，就有很大的道理。才子本来多病，但要"多"，就不能重，假使一吐就是一碗或几升，一个人的血，能有几回好吐呢？过不几天，就雅不下去了。

我一向很少生病，上月却生了一点点。开初是每晚发热，没有力，不想吃东西，一礼拜不肯好，只得看医生。医生说是流行性感冒。好罢，就是流行性感冒。但过了流行性感冒一定退热的时期，我的热却还不退。医生从他那大皮包里取出玻璃管来，要取我的血液，我知道他在疑心我生伤寒病了，自己也有些发愁。然而他第二天对我说，血里没有一粒伤寒菌；于是注意的听肺，平常；听心，上等。这似乎很使他为难。我说，也许是疲劳罢；他也不甚反对，只是沉吟着说，但是疲劳的发热，还应该低一点。……

好几回检查了全体，没有死症，不至于呜呼哀哉是明明白白的，不过是每晚发热，没有力，不想吃东西而已，这真无异于"吐半口血"，大可享生病之福了。因为既不必写遗嘱，又没有大痛苦，然而可以不看正经书，不管柴米账，玩他几天，名称又好听，叫作"养病"。从这一天起，我就自己觉得好像有点儿"雅"了；那一位愿吐半口血的才子，也就是那时躺着无事，忽然记了起来的。

光是胡思乱想也不是事，不如看点不劳精神的书，要不然，也不成其为"养病"。像这样的时候，我赞成中国纸的线装书，这也就是有点儿"雅"起来了的证据。洋装书便于插架，便于保存，现在不但有洋装二十五六史，连《四部备要》也硬领而皮靴了，——原是不为无见的。但看洋装书要年富力强，正襟危坐，有严肃的态度。假使你躺着看，那就好像两只手捧着一块大砖头，不多工夫，就两臂酸麻，只好叹一口气，将它放下。所以，我在叹气之后，就去寻线装书。

一寻，寻到了久不见面的《世说新语》之类一大堆，躺着来看，轻飘飘的毫不费力了，魏晋人的豪放潇洒的风姿，也仿佛在眼前浮动。由此想起阮嗣宗的听到步兵厨善于酿酒，就求为步兵校尉；陶渊明的做了彭泽令,就教官田都种秫,以便做酒,因了太太的抗议,这才种了一点秔。这真是天趣盎然,决非现在的"站在云端里呐喊"者们所能望其项背。但是,"雅"要想到适可而止,再想便不行。例如阮嗣宗可以求做步兵校尉,陶渊明补了彭泽令,他们的地位,就不是一个平常人,要"雅",也还是要地位。"采菊东篱下,悠然见南山"是渊明的好句,但我们在上海学起来可就难了。没有南山,我们还可以改作"悠然见洋房"或"悠然见烟囱"的,然而要租一所院子里有点竹篱,可以种菊的房子,租钱就每月总得一百两,水电在外;巡捕捐按房租百分之十四,每月十四两。单是这两项,每月就是一百十四两,每两作一元四角算,等于一百五十九元六。近来的文稿又不值钱,每千字最低的只有四五角,因为是学陶渊明的雅人的稿子,现在算他每千字三大元罢,但标点,洋文,空白除外。那么,单单为了采菊,他就得每月译作净五万三千二百字。吃饭呢? 要另外想法子生发,否则,他只好"饥来驱我去,不知竟何之"了。

"雅"要地位,也要钱,古今并不两样的,但古代的买雅,自然比现在便宜;办法也并不两样,书要摆在书架上,或者抛几本在地板上,酒杯要摆在桌子上,但算盘却要收在抽屉里,或者最好是在肚子里。

此之谓"空灵"。

二

为了"雅",本来不想说这些话的。后来一想,这于"雅"并无伤,不过是在证明我自己的"俗"。王夷甫口不言钱,还是一个不干不净人物,雅人打算盘,当然也无损其为雅人。不过他应该有时收起算盘,或者最妙是暂时忘却算盘,那么,那时的一言一笑,就都是灵机天成的一言一笑,如果念念不忘世间的利害,那可就成为"杭育杭育派"了。这关键,只在一者能够忽而放开,一者却是永远执着,因此也就大有了雅俗和高下之分。我想，这和时而"敦伦"者不失为圣贤，连白天也在想女人的就要被称为"登徒子"的道理，大概是一样的。

所以我恐怕只好自己承认"俗"，因为随手翻了一通《世说新语》，看过"飈隅跃清池"的时候，千不该万不该的竟从"养病"想到"养病费"上去了，于是一骨碌爬起来，写信讨版税，催稿费。写完之后，觉得和魏晋人有点隔膜，自己想，假使此刻有阮嗣宗或陶渊明在面前出现，我们也一定谈不来的。于是另换了几本书，大抵是明末清初的野史，时代较近，看起来也许较有趣味。第一本拿在手里的是《蜀碧》。

这是蜀宾从成都带来送我的，还有一部《蜀龟鉴》，都是讲张献忠祸蜀的书，其实是不但四川人，而是凡有中国人都该翻一下的著作，可惜刻的太坏，错字颇不少。翻了一遍，在卷三里看见了这样的一条——

> "又，剥皮者，从头至尻，一缕裂之，张于前，如鸟展翅，率逾日始绝。有即毙者，行刑之人坐死。"

也还是为了自己生病的缘故罢，这时就想到了人体解剖。医术和虐刑，是都要生理学和解剖学智识的。中国却怪得很，固有的医书上的人身五脏图，真是草率错误到见不得人，但虐刑的方法，则往往好像古人早懂得了现代的科学。例如罢，谁都知道从周到汉，有一种施于男子的"宫刑"，也叫"腐刑"，次于"大辟"一等。对于女性就叫"幽闭"，向来不大有人提起那方法，但总之，是决非将她关起来，或者将它缝起来。近时好像被我查出一点大概来了，那办法的凶恶，妥当，而又合乎解剖学，真使我不得不吃惊。但妇科的医书呢？几乎都不明白女性下半身的解剖学的构造，他们只将肚子看作一个大口袋，里面装着莫名其妙的东西。

单说剥皮法，中国就有种种。上面所抄的是张献忠式；还有孙可望式，见于屈大均的《安龙逸史》，也是这回在病中翻到的。其时是永历六年，即清顺治九年，永历帝已经躲在安隆（那时改为安龙），秦王孙可望杀了陈邦传父子，御史李如月就弹劾他"擅杀勋将，无人臣礼"，皇帝反打了如月四十板。可是事情还不能完，又给孙党张应科知道了，就去报告了孙可望。

"可望得应科报，即令应科杀如月，剥皮示众。俄缚如月至朝门，有负石灰一筐，稻草一捆，置于其前。如月问，'如何用此?'其人曰，'是揎你的草!'如月叱曰，'瞎奴！此株株是文章，节节是忠肠也!'既而应科立右角门阶，捧可望令旨，喝如月跪。如月叱曰，'我是朝廷命官，岂跪贼令!?'乃步至中门，向阙再拜。……应科促令仆地，剖脊，及臀，如月大呼曰：'死得快活，浑身清凉!'又呼可望名，大骂不绝。及断至手足，转前胸，犹微声恨骂；至颈绝而死。随以灰渍之，纫以线，后乃入草，移北城门通衢阁上，悬之。……"

张献忠的自然是"流贼"式；孙可望虽然也是流贼出身，但这时已是保明拒清的柱石，封为秦王，后来降了满洲，还是封为义王，所以他所用的其实是官式。明初，永乐皇帝剥那忠于建文帝的景清的皮，也就是用这方法的。大明一朝，以剥皮始，以剥皮终，可谓始终不变；至今在绍兴戏文里和乡下人的嘴上，还偶然可以听到"剥皮揎草"的话，那皇泽之长也就可想而知了。

真也无怪有些慈悲心肠人不愿意看野史，听故事；有些事情，真也不像人世，要令人毛骨悚然，心里受伤，永不全愈的。残酷的事实尽有，最好莫如不闻，这才可以保全性灵，也是"是以君子远庖厨也"的意思。比灭亡略早的晚明名家的潇洒小品在现在的盛行，实在也不能说是无缘无故。不过这一种心地晶莹的雅致，又必须有一种好境遇，李如月仆地"剖脊"，脸孔向下，原是一个看书的好姿势，但如果这时给他看袁中郎的《广庄》，我想他是一定不要看的。这时他的性灵有些儿不对，不懂得真文艺了。

然而，中国的士大夫是到底有点雅气的，例如李如月说的"株株是文章，节节是忠肠"，就很富于诗趣。临死做诗的，古今来也不知

228

道有多少。直到近代,谭嗣同在临刑之前就做一绝"闭门投辖思张俭",秋瑾女士也有一句"秋雨秋风愁杀人",然而还雅得不够格,所以各种诗选里都不载,也不能卖钱。

三

清朝有灭族,有凌迟,却没有剥皮之刑,这是汉人应该惭愧的,但后来脍炙人口的虐政是文字狱。虽说文字狱,其实还含着许多复杂的原因,在这里不能细说;我们现在还直接受到流毒的,是他删改了许多古人的著作的字句,禁了许多明清人的书。

《安龙逸史》大约也是一种禁书,我所得的是吴兴刘氏嘉业堂的新刻本。他刻的前清禁书还不止这一种,屈大均的又有《翁山文外》;还有蔡显的《闲渔闲闲录》,是作者因此"斩立决",还累及门生的,但我细看了一遍,却又寻不出什么忌讳。对于这种刻书家,我是很感激的,因为他传授给我许多知识——虽然从雅人看来,只是些庸俗不堪的知识。但是到嘉业堂去买书,可真难。我还记得,今年春天的一个下午,好容易在爱文义路找着了,两扇大铁门,叩了几下,门上开了一个小方洞,里面有中国门房,中国巡捕,白俄镖师各一位。巡捕问我来干什么的。我说买书。他说账房出去了,没有人管,明天再来罢。我告诉他我住得远,可能给我等一会呢?他说,不成!同时也堵住了那个小方洞。过了两天,我又去了,改作上午,以为此时账房也许不至于出去。但这回所得回答却更其绝望,巡捕曰:"书都没有了!卖完了!不卖了!"

我就没有第三次再去买,因为实在回复的斩钉截铁。现在所有的几种,是托朋友去辗转买来的,好像必须是熟人或走熟的书店,这才买得到。

每种书的末尾,都有嘉业堂主人刘承干先生的跋文,他对于明季的遗老很有同情,对于清初的文祸也颇不满。但奇怪的是他自己的文章却满是前清遗老的口风;书是民国刻的,"儀"字还缺着末笔。我想,试看明朝遗老的著作,反抗清朝的主旨,是在异族的入主中夏的,改换朝代,倒还在其次。所以要顶礼明末的遗民,必须接受他的民族思想,这才可以心心相印。现在以明遗老之仇的满清的遗老自居,却又引明遗老为同调,只着重在"遗老"两个字,而毫不问遗于何族,遗在何时,这真可以说是"为遗老而遗老",和现在文坛上的"为艺术而艺术",成为一副绝好的对子了。

倘以为这是因为"食古不化"的缘故,那可也并不然。中国的士大夫,该化的时候,就未必决不化。就如上面说过的《蜀龟鉴》,原是一部笔法都仿《春秋》的书,但写到"圣祖仁皇帝康熙元年春正月",就有"赞"道:"……明季之乱甚矣!风终《豳》,雅终《召旻》,托乱极思治之隐忧而无其实事,孰若于臣祖亲见之,臣身亲被之乎?是终以元年正月。终者,非徒谓体元表正,蔑以加兹;生逢盛世,荡荡难名,一以寄没世不忘之恩,一以见太平之业所由始耳!"

《春秋》上是没有这种笔法的。满洲的肃王的一箭,不但射死了张献忠,也感化了许多读书人,而且改变了"春秋笔法"了。

四

病中来看这些书,归根结蒂,也还是令人气闷。但又开始知道了有些聪明的士大夫,依然会从血泊里寻出闲适来。例如《蜀碧》,总可以说是够惨的书了,然而序文后面却刻着一位乐斋先生的批语道:"古穆有魏晋间人笔意。"

这真是天大的本领!那死似的镇静,又将我的气闷打破了。

我放下书,合了眼睛,躺着想想学这本领的方法,以为这和"君子远庖厨也"的法子是大两样的,因为这时是君子自己也亲到了庖厨里。瞑想的结果,拟定了两手太极拳。一,是对于世事要"浮光掠影",随时忘却,不甚了然,仿佛有些关心,却又并不恳切;二,是对于现实要"蔽聪塞明"，麻木冷静，不受感触，先由努力，后成自然。第一种的名称不大好听，第二种却也是却病延年的要诀，连古之儒者也并不讳言的。这都是大道。还有一种轻捷的小道，是：彼此说谎，自欺欺人。

有些事情，换一句话说就不大合式，所以君子憎恶俗人的"道破"。其实，"君子远庖厨也"就是自欺欺人的办法：君子非吃牛肉不可，然而他慈悲，不忍见牛的临死的觳觫，于是走开，等到烧成牛排，然后慢慢的来咀嚼。牛排是决不会"觳觫"的了，也就和慈悲不再有冲突，于是他心安理得，天趣盎然，剔剔牙齿，摸摸肚子，"万物皆备于我矣"了。彼此说谎也决不是伤雅的事情，东坡先生在黄州，有客来，就要客谈鬼，客说没有，东坡道："姑妄言之！"至今还算是一件韵事。

撒一点小谎，可以解无聊，也可以消闷气；到后来，忘却了真，相信了谎。也就心安理得，天趣盎然了起来。永乐的硬做皇帝，一部分士大夫是颇以为不大好的。尤其是对于他的惨杀建文的忠臣。和景清一同被杀的还有铁铉，景清剥皮，铁铉油炸，他的两个女儿则发付了教坊，叫她们做婊子。这更使士大夫不舒服，但有人说，后来二女献诗于原问官，被永乐所知，赦出，嫁给士人了。

这真是"曲终奏雅"，令人如释重负，觉得天皇毕竟圣明，好人也终于得救。她虽然做过官妓，然而究竟是一位能诗的才女，她父亲又是大忠臣，为夫的士人，当然也不算辱没。但是，必须"浮光掠影"到这里为止，想不得下去。一想，就要想到永乐的上谕，有些是凶残猥亵，将张献忠祭梓潼神的"咱老子姓张，你也姓张，咱老子和你联了宗罢。尚飨！"的名文，和他的比起来，真是高华典雅，配登西洋的上等杂志，那就会觉得永乐皇帝决不像一位爱才怜弱的明君。况且那时的教坊是怎样的处所？罪人的妻女在那里是并非静候嫖客的，据永乐定法，还要她们"转营"，这就是每座兵营里都去几天，目的是在使她们为多数男性所凌辱，生出"小龟子"和"淫贱材儿"来！所以，现在成了问题的"守节"，在那时，其实是只准"良民"专利的特典。在这样的治下，这样的地狱里，做一首诗就能超生的么？

我这回从杭世骏的《订讹类编》（续补卷上）里，这才确切的知道了这佳话的欺骗。他说：

"……考铁长女诗，乃吴人范昌期《题老妓卷》作也。诗云：
'教坊落籍洗铅华，一片春心对落花。旧曲听来空有恨，故园归去却无家。云鬟半亸临青镜，雨泪频弹湿绛纱。安得江州司马在，尊前重为赋琵琶。'昌期，字鸣凤；诗见张士瀹《国朝文纂》。同时杜琼用嘉亦有次韵诗，题曰《无题》，则其非铁氏作明矣。次女诗所谓'春来雨露深如海，嫁得刘郎胜阮郎'，其论尤为不伦。宗正睦㮮论革除事，谓建文流落西南诸诗，皆好事伪作，则铁女之诗可知。……"

《国朝文纂》我没有见过，铁氏次女的诗，杭世骏也并未寻出根底，但我以为他的话是可信的，——虽然他败坏了口口相传的韵事。况且一则他也是一个认真的考证学者，二则我觉得凡是得到大杀风景的结果的考证，往往比表面说得好听，玩得有趣的东西近真。

首先将范昌期的诗嫁给铁氏长女，聊以自欺欺人的是谁呢？我也不知道。但"浮光掠影"的一看，倒也罢了，一经杭世骏道破，再去看时，就很明白的知道了确是咏老妓之作，那第一句就不像现任官妓的口吻。不过中国的有一些士大夫，总爱无中生有，移花接木的造出故事来，他们不但歌颂升平，还粉饰黑暗。关于铁氏二女的撒谎，尚其小焉者耳，大至胡元杀掠，满清焚屠之际，也还会有人单单捧出什么烈女绝命，难妇题壁的诗词来，这个艳传，那个步韵，比对于华屋丘墟，生民涂炭之惨的大事情还起劲。到底是刻了一本集，连自己们都附进去，而韵事也就完结了。

我在写着这些的时候，病是要算已经好了的了，用不着写遗书。但我想在这里趁便拜托我的相识的朋友，将来我死掉之后，即使在中国还有追悼的可能，也千万不要给我开追悼会或者出什么记念册。因为这不过是活人的讲演或挽联的斗法场，为了造语惊人，对仗工稳起见，有些文豪们是简直不恤于胡说八道的。结果至多也不过印成一本书，即使有谁看了，于我死人，于读者活人，都无益处，就是对于作者，其实也并无益处，挽联做得好，不过是挽联做得好而已。

现在的意见，我以为倘有购买那些纸墨白布的闲钱，还不如选几部明人，清人或今人的野史或笔记来印印，倒是于大家很有益处的。但是要认真，用点工夫，标点不要错。

十二月十一日。

原载 1935 年 2 月 1 日《文学》月刊第 4 卷第 2 期。后三节被当局检查官删去。

全文初收 1937 年 7 月上海三闲书屋版《且介亭杂文》。

致 金性尧

维〔性〕尧先生：

来信收到。　先生所责的各点，都不错的。不过从我这面说，却不能不希望原谅。因为我本来不善于给人改文章，而且我也有我的事情，桌上积着的未看的稿子，未复的信件还多得很。对于先生，我自以为总算尽了我可能的微力。先生只要一想，我一天要复许多信，虽是寥寥几句，积起来，所化的时间和力气，也就可观了。

我现在确切的知道了对于　先生的函件往还，是彼此都无益处的，所以此后也不想再说什么了。

来稿奉还。我近日尚无什么"杂感"出版。

专此布复，即颂

时绥。

鲁迅　十二月十一日

致 曹聚仁

聚仁先生：

八日信收到；早先收到信，本拟即奉复，但门牌号数记不真切了，遂停止。记得前信说心情有些改变，这是一个人常有的事情，长吉诗云，"心事如波涛"，说得很真切。其实有时候虽像改变，却非改变的，起伏而已。

天马书店要送检查，随他去送罢，其中似乎也未必有犯忌的地方，虽然检查官的心眼，不能以常理测之。

一月前起每天发热，或云西班牙流行感冒，观其固执不已，颇有西班牙气，或不诬也。但一星期前似终于退去，胃口亦渐开，盖非云已愈不可矣。

专此布复，即请

撰安。

迅　顿首　十二月十一日

致杨先生笺乞转交。

致 杨霁云

霁云先生：

《集外集》稿，昨已寄出，不知已收到否？十日来信，顷收到。

钟敬文编的书里的三篇演说，请不要收进去，记的太失真，我自己并未改正，他们乱编进去的，这事我当于自序中说明。《现代新文学……》序，不如不收，书已禁止，序必被删。

《南腔北调》失收的有两篇，一即《选本》，议论平常，或不犯忌，可收入；一为《上海杂感》，先登日本的《朝日新闻》，后译载在《文学新地》上，必被检掉，不如不收；在暨南的讲演，即使检得，恐怕也通不过的。

一九三一年到北平时，讲演了五回，报上所登的讲词，只有一篇是我自己改正过的，今寄上，或者可用；但记录人名须删去，因为这是会连累他们的，中国的事情难料得很。录出后，原报仍希掷还。

匆复，并请

旅安。

迅　顿首　十二月十一日

十二日

日记　昙。上午寄赵家璧信并诗荃译《尼采自传》稿一本。得谷天信。下午得『ゴオゴリ全集』(六)一本，二元五角，全书毕。

致 赵家璧

家璧先生：

那一本《尼采自传》，今送上。约计字数，不到六万，用中等大的本子，四号字印起来，也不过二百面左右。

假如要印的话，则——

一，译者以为书中紧要字句，每字间当距离较远，但此在欧文则可，施之汉文，是不好看的（也不清楚，难以醒目）。所以我给他改为字旁加黑点。但如用黑体字或宋体字，似亦佳。

二，圈点不如改在字旁，因为四号字而标点各占一格，即令人看去觉得散漫。

三，前面可以插一作者像，此像我有，可以借照。

四，译者说是愿意自己校对，不过我觉得这不大妥，因为他不明白印刷情形，有些意见是未必能照办的。所以不如由我校对，比较的便当。但如　先生愿意结识天下各种古怪之英雄，那我也可以由他自己出马。

专此布达，即请

撰安。

迅　上　十二月十二日

前些时送上的一套图表，看来《良友》是不能用的了，倘能检出，乞于便中令人放在书店，为感。　又及。

十三日

日记　晴。午得陈静生信并漫画一纸，即为转寄《戏》周刊。得王相林信。得冰山信。得曹聚仁信，午后复，附寄杨霁云抄件二。得山本夫人信，下午复。得韩振业信。晚北新书局送来版税泉百五十。

哭范爱农

把酒论天下，先生小酒人。
大圜犹酩酊，微醉合沉沦。
幽谷无穷夜，新宫自在春。
旧朋云散尽，余亦等轻尘。

本篇系 1912 年 7 月所作《哀范君三章》中的第三首，其中第三联因作者忘记，在编《集外集》一书时补写。

初收 1935 年 5 月上海群众图书公司版《集外集》。

致 曹聚仁

聚仁先生：

十一日函奉到。《集外集》那里出版，我毫无成见，群众当然可以；版税也不能要，这本子，我自己是全没有费过力的。惟一的条件，是形式最好和《热风》之类一样。

这本东西，印起来大约不至于犯忌，但内容不佳，卖起来大约也不至于出色。

专此布复，即请

文安。

           迅　顿首　十二月十三日

附二纸，希转交　杨先生。　又及。

致 杨霁云

哭范爱农（一九一三年）

把酒论天下，先生小酒人。大圜犹酩酊，微醉合沉沦。幽谷无穷夜，新宫自在春。旧朋云散尽，余亦等轻尘。

霁云先生：

《信》序已觅得，今抄奉，并旧诗一首。前回说过的《穷人》序，找

不到了，倘将别人的译作的序跋都抄进去，似乎太麻烦，而且我本也
不善于作序，还是拉倒罢。此请

旅安。

　　　　　　　　　　迅　顿首　十二月十三日
　　前次寄上旧诗数首，不知已收到否？

致山本初枝

　　拝啓　御手紙は拝見致しました。私は先月から三週間程毎晩
熱が出てやすんで居ました。今にはなほって来ましたがとうとう
インフルエンザかつかれか、わからなかった。それで大変久しく
御無沙汰致しました。家内と子供とは皆達者です。須藤先生の
教へに従って子供に魚肝油をのましたら頗るこえて重くなって来
にのです。古い『古東多万』をば私は持って居たのですが今日探し
たら見えませんでした。私は一度読むまい本などを北京へ送った
事があったのであの時に送って仕舞ったのだと思ひます。佐保神
の語源はどうも支那にあるらしくない。支那には花、雪、風、月、
雷、電、雨、霜などの神の名があるけれども春の神の名は私は今ま
で知らない。或は春の神は支那にないかも知れません。『万葉
集』には支那から行った言葉が随分あるのでせう。しかしその為
めに漢文を勉強すると云ふ事には私はどうも賛成出来ません。
『万葉集』時代の詩人は漢文を使はせておかしてもよいが今の日
本の詩人は今の日本語を使ふべしだ。そうでなければ何時まで
も古人の掌から出る事が出来ない。私は漢文排斥と日貨販売の専
門家だから、この点についてはどうしても貴女の御意見と違ひま
す。近頃私共は漢字廃止論をとなへて大にあちこち、しかられて

238

居ます。上海には雪は未降りませんが不景気は矢張不景気です。併し一部分の人間は不相変よろこんで居るらしい。私の向ふの家には毎日朝から晩まで猫がくびしめられる様な声の蓄音機をやって居ます。あんな人物と近く居ると一ヶ年でもたつと気違になるのだらう。どうも困った処です。今度東京に又限定版つくりの団体が出来ました。三四年前にもこんな事があったので私も入会しましたがとうとうくづれて何の結果もありませなんだ。だから今度は左程熱心でなかったのです。

迅　拝　十二月十三日

山本夫人几下

十四日

日记　晴。上午复冰山信。复王冶秋信。寄谷非信。收广州寄来之木刻一卷。得安弥信。得谷非信。得增田君信,即复。得徐讦信,即复。得杨霁云信,午后复,并稿四篇。得萧军信。下午寄杨潮信并还译稿。内山书店送来『ツルゲーネフ全集』(一),『ジイド全集』(十一)各一本,共泉四元三角。晚烈文来,赠以《小约翰》一本。河清来并交《译文》第一至四期稿费二百十六元七角五分,图费四十元。夜脊肉作痛,盗汗。

致 杨霁云

霁云先生:

　　十三日函收到。来函所开各篇,我并无异议。那么,还记得了两篇:

一，《〈爱罗先珂童话集〉序》（商务版）

二，《红笑》跋　（《红笑》是商务版，梅川译，但我的文章，也许曾登《语丝》。）

各种讲演，除《老调子已经唱完》之外，我想，还是都不登罢，因为有许多实在记得太不行了，有时候简直我并没有说或是相反的，改起来非重写一遍不可，当时就因为没有这勇气，只好放下，现在更没有这勇气了。

《监狱，火……》是今年做的，还不能算集外文。

关于检查的事，先生的话是不错的，不过我有时也为出版者打算，即如《南腔北调》，也自己抽去了三篇，然结果也还是似禁非禁。这回曹先生来信，谓群众公司想出版，我回信说我是无所不可的。现在怎么办好呢，我是毫无成见，请你们二位商量一下就好。

那抽下的三篇和《选本》原稿，今都寄上，以备参考，用后仍希掷还。

乾雍禁书，现在每部数十元，但偶然入手，看起来，却并没有什么，可笑甚矣。现正在看《闲渔闲闲录》，是作者因此杀头的，内容却恭顺者居多，大约那时的事情，也如现在一样，因于私仇为多也。

专此布复，即请

旅安。

迅　顿首　十二月十四日

致 增田涉

拝啓　八日御手紙今午落手。疑問は別紙に記入した。

小包滅茶の仕事は敝国郵便検査員の手柄だと思ふ。先生達は時にそんな事をやります。真面目の成績です。

『北平箋譜』初版は本当に珍書となりました。再版も売切の今には内山書店に少し残ってる外、もうどこにもないです。

『十竹齋箋譜』の四分之一は近い内に出来ます。あとの四分の三は来年の一ヶ年中、完工の予定であるが、爆炸弾などの騒が演出すれば、延引或は中止。出版も四回に分けますがあなたの為めに一部云ふて置きました、一冊一冊送る方がよいか？そろってから送った方がよいか？

南画家先生の熱心に感心します。

洛文　上　十二月十四日

増田同学兄几下

十五日

日记　昙。上午得何白涛信，即复。晚蕴如携晔儿来。夜三弟来并为取得《周易要义》一部三本，《礼记要义》一部十本。

致 何白涛

白涛先生：

十二月八日信已收到。这几月来，因为琐事多，又生了一个月病，一面又得支持生活，而生活因此又更加杂乱，所以两月前的信，就忘了答复了，但信是收到的，因为我还依稀的记得先生已不在广州。

这回的两张木刻，《收获》较好，我看还是绍介到《文学》去罢，《太白》的读者，恐怕是比较的不大留心艺术的。《相逢》的设想和表现法极有趣，但可惜其中最紧要的两匹主角，并不出色。

先生的作品，我希望再寄一份来，最好是用白色的中国纸印。

关于《引玉集》的账目等事，请直接与内山书店交涉，书款也可直接寄给他们，只要说明系《引玉集》款就好，他们有人懂得汉文的。因为这些卖书的事情，全在归书店办理。《引玉集》已卖得只剩了两本，但我想去添印二百本，这书大约暂时还有人要的。

此复，即颂

时绥。

迅　上。十二月十五日。

十六日

日记　星期。昙。午后得《移行》及《虫蚀》各一本，赵家璧寄赠。得徐讦信。得杨霁云信二封，下午复。寄母信附海婴笺。夜寄河清信。寄戏周刊社信。

俄罗斯的童话(四)*

[苏联]高尔基

有一个非常好名的作家。

倘有人诽谤他，他以为那是出乎情理之外的偏心。如果有谁称赞他，那称赞的又是不聪明得很——他心里想。就这样子，他的生活只好在连续的不满之中，一直弄到要死的时候。作家躺在眠床上，鸣着不平道——

"这是怎的？连两本小说也还没有做好……而且材料也还只够用十年呢。什么这样的自然的法则呀，跟着它的一切一切呀，真是讨厌透顶了！杰作快要成功了。可是又有这样恶作剧的一般的义务。就没有别的办法了么？畜生，总是紧要关头就来这一手，——小说还没有做成功呢……"

他在愤慨。但病魔却一面钻着他的骨头，一面在耳朵边低语着——

"你发抖了么，唔？为什么发抖的？你夜里睡不着么，唔？为什么不睡的？你一悲哀，就喝酒么，唔？但你一高兴，不也就喝酒么？"

他很装了一个歪脸，于是死心塌地，"没有法子！"了。和一切自己的小说告别，死掉了，虽然万分不愿意，然而死掉了。

好，于是大家把他洗个干净，穿好衣服，头发梳得精光，放在台子上。

他像兵士一般脚跟靠拢，脚尖离开，伸得挺挺的，低下鼻子，温顺的躺着。什么也不觉得了，然而，想起来却很奇怪——

"真希奇，简直什么也不觉得了！这模样，倒是有生以来第一遭。老婆在哭着，哼，你现在哭着，那是对的，可是先前却老是发脾气。儿子在哭着，将来一定是个废料罢。作家的孩子们，总归个个是废料，据我所遇见的看起来……恐怕这也是一种真理。这样的法则，究竟有多少呢！"

他躺着，并且想着，牵牵连连的想开去。但是，对于从未习惯的自己的宽心，他又诧异起来了。

人们搬他往坟地上去了，他突然觉察了送葬的人少得很——

"阿，这多么笑话呀！"他对自己说。"即使我是一个渺小的作家，但文学是应该尊敬的呀！"

他从棺材里望出去。果然，亲族之外，送他的只有九个人，其中还夹着两个乞丐和一个肩着梯子的点灯夫。

这时候，他可真是气恼了。

"猪猡！"

他忽然活转来，不知不觉的走出棺材外面了，——以人而论，他是并不大的，——为了侮辱，就这么的有了劲。于是跑到理发店，刮掉须髯,从主人讨得一件腋下有着补钉的黑外衣,交出他自己的衣服。因为装着沉痛的脸相,完全像是活人了。几乎不能分辨了。

为了好奇和他职业本来的意识,他问店主人道——

"这件怪事,不给您吃了一吓么?"

那主人却只小心地理着自己的胡须。

"请您见谅,先生,"他说,"住在俄国的我们,是什么事情都完全弄惯了的……"

"但是,死人忽然换了衣服……"

"现在,这是时髦的事情呀! 您说的是怎样的死人呢? 这也不过是外观上的话,统统的说起来,恐怕大家都是一样的! 这年头儿,活着的人们,身子缩得还要硬些哩!"

"但是,我也许太黄了罢?"

"也刚刚和时髦的风气合式呀,是的,恰好! 先生,俄国就正是大家黄掉了活着的地方……"

说起理发匠来,是世界上最会讲好话,也最温和的人物,这是谁都知道的。

作家起了泼剌的希望,要对于文学来表示他最后的尊敬心,便和主人告别,飞奔着追赶棺材去了。终于也追上了。于是送葬的就有了十个人,在作家,也算是增大了荣誉。但是,来往的人们,却在诧异着——

"来看呀,这是小说家的出丧哩!"

然而晓事的人们,为了自己的事情从旁走过,却显出些得意模样,一面想道——

"文学的意义,明明是已经渐渐的深起来,连这地方也懂得了!"

作家跟着自己的棺材走,恰如文学礼赞家或是故人的朋友一样。并且和点灯夫在攀谈——

"知道这位故人么?"

"自然! 还利用过他一点的哩。"

“这真也有趣……”

“是的，我们的事情，真是无聊的，麻雀似的小事情，飞到落着什么的地方，去啄来吃的！”

“那么，要怎么解释才是呢？”

“请你要解得浅，先生。”

“解得浅？”

“唔唔，是的。从规矩的见地看起来，自然是一种罪恶，不过要不揩油，可总是活不成的。”

“唔？你这么相信么？”

“自然相信！街灯正在他家的对面。那人是每夜不睡，向着桌子，一直到天明的，我就不再去点街灯了。因为从他家窗子里射出来的灯光，就尽够。我才算净赚了一盏灯。倒是一位合用的人物哩！”

这么东拉西扯，静静的谈着，作家到了坟地了。他在这里，却陷入了非讲演自己的事情不可的绝境。因为所有送葬的人，这一天全都牙齿痛——这是出在俄国的事情，在那地方，无论什么人，是总在不知什么地方有些痛，生着病的。

作了相当的演说，有一种报章还称赞他——

“有人从群众中，——其外观，使我们想起戏子来的那样的人，在墓上热心地作了令人感动的演说。他在演说中，虽然和我们的观察不同，对于旧式作风的故人所有的一切人所厌倦的缺点——不肯努力脱出单纯的‘教训主义’和有名的‘公民教育’的作家的极微的功绩，有误评，有过奖，是无疑的，但要之，对于他的辞藻，以明确的爱慕的感情，作了演说了。”

万事都在盛况中完结之后，作家爬进棺材里，觉得很满足，想道——

“呵，总算完毕了，事情都做得非常好，而且又合式，又顺当！”

于是他完全死掉了。

这虽然只关于文学,但是,自己的事业,可实在是应该尊敬的!

原载 1934 年 12 月 16 日《译文》月刊第 1 卷第 4 期,署邓当世译。

初收 1935 年 8 月上海文化生活出版社版"文化生活丛刊"之三《俄罗斯的童话》。

俄罗斯的童话(五)*

[苏联]高尔基

又有一个人。是已经过了中年的时候,他忽而总觉得不知道缺少了什么——非常仓皇失措起来。

摸摸自己的身子,都好像完整,普通,肚子里面倒是太富裕了。用镜一照,——鼻子,眼睛,耳朵,以及别的,凡是普通的人该有的东西,也是统统齐全的。数数手上的指头,还有脚趾,也都有十个。但是,总之,却缺少了一点不知道什么!

去问太太去——

"不知道究竟是怎么的。你看怎样,密德罗特拉,我身上都齐全么?"

她毫不踌蹰,说道——

"都全的!"

"但是,我总常常觉得……"

原是信女的她,便规劝道——

"如果觉得这样,就心里念念'上帝显灵,怨敌消灭'罢!"

对着朋友,也渐渐的问起这件事情来。朋友们都含胡的回答,但总觉得他里面,是藏着可以下一确断的东西的,一面只是猜疑的对他看。

"到底是什么呢?"他忧郁地沉思着。

　　于是一味喜欢回忆过去的事了,——这是觉得一切无不整然的时候的事,——也曾做过社会主义者,也曾为青春所烦恼,但后来就超出了一切,而且早就用自己的脚,拼命践踏着自己所撒的种子了。要而言之,是也如世间一般人一样,依着时势和那暗示,生活下来的。

　　想来想去之后,忽然间,发见了——

　　"唉唉! 是的,我没国民的脸相呀!"

　　他走到镜前面。脸相也实在不分明,恰如将外国语的翻译文章,不加标点,印得一塌胡涂的书页一样,而翻译者又鲁莽,空疏,全不懂得这页上所讲的事情,就是那样的脸相。也就是:既不希求为了人民的自由的精神,也不明言完全承认帝制的必要。

　　"哼,但是,多么乱七八糟呀!"他想,但立刻决心了,"唔,这样的脸,要活下去是不便当的!"

　　每天用值钱的肥皂来擦脸。然而不见效,皮肤是发光了,那不鲜明却还在。用舌头在脸上到处舐了一通,——他的舌头是很长的,而且生得很合式,他是以办杂志为业的,——舌头也不给他利益。用了日本的按摩,而不料弄出瘤来,好像是拼命打了架。但是,到底不见有明明白白的表情!

　　想尽方法,都不成功,仅是体重减了一磅半。但突然间,好运气,他探听到所辖的警察局长洪·犹罿弗列舍尔①是精通国民问题的了,便赶紧到他那里去,陈述道——

　　"就为了这缘故,局长大人,可以费您的神,帮我一下么?"

　　局长自然是快活的。因为他是有教育的人物,但最近正受了舞弊案件的嫌疑。现在却这么相信,竟来商量怎么改换脸相了。局长大笑着,大乐着,说道——

---

　　① 这是一个德国姓,意思是"吃犹太人者"。——译者。

"这是极简单的,先生! 美洲钻石一般的您,试去和异种人接触一下罢,那么,一下子,脸就成功了,真正的您的尊脸……"

他高兴极了,——肩膀也轻了! 纯朴地大笑着,自己埋怨着自己——

"但是,我竟没有想到么,唔? 不是极容易的事么?"

像知心朋友似的告过别,他就跑到大路上,站着,一看见走过他身边的犹太人,便挡住他,突然讲起来——

"如果你,"他说,"是犹太人,那就一定得成为俄罗斯人,如果不愿意的话……"

犹太人是以做各种故事里的主角出名的,真也是神经过敏而且胆怯的人民,但那个犹太人却是急躁的汉子,忍不住这侮辱了。他一作势,就一掌批在他的左颊上,于是,回到自己的家里去了。

他靠着墙壁,轻轻的摸着面颊,沉思起来——

"但是,要显出俄罗斯人的脸相,是和不很愉快的感觉相连系的! 可是不要紧! 像涅克拉索夫那样无聊的诗人,也说过确切的话——

"不付价就什么也不给,

运命要赎罪的牺牲!"

忽然来了一个高加索人,这也正如故事上所讲那样,是无教育,粗鲁的人物。一面走,一面用高加索话,"密合来斯,萨克来斯,敏革尔来"的,吆喝似的唱着歌。

他又向他冲过去了。

"不对,"他说,"对不起! 如果您是格鲁怎人,那么,您岂不也就是俄罗斯人么? 您当然应该爱长官命令过的东西,不该唱高加索歌,但是,如果不怕牢监,那就即使不管命令……"

格鲁怎人把他痛打了一顿,自去喝卡菲丁酒去了。

他也就这么的躺着,沉思起来——

"但,但是呢? 这里还有鞑靼人,亚美尼亚人,巴锡吉耳人,启尔

248

义斯人,莫耳忒瓦人,列忒尼亚人,——实在多得很！而且这还并不是全部……也还有和自己同种的斯拉夫人……"

这时候,又有一个乌克兰尼人走来了。自然,他也在嚷嚷的唱——

"我们的祖宗了不起,

住在乌克兰尼……"

"不对不对,"他一面要爬起来,一面说,"对不起,请您以后要用 b① 这字才好,因为如果您不用,那就伤了帝国的一统的……"

他许多工夫,还和这人讲了种种事。这人一直听到完。因为正如各种乌克兰尼轶闻集所切实地证明,乌克兰尼人是懒散的民族,喜欢慢慢地做的。况且他也是特别执拗的人……

好心的人们抱了他起来,问道——

"住在那里呢?"

"大俄罗斯……"

他们自然是送他到警察局里去。

送着的中途,他显出一点得意模样,摸一下自己的脸,虽然痛,却觉得很大了。于是想道——

"大概,成功了。"

人们请局长洪·犹覃弗列舍尔来看他。因为他对于同胞很恳切,就给他去叫警察医。医生到来的时候,人们都大吃一惊,私议起来。而且也不再当作一件事,不大理睬了。

"行医以来,这是第一回,"医生悄悄的说。"不知道该怎么诊断才是……"

"究竟是怎么一回事呢?"他想着,问。

"是呀,这是怎么一回事呢?"

"是先前的脸,完全失掉了的。"洪·犹覃弗列舍尔回答道。

---

① 读如 ieli,俄国字母的第二十九字。——译者。

"哦。脸相都变了么？"

"一点不错，但您想必知道，"那医生安慰着说，"现在的脸，是可以穿上裤子的脸了……"

他的脸，就这样的过了一世。

这故事里，什么教训之类，是一点也没有的。

原载 1934 年 12 月 16 日《译文》月刊第 1 卷第 4 期，署邓当世译。

初收 1935 年 8 月上海文化生活出版社版"文化生活丛刊"之三《俄罗斯的童话》。

俄罗斯的童话（六）*

[苏联]高尔基

有一个爱用历史来证明自己的大人先生。一到要说谎的时候，就吩咐跟丁道——

"爱戈尔加，去从历史里找出事实来，是要驳倒历史并不反复的学说的……"

爱戈尔加是伶俐的汉子，马上找来了。他的主人用许多史实，装饰了自己的身子，应情势的要求，拿出他所必要的全部来，所以他不会受损。

然而他是革命家——有一时，竟至于以为所有的人都应该是革命家。并且大胆地互相指摘道——

"英国人有人身保护令，但我们是传票！"他们很巧妙地挪揄着两国民之间的那么的不同。因为要消遣世间的烦闷，打起牌来了，赌输赢直到第三回雄鸡叫。第三回雄鸡叫一来报天明，大人先生就吩咐道——

"爱戈尔加，去找出和现在恰恰合式的，多到搬不动那样的引证来！"

爱戈尔加改了仪容，翘起指头，意义深长地记起了"雄鸡在圣露西歌唱"的歌——

雄鸡在圣露西歌唱——

说不久就要天明，在圣露西！

"一点不错！"大家说，"真的，的确是白天了……"

于是就去休息。

这倒没有什么，但人们忽然焦躁的闹了起来。大人先生看出来了，问道——

"爱戈尔加，民众为什么这么不平静呢？"

那跟丁高兴的禀复说——

"民众要活得像一个人模样……"

但他却骄傲的说了——

"原来？你以为这是谁教给他们的？这是我教的！五十年间，我和我的祖宗总教给他们：现在是应该活得像人了的时候，就是这样的！"

而且越加热心起来，不住的催逼着爱戈尔加，说——

"去给我从欧洲的农民运动史里，找出事实来，还有，在福音书里，找关于'平等'的句子……文化史里，找关于所有权的起源——快点快点！"

爱戈尔加很高兴！真是拼命，弄得汗流浃背，将书本子区别开来，只剩下书面，各种动人的事实，堆得像山一样，拉到他主人那里去。主人称赞他道——

"要出力！立宪政治一成功，我给你弄一个很大的自由党报纸的编辑！"

胆子弄得很壮了的他，于是亲自去宣传那些最有智识的农民们去了——

"还有，"他说，"罗马的革拉克锡兄弟，还有在英国，德国，法国的……这些，都是历史上必要的事情！爱戈尔加，拿事实来！"

就这样地马上引用了事实，给他们知道即使上头不愿意，而一切民众，却都要自由。

农民们自然是高兴的。

他们大声叫喊道——

"真是多谢你老。"

一切事情都由了基督教的爱和相互的信，收场了。然而，人们突然问道——

"什么时候走呀？"

"走那里去？"

"别地方去！"

"从那里走？"

"从你这里……"

他是古怪人，一切都明白，但最简单的事情却不明白了，大家都笑起来。

"什么，"他说。"如果地面是我的，叫我走那里去呢？"

但是大家都不相信他的话——

"怎么是你的？你不是亲口说过的么：是上帝的，而且在耶稣基督还没有降生之前，就已经有几位正人君子知道着这事。"

他不懂他们的话。他们也不懂他。他又催逼爱戈尔加道——

"爱戈尔加，给我从所有的历史里去找出来。"

但那跟丁却毫不迟疑的回答他说——

"所有的历史，因为剪取反对意见的证据，都用完了。"

"胡说，这奸细……"

然而，这是真的。他跑进藏书室里去一看，剩下的只有书面和书套。为了这意外的事情，他流汗了。于是悲哀地禀告自己的祖宗道——

"谁将这历史做得那么偏颇的方法，教给了你们的呢！都成了这样子……这算是什么历史呀？昏愦胡涂的。"

但大家坚定的主张着——

"然而，"他们说，"你早已清清楚楚的对我们证明过了的，还是快些走的好罢，要不然，就要来赶了……"

说起爱戈尔加来，又完全成了农民们的一气，什么事情都显出对立的态度，连看见他的时候，也当面愚弄起来了——

"哈培亚斯·科尔普斯①怎么了呀！自由主义怎么了呀……"

简直是弄糟了。农民们唱起歌来了。而且又惊又喜，将他的干草堆各自搬到自己的屋子里去了。

他蓦地记了起来的，是自己还有一点手头的东西。二层楼上，曾祖母坐着在等目前的死，她老到将人话全部忘却了，只还记得一句——

"不要给……"因为已经六十一岁，此外的话，什么也不会说了。

他怀着激昂的感情，跑到她那里去，以骨肉之爱，伏在她的脚跟前，并且诉说道——

"妈妈的婆婆！你是活历史呀……"

但她自然不过是喃喃的——

"不要给……"

"哦哦，为什么呢？"

"不要给……"

"但是他们赶走我，偷东西，这可以么？"

"不要给……"

"那么，虽然并不是我的本意，还是帮同瞒着县官的好么？"

"不要给……"

_____

① Habeas Corpus 是查理斯二世时，在国会通过，保障被法庭判决有罪以前的人的一条法律。——译者。

他遵从了活历史的声音，并且用曾祖母的名义，发了一个悲痛的十万火急报。自己却走到农民们那里，发表道——

"诸位惊动了老太太，老太太去请兵了。但是，请放心罢，看来是没有什么的，因为我不肯放兵到你们那里去的！"

这之间，勇敢的兵丁们跨着马跑来了。时候是冬天，马一面跑，一面流着汗，一到就索索的发抖，不久，全身蒙上了一层雪白的霜。大人先生以为马可怜，把它带进自己的厩屋里面去。带了进去之后，便对着农民们这样说——

"请诸位把先前聚了众，在我这里胡乱搬去的干草，赶快还给这马罢。马，岂不是动物么，动物，是什么罪过也没有的，唔，对不对呢？"

兵丁们都饿着；吃掉了村子里的雄鸡。这位大人先生的府上的四近，就静悄悄了。

爱戈尔加自然仍旧回到他家里来。他像先前一样，用他做着历史的工作，从新买了新的书，嘱咐他凡有可以诱进自由主义去的事实，就统统的涂掉，倘有不便涂掉的地方，则填进新的趣旨去。

爱戈尔加怎么办呢？对于一切事务，他是都胜任的。因为要忠实，他连淫书都研究起来了。但是，他的心里，总还剩着烁亮的星星。

他老老实实的涂抹着历史，也做着哀歌，要用"败绩的战士"这一个化名来付印。

> 唉唉，报晓的美丽的雄鸡哟！
> 你的荣耀的雄声，怎么停止了？
> 我知道：永不满足的猫头鹰，
> 替代了你了。

> 主人并不希望未来，
> 现在我们又都在过去里，

唉唉，雄鸡哟，你被烧熟，

给大家吃掉了……

叫我们到生活里去要在什么时候？

给我们报晓的是谁呢？

唉唉，倘使雄鸡不来报，

怕我们真要起得太晚了！

农民们自然是平静了下来，驯良的过着活。并且因为没有法子想，唱着下等的小曲——

哦哦，妈妈老实哟！

喂喂，春天来到了，

我们叹口气，

也就饿死了！

俄罗斯的国民，是愉快的国民呢……

原载 1934 年 12 月 16 日《译文》月刊第 1 卷第 4 期，署邓当世译。

初收 1935 年 8 月上海文化生活出版社版"文化生活丛刊"之三《俄罗斯的童话》。

订　正

编辑先生：

《阿Q正传图》的木刻者，名铁耕，今天看见《戏》周刊上误印作"钱耕"，下次希给他改正为感。专此布达，即请

撰安

鲁迅　上。

原载 1934 年 12 月 23 日《中华日报》副刊《戏》周刊第
19 期,原无标题。
初未收集。

致 杨霁云

霁云先生:

十四十五两函,顷同时收到。在北平共讲五次,手头存有记录
者只有二篇,都记得很不确,不能用,今姑寄上一阅。还有两回是上
车之前讲的,一为《文艺与武力》,其一,则连题目也忘记了。其时官
员已深恶我,所以也许报上不再登载讲演大略。

帮闲文学实在是一种紧要的研究,那时烦忙,原想回上海后再
记一遍的,不料回沪后也一直没有做,现在是情随事迁,做的意思都
不起来了,所以那《五讲三嘘集》也许将永远不过一个名目。

来函所说的印法,纸张,我都同意;稿子似乎只要新加的给我看
一看就好,前回已经看过的一部分,可以不必寄我了。如有版税,给
我一半,我也同意,大约我如不取其半, 先生也一定不肯干休的。
至于我因此费力,却并无其事,不必用心的事情,比较的不会令人疲
劳。但近来却又休息了几天,那是因为在一天里写了四五千字,自
己真也觉得精神体力,大不如前了,很想到乡下去,连报章都不看,
玩它一年半载,然而新近已有国民服役条例,倘捉我去修公路,那就
未免比作文更费力了,这真叫作局天蹐地。

前信提出了一篇《〈爱罗先珂童话集〉序》,后来一想,是不应当
收的,因为那童话也几乎全是我的翻译。

东北文风,确在非常恭顺而且献媚,听说报上论文,十之九是以
"王道政治"作结的。又曾见官厅给编辑的通知,谓凡有挑剔贫富,
说述斗争的文章,皆与"王道"不合,此后无须送检云云,不过官气倒

不及我们这里的霸道政治之十足。但有一件事,好像我们这里的智识者们确是明白起来了,这是可以乐观的。对于什么言论自由的通电,不是除胡适之外,没有人来附和或补充么?这真真好极妙极。

专此布复,顺颂

旅安。

迅　顿首　十二月十六日

致 母 亲

母亲大人膝下,敬禀者。海婴要写信给母亲,由广平写出,今寄上。

话是他嘴里讲的,夹着一点上海话,已由男在字旁译注,可以懂了。他现在胖得圆圆的,比先前听话,这几天最得意的有三件事,一,是亦能陪客(其实是来捣乱),二是自来水龙头要修的时候,他认识工人的住处,能去叫来,三是刻了一块印章。在信后面说的就是。但字却不大愿意认,说是每天认字,也不确的。

母亲寄给我们的照相,现已配好镜框,挂在房中,和三年前见面的时候,并不两样,而且样子很自然,要算照得最好的了。男病已愈,胃口亦渐开;广平亦好,请勿念为要。专此布达,恭请

金安。

男树　叩上　广平海婴随叩　十二月十六日

十七日

日记　昙,上午小雨。病后大瘦,义齿已与齿龈不合,因赴高桥医师寓,请其修正之。得徐讦信并纸二张。得金肇祥[野]信并木刻五幅,邮票一元六角[五]分。得阿芷信并补稿费一元。下午寄谷非

夫妇,绀弩夫妇,萧军夫妇及阿芷信,附木刻八张。夜涂莨菪丁几以治背痛。

致 萧军、萧红

刘_吟先生:

　　本月十九日(星期三)下午六时,我们请
你们俩到梁园豫菜馆吃饭,另外还有几个朋友,都可以随便谈天的。
梁园地址,是广西路三三二号。广西路是二马路与三马路之间的一
条横街,若从二马路弯进去,比较的近。

　　专此布达,并请

俪安。

豫_广同具　十二月十七日

　　十八日

　　日记　　小雨。上午以安弥笺转寄联亚。寄三弟信。得杨霁云
信,即复。得李桦信并木刻三本,午后复。得木刻筹备会及田际华
信,即复。往梁园豫菜馆定菜。下午得河清信并《雪》一本,《译文》
五本。赵家璧寄赠《话匣子》一本。

致 杨霁云

霁云先生:

　　十七日信收到。那两篇讲演,我决计不要它,因为离实际太远。

258

大约记者不甚懂我的话,而且意见也不同,所以我以为要紧的,他却不记或者当作笑话。《革命文学……》则有几句简直和我的话相反,更其要不得了。这两个题目,确是紧要,我还想改作一遍。

《关于红的笑》我手头有,今寄奉,似乎不必重抄,只要用印本付排就好了,这种口角文字,犯不上为它费工夫。但这次重看了一遍,觉得这位鹤西先生,真也太不光明磊落。

叭儿之类,是不足惧的,最可怕的确是口是心非的所谓"战友",因为防不胜防。例如绍伯之流,我至今还不明白他是什么意思。为了防后方,我就得横站,不能正对敌人,而且瞻前顾后,格外费力。身体不好,倒是年龄关系,和他们不相干,不过我有时确也愤慨;觉得枉费许多气力,用在正经事上,成绩可以好得多。

中国乡村和小城市,现在恐无可去之处,我还是喜欢北京,单是那一个图书馆,就可以给我许多便利。但这也只是一个梦想,安分守己如冯友兰,且要被逮,可以推知其它了。所以暂时大约也不能移动。

先生前信说回家要略迟;我的序拟于二十四为止寄出,想来是来得及的罢。

专此布达,即请

旅安。

迅　上　十二月十八日

致　李　桦

李桦先生:

我所知道的通信地址似乎太简略,不知道此信可能寄到。

今天得到来信并画集三本,寄给我这许多作品,真是非常感谢。

看展览会目录，才晓得广州曾有这样的画展，但我们却并未知道。论理，以中国之大，是该有一种（至少）正正堂堂的美术杂志，一面绍介外国作品，一面，绍介国内艺术的发展的，但我们没有，以美术为名的期刊，大抵所载的都是低级趣味之物，这真是无从说起。

铜刻和石刻，工具极关紧要，在中国不能得，成果不能如意，是无足怪的。社会上一般，还不知道 Etching 和 Lithography 之名，至于 Monotype，则恐怕先前未曾有人提起过。但先生的木刻的成绩，我以为极好，最好的要推《春郊小景》，足够与日本现代有名的木刻家争先；《即景》是用德国风的试验，也有佳作，如《蝗灾》，《失业者》，《手工业者》；《木刻集》中好几幅又是新路的探检，我觉得《父子》，《北国风景》，《休息的工人》，《小鸟的运命》，都是很好的。不知道可否由我寄几幅到杂志社去，要他们登载？自然，一经复制，好处是失掉不少的，不过总比没有好；而且我相信自己决不至于绍介到油滑无聊的刊物去。

北京和天津的木刻情形，我不明白，偶然看见几幅，都颇幼稚，好像连素描的基础工夫也没有练习似的。上海也差不多，而且没有团体（也很难有团体），散漫得很，往往刻了一通，不久就不知道那里去了。我所知道的木刻家中，有罗清桢君，还是孳孳不倦，他是汕头松口中学的教员（也许就是汕头人），不知道加入了没有？

木刻确已得到客观的支持，但这时候，就要严防它的堕落和衰退，尤其是蛀虫，它能使木刻的趣味降低，如新剧之变为开玩笑的"文明戏"一样。我深希望先生们的团体，成为支柱和发展版画之中心。至于我，创作是不会的，但绍介翻印之类，只要能力所及，也还要干下去。

专此布达，即颂
时绥。

迅　上　　十二月十八夜。

致 金肇野

肇野先生：

　　十三日信并邮票一元六角五分，已收到并专刊，亦到。《引玉集》又寄一本，大约是书店粗心，没有细看来信的缘故，现已和他们说清楚了。《木刻纪程》我自己还有，日内当寄奉一本，不必付钱；《张慧木刻集》，《无名社之木刻集》他们都曾给我，我可以转赠；至于别的那些，则怕难以到手，但便中当托朋友去问一问，因为我自己是很生疏于上海的书局的。但我得警告先生：要技艺进步，看本国人的作品是不行的，因为他们自己还很有缺点；必须看外国名家之作。

　　良友公司出有麦绥莱勒木刻四种，不知见过没有？但只可以看看，学不得的。

　　擅长木刻的，广东较多，我以为最好的是李桦和罗清桢；张慧颇倾向唯美，我防其会入颓废一流。刘岘（他好像是河南人）近来粗制滥造，没有进步；新波作则不多见。至于全展会要我代询他们，我实无从问起，因为这里弄木刻的人，没有连络，要找的时候是找不到的。

　　先生寄给我的四幅，我不会说谎，据实说，只能算一种练习。其实，木刻的根柢也仍是素描，所以倘若线条和明暗没有十分把握，木刻也刻不好。这四幅中，形象的印象，颇为模胡，就因为这缘故。我看有时候是刻者有意的躲避烦难的，最显著的是 Gorky 的眼睛（他的显得眼睛小，是因为眉棱高）。专此布复，即颂

时绥。

迅　上　十二月十八夜。

十九日

日记 昙。上午复金肇野信。《准风月谈》出版,分赠相识者。内山夫人赠松梅一盆。得杨霁云[信]并抄稿,午后复。仲方赠《话匣子》一本。晚在梁园邀客饭,谷非夫妇未至,到者萧军夫妇,耳耶夫妇,阿紫,仲方及广平,海婴。

致 杨霁云

霁云先生:

十八日信并稿,今晨收到;顷已看过,先行另封挂号寄还。序文在这几天就可写出,写后即寄。

一切讲稿,就只删《帮闲文学……》及《革命文学……》两篇。《老调子……》原是自己改过的;曹先生记的那一篇也很好,不必作为附录了。

诗虽无年月,但自己约略还记得一点先后,现在略加改动,希照此次序排列为荷。

此复,即颂

旅安。

迅 顿首 十九午后

再:《准风月谈》已出版,上午托书店寄上,想已收到。又及。

二十日

日记 昙,上午晴。寄杨霁云信。寄萧军信。得生生月刊社信。

《集外集》序言

　　听说：中国的好作家是大抵"悔其少作"的，他在自定集子的时候，就将少年时代的作品尽力删除，或者简直全部烧掉。我想，这大约和现在的老成的少年，看见他婴儿时代的出屁股，衔手指的照相一样，自愧其幼稚，因而觉得有损于他现在的尊严，——于是以为倘使可以隐蔽，总还是隐蔽的好。但我对于自己的"少作"，愧则有之，悔却从来没有过。出屁股，衔手指的照相，当然是惹人发笑的，但自有婴年的天真，决非少年以至老年所能有。况且如果少时不作，到老恐怕也未必就能作，又怎么还知道悔呢？

　　先前自己编了一本《坟》，还留存着许多文言文，就是这意思；这意思和方法，也一直至今没有变。但是，也有漏落的：是因为没有留存着底子，忘记了。也有故意删掉的：是或者因为看去好像抄译，却又年远失记，连自己也怀疑；或者因为不过对于一人，一时的事，和大局无关，情随事迁，无须再录；或者因为本不过开些玩笑，或是出于暂时的误解，几天之后，便无意义，不必留存了。

　　但使我吃惊的是霁云先生竟抄下了这么一大堆，连三十多年前的时文，十多年前的新诗，也全在那里面。这真好像将我五十多年前的出屁股，衔手指的照相，装潢起来，并且给我自己和别人来赏鉴。连我自己也诧异那时的我的幼稚，而且近乎不识羞。但是，有什么法子呢？这的确是我的影像，——由它去罢。

　　不过看起来也引起我一点回忆。例如最先的两篇，就是我故意删掉的。一篇是"雷锭"的最初的绍介，一篇是斯巴达的尚武精神的描写，但我记得自己那时的化学和历史的程度并没有这样高，所以大概总是从什么地方偷来的，不过后来无论怎么记，也再也记不起它们的老家；而且我那时初学日文，文法并未了然，就急于看书，看书并不很懂，就急于翻译，所以那内容也就可疑得很。而且文章又多么古怪，尤其是那一篇《斯巴达之魂》，现在看起来，自己也不免耳朵发热。但这是当时的风气，要激昂慷慨，顿挫抑扬，才能被称为好文章，我还记得"被发大叫，抱书独行，无泪可挥，大风灭烛"是大家传诵的警句。但我的文章里，也有受着严又陵的影响的，例如"涅伏"，就是"神经"的腊丁语的音译，这是现在恐怕只有我自己懂得的了。此后又受了章太炎先生的影响，古了起来，但这集子里却一篇也没有。

以后回到中国来，还给日报之类做了些古文，自己不记得究竟是什么了，霁云先生也找不出，我真觉得侥幸得很。

以后是抄古碑。再做就是白话；也做了几首新诗。我其实是不喜欢做新诗的——但也不喜欢做古诗——只因为那时诗坛寂寞，所以打打边鼓，凑些热闹；待到称为诗人的一出现，就洗手不作了。我更不喜欢徐志摩那样的诗，而他偏爱到各处投稿，《语丝》一出版，他也就来了，有人赞成他，登了出来，我就做了一篇杂感，和他开一通玩笑，使他不能来，他也果然不来了。这是我和后来的"新月派"积仇的第一步；《语丝》社同人中有几位也因此很不高兴我。不过不知道为什么没有收在《热风》里，漏落，还是故意删掉的呢，已经记不清，幸而这集子里有，那就是了。

只有几篇讲演，是现在故意删去的。我曾经能讲书，却不善于讲演，这已经是大可不必保存的了。而记录的人，或者为了方音的不同，听不很懂，于是漏落，错误；或者为了意见的不同，取舍因而不确，我以为要紧的，他并不记录，遇到空话，却详详细细记了一大通；有些则简直好像是恶意的捏造，意思和我所说的正是相反的。凡这些，我只好当作记录者自己的创作，都将它由我这里删掉。

我惭愧我的少年之作，却并不后悔，甚而至于还有些爱，这真好像是"乳犊不怕虎"，乱攻一通，虽然无谋，但自有天真存在。现在是比较的精细了，然而我又别有其不满于自己之处。我佩服会用拖刀计的老将黄汉升，但我爱莽撞的不顾利害而终于被部下偷了头去的张翼德；我却又憎恶张翼德型的不问青红皂白，抡板斧"排头砍去"的李逵，我因此喜欢张顺的将他诱进水里去，淹得他两眼翻白。

　　一九三四年十二月二十日夜，鲁迅记于上海之卓面书斋。

原载 1935 年 3 月 5 日《芒种》半月刊第 1 期。
初收 1935 年 5 月上海群众图书公司版《集外集》。

致 杨霁云

霁云先生：

　　昨得来信后，匆匆奉复，忘了一事未答，即悼柔石诗，我以为不必收入了，因为这篇文章已在《南腔北调集》中，不能再算"集外"，《哭范爱农》诗虽曾在《朝花夕拾》中说过，但非全篇，故当又作别论。

　　来信于我的诗，奖誉太过。其实我于旧诗素未研究，胡说八道而已。我以为一切好诗，到唐已被做完，此后倘非能翻出如来掌心之"齐天太圣"，大可不必动手，然而言行不能一致，有时也诌几句，自省殊亦可笑。玉谿生清词丽句，何敢比肩，而用典太多，则为我所不满，林公庚白之论，亦非知言；惟《晨报》上之一切讥嘲，则正与彼辈伎俩相合耳。

　　此布，即请
旅安。

迅　上　二十日

致 萧军、萧红

刘
吟先生：

　　代表海婴，谢谢你们送的小木棒，这我也是第一次看见。但他对于我,确是一个小棒喝团员。他去年还问:"爸爸可以吃么?"我的答复是:"吃也可以吃,不过还是不吃罢。"今年就不再问,大约决定不吃了。

田的直接通信处,我不知道。但如外面的信封上,写"本埠河南路三〇三号、中华日报馆、《戏》周刊编辑部收",里面再用一个信封,写"陈瑜先生启",他该可以收到的。不过我想,他即使收到,也未必有回信,剧本稿子是否还在,也是一个问题。试写一信,去问问他也可以,但恐怕百分之九十九是没有结果的。此公是有名的模模糊糊。

小说稿我当看一看,看后再答复。吟太太的稿子,生活书店愿意出版,送给官僚检查去了,倘通过,就可发排。

专此布达,并颂

俪安。

迅　上　十二月二十日

二十一日

日记　昙。午前以《集外集》序稿寄杨霁云。午晴。得冰山信。得杨霁云信。得烈文信,即复。下午作随笔一篇,二千余字,寄《漫画生活》。

阿　金

近几时我最讨厌阿金。

她是一个女仆,上海叫娘姨,外国人叫阿妈,她的主人也正是外国人。

她有许多女朋友，天一晚，就陆续到她窗下来，"阿金，阿金!"的大声的叫，这样的一直到半夜。她又好像颇有几个姘头；她曾在后门口宣布她的主张：弗轧姘头，到上海来做啥呢?……

　　不过这和我不相干。不幸的是她的主人家的后门，斜对着我的前门，所以"阿金，阿金!"的叫起来，我总受些影响，有时是文章做不下去了，有时竟会在稿子上写一个"金"字。更不幸的是我的进出，必须从她家的晒台下走过，而她大约是不喜欢走楼梯的，竹竿，木板，还有别的什么，常常从晒台上直摔下来，使我走过的时候，必须十分小心，先看一看这位阿金可在晒台上面，倘在，就得绕远些。自然，这是大半为了我胆子小，看得自己的性命太值钱；但我们也得想一想她的主子是外国人，被打得头破血出，固然不成问题，即使死了，开同乡会，打电报也都没有用的，——况且我想，我也未必能够弄到开起同乡会。

　　半夜以后，是别一种世界，还剩着白天脾气是不行的。有一夜，已经三点半钟了，我在译一篇东西，还没有睡觉。忽然听得路上有人低声的在叫谁，虽然听不清楚，却并不是叫阿金，当然也不是叫我。我想：这么迟了，还有谁来叫谁呢？同时也站起来，推开楼窗去看去了，却看见一个男人，望着阿金的绣阁的窗，站着。他没有看见我。我自悔我的莽撞，正想关窗退回的时候，斜对面的小窗开处，已经现出阿金的上半身来，并且立刻看见了我，向那男人说了一句不知道什么话，用手向我一指，又一挥，那男人便开大步跑掉了。我很不舒服，好像是自己做了甚么错事似的，书译不下去了，心里想：以后总要少管闲事，要炼到泰山崩于前而色不变，炸弹落于侧而身不移!……

　　但在阿金，却似乎毫不受什么影响，因为她仍然嘻嘻哈哈。不过这是晚快边才得到的结论，所以我真是负疚了小半夜和一整天。这时我很感谢阿金的大度，但同时又讨厌了她的大声会议，嘻嘻哈哈了。自有阿金以来，四围的空气也变得扰动了，她就有这么大的力量。这种扰动,我的警告是毫无效验的,她们连看也不对我看一看。有一回,邻近的洋人说了几句洋话,她们也不理;但那洋人就奔出来了,用脚向各人乱踢,她们这才逃散,会议也收了场。这踢的效力,大约保存了五六夜。

此后是照常的嚷嚷;而且扰动又廓张了开去,阿金和马路对面一家烟纸店里的老女人开始奋斗了,还有男人相帮。她的声音原是响亮的,这回就更加响亮,我觉得一定可以使二十间门面以外的人们听见。不一会,就聚集了一大批人。论战的将近结束的时候当然要提到"偷汉"之类,那老女人的话我没有听清楚,阿金的答复是:

"你这老×没有人要!我可有人要呀!"

这恐怕是实情,看客似乎大抵对她表同情,"没有人要"的老×战败了。这时踱来了一位洋巡捕,反背着两手,看了一会,就来把看客们赶开;阿金赶紧迎上去,对他讲了一连串的洋话。洋巡捕注意的听完之后,微笑的说道:

"我看你也不弱呀!"

他并不去捉老×,又反背着手,慢慢的踱过去了。这一场巷战就算这样的结束。但是,人间世的纠纷又并不能解决得这么干脆,那老×大约是也有一点势力的。第二天早晨,那离阿金家不远的也是外国人家的西崽忽然向阿金家逃来。后面追着三个彪形大汉。西崽的小衫已被撕破,大约他被他们诱出外面,又给人堵住后门,退不回去,所以只好逃到他爱人这里来了。爱人的肘腋之下,原是可以安身立命的,伊孛生(H. Ibsen)戏剧里的彼尔·干德,就是失败之后,终于躲在爱人的裙边,听唱催眠歌的大人物。但我看阿金似乎比不上瑙威女子,她无情,也没有魄力。独有感觉是灵的,那男人刚要跑到的时候,她已经赶紧把后门关上了。那男人于是进了绝路,只得站住。这好像也颇出于彪形大汉们的意料之外,显得有些踌躇;但终于一同举起拳头,两个是在他背脊和胸脯上一共给了三拳,仿佛也并不怎么重,一个在他脸上打了一拳,却使它立刻红起来。

这一场巷战很神速,又在早晨,所以观战者也不多,胜败两军,各自走散,世界又从此暂时和平了。然而我仍然不放心,因为我曾经听人说过:所谓"和平",不过是两次战争之间的时日。

但是,过了几天,阿金就不再看见了,我猜想是被她自己的主人所回复。补了她的缺的是一个胖胖的,脸上很有些福相和雅气的娘姨,已经二十多天,还很安静,只叫了卖唱的两个穷人唱过一回"奇葛隆冬强"的《十八摸》之类,那是她用"自食其力"的余闲,享点清福,谁也没有话说的。只可惜那时又招集了一群男男女女,连阿金的爱人也在内,保不定什么时候又会发生巷战。但我却也叨光听到了男嗓子的上低音(barytone)的歌声,觉得很自然,比绞死猫儿似的《毛毛雨》要好得天差地远。

阿金的相貌是极其平凡的。所谓平凡,就是很普通,很难记住,不到一个月,我就说不出她究竟是怎么一副模样来了。但是我还讨厌她,想到"阿金"这两个字就讨厌;在邻近闹嚷一下当然不会成什么深仇重怨,我的讨厌她是因为不消几日,她就摇动了我三十年来的信念和主张。

我一向不相信昭君出塞会安汉,木兰从军就可以保隋;也不信妲己亡殷,西施沼吴,杨妃乱唐的那些古老话。我以为在男权社会里,女人是决不会有这种大力量的,兴亡的责任,都应该男的负。但向来的男性的作者,大抵将败亡的大罪,推在女性身上,这真是一钱不值的没有出息的男人。殊不料现在阿金却以一个貌不出众,才不惊人的娘姨,不用一个月,就在我眼前搅乱了四分之一里,假使她是一个女王,或者是皇后,皇太后,那么,其影响也就可以推见了:足够闹出大大的乱子来。

昔者孔子"五十而知天命",我却为了区区一个阿金,连对于人事也从新疑惑起来了,虽然圣人和凡人不能相比,但也可见阿金的伟力,和我的满不行。我不想将我的文章的退步,归罪于阿金的嚷嚷,而且以上的一通议论,也很近于迁怒,但是,近几时我最讨厌阿金,仿佛她塞住了我的一条路,却是的确的。

愿阿金也不能算是中国女性的标本。

十二月二十一日。

原载《漫画生活》,被抽出。后载 1936 年 2 月 20 日《海燕》月刊第 2 期。

初收 1937 年 7 月上海三闲书屋版《且介亭杂文》。

二十二日

日记　昙,上午小雨。晚蕴如携阿菩来。夜三弟来并为取得《茗斋集》一部。

二十三日

日记　星期。小雨。午长谷川君赠蛋糕一合。午后得胡风信。得徐华信,即复。得杨霁云信二,即复。得王志之信,即复。得萧军信。得邵景渊信。得母亲信,二十日发。

《病后杂谈之余》附记

一星期前,我在《病后杂谈》里说到铁氏二女的诗。据杭世骏说,钱谦益编的《列朝诗集》里是有的,但我没有这书,所以只引了《订讹类编》完事。今天《四部丛刊续编》的明遗民彭孙贻《茗斋集》出版了,后附《明诗钞》,却有铁氏长女诗在里面。现在就照抄在这里,并将范昌期原作,与所谓铁女诗不同之处,用括弧附注在下面,以便比较。照此看来,作伪者实不过改了一句,并每句各改易一二字而已——

　　　教坊献诗

　　　教坊脂粉（落籍）洗铅华，一片闲（春）心对落花。旧曲听来犹（空）有恨，故园归去已（却）无家。云鬟半挽（鲜）临妆（青）镜，雨泪空流（频弹）湿绛纱。今日相逢白司马（安得江州司马在），尊前重与诉（为赋）琵琶。

　　但俞正燮《癸巳类稿》又据茅大芳《希董集》，言"铁公妻女以死殉"；并记或一说云，"铁二子，无女。"那么，连铁铉有无女儿，也都成为疑案了。两个近视眼论匾额上字，辩论一通，其实连匾额也没有挂，原也是能有的事实。不过铁妻死殉之说，我以为是粉饰的。《弇州史料》所记，奏文与上谕具存，王世贞明人，决不敢捏造。

　　倘使铁铉真的并无女儿，或有而实已自杀，则由这虚构的故事，也可以窥见社会心理之一斑。就是：在受难者家族中，无女不如其有之有趣，自杀又不如其落教坊之有趣；但铁铉究竟是忠臣，使其女永沦教坊，终觉于心不安，所以还是和寻常女子不同，因献诗而配了士子。这和小生落难，下狱挨打，到底中了状元的公式，完全是一致的。

　　　　　　　　　　　　　　　二十三日之夜，附记。

原载 1935 年 3 月 1 日《文学》月刊第 4 卷第 3 期。

初收 1937 年 7 月上海三闲书屋版《且介亭杂文》。

帮忙文学与帮闲文学
十一月二十二日在北京大学第二院讲

　　我四五年未到这边，对于这边情形，不甚熟悉；我在上海的情形,也非诸君所知。所以今天还是讲帮闲文学与帮忙文学。

这当怎么讲？从五四运动后，新文学家很提倡小说；其故由当时提倡新文学的人看见西洋文学中小说地位甚高、和诗歌相仿佛；所以弄得像不看小说就不是人似的。但依我们中国的老眼睛看起来，小说是给人消闲的，是为酒余茶后之用。因为饭吃得饱饱的，茶喝得饱饱的，闲起来也实在是苦极的事，那时候又没有跳舞场：明末清初的时候，一份人家必有帮闲的东西存在的。那些会念书会下棋会画画的人，陪主人念念书，下下棋，画几笔画，这叫做帮闲，也就是篾片！所以帮闲文学又名篾片文学。小说就做着篾片的职务。汉武帝时候，只有司马相如不高兴这样，常常装病不出去。至于究竟为什么装病，我可不知道。倘说他反对皇帝是为了卢布，我想大概是不会的，因为那个时候还没有卢布。大凡要亡国的时候，皇帝无事，臣子谈谈女人，谈谈酒，像六朝的南朝，开国的时候，这些人便做诏令，做敕，做宣言，做电报，——做所谓皇皇大文。主人一到第二代就不忙了，于是臣子就帮闲。所以帮闲文学实在就是帮忙文学。

中国文学从我看起来，可以分为两大类：（一）廊庙文学，这就是已经走进主人家中，非帮主人的忙，就得帮主人的闲；与这相对的是（二）山林文学。唐诗即有此二种。如果用现代话讲起来，是"在朝"和"下野"。后面这一种虽然暂时无忙可帮，无闲可帮，但身在山林，而"心存魏阙"。如果既不能帮忙，又不能帮闲，那么，心里就甚是悲哀了。

中国是隐士和官僚最接近的。那时很有被聘的希望，一被聘，即谓之征君；开当铺，卖糖葫芦是不会被征的。我曾经听说有人做世界文学史，称中国文学为官僚文学。看起来实在也不错。一方面固然由于文字难，一般人受教育少，不能做文章，但在另一方面看起来，中国文学和官僚也实在接近。

现在大概也如此。惟方法巧妙得多了，竟至于看不出来。今日文学最巧妙的有所谓为艺术而艺术派。这一派在五四运动时代，确是革命的,因为当时是向"文以载道"说进攻的,但是现在却连反抗性都没有了。不但没有反抗性,而且压制新文学之发生。对社会不敢批评,也不能反抗,若反抗,便说对不起艺术。故也变成帮忙柏勒思(plus)帮闲。为艺术而艺术派对俗事是不问的,但对于俗事如主张为人生而艺术的人是反对的,例如现代评论派,他们反对骂人,但有人骂他们,他们也是要骂的。他们骂骂人的人,正如杀杀人的一样——他们是刽子手。

这种帮忙和帮闲的情形是长久的。我并不劝人立刻把中国的文物都抛弃了,因为不看这些,就没有东西看;不帮忙也不帮闲的文学真也太不多。现在做文章的人们几乎都是帮闲帮忙的人物。有人说文学家是很高尚的,我却不相信与吃饭问题无关,不过我又以为文学与吃饭问题有关也不打紧,只要能比较的不帮忙不帮闲就好。

原载 1932 年 12 月 17 日《电影与文艺》创刊号。记录稿
(柯桑记录)后经作者修订。

初收拟编书稿《集外集拾遗》。

致 杨霁云

霁云先生:

二十一二两信,顷同时收到。作诗的年代,大约还约略记得,所以添上年份,并号数,寄还,其中也许有些错误,但也无关紧要。

别一篇《帮忙文学……》,并不如记者所自言之可靠,到后半,简直连我自己也不懂了,因此删去,只留较好的上半篇,可以收入集里,有这一点,已足说明题目了。

先生的序,我看是好的,我改了一个错字。但结末处似乎太激

烈些,最好是改得隐藏一点,因为我觉得以文字结怨于小人,是不值得的。至于我,其实乃是箭在弦上,不得不发。不知先生以为何如?

专此布复,即请

旅安。

迅　上　十二月二十三日

致　王志之

思远兄:

十一日信今天才到,殊奇。《文史》及小说却早到,小说我只能放在通信的书店里寄售,因为我和别店并无往来,即使拿去托售,他们收下了,我也无此本领向他们收回书款,我自己印的书就从未有不折本的。

我和文学社并无深交,不过一年中或投一两回稿,偶然通信的也只有一个人。所嘱退还稿子的事,当去问一问,但他们听不听也难说。

少帖邮票,真对不起转信的人,近年来精神差了,而一发信就是五六封,所以时时有误。

因为发信多,所以也因此时时弄出麻烦,这几天,因一个有着我的信的人惹了事,我又多天只好坐在家里了。

此复,即颂

时绥。

豫　上　十二月二十三夜。

二十四日

日记　昙。下午复邵景渊信并寄书三本。以书报寄靖华。以

《木刻纪程》等寄金肇野。得山本夫人信。夜成随笔一篇,约六千字,拟与文学社。

病后杂谈之余

关于“舒愤懑”

一

我常说明朝永乐皇帝的凶残,远在张献忠之上,是受了宋端仪的《立斋闲录》的影响的。那时我还是满洲治下的一个拖着辫子的十四五岁的少年,但已经看过记载张献忠怎样屠杀蜀人的《蜀碧》,痛恨着这“流贼”的凶残。后来又偶然在破书堆里发见了一本不全的《立斋闲录》,还是明抄本,我就在那书上看见了永乐的上谕,于是我的憎恨就移到永乐身上去了。

那时我毫无什么历史知识,这憎恨转移的原因是极简单的,只以为流贼尚可,皇帝却不该,还是“礼不下庶人”的传统思想。至于《立斋闲录》,好像是一部少见的书,作者是明人,而明朝已有抄本,那刻本之少就可想。记得《汇刻书目》说是在明代的一部什么丛书中,但这丛书我至今没有见;清《四库全书总目提要》将它放在“存目”里,那么,《四库全书》里也是没有的,我家并不是藏书家,我真不解怎么会有这明抄本。这书我一直保存着,直到十多年前,因为肚子饿得慌了,才和别的两本明抄和一部明刻的《宫闺秘典》去卖给以藏书家和学者出名的傅某,他使我跑了三四趟之后,才说一总给我八块钱,我赌气不卖,抱回来了,又藏在北平的寓里;但久已没有人照管,不知道现在究竟怎样了。

那一本书,还是四十年前看的,对于永乐的憎恨虽然还在,书的内容却早已模模胡胡,所以在前几天写《病后杂谈》时,举不出一句永乐上谕的实例。我也很想看一看《永乐实录》,但在上海又如何能够;来青阁有残本在寄售,十本,实价却是一百六十元,也决不是我辈书架上的书。又是一个偶然:昨天在《安徽丛书》第三集中看见了清俞正燮(1775 — 1840)《癸巳类稿》的改定本,那《除乐户丐户籍及女乐考附古事》里,却引有永乐皇帝的上谕,是根据王世贞《弇州史料》中的《南京法司所记》的,虽然不多,又未必是精粹,但也足够"略见一斑",和献忠流贼的作品相比较了。摘录于下——

> "永乐十一年正月十一日,教坊司于右顺门口奏:齐泰姊及外甥媳妇,又黄子澄妹四个妇人,每一日一夜,二十余条汉子看守着,年少的都有身孕,除生子令做小龟子,又有三岁女子,奏请圣旨。奉钦依:由他。不的到长大便是个淫贱材儿?"

> "铁铉妻杨氏年三十五,送教坊司;茅大芳妻张氏年五十六,送教坊司。张氏病故,教坊司安政于奉天门奏。奉圣旨:分付上元县抬出门去,着狗吃了!钦此!"

君臣之间的问答,竟是这等口吻,不见旧记,恐怕是万想不到的罢。但其实,这也仅仅是一时的一例。自有历史以来,中国人是一向被同族和异族屠戮,奴隶,敲掠,刑辱,压迫下来的,非人类所能忍受的楚毒,也都身受过,每一考查,真教人觉得不像活在人间。俞正燮看过野史,正是一个因此觉得义愤填膺的人,所以他在记载清朝的解放惰民丐户,罢教坊,停女乐的故事之后,作一结语道——

> "自三代至明,惟宇文周武帝,唐高祖,后晋高祖,金,元,及明景帝,于法宽假之,而尚存其旧。余皆视为固然。本朝尽去其籍,而天地为之廓清矣。汉儒歌颂朝廷功德,自云'舒愤懑',除乐户之事,诚可云舒愤懑者:故列古语琐事之实,有关因革者如此。"

这一段结语,有两事使我吃惊。第一事,是宽假奴隶的皇帝中,汉人居很少数。但我疑心俞正燮还是考之未详,例如金元,是并非厚待奴隶的,只因那时连中国的蓄奴的主人也成了奴隶,从征服者看来,并无高下,即所谓"一视同仁",于是就好像对于先前的奴隶加以宽假了。第二事,就是这自有历史以来的虐政,竟必待满洲的清才来廓清,使考史的儒生,为之拍案称快,自比于汉儒的"舒愤懑"——就是明末清初的才子们之所谓"不亦快哉!"然而解放乐户却是真的,但又并未"廓清",例如绍兴的惰民,直到民国革命之初,他们还是不与良民通婚,去给大户服役,不过已有报酬,这一点,恐怕是和解放之前大不相同的了。革命之后,我久不回到绍兴去了,不知道他们怎样,推想起来,大约和三十年前是不会有什么两样的。

二

但俞正燮的歌颂清朝功德,却不能不说是当然的事。他生于乾隆四十年,到他壮年以至晚年的时候,文字狱的血迹已经消失,满洲人的凶焰已经缓和,愚民政策早已集了大成,剩下的就只有"功德"了。那时的禁书,我想他都未必看见。现在不说别的,单看雍正乾隆两朝的对于中国人著作的手段,就足够令人惊心动魄。全毁,抽毁,剜去之类也且不说,最阴险的是删改了古书的内容。乾隆朝的纂修《四库全书》,是许多人颂为一代之盛业的,但他们却不但捣乱了古书的格式,还修改了古人的文章;不但藏之内廷,还颁之文风较盛之处,使天下士子阅读,永不会觉得我们中国的作者里面,也曾经有过很有些骨气的人。(这两句,奉官命改为"永远看不出底细来。")

嘉庆道光以来,珍重宋元版本的风气逐渐旺盛,也没有悟出乾隆皇帝的"圣虑",影宋元本或校宋元本的书籍很有些出版了,这就使那时的阴谋露了马脚。最初启示了我的是《琳琅秘室丛书》里的两部《茅亭客话》,一是校宋本,一是四库本,同是一种书,而两本的文章却常有不同,而且一定是关于"华夷"的处所。这一定是四库本删改了的;现在连影宋本的《茅亭客话》也已出版,更足据为铁证,不过倘不和四库本对读,也无从知道那时的阴谋。《琳琅秘室丛书》我是在图书馆里看的,自己没有,现在去买起来又嫌太贵,因此也举不出实例来。但还有比较容易的法子在。

新近陆续出版的《四部丛刊续编》自然应该说是一部新的古董书,但其中却保存着满清暗杀中国著作的案卷。例如宋洪迈的《容斋随笔》至《五笔》是影宋刊本和明活字本,据张元济跋,其中有三条就为清代刻本中所没有。所删的是怎样内容的文章呢?为惜纸墨计,现在只摘录一条《容斋三笔》卷三里的《北狄俘虏之苦》在这里——

"元魏破江陵,尽以所俘士民为奴,无问贵贱,盖北方夷俗皆然也。自靖康之后,陷于金虏者,帝子王孙,宦门仕族之家,尽没为奴婢,使供作务。每人一月支稗子五斗,令自舂为米,得一斗八升,用为糇粮;岁支麻五把,令缉为裘。此外更无一钱一帛之入。男子不能缉者,则终岁裸体。虏或哀之,则使执爨,虽时负火得暖气,然才出外取柴归,再坐火边,皮肉即脱落,不日辄死。惟喜有手艺,如医人绣工之类,寻常只团坐地上,以败席或芦藉衬之,遇客至开筵,引能乐者使奏技,酒阑客散,各复其初,依旧环坐刺绣:任其生死,视如草芥。……"

清朝不惟自掩其凶残,还要替金人来掩饰他们的凶残。据此一条,可见俞正燮入金朝于仁君之列,是不确的了,他们不过是一扫宋朝的主奴之分,一律都作为奴隶,而自己则是主子。但是,这校勘,是用清朝的书坊刻本的,不知道四库本是否也如此。要更确凿,还有一部也是《四部丛刊续编》里的影旧抄本宋晁说之《嵩山文集》在这里,卷末就有单将《负薪对》一篇和四库本相对比,以见一斑的实证,现在摘录几条在下面,大抵非删则改,语意全非,仿佛宋臣晁说之,已在对金人战栗,嗫嚅不吐,深怕得罪似的了——

旧抄本　　　　　　　　四库本

金贼以我疆埸之臣无状，
　斥堠不明，遂豕突河北，
　蛇结河东。
犯孔子春秋之大禁，
以百骑却虏枭将，
彼金贼虽非人类，而犬豕
　亦有掉瓦怖恐之号，顾
　弗之惧哉！
我取而歼焉可也。
太宗时，女真困于契丹之
　三栅，控告乞援，亦卑
　恭甚矣。不谓敢毗睨中
　国之地于今日也。
忍弃上皇之子于胡虏乎？
何则：夷狄喜相吞并斗争，
　是其犬羊猜吠咋啮之性
　也。唯其富者最先亡。
　古今夷狄族帐，大小见
　于史册者百十，今其存
　者一二，皆以其财富而
　自底灭亡者也。今此小
　丑不指日而灭亡，是无
　天道也。
褫中国之衣冠，复夷狄之
　态度。
取故相家孙女姊妹，缚马
　上而去，执侍帐中，远近
　胆落，不暇寒心。

金人扰我疆埸之地，边城
　斥堠不明，遂长驱河北，
　盘结河东。
为上下臣民之大耻，
以百骑却辽枭将，
彼金人虽甚强盛，而赫然
　示之以威令之森严，顾
　弗之惧哉！
我因而取之可也。
太宗时，女真困于契丹之
　三栅，控告乞援，亦和
　好甚矣。不谓竟酿患滋
　祸一至于今日也。
忍弃上皇之子于异地乎？

（无）

遂其报复之心，肆其凌侮
　之意。
故相家皆携老褓幼，弃其
　籍而去，焚掠之余，远近
　胆落，不暇寒心。

279

即此数条，已可见"贼""虏""犬羊"是讳的；说金人的淫掠是讳的；"夷狄"当然要讳，但也不许看见"中国"两个字，因为这是和"夷狄"对立的字眼，很容易引起种族思想来的。但是，这《嵩山文集》的抄者不自改，读者不自改，尚存旧文，使我们至今能够看见晁氏的真面目，在现在说起来，也可以算是令人大"舒愤懑"的了。

清朝的考据家有人说过，"明人好刻古书而古书亡"，因为他们妄行校改。我以为这之后，则清人纂修《四库全书》而古书亡，因为他们变乱旧式，删改原文；今人标点古书而古书亡，因为他们乱点一通，佛头着粪：这是古书的水火兵虫以外的三大厄。

三

对于清朝的愤懑的从新发作，大约始于光绪中，但在文学界上，我没有查过以谁为"祸首"。太炎先生是以文章排满的骁将著名的，然而在他那《訄书》的未改订本中，还承认满人可以主中国，称为"客帝"，比于嬴秦的"客卿"。但是，总之，到光绪末年，翻印的不利于清朝的古书，可是陆续出现了；太炎先生也自己改正了"客帝"说，在再版的《訄书》里，"删而存此篇"；后来这书又改名为《检论》，我却不知道是否还是这办法。留学日本的学生们中的有些人，也在图书馆里搜寻可以鼓吹革命的明末清初的文献。那时印成一大本的有《汉声》，是《湖北学生界》的增刊，面子上题着四句集《文选》句："抒怀旧之积念，发思古之幽情"，第三句想不起来了，第四句是"振大汉之天声"。无古无今，这种文献，倒是总要在外国的图书馆里抄得的。

我生长在偏僻之区，毫不知道什么是满汉，只在饭店的招牌上看见过"满汉酒席"字样，也从不引起什么疑问来。听人讲"本朝"的故事是常有的，文字狱的事情却一向没有听到过，乾隆皇帝南巡的盛事也很少有人讲述了，最多的是"打长毛"。我家里有一个年老的女工，她说长毛时候，她已经十多岁，长毛故事要算她对我讲得最多，但她并无邪正之分，只说最可怕的东西有三种，一种自然是"长毛"，一种是"短毛"，还有一种是"花绿头"。到得后来，我才明白后两种其实是官兵，但在愚民的经验上，是和长毛并无区别的。给我指明长毛之可恶的倒是几位读书人；我家里有几部县志，偶然翻开来看，那时殉难的烈士烈女的名册就有一两卷，同族里的人也有几个被杀掉的，后来封了"世袭云骑尉"，我于是确切的认定了长毛之可恶。然而，真所谓"心事如波涛"罢，久而久之，由于自己的阅历，证以女工的讲述，我竟决不定那些烈士烈女的凶手，究竟是长毛呢，还是"短毛"和"花绿头"了。我真很羡慕"四十而不惑"的圣人的幸福。

对我最初提醒了满汉的界限的不是书，是辫子。这辫子，是砍了我们古人的许多头，这才种定了的，到得我有知识的时候，大家早忘却了血史，反以为全留乃是长毛，全剃好像和尚，必须剃一点，留一点，才可以算是一个正经人了。而且还要从辫子上玩出花样来：小丑挽一个结，插上一朵纸花打诨；开口跳将小辫子挂在铁杆上，慢慢的吸烟献本领；变把戏的不必动手，只消将头一摇，辟拍一声，辫子便自会跳起来盘在头顶上，他于是耍起关王刀来了。而且还切于实用：打架的时候可以拔住，挣脱极难；捉人的时候可以拉着，省得绳索，要是被捉的人多呢，只要捏住辫梢头，一个人就可以牵一大串。吴友如画的《申江胜景图》里，有一幅会审公堂，就有一个巡捕拉着犯人的辫子的形象，但是，这是已经算作"胜景"了。

住在偏僻之区还好，一到上海，可就不免有时会听到一句洋话：Pig-tail——猪尾巴。这一句话，现在是早不听见了，那意思，似乎也不过说人头上生着猪尾巴，和今日之上海，中国人自己一斗嘴，便彼此互骂为"猪猡"的，还要客气得远。不过那时的青年，好像涵养工夫没有现在的深，也还未懂得"幽默"，所以听起来实在觉得刺耳。而且对于拥有二百余年历史的辫子的模样，也渐渐的觉得并不雅观，既不全留，又不全剃，剃去一圈，留下一撮，又打起来拖在背后，真好像做着好给别人来拔着牵着的柄子。对于它终于怀了恶感，我看也正是人情之常，不必指为拿了什么地方的东西，迷了什么斯基的理论的。（这两句，奉官谕改为"不足怪的"。）

我的辫子留在日本，一半送给客店里的一位使女做了假发，一半给了理发匠，人是在宣统初年回到故乡来了。一到上海，首先得装假辫子。这时上海有一个专装假辫子的专家，定价每条大洋四元，不折不扣，他的大名，大约那时的留学生都知道。做也真做得巧妙，只要别人不留心，是很可以不出岔子的，但如果人知道你原是留学生，留心研究起来，那就漏洞百出。夏天不能戴帽，也不大行；人堆里要防挤掉或挤歪，也不行。装了一个多月，我想，如果在路上掉了下来或者被人拉下来，不是比原没有辫子更不好看么？索性不装了，贤人说过的：一个人做人要真实。

但这真实的代价真也不便宜，走出去时，在路上所受的待遇完全和先前两样了。我从前是只以为访友作客，才有待遇的，这时才明白路上也一样的一路有待遇。最好的是呆看，但大抵是冷笑，恶骂。小则说是偷了人家的女人，因为那时捉住奸夫，总是首先剪去他辫子的，我至今还不明白为什么；大则指为"里通外国"，就是现在之所谓"汉奸"。我想，如果一个没有鼻子的人在街上走，他还未必至于这么受苦，假使没有了影子，那么，他恐怕也要这样的受社会的责罚了。

我回中国的第一年在杭州做教员，还可以穿了洋服算是洋鬼子；第二年回到故乡绍兴中学去做学监，却连洋服也不行了，因为有许多人是认识我的，所以不管如何装束，总不失为"里通外国"的人，于是我所受的无辫之灾，以在故乡为第一。尤其应该小心的是满洲人的绍兴知府的眼睛，他每到学校来，总喜欢注视我的短头发，和我多说话。

学生们里面，忽然起了剪辫风潮了，很有许多人要剪掉。我连忙禁止。他们就举出代表来诘问道：究竟有辫子好呢，还是没有辫子好呢？我的不假思索的答复是：没有辫子好，然而我劝你们不要剪。学生是向来没有一个说我"里通外国"的，但从这时起，却给了我一个"言行不一致"的结语，看不起了。"言行一致"，当然是很有价值的，现在之所谓文学家里，也还有人以这一点自豪，但他们却不知道他们一剪辫子，价值就会集中在脑袋上。轩亭口离绍兴中学并不远，就是秋瑾小姐就义之处，他们常走，然而忘却了。

"不亦快哉！"——到了一千九百十一年的双十，后来绍兴也挂起白旗来，算是革命了，我觉得革命给我的好处，最大，最不能忘的是我从此可以昂头露顶，慢慢的在街上走，再不听到什么嘲骂。几个也是没有辫子的老朋友从乡下来，一见面就摩着自己的光头，从心底里笑了出来道：哈哈，终于也有了这一天了。

假如有人要我颂革命功德，以"舒愤懑"，那么，我首先要说的就是剪辫子。

四

然而辫子还有一场小风波，那就是张勋的"复辟"，一不小心，辫子是又可以种起来的，我曾见他的辫子兵在北京城外布防，对于没辫子的人们真是气焰万丈。幸而不几天就失败，使我们至今还可以剪短，分开，披落，烫卷……

张勋的姓名已经暗淡，"复辟"的事件也逐渐遗忘，我曾在《风波》里提到它，别的作品上却似乎没有见，可见早就不受人注意。现在是，连辫子也日见稀少，将与周鼎商彝同列，渐有卖给外国的资格了。

我也爱看绘画，尤其是人物。国画呢，方巾长袍，或短褐椎结，从没有见过一条我所记得的辫子；洋画呢，歪脸汉子，肥腿女人，也从没见过一条我所记得的辫子。这回见了几幅钢笔画和木刻的阿Q像，这才算遇到了在艺术上的辫子，然而是没有一条生得合式的。

想起来也难怪,现在的二十岁上下的青年,他生下来已是民国,就是三十岁的,在辫子时代也不过四五岁,当然不会深知道辫子的底细的了。

那么,我的"舒愤懑",恐怕也很难传给别人,令人一样的愤激,感慨,欢喜,忧愁的罢。

十二月十七日。

原载 1935 年 3 月 1 日《文学》月刊第 4 卷第 3 期,发表时题目被改作《病后余谈》,副题删去。

初收 1937 年 7 月上海三闲书屋版《且介亭杂文》。

二十五日

日记　昙。上午得谷非信。得赵家璧信,即复。得何白涛信并木刻二幅,即复。寄河清信。午后得李华信并赖少其及张影《木刻集》各一本。得图画书局信并预付稿费六元。夜蕴如及三弟来。雨。

致 赵家璧

家璧先生:

惠函并图表,顷俱收到。《尼采自传》,良友公司可以接收,好极。但我看最好是能够给他独立出版,因为此公似乎颇有点尼采气,不喜欢混入任何"丛"中,销路多少,倒在所不问。但如良友公司一定要归入丛书,则我当于见面时与之商洽,不过回信迟早不定。

《新文学大系》的条件,大体并无异议,惟久病新愈,医生禁止劳作,开年忽然连日看起作品来,能否持久也很难定;又序文能否做至二万字，也难预知，因为我不会做长文章，意思完了而将文字拉长，更是无聊之至。所以倘使交稿期在不得已时，可以延长，而序文不限字数，可以照字计算稿费，那么，我是可以接受的。

专复，即请

撰安。

迅　上　十二月廿五日

致 何白涛

白涛先生：

前回收到一函并木刻两幅，记得即复一信，现在想已收到了罢。今天又得十六日函并木刻，备悉一切。我看《暴风雨》是稳当的；《田间十月》别的都好，只是那主要的打稻人太近于静止状态，且有些图案化（虽然西洋古代木版中，往往有这画法），却令人觉得美中不足。我希望以后能寄给我每种两张，最好是用白纸印。

近来因为生病，又为生活计，须译著卖钱，许多事情都顾不转了。北平要开全国木刻展览会，我已寄了你的几张木刻去，但不多。

此复，即颂

时绥。

迅　上　十二月二十五日

致 赵家璧

家璧先生：

早上寄奉一函，想已达览。我曾为《文学》明年第一号作随笔一篇,约六千字,所讲是明末故事,引些古书,其中感慨之词,自不能免。今晚才知道被检查官删去四分之三,只存开首一千余字。由此看来,我即使讲盘古开天辟地神话,也必不能满他们之意,而我也确不能作使他们满意的文章。

我因此想到《中国新文学大系》。当送检所选小说时,因为不知何人所选,大约是决无问题的,但在送序论去时,便可发生问题。五四时代比明末近,我又不能做四平八稳,"今天天气,哈哈哈"到一万多字的文章,而且真也和群官的意见不能相同,那时想来就必要发生纠葛。我是不善于照他们的意见,改正文章,或另作一篇的,这时如另请他人,则小说系我所选,别人的意见,决不相同,一定要弄得无可措手。非书店白折费用,即我白费工夫,两者之一中,必伤其一。所以我决计不干这事了,索性开初就由一个不被他们所憎恶者出手,实在稳妥得多。检查官们虽宣言不论作者,只看内容,但这种心口如一的君子,恐不常有,即有,亦必不在检查官之中,他们要开一点玩笑是极容易的,我不想来中他们的诡计,我仍然要用硬功对付他们。

这并非我三翻四覆,看实情实在也并不是杞忧,这是要请你谅察的。我还想,还有几个编辑者,恐怕那序文的通过也在可虑之列。

专此布达,即请
撰安。

迅　上　十二月廿五夜。

二十六日

日记　雨。上午内山夫人赠海婴玩具二种,松藻女士赠海苔一合。寄赵家璧信。晚河清来。内山书店送来随笔书类十余种,选购『阿難卜鬼子母』,『書斎の岳人』各一本,共泉八元三角。得烈文信,即复。得萧军信,即复。得刘炜明信并《星洲日报》一日份。得崔真吾信。

论俗人应避雅人

这是看了些杂志,偶然想到的——

浊世少见"雅人",少有"韵事"。但是,没有浊到彻底的时候,雅人却也并非全没有,不过因为"伤雅"的人们多,也累得他们"雅"不彻底了。

道学先生是躬行"仁恕"的,但遇见不仁不恕的人们,他就也不能仁恕。所以朱子是大贤,而做官的时候,不能不给无告的官妓吃板子。新月社的作家们是最憎恶骂人的,但遇见骂人的人,就害得他们不能不骂。林语堂先生是佩服"费厄泼赖"的,但在杭州赏菊,遇见"口里含一枝苏俄香烟,手里夹一本什么斯基的译本"的青年,他就不能不"假作无精打彩,愁眉不展,忧国忧家"(详见《论语》五十五期)的样子,面目全非了。

优良的人物,有时候是要靠别种人来比较,衬托的,例如上等与下等,好与坏,雅与俗,小器与大度之类。没有别人,即无以显出这一面之优,所谓"相反而实相成"者,就是这。但又须别人凑趣,至少是知趣,即使不能帮闲,也至少不可说破,逼得好人们再也好不下去。例如曹孟德是"尚通侻"的,但祢正平天天上门来骂他,他也只好生起气来,送给黄祖去"借刀杀人"了。祢正平真是"咎由自取"。

所谓"雅人",原不是一天雅到晚的,即使睡的是珠罗帐,吃的是香稻米,但那根本的睡觉和吃饭,和俗人究竟也没有什么大不同;就是肚子里盘算些挣钱固位之法,自然也不能绝无其事。但他的出众之处,是在有时又忽然能够"雅"。倘使揭穿了这谜底,便是所谓"杀风景",也就是俗人,而且带累了雅人,使他雅不下去,"未能免俗"了。若无此辈,何至于此呢?所以错处总归在俗人这方面。

譬如罢,有两位知县在这里,他们自然都是整天的办公事,审案子的,但如果其中之一,能够偶然的去看梅花,那就要算是一位雅官,应该加以恭维,天地之间这才会有雅人,会有韵事。如果你不恭维,还可以;一皱眉,就俗;敢开玩笑,那就把好事情都搅坏了。然而世间也偏有狂夫俗子;记得在一部中国的什么古"幽默"书里,有一首"轻薄子"咏知县老爷公余探梅的七绝——

　　红帽哼兮黑帽呵,风流太守看梅花。

　　梅花低首开言道:小底梅花接老爷。

这真是恶作剧,将韵事闹得一塌胡涂。而且他替梅花所说的话,也不合式,它这时应该一声不响的,一说,就"伤雅",会累得"老爷"不便再雅,只好立刻还俗,赏吃板子,至少是给一种什么罪案的。为什么呢? 就因为你俗,再不能以雅道相处了。

小心谨慎的人,偶然遇见仁人君子或雅人学者时,倘不会帮闲凑趣,就须远远避开,愈远愈妙。假如不然,即不免要碰着和他们口头大不相同的脸孔和手段。晦气的时候,还会弄到卢布学说的老套,大吃其亏。只给你"口里含一枝苏俄香烟,手里夹一本什么斯基的译本",倒还不打紧,——然而险矣。

大家都知道"贤者避世",我以为现在的俗人却要避雅,这也是一种"明哲保身"。

十二月二十六日。

　　原载 1935 年 3 月 20 日《太白》半月刊第 2 卷第 1 期。
　　署名且介。
　　初收 1937 年 7 月上海三闲书屋版《且介亭杂文》。

致 黎烈文

烈文先生：

　　惠函收到。《准风月谈》已回来，昨即换外套一件，仍复送出，但仍挂号，现想已收到矣。此书在分寄外埠后，始在内山发售，未贴广告，而已售去三十余本，则风月谈之为人所乐闻也可知。

　　《译文》比较的少论文，第六期上，请先生译爱伦堡之作一篇，可否？纪得左转，已为文官所闻，所以论纪德或恐不妥，最好是如《论超现实主义》之类。

　　专此布达，即请

冬安。

迅　顿首　十二月二十六夜。

致 萧军、萧红

刘吟先生：

　　廿四日信收到，二十日信也收到的。我没有生病，只因为这几天忙一点，所以没有就写回信。

　　周女士她们所弄的戏剧组，我并不知道底细，但我看是没什么的，不打紧。不过此后所遇的人们多起来，彼此都难以明白真相，说话不如小心些，最好是多听人们说，自己少说话，要说，就多说些闲谈。

　　《准风月谈》尚未公开发卖，也不再公开，但他必要成为禁书。所谓上海的文学家们，也很有些可怕的，他们会因一点小利，要别人的性命。但自然是无聊的，并不可怕的居多，但却讨厌得很，恰如虱子跳蚤一样,常常会暗中咬你几个疙瘩,虽然不算大事,你总得搔一下了。这种人物,还是不和他们认识好。我最讨厌江南才子,扭扭捏捏,没有人气,不像人样,现在虽然大抵改穿洋服了,内容也并不两样。其实上海本地人倒并不坏的,只是各处坏种,多跑到上海来作恶,所以上海便成为下流之地了。

《母亲》久被禁止,这一部是托书坊里的伙计寻来的,不知道他是怎么一个线索。日前做了一篇随笔到文学社去卖钱,七千字,检查官给我删掉了四分之三,只剩一个脑袋,不值钱了。吟太太的小说,我想不至于此,如果删掉几段,那么,就任它删掉几段,第一步是只要印出来。

这几天真有点闷气。检查官吏们公开的说,他们只看内容,不问作者是谁,即不和个人为难的意思。有些出版家知道了这话,以为"公平"真是出现了,就要我用旧名子做文章,推也推不掉。其实他们是阴谋,遇见我的文章,就删削一通,使你不成样子,印出去时,读者不知底细,以为我发了昏了。如果只是些无关痛痒的话,那是通得过的,不过,这有什么意思呢?

今年不再写信了,等着搬后的新地址。

专此布复,即颂

俪安。

豫　上　十二月二十六夜

致 许寿裳

季市兄:

医药费帐已送来。世场兄共七元五角,此款可于便中交紫佩,因弟在托其装修旧书也,并请嘱其倘有余款,不必送往寓中,应暂存其处,为他日续修破书之用。陶小姐为十六元,帐单乞转寄,还款不必急急,因弟并无急需也。

弟前患病,现已复原;妇孺亦安,可抒锦注耳。

匆此布达,即请

文安。

弟飞　顿首　十二月二十六夜

二十七日

日记　雨。上午寄生生公司稿一篇。寄季市信。复阿芷信。得西谛信,即复。午后往来青阁买《贵池二妙集》一部十二本,五元六角。往梁园定菜。下午镰田夫人来并赠海婴玩具三种。得孟十还信,即复。得王冶秋信。

《十竹斋笺谱》牌记

中华民国二十三年十二月,版画丛刊会假通县王孝慈先生藏本翻印。编者鲁迅,西谛;画者王荣麟;雕者左万川;印者崔毓生,岳海亭;经理其事者,北平荣宝斋也。纸墨良好,镌印精工,近时少见,明鉴者知之矣。

原载1934年12月版画丛刊会版《十竹斋笺谱》第1卷扉页。

初未收集。

致 郑振铎

西谛先生：

廿四信顷收到。《博古页子》能全用黄罗纹纸，好极，因毛边脆弱，总令人耿耿于心也。但北平工价之廉，真出人意外。

《十竹笺谱》牌子等，另拟一纸呈上，乞酌夺。生活的广告，未见。《北平笺谱》在店头只内山有五六部，已涨价为廿五元，昨见生活代人以二十元买去，吾国多疑之君子，早不豫约，可叹。鉴于前车，以后豫约或可较为踊跃欤？

牌子

民国二十三年（或一九三四年）十二月鲁迅西谛假通县王孝慈先生藏本翻印画工○○○刻工○○○印工○○○经理其事者为北平荣宝斋

封面

十竹斋笺谱

明海阳 胡曰从编

鲁迅、西谛编：版画丛刊

第一种

顷见明遗民《茗斋集》（彭孙贻），也提起老莲《水浒图》，然则此书在清初颇通行，今竟无一本，不知何也。

匆复，即请

著安。

迅　顿首　十二月廿七日

致 孟十还

十还先生：

惠函收到。《译文》稿费，每月有一定，而每期页数，有多有少，所以虽然案页计算，而每月不同（页数少的时候稿费较多，多则反是），并且生出小数，弄得零零碎碎了。

《五月夜》昨天曾面询黄先生，他还不能决定，因为须看别人来稿，长短如何。但我看未必这次来稿，恰巧都是短的居多，而《译文》目录，至少总得有十种左右，所以十之九是要分成两期的。

专复，并颂

时绥。

迅　上　十二月廿七夜。

二十八日

日记　雨。上午复王冶秋信。午后得『版芸術』一本，五角。下午得钦文信。得李天元信。得靖华信，即复。得张慧信，即复。得王志之信，夜复。

致 曹靖华

汝珍兄：

二十五日信今天收到。我们都好的。我已经几乎复元，写几千字，也并不觉得劳倦；不过太忙一点，要作点杂文帮帮朋友的忙，但检查时常被删掉；近几月又要帮《译文》；而且每天至少得写四五封信，真是连看书的工夫也没有了。

《译文》开初的三期,全由我们三个人(我,雁,黎)包办的,译时也颇用心,一星期前才和书店议定稿费,每页约一元二角,但一有稿费,投稿就多起来,不登即被骂为不公;要登,则须各取原文校对,好的尚可,不好,则校对工夫白化,我们几个人全变了校对人,自己倒不能译东西了。这种情形,是难以持久的,所以总得改变办法,可惜现在还想不出好法子。

兄投给《文学》的稿子,是在的,上司对《文学》似乎特别凶,所以他们踌躇着。这回《译文》上想要用一篇试试看。至于书,兄尽可编起来,将来我到良友这些地方去问问看。至于说内容稳当,那在中国是不能说这道理的,他们并不管内容怎么样。数年前,我曾将一部稿子卖给书店,印后不久,即不能发卖。这回送去审查,删去了四分之三,通过了。但那审定了的一本,到杭州去卖,又都给拿走了,书店向他们说明已经中央审定,他们的答话是:这是浙江特别禁止的。

木刻第一集全卖完了,又去印再版二百部,尚未印成。二集尚未计画,因为所得只有三个人的作品,而冈氏的又系短篇小说插画,零零碎碎,所以想再迟一下。

日前又寄上《文学报》一束,《译文》(四)及我的小书各一册,不知收到否?兄只要看我的后记,便知道上海文坛情形,多么讨厌,虽然不过是些蚤虱之流,但给叮了总得搔搔,这就够费工夫了。

专此奉复,即请

冬安。

弟豫　启上　十二月二十八日

致 张 慧

张慧先生:

顷收到十八日信并木刻三幅,甚感谢;上月廿八日的信,也收到的。先生知道我并非美术批评家,所以要我一一指出好坏来,我实在没有这本领。闻广州新近有一个木刻家团体,大家互相切磋,先生何不和他们研究研究呢?

就大体而论,中国的木刻家,大抵有二个共通的缺点:一,人物总刻不好,常常错;二,是避重就轻,如先生所作的《船夫》,我就见了类似的作法好几张,因为只见人,不见船,构图比较的容易,而单刻一点屋顶,屋脊,其实是也有这倾向的。先生先前的作品上,还有颓废色采,和所作的诗一致,但这回却没有。 此复,即颂

时绥。

迅 上 十二月二十八日

致 王志之

思远兄:

日前刚上一函,想已到。顷又得二十四信,具悉一切。小说放在一家书店里,但销去不多,大约上海读者,还是看名字的,作者姓名陌生,他们即不大卖[买]了。兄离上海远,大约不知道此地书店情形,他们都有壁垒,开明苛酷,我一向不与往来,北新则一榻胡涂,我给他们信,他们早已连回信也不给了,我又蛰居,无可如何。介绍稿子,亦复如此,一样的是渺无消息,莫名其妙,我夹在中间,真是吃苦不少,自去年以来,均已陆续闹开,所以在这一方面,我是一筹莫展的。

《译文》我担任投稿每期数千字,但别人的稿子,我希望直接寄去,因为我既事烦,照顾不转,而编辑好像不大愿意间接绍介,所以我所绍介者,一向是碰钉子居多。和龚君通信,我希望从缓,我并无株连门生之心,但一通信而为老师所知,我即有从中作祟之嫌疑,而

且又大有人会因此兴风作浪，非常麻烦。为耳根清静计，我一向是极谨慎的。

此复，即颂

时绥。

豫　上　十二月廿八日

二十九日

日记　昙。上午得杨霁云信，即复。得增田君信并稿一，即复。得李桦信并《现代版画》第一集一本。晚蕴如携蕖官来。夜三弟来并赠案头日历一个，又为取得《春秋正义》一部十二本。略饮即醉卧。

《题三义塔》题记

三义塔者，中国上海闸北三义里遗鸠埋骨之塔也，在日本，农人共建之。

未另发表。

初收 1935 年 5 月上海群众图书公司版《集外集》。

致 杨霁云

霁云先生：

顷得惠函，知先生尚未回乡。致秉中函可以不必要，因此种信札,他处恐尚有公开者,实则我作札甚多,或直言,或应酬,并不一律,登不胜登,现在不如姑且都不收入耳。诗是一九三一年作可以收入,但题目应作《送 O. E. 君携兰归国》;又"独记"应改"独托",排印误也。日前又寻得序文一篇,今录呈;又旧诗一首,是一九三三年作,亦可存。此复,即请

旅安。

迅　顿首　十二月二十九日

　　题三义塔
　　　三义塔者,中国上海闸北三义里遗鸠埋骨
　　　之塔也,在日本,农人共建之。
奔霆飞熛歼人子,败井颓垣剩饿鸠。偶值大心离火宅,终遗高塔念瀛洲。精禽梦觉仍衔石,斗士诚坚共抗流。度尽劫波兄弟在,相逢一笑泯恩仇。

致 增田涉

　十二月二十日御手紙落掌。呉君に寄する手紙には意味の解りにくい処があります。少しく直しました、それで意味は通ずるだらうが併し不相変日本的もの。実に言へば支那の白話文は今までも未だ一定の形を持って居ない、外国人に書かせば非常に困難な事です。

　『十竹齋箋譜』第一册はこれから印刷し始め来年一二月中に出来るだらうと思ひます。出来れば早速送上。今に見本一枚呈覧。実物の紙はもう少し大く見本より見栄えがよいはづです。

　上海は尚ほあたゝかい。私は時々雑誌などに書きますが検査官

に消されて滅茶滅茶。支那には日本と違って検査してから印刷に付すのです。来年からはこの検査官らと一戦しようかと思って居ます。

洛文　上　十二月二十九日

増田学兄足下

三十日

日记　星期。雨。下午收北新书店版税百五十。得刘岘信并《未名木刻集》二本。得金肇野信。得生活书店信，即复。得夏征农信，即复。买《烟草》一本，二元五角。李长之寄赠《夜宴》一本。晚属梁园豫菜馆来寓治馔，邀内山君及其夫人，镰田君及其夫人并孩子，村井君，中村君夜饭，广平及海婴同食，合席共十二人。夜风。

促狭鬼莱哥羌台奇

［西班牙］巴罗哈

　　在别达沙河流域一带，无论是矿师，是打野鸽子的猎户，是捉海鱼的渔夫，能够像巴萨斯·亦·伊仑的厄乞科巴公司经手人莱哥羌台奇那样，熟识人们的，恐怕是一个也没有了。

　　客栈的老板，店铺的主人，给私贩巡风的马枪手，测量师，矿山的打洞工人，都认识莱哥羌台奇的。谁都和他打招呼，亲昵的"莱哥，莱哥"的叫他。看见他坐在搭客马车里经过的时候，谁都要和他讲句什么话。

　　莱哥羌台奇是一个高身材，显着正经脸相的人，长鼻子，眼睛里总带着一点和气，头上戴的是一顶很小的无边帽，颈子上系着红领带。

他如果系起黑的领带来，就会被人错认作穿了俗人衣服的牧师。当作牧师，是损伤他的自尊心的。那缘由，就因为莱哥自以为是一个还在罗拔士比之上的共和主义者。

自从莱哥羌台奇在培拉镇上驰名以来，已经好几年了。当他初在这地方出现的时候，可很给大家传颂了一通。

到的那天，一落客栈，立刻想到的，是从自己屋里的窗口抛出黑线去，和客栈大门上的敲门锤子连起来。一到半夜，他就拉着麻线，使敲门锤子咚，咚，咚，高声的在门上敲打了三下。

老板是有了年纪的卡斯契利亚县人，原是马枪手，起来看时，一个人也不见，只好自己唠叨着，又去睡去了。

过了一刻钟。算着这时候的莱哥羌台奇，便又咚，咚，咚的给了三下子。

大门又开开了。马枪手出身的老板看见这回又没有人，便生起气来，跳到街上，向着东南西北，对于他所猜想的恶作剧者们和他们的母亲，给了一顿极毒的恶骂。

莱哥羌台奇这时就屑屑的笑着。

到第三回，马枪手的老家伙也觉得这是一种什么圈套，不再去开门了。莱哥羌台奇也将麻线抛到路上去，不再开玩笑。

第二天的晚上，莱哥要很早的就睡觉，因为不到天亮，就得趁汽车动身的。

刚要睡觉的时候，他却看见了放在角落里的一大堆喀梭林的空箱。他一面想念着这空箱，睡下了。三点钟起来，理好了皮包。这时忽然记得了空箱，便去搬过来，都迭在买卖上的冤家对头，红头发，鼻子低到若有若无的，经手包揽定货的汉子的房外面。接着是取了冷水壶，从买卖对头睡着的房门下，灌进去许多水。这一完，就"失火了呀！失火了呀！"的叫起来。自己是提着皮包，跳出街上，坐在汽车里面了。

那红头发的经手人一听到这叫声,吓得连忙坐起,跳下眠床来。赤脚踏着稀湿的地板,满心相信这就是救火的水。点起灯来。去推开门。那空箱就砰砰蓬蓬的倒下来了。

那人吓得几乎要死。待到明白了这都是莱哥羌台奇的恶作剧时,他说:

"可恶,这不是好对经手人来开的玩笑呀。"

这塌鼻子的可怜人,竟以为经手人是不会有人来开玩笑的高尚而神圣的人物的。

既然有着这样的来历,莱哥羌台奇在培拉镇上博得很大的名声,正也是当然的事。

我是在一个礼拜日,在邮票批发处里和他认识的。这地方聚集着许多乡下人。莱哥在等着邮件。忽然间,他显着照例的正正经经的脸相,用跋司珂语对老人们开谈了:

"你们也到什么牧师那里去做弥撒的,真是傻瓜。"

"为什么?"一个乡下人回问说,"他们不是也不比别处的牧师坏吗?"

"是滑头呀,那里是牧师! 他们都是洗了手的马枪手呵。"

于是又接着说道:

"政府竟会把这样的资格给马枪手们的,真不知道是什么理由。"

发过这政治上的叫喊之后,莱哥便走出邮票批发所,到街上向上面走去了。

过了两三个月,莱哥羌台奇又和五六个伊仑人到镇上来看赛会了。开初是很老实,稳重的,但到晚快边,就又掩饰不住,露出了本性。他撑着伞子,走出俱乐部的露台来,还说了些前言不搭后语,叫人莫名其妙的讲演。

在亚贝斯谛义轩夜饭的时候,他不知怎么一来,竟说出有些人们,只要将酒杯放在嘴边,耳朵便会听不见的说头来。

这实验乱七八遭的闹了一通。到夜里四点钟,莱哥和他的一伙都醉得烂熟,唱着《马赛曲》,回到伊仑去了。

战争开了头的有一天,我们发见了名人莱哥羌台奇在本泰斯·兑·扬希吃夜饭。他等候着汽车。他有着一大群民众,都是在近地的水力发电局做事的包工头和小工头。

莱哥的举动很得意。战争给了他许多空想上的很好的动机。马上谈起来的,是法国人和德国人的发明。

他正在对了民众,说明着目下在达尔普制造的,敌人站着就死的刁班火药的成分,说明着在蒲科制造的奇特的器械的种类。

但他说,这些东西,比起德国人正在发明出来的东西来,可简直算不得什么。例如能在空中走动的大炮,令人气绝的火药,有毒的箭之类……现今正在动工的,是云里面的战壕。

"云里面的战壕?"一个小工头说,"不会有这么一回事的。"

"不会有吗?"莱哥羌台奇用了看他不起的调子,说,"好罢,那么,去问问望·克陆克去,立刻知道。云里面连一点什么战壕也做不起,怎么成! 和在地面上做战壕是一样的,不,也许还要做得好些呢。"

"这那里站脚呢,我可是总归想不通。"

"唔,你是想不通的。望·克陆克可是在一直从前,早就知道了。一个土耳其人……不,也许是亚述利亚人罢? 那里人倒不知道……但就是他教了望·克陆克的。"

这里叫他"卡泰派斯"的小工头,插嘴说,德国人是为了饥饿,恐怕总不免要降服的了。然而莱哥羌台奇不当它话听,说道不的,差得远呢。德国人已经在用木头做出肉来,从麦秆做出面包来了,为了非做不可的时候,就做面包起见,正在征集着戴旧的草帽。

人们听了这样的奇闻,都有些幻想起来了。永不能停在谈天的一点上的莱哥羌台奇,这时却突然大叫道:

"吓人的还是这回法国人弄来打仗的那些动物呀。"

"我们可是一点也不知道,怎样的动物呢?"

"什么都有。哈马也有好几匹。"

"是河马罢?"我说。

"不,不。是哈马,谁都这么叫,连管理它的谟希玛尔檀也这么叫的。另外还有些会唱歌的人鱼,很大的吸血蝙蝠。"

"但是,吸血蝙蝠不是小的吗?"一个到过美洲的人突然说。

"小的? 那里,那里,怎么会小呢。你去看一看来罢。连长到五密达的家伙也有呢。"

"展开翅子来,怕就像一只飞艇罢。""卡泰派斯"大声的说道。

"我可是从没有见过他们展开翅子来,"莱哥回答他说。接着又添上话去道,"翅子是用浸了石炭酸的棉纱包了起来的。"

"为什么呢?"

"听说是因为一受这里的湿气,薄皮上就要生一种冻疮的。"

"还是在给血吸,养着它们么?"我笑着问。

"先前,在它出产的地方,是这么办的,"莱哥回答说。"为了给它们血吸,每一匹就给它两三打小孩子。但是,现在呢,却只用些用赤铅染红的汁水和一点点重炭酸苏打骗骗它们了。"

"这真是,意想不到的汤水呵!"一个生于里阿哈的汉子喃喃的说。

"但是,那吸血蝙蝠究竟从什么地方来的呢?"我问。

"从加耳加搭来的。谟希玛尔檀和那满脸白胡子,戴着银丝边眼镜的印度人一同带了它们来的。"

"另外可还有什么动物吗?"

"有。还有生着亚铅鳞甲的海蛇。"

"这又是什么用的呢?"

"在海里送信呀。"莱哥回答说。"这海蛇在海里有用,和传信鸽子在空中的有用是一样的。如果有了钱,我也想到谟希玛尔檀那里去买一条。这东西就像狗一般的驯良……阿呀，汽车来了。诸位，再见再见。一定去看看吸血蝙蝠和海蛇呀，只要找谟希玛尔檀就是。"

一面说着，莱哥羌台奇显着照例的老实正经的脸相，走掉了。

两三个月之后，我在伊仑看见了莱哥。他邀我到他家里去吃饭。我答应了。这是因为我有着一种好奇心，要知道这永是骗人的人，对于他家眷究竟取着怎样的态度。

莱哥羌台奇给我绍介了他的母亲，女人和孩子们。于是我们围着食桌坐下了。桌布铺上了。一个使女，说是生于那巴拉县的拉司·信珂·皮略斯的，端来了一大碗汤，放在桌子上。并且一面看着主人的脸，一面用跋司珂语悄悄的说道：

"老爷，总有点不好意思……"

"有什么不好意思，快点说罢。"

使女揭开了盛汤的碗的盖子，于是说道：

"今天是共和历十一月十七日。自由，平等，友爱，共和国万岁！"

莱哥羌台奇装了一个这样就是了的手势。他的女人却用食巾掩着嘴，哈哈大笑了起来。

"唉唉，傻也得有个样子的！莱哥！你真是太会疯疯颠颠了！"她大声说。

"这些女人，不懂得正经事。"莱哥羌台奇也大声说。"我是要把使女的教育弄完全呀，我是在教她共和历呀。但是，你看，连自己家里人也一点都不感谢。"

而这促狭鬼莱哥羌台奇，是连在说着这话的时候，也还是显着照例的正经老实的脸相的。

比阿·巴罗哈（Pío Baroja y Nessi）以一八七二年十二月生

于西班牙之圣舍跋斯丁市，和法国境相近。他是医生，但也是作家，与伊本涅支（Vincent Ibáñez）齐名。作品已有四十种，大半是小说，且多长篇，称为杰作者，大抵属于这一类。他那连续发表的《一个活动家的记录》，早就印行到第十三编。

这里的一篇是从日本笠井镇夫选译的短篇集《跋司珂牧歌调》里重译出来的。跋司珂（Vasco）者，是古来就位在西班牙和法兰西之间的比莱纳（Pyrenees）山脉两侧的大家看作"世界之谜"的民族，如作者所说，那性质是"正经，沉默，不愿说诳"，然而一面也爱说废话，傲慢，装阔，讨厌，善于空想和做梦；巴罗哈自己就禀有这民族的血液的。

莱哥羌台奇正是后一种性质的代表。看完了这一篇，好像不过是巧妙的滑稽。但一想到在法国治下的荒僻的市镇里，这样的脚色就是名人，这样的事情就是生活，便可以立刻感到作者的悲凉的心绪。还记得中日战争（一八九四年）时，我在乡间也常见游手好闲的名人，每晚从茶店里回来，对着女人孩子们大讲些什么刘大将军（刘永福）摆"夜壶阵"的怪话，大家都听得眉飞色舞，真该和跋司珂的人们同声一叹。但我们的讲演者虽然也许添些枝叶，却好像并非自己随口乱谈，他不过将茶店里面贩来的新闻，演义了一下，这是还胜于莱哥先生的促狭的。

一九三四年十二月三十夜，译完并记。

原载 1935 年 4 月 15 日《新小说》月刊第 1 卷第 3 期。

初收所编《山民牧唱》，列入上海联华书局"文艺连丛"之一，未出版。

三十一日

日记　昙，风。上午得烈文信。得杨霁云信。午后寄良友公司译稿一篇。蕴如来并赠历日三个。下午广平为往商务印书馆取得《晋书》，《魏书》，《北齐书》，《周书》各一部共九十六本。寄刘炜明信并寄书二本。寄靖华及真吾书报各一包。晚译《少年别》一篇讫，三千余字，拟投《译文》。得黄新波信，即复。夜蕴如及三弟来谈。

少 年 别

〔西班牙〕巴罗哈

人　物

拉蒙（三十岁）

德里妮（二十五岁）

堂佶（五十岁）

看《厄拉特报》的老绅士

穿外套的绅士

发议论的青年们

堂佶　（对着看报的绅士）昨天晚上，大家都散得很晚了。后来是堂·弗里渥来了，对啦，等到散完，这么那么的恐怕已经有两点钟了。

看报的绅士　两点钟了？

堂佶　对啦，这么那么的已经是两点钟了。

　　（美术青年们里）

美术青年甲　只有蔼勒·格垒珂，培拉司开斯，戈雅……他们①才可

---

① El Greco（1614 年死），Velazquez（1599—1660），Francisco Goya（1746—1828）三个都是西班牙的大画家。——译者。

以称作画伯。

美术青年乙　还有班特哈·兑·拉·克路斯和山契斯·珂蔼聊……①

美术青年丙　叫我说起来，是谛卡诺②一出，别的画匠就都完了……

拉蒙　（坐在和看报的绅士相近的桌子旁，喝一杯咖啡。是一个留着颚髭的瘦子，戴梭孚德帽，用手帕包着头。）一定不来的！又吃一回脱空。倒是她自己来约了我。（望着大门）不，不是的，不是她。要是终于不来的话，可真叫人心酸呢。（门开了）不，又不是的，不是她。恐怕是一定不来的罢。

外套的绅士（走进这咖啡馆来，到了拉蒙坐着的处所。）这真是难得，不是长久没到这里来了么？

拉蒙　是的，长久不来了。您怎样呢？

外套的绅士　我是到楼上来打一下子牌的。打了就早点回家去。您后来怎么样？

拉蒙　全没有什么怎么样，活着罢了。

外套的绅士　在等人么？

拉蒙　唔唔，等一个朋友。

外套的绅士　哦，原来，那么，还是不要搅扰你罢。再见再见。

拉蒙　再见。（独白）还是不像会来的。（看表）十点一刻。（门又开了）哦哦，来了。

　　　　（德里妮打扮得非常漂亮的走进来。穿着罩袍，戴着头巾。看《厄拉特报》的绅士目不转睛的对她看。）

德里妮　阿呀，等久了罢！

---

① Alonso Sanchez Coello(1515? —1596)，西班牙肖像画的先驱者；Juan Pantoja de la Cruz(1551—1609)是他的学生。——译者。

② Tiziano Vecellio(1477—1576)，意大利的画家，英国人写作 Titian。——译者。

拉蒙　唔唔,德里妮! 先坐下罢。总算到底光降了。

德里妮　可是,不能来得更早了。(坐下)当兵的兄弟来会我……

拉蒙　什么,兄弟来了? 这金字招牌的油头光棍,现在怎么样?

德里妮　油头光棍? 那倒是你呵……无家无舍的侯爷。

拉蒙　来逼钱的罢,不会错的。

堂倌　晚安。

德里妮　安多尼,给我咖啡罢。(向着拉蒙)不会错又怎么样? 来要
　　几个钱,有什么要紧呢? 简直好像是到你家去偷了似的。

拉蒙　到不到我这里来,都一样的,就是有钱,我一文也不给。

德里妮　因为小气!

拉蒙　因为你的兄弟脾气坏。给这样的家伙,也会拿出钱来的你,
　　这才是很大的傻瓜哩。

德里妮　多管闲事。这使你为难么?

拉蒙　和我倒不相干的……钱是你的。你又做着体面的生意在
　　赚着。

德里妮　阿呀,好毒! 你的嘴是毒的。这样一种笑法……好罢,不
　　要紧。还要笑么? 真讨厌。

拉蒙　(还笑)因为你的脸相有趣呀。

德里妮　我可并不有趣,也没有什么好笑。(愤然)问你还要笑
　　不是!

拉蒙　会像先前一样,大家要好的时候一样的吵嘴,倒也发笑的。

德里妮　真的是。

堂倌　(提着咖啡壶走来)咖啡?

德里妮　是的。唔唔,够了。加一点牛奶。好。(拿方糖藏在衣袋
　　里)拿这方糖给小外甥,给拉·伊奈斯的孩子去……那可真教人
　　爱呢。(喝咖啡)拉·贝忒拉不要你了罢? 对不对?

拉蒙　没有法子。她现在拉着一个摩登少年了……第一著是活下

去呀。

德里妮　但是,你真的想她么?

拉蒙　好像是想了的,好像真的是迷了的,两三天里……一礼拜里……至多七八天里是。

德里妮　呵,说是你……真的想了什么拉·贝忒拉,好不滑稽。

拉蒙　滑稽?为什么?另外也不见得有什么希奇呀。

德里妮　有的很呢。总而言之,无论是她,是她的男人,是你,叫作"羞"的东西,是一点也没有的。

拉蒙　谢谢你!

德里妮　真的的。那一家子里,真也会尽凑集起些不要脸的东西来……

拉蒙　只要再加一个你,那就没有缺点了。

德里妮　谁高兴!我是,虽然……

拉蒙　虽然,怎么样呢?

德里妮　我么,虽然……干着这样的事情,即使碰着那婆子一样的不幸,但如果结了婚,瞒着丈夫的眼睛的事可是不做的,无论你似的光棍来说也好,比你出色的男人来逼也好。

拉蒙　那么,为什么不结婚的?

德里妮　为什么不么?就是告诉了你,也没用。

拉蒙　那是没用的。但你却唠唠叨叨……只要看拉·伊奈斯姊姊结了婚,就知道你也不见得做不到……

德里妮　那也是的。可是拉·伊奈斯姊姊结婚的时候,父亲还在工厂里做事,家里有钱呀。他不久生了病,可就不行……连水也不大有得喝了。拉·密拉革罗斯和我虽然去做了模特儿,可是因为你们这些画家再不要脸也没有的……

拉蒙　约婚的人竟一个也没有么?

德里妮　这些话还是不谈罢……她虽然是生我的母亲,可是一想起对我的没有血也没有泪的手段来,我有时真觉得要扭断她的脖子。

  （看《厄拉特报》的绅士吃了一惊，转过脸来。）

拉蒙 我问问，倒并没有什么坏心思，你也还是看破点罢，像我似
  的……想着这样的事，脸孔会像恶鬼呢。

德里妮 像也不要紧。于着这样的事，活着倒还是死掉的好。（用
  手按着前额。）

拉蒙 不要想来想去了……喂，看破点罢。去散步一下，怎么样？
  很好的夜呢。

德里妮 不，不成。拉·密拉革罗斯就要来接我了。

拉蒙 那么，没有法子。

德里妮 不再讲我的事吧。哦哦，你在找寻的事情，怎么样呢。

拉蒙 有什么怎么样呢。

德里妮 那么，这里住不下去了？

拉蒙 唔，差不多。没有法子。只好回家种地去。

德里妮 真可怜，你原是能够成为大画家的人。

拉蒙 （浮出伤心的微笑来）胡说白道！懂也不懂得。

德里妮 懂得的呀。和你同住的时候，谁都这么说呢。拉蒙是艺术
  家，拉蒙是会大成的。

拉蒙 但现在却是这模样，全都是些不成气候的东西。

德里妮 哦，那一张画怎么了？……我装着微笑，将手放在胸前的。

拉蒙 烧掉了……那画，是我能画的最大的杰作……能够比得上这
  画的，另外是一幅也没有画出来……。这原是要工夫……要安静
  的……。但你知道，没有工夫，没有安静，也没有钱。也有人说，
  就随它没有画完，这么的卖掉吧。我对他说，不成！谁卖！放屁！
  烧掉它！……就点了火。如果是撕掉，那可是到底受不住的。从
  此以后，就连拿笔的意思也没有了。

  （凝视着地板）

德里妮 看吧，这回是你在想来想去了。

拉蒙　不错,真的,我忘却了看破了。唉唉,讨厌的人生!(从背心
　　的袋子里,拿出两三张卷烟草的肮脏的纸来,摊开一张,又从遍
　　身的袋子里,掏出烟末来,总算凑成了够卷一枝的分量。)

德里妮　唉唉,你为什么这样讨人的厌?

拉蒙　讨人厌? 什么事?

德里妮　连烟末都吸完了,却还以为借一个赍尔①,买盒烟,是失了
　　体面的事。

拉蒙　并不是的,烟还有着呢。

德里妮　撒谎!

拉蒙　我不过看得可惜罢了。

德里妮　装硬好汉也没有用! 你是会可惜东西的人么? 可怜的人。
　　该遭殃的!

拉蒙　我虽然没有烟,却有钱。

德里妮　即使有,恐怕付过咖啡帐也就精光了。

拉蒙　不不,还有的。

德里妮　有什么呢! 喂,来一下,安多尼! 拿雪茄来。要好的。
　　　　(抛一个大拉②在桌子上。)

拉蒙　不要胡闹,德里妮,这钱,收着吧。

德里妮　不行的,不是么? 你有钱的时候,不也请过我么?

拉蒙　不过……

德里妮　随我就是。

堂倌　(拿着一盒雪茄)怎么了? 已经讲了和了么?

拉蒙　你瞧就是……可是,怎么了? 近来没有弹奏的了么?

堂倌　(望着里面)有的,就要开手了。这烟是不坏的,堂·拉蒙。

拉蒙　那一枝?

---

　　①　西班牙币。——译者。
　　②　也是西班牙币。——译者。

堂倌　就是我拿出来的这一枝。

拉蒙　多谢,安多尼!这雪茄是德里妮买给我的。你拿咖啡钱去……

德里妮　不成,都让我来付。

拉蒙　这末后一次,让我来请罢。穷固然是穷的,但让我暂时不觉得这样罢。

德里妮　那么,你付就是了。

　　　　(堂倌擦着火柴,给拉蒙点火。咖啡馆的大钢琴和提琴开始奏起《喀伐里亚·路思谛卡那》的交响乐来。拉蒙和德里妮默默的听。只剩着美术青年们的议论声和以这为烦的别的座客的"嘘嘘"声。)

拉蒙　一听这音乐,我就清清楚楚的记起那时的事,难受得很了!你还记得那画室么?

德里妮　是的,很冷的屋子。

拉蒙　是北极呀,但是无论怎么冷,却悠然自得得很。

德里妮　那倒是的。

拉蒙　还记得我们俩的打赌罢,我抱起你,说要走到梯子的头顶,你却道走不到。

德里妮　哦哦,记得的。

拉蒙　可是我赢了!但常到这家里来的新闻记者却以为是谁的模仿。我们肯模仿的么!我们的生活,不都是蛮野的独创么!

德里妮　你倒真是的。什么时候总有点疯疯颠颠……对啦,那是独创罢。

拉蒙　就是你,也这样的。你还记得初到那里来住的晚上么?你说我的眼睛就像老雕似的发闪……

德里妮　唔唔,那也真是的。

拉蒙　其实,是因为爱你呀。

德里妮　那可难说。

拉蒙　真的,但你却好像没有觉得。

德里妮　也还记得白天跑到芒克罗亚去么?

拉蒙　唉,是的,是的,……不知道为什么去的? 现在的白天,可没
　　有那样的事了。快到拉·弗罗理达的时候,有一个大水洼,记得
　　么? 你怕弄脏了磁漆的鞋子,不敢就走过去,我抱起了你,看见的
　　破落户汉子们就嚷起来了。但我还是抱着你走,你也笑笑的看着
　　我……

德里妮　那是因为觉得你叫人喜欢呀。

拉蒙　也许有一点罢。不过和我的意思还差得远呢……还有,也记
　　得那诗人生了病,躺到我们家里来的时候么?

德里妮　记得的。

拉蒙　来的那时的样子,现在也还在眼面前。外面下着大雪,我们
　　俩围着炉子,正和邻近的太太们谈些闲天。可怜,他真抖到利害!
　　牙齿格格的响着,那时他说的话,我也还记得的。"到过咖啡馆去
　　了,谁也不在。如果不碍事,给在这里停一下罢。"你还邀他吃饭。
　　又因为他说久没有睡过眠床了,你就请他在我们的床上睡。你自
　　己呢,就睡在躺椅上。我坐着,吸着烟,一直到天明,看见你的睡
　　相,心里想,这是好心的女人,很好的女人。因为是这倖的,所以
　　后来虽然有时吵了架……

德里妮　不过是有时么?

拉蒙　倒也不是常常的。所以虽然吵了架,我心里却想,她那里,那
　　是有着这样的各种缺点的。但是,心却是很好的女人……

德里妮　(伸出手来,要求握手,)就是你,在我也是一个好人。

拉蒙　(将她的手夹在自己的两手掌的中间)不,不,我倒并不是。

德里妮　你知道那可怜的人,那诗人,后来怎么样了么?

拉蒙　死在慈善病院里了。

德里妮　诗真的做得好么,那人?

拉蒙　不知道怎么样……我是没有看过他的东西的。但我想,被称

为天才的人物，却像不成器的人们的最后一样，死在慈善病院里，谁也不管，那可是不正当的。

德里妮　生在凯泰路尼亚的，留着长头发的那雕刻家，怎么样了呢？

拉蒙　确是改了行业了。变了铸型师了。现在呢，吃倒不愁。就是降低了品格，提高了生活。

德里妮　还有，那人呢？那个唱着歌，装出有趣的姿势，瘦瘦的，大胡子的法国人，怎么样了呢？

拉蒙　那个在路上大声背诵着保罗·惠尔伦的诗的那人么？那恐怕是死掉了的。是在巴黎给街头汽车轧死的。

德里妮　还有那无政府主义者呢？

拉蒙　那家伙，当了警察了。

德里妮　还有那人，哪，留着八字胡子的那人呢？

拉蒙　唔唔，不错！那才是一个怪人呢！他和一个朋友吵嘴，我也还记得的。那时他们俩都穷得要命，穿着破烂的衣服，可是为了如果穿上燕尾服，去赴时髦的夜会，谁最像样的问题，终于彼此恶骂起来了。八字胡子后来得了好地位，但那时的裤子这才惊人呢。那裤子是我不知道洋服店里叫作什么名称的，总之是不过刚刚可以伸进脚去的，并不相连的两条裤腿子。又用绳将这裤腿子挂在皮带上，外面还得穿上破外套，来遮掩这复杂的情形。并且将一枝手杖当作宝贝，但那尖端的铁已经落掉，而且磨得很短了，要达到地面，就必得弯了腰，并且竭力的伸长了臂膊。这种模样，是决不能说是时髦人物的趣味的，但有一回，我和他在凯斯台理耶那大路上走的时候，他却指着坐在阔马车里跑过的女人们，说道，"这些女流之辈，以不可解的轻蔑的眼睛在看着我们"哩。

德里妮　不可解的轻蔑！唉唉，出色得很！

拉蒙　真可怜，这家伙实在是自命不凡的。

德里妮　那人也死了？

拉蒙　唔，死了。在这里聚会过的一些人，几乎都死掉了。成功的一个也没有。替代我们的是富于幻想的另外的青年,也像我们先前一样,梦着,讲着恋爱,艺术,无政府。什么都像先前一样,只有我们却完全改变了。

德里妮　不不,什么都像先前一样,是不能说的。你可曾走过我们的老家前面看了没有呢?

拉蒙　怎么会不走过!那房子是拆掉了。我知道得清清楚楚。近几时还去望了一下旧址,只有一个吓人的大洞。不下于我心里的洞的大洞。不是夸张,我可实在是哭了的。

德里妮　走过那地方,我也常常是哭了的。

拉蒙　凡是和自己的回忆有关系的,人们总希望它永久。但是,这人生,却并没有那么重要的意义的。

　　　　(有人在外面敲,接着就在窗玻璃外露出一个人的脸)

　　德里妮　阿呀,拉·密拉革罗斯和那人同来接我了。

拉蒙　什么,你,要走么?

德里妮　唔唔,是的。

拉蒙　你和我就这样的走散,真是万料不到的。但你还可以住在这地方,住在这玛德里,到底比我好。我的事情,大约也就立刻忘记的罢。

德里妮　你忘记我倒还要快哩。你的前面有生活。回家去就要结婚的罢……太太……孩子……都可以有的。反过来……像我似的女人,前面有什么呀?不是进慈善病院……就是从洞桥上投河……

　　　　(站了起来)

拉蒙　(按住她的手)不行,德里妮,不行。我不能这样的放你走。你是我的。即使社会和阔人们说我们是姘头,是什么,也不要紧,即使轻蔑我们,也不要紧……我也像你一样,是一个小百姓……父亲是农夫……田地里的可怜的劳动者……由我看来,你是我的妻子。所以我不能就这样的放你走,我不放的!

德里妮　但是,有什么办法呢?你这可怜的人。钱是没有的。和我结婚么?这是我这面就要拒绝的。我虽然并不是守了应守的事情的女人,但良心和羞耻……却并不下于别的女人们,是有的呢……况且无论你,无论谁,要我再拿出失掉了的东西来,都可做不到。

　　　　　(又有人敲玻璃窗。德里妮要求着握手)那么,你……

拉蒙　那么,从此就连你的消息也听不到了?

德里妮　就是听到,不是也没有用么?

拉蒙　你对我,是冷酷的。

德里妮　我对自己可是还要冷酷哩。

　　　　　(默默的望着地面。进来一个穿外套,戴宽大帽子的破落户,走近桌子去。)

破落户　(举手触着帽子的前缘)晚安!

拉蒙　晚安!

破落户　(向德里妮)你同去么,怎么了呀?那边是已经等着了的。

德里妮　这就是。那么,再见!(向拉蒙伸出手去)

拉蒙　再见!

　　　　　(德里妮和破落户一同走近门口。在那里有些踌蹰似的,回顾了一下。看见垂头丧气的拉蒙,轻轻的叹一口气,于是出来了。拉蒙站了起来,决计要跟她走。)

看报的绅士　(拉住拉蒙的外套)但是,您想要怎么样呀?就是那女人罢,如果她不想走,可以不走的。

拉蒙　唉唉,真的,您的话一点也不错。(仍复坐下。堂倌走过来收拾了用过的杯盘,用桌布擦着大理石桌子。)

堂倌　不要伤心了罢,堂·拉蒙。一个女人跑掉了,别的会来的。

拉蒙　现在走掉的却不是女人哩,安多尼。……是青春呀,青春……这是不再回来的。

堂倌　那也是的。不过也没有法子。人生就是这样的东西呀。想通些就是了……因为是什么也都要过去的，而且实在也快得很。真的呢。

看报的绅士　（点着头）那是真的。

堂倌　阿呀，怎么样？回去么？

拉蒙　是的，我要去乱七八遭的走一通……乱七八遭的。（站了起来，除下帽子，对那看《厄拉特报》的绅士招呼，）再见。

看报的绅士　（温和地）呀，再见！

（拉蒙经过店堂，走出街上。）

美术青年之一　唉唉，蔼勒·格垒珂！……他才是真画家……

别的美术青年　叫我说起来，是谁也赶不上谛卡诺的技巧的。

　　《少年别》的作者 P. 巴罗哈，在读者已经不是一个陌生人，这里无须再来介绍了。这作品，也是日本笠井镇夫选译的《山民牧唱》中的一篇，是用戏剧似的形式来写的新样式的小说，作者常常应用的；但也曾在舞台上实演过。因为这一种形式的小说，中国还不多见，所以就译了出来，算是献给读者的一种参考品。

　　Adios a La Bohemia 是它的原名，要译得诚实，恐怕应该是《波希米亚者流的离别》的。但这已经是重译了，就是文字，也不知道究竟和原作有怎么天差地远，因此索性采用了日译本的改题，谓之《少年别》，也很像中国的诗题。

　　地点是西班牙的京城玛德里（Madrid），事情很简单，不过写着先前满是幻想，后来终于幻灭的文艺青年们的结局；而新的却又在发生起来，大家在咖啡馆里发着和他们的前辈先生相仿的议论，那么，将来也就可想而知了。译者寡闻，先前是只听说巴黎有这样的一群文艺家的，待到看过这一篇，才知道西班牙原来也有，而且言动也和巴黎的差不多。

原载 1935 年 2 月 16 日《译文》月刊第 1 卷第 6 期。

初收所编《山民牧唱》,列入上海联华书局"文艺连丛"之一,未出版。

致 刘炜明

炜明先生:

十二日的信,早收到了;《星洲日报》也收到了一期,内容也并不比上海的报章减色,谢谢。《二心集》总算找到了一本,是杭州的书店卖剩在那里的,下午已托书店和我新印的一本短评,一同挂号寄上,但不知能收到否。此种书籍,请先生万不要寄书款来,因为我从书店拿来,以作者的缘故,是并不化钱的。

中国的事情,说起来真是一言难尽。从明年起,我想不再在期刊上投稿了。上半年曾在《自由谈》(《申报》)上作文,后来编辑换掉了,便不再投稿;改寄《动向》(《中华日报》),而这副刊明年一月一日起就停刊。大约凡是主张改革的文章,现在几乎不能发表,甚至于还带累刊物。所以在日报上,我已经没有发表的地方。至于期刊,我给写稿的是《文学》、《太白》、《读书生活》、《漫画生活》等,有时用真名,有时用公汗,但这些刊物,就是常受压迫的刊物,能出到几期,很说不定的。出版的那几本,也大抵被删削得不成样子。

今年设立的书报检查处,很有些"文学家"在那里面做官,他们虽然不会做文章,却会禁文章,真禁得什么话也不能说。现在我如果用真名,那是不要紧的,他们只将文章大删一通,删得连骨子也没有;我新近给明年的《文学》写了一篇随笔,约七八千字,但给他们只删剩了一千余字,不能用了。而且办事也不一律,就如那一本《拾零集》,是中央删剩,准许发卖的,但运到杭州去,却仍被没收,他们的理由是:这里特别禁止。

黑暗之极,无理可说,我自有生以来,第一次遇见。但我是还要反抗的。从明年起,我想用点功,索性来做整本的书,压迫禁止,当然仍不能免,但总可以不给他们删削了。

专此布复,并颂

时绥。

迅　上　十二月三十一夜。

书　帐

景宋本方言一本　　五・二〇　一月一日

方言疏证四本　　二・〇〇

元遗山集十六本　　一〇・八〇

诗经世本古义十六本　　二・〇〇　一月三日

南菁札记四本　　三・〇〇

ジョイス中心の文学運動一本　　二・五〇　一月四日

ヂイド文芸評論一本　　二・五〇　一月六日

又続文芸評論一本　　二・〇〇

又ドストエフスキー論一本　　一・八〇

靖节先生集四本　　一・二〇

洛阳伽蓝记鉤沈二本　　一・〇〇

ドストエフスキイ研究一本　　二・〇〇　一月八日

景宋本宋书三十六本　　豫约　一月九日

景宋本南齐书十四本　　同上

景宋本梁书十四本　　同上

景宋本陈书八本　　同上

以俟画集一本　　作者赠　一月十日

芸術上のレアリズム一本　一・〇〇　一月十六日

科学随想一本　一・四〇

細胞学概論一本　〇・八〇　一月二十日

人体解剖学一本　〇・八〇

生理学(上)一本　〇・八〇

殷墟出土白色土器の研究一本　八・〇〇　一月二十四日

杚禁の考古学的考察一本　八・〇〇

園芸植物図譜(五)一本　三・〇〇　一月二十六日

白と黒(四十三)一本　〇・五〇

思索と随想一本　一・八〇　一月二十八日

默庵集锦二本　四・〇〇

ソヴェト大学生の性生活一本　一・〇〇　一月二十九日

結婚及ビ家族の社会学一本　一・〇〇

国立劇場一百年一本　小山寄来

D. Kardovsky 画集一本　同上

Bala Jiz 画集一本　同上

鳥類原色大図説(二)一本　八・〇〇　一月三十一日

版芸術(二月号)一本　〇・五〇

版画(一至四)四帖　山本夫人寄贈　　　　　　　　　　八一・六〇〇

露西亜文学研究(第一辑)一本　一・五〇　二月一日

重雕芥子园画谱三集一部　豫约二四・〇〇　二月三日

四部丛刊续编一部　预约一三五・〇〇

群经音辨二本　前书之内

愧郯录四本　同上

桯史三本　同上

饮膳正要三本　同上

宋之问集一本　同上

东莱先生诗集四本　同上

平斋文集十本　同上

雍熙乐府二十本　同上

汗简一本　同上　二月六日

叠山集二本　同上

张光弼诗集二本　同上

只野凡儿漫画(一)一本　一・〇〇　二月十日

司马温公年谱四本　三・〇〇

山谷外集诗注八本　豫约　二月十二日

日本廿六聖人殉教記一本　一・〇〇　二月十五日

東方学報(京都第四册)一本　四・〇〇　二月十六日

東方学報(同第三册)一本　三・五〇　二月十九日

作邑自箴一本　豫约

挥麈录六本　同上

生物学講座補正八本　四・〇〇　二月二十日

白と黒(四十四)一本　〇・五〇

チューホフ全集(一)一本　二・五〇　二月廿六日

梅亭四六标准八本　豫约已付

東洋古代社会史一本　〇・五〇　二月二十七日

読書放浪一本　二・〇〇　　　　　　　二〇二・五〇〇

ドストイエフスキイ全集(八及九)二本　五・〇〇　三月一日

白と黒(四十五)一本　〇・五〇　三月五日

云溪友议一本　豫约已付

云仙杂记一本　同上

石屏诗集五本　同上

版芸術(三月号)一本　〇・五〇　三月八日

東方の詩一本　作者寄贈　三月十二日

张子语录一本　豫约　三月十三日

龟山语录二本　同上

320

东皋子集一本　　同上

仏蘭西精神史の一側面一本　　二・八〇　　三月十六日

仏教ニ於ケル地獄ノ新研究一本　　一・〇〇　　三月十八日

许白云文集一本　　付讫　三月十九日

存复斋文集二本　　同上

人形図篇一本　　二・五〇　　三月二十一日

三唐人集六本　　四・〇〇　　三月二十二日

ダーウィン主義とマルクス主義一本　　一・七〇　　三月二十五日

右文说在训诂学上之沿革一本　　兼士寄赠　三月二十六日

梦溪笔谈四本　　豫约

ドストイエフスキイ全集(十三)一本　　二・五〇　　三月二十九日

チェーホフ全集(二)一本　　二・五〇

芥子园画传四[三]集四本　　豫约　三月三十一日

嘉庆重修一统志二百本　　豫约　　二三・〇〇〇

版芸術(四月号)一本　　〇・五〇　　四月九日

韦斋集三本　　豫约

ツルゲェネフ散文詩(普及版)一本　　〇・五〇　　四月十日

Das Neue Kollwitz-Werk 一本　　六・〇〇　　四月十四日

周贺诗集李丞相诗集合一本　　豫约

朱庆馀诗集一本　　同上

猟人日記(下巻)一本　　二・五〇　　四月十九日

范声山杂著四本　　〇・八〇　　四月二十日

芥子园画传初集五本　　三・二〇

芥子园画传二集四本　　六・〇〇

白と黒(四十六)一本　　〇・五〇　　四月二十一日

马氏南唐书四本　　先付　四月二十三日

陆氏南唐书三本　　同上

中国文学论集一本　　作者赠　四月二十五日

満洲画帖一函二本　　三・〇〇

鳥類原色大図説（三）一本　　八・〇〇　　四月二十七日

ドストイエフスキイ集（十一）一本　　二・五〇

チェーホフ全集（三）一本　　二・五〇

世界原始社會史一本　　二・〇〇　　四月二十八日

括异志二本　　豫约　　四月二十九日

续幽怪录一本　　同上　　　　　　　　　　　　　　　　　　三八・〇〇〇

現代蘇ヴエト文學概論一本　　一・二〇　　五月一日

日本玩具史篇一本　　二・五〇　　五月四日

萧冰厓诗集拾遗二本　　豫约　　五月七日

青阳文集一本　　同上

長安史跡の研究一本図一帙　　一三・〇〇　　五月九日

六祖坛経及神会禅師語録一帙四本　　铃木大拙师赠　　五月十日

版芸術（五月分）一本　　〇・五〇　　五月十一日

白と黒（四十七）一本　　〇・五〇　　五月十三日

仰视千七百二十九鹤斋丛书一部　　一七・〇〇　　五月十四日

公是先生七经小传一本　　豫约

祝蔡先生六十五岁论文集（上）一本　　季市寄来　　五月二十一日

尔雅疏二本　　豫约

史学概論一本　　一・二〇　　五月二十三日

ドストエーフスキイ再観一本　　一・六〇

石印白岳凝烟一本　　文求堂寄来

ドストイエフスキイ全集（一）一本　　二・七〇　　五月二十五日

Art Young's Inferno 一本　　一六・三〇　　五月二十六日

吕氏家塾读诗记十二本　　豫约

古代铭刻汇考续编一本　　三・五〇　　五月二十八日

唯美主義の研究一本　　八・〇〇

チェーホフ全集（十三）一本　　二・五〇　　五月三十一日

版芸術（六月分）一本　〇・五〇　　　　　　　　　　　　　七一・〇〇〇

清文字狱档（七及八）二本　一・〇〇　六月一日

补图承华事略一本　七・〇〇　六月二日

石印耕织图二本　一・五〇

金石萃编补略四本　一・五〇

八琼室金石补正六十四本　六〇・〇〇

啸堂集古录二本　豫约

ゴオゴリ全集（一）一本　二・五〇　六月六日

にんじん一本　一・〇〇

"Capital"in Lithographs 一本　一〇・〇〇

ダァツェンカ一本　三・五〇　六月八日

にんじん（特制本）一本　一・五〇〇　六月十一日

悲劇の哲学一本　二・二〇

新興仏蘭西文学一本　二・〇〇

读四书丛说三本　豫约

顾虎头画列女传四本　一二・〇〇　六月十五日

小学大全五本　〇・六〇

淞滨琐话四本　一・二〇

圆明园图咏二本　二・〇〇　六月十六日

北山小集十本　预约

白と黒（四十八）一本　〇・五〇　六月二十二日

清波杂志二本　预约　六月二十三日

死せる魂一本　二・〇〇　六月二十四日

淞隐漫录六本　七・〇〇　六月二十六日

海上名人画稿二本　二・〇〇

西洋玩具图篇一本　二・五〇　六月二十八日

ドストイエフスキイ全集一本　二・五〇

版芸術（七月特辑）一本　〇・五〇　六月二十九日

残淞隐续录等四本　三·六〇　六月二十八日

切韵指掌图一本　豫约　六月三十日　　　　　　　　　一四四·六〇〇

沈君阙铭并画象二枚　二·〇〇　七月一日

此齐王也画象一枚　一·五〇

孔府画象一枚　一·〇〇

颜府画象一枚　一·五〇

朱鲔石室画象二十六枚　九·〇〇

巨砖画象二枚　一·〇〇

魏铜床画象八枚　一四·〇〇

オブロモーフ(前编)一本　二·二〇　七月四日

チェーホフ全集(四)一本　一·五〇　七月五日

汉丞相诸葛武侯传一本　预约　七月七日

嘉庆一统志索引十本　同上

ゴオゴリ全集(三)一本　二·五〇　七月八日

白と黒(四十九)一本　〇·五〇　七月十日

陣中の竪琴一本　三·〇〇　七月十二日

続紙鱼繁昌記一本　三·〇〇

汉龙虎画象二幅　一·五〇　七月十四日

魏悟安造象四幅　一·五〇

齐天保砖画象二幅　〇·八〇

元城先生尽言集四本　预约

金時計一本　一·〇〇　七月十九日

創作版画集一本　六·〇〇

Spiesser-Spiegel(普及版)一本　五·〇〇

K. Kollwitz-Werk 一本　一三·二〇

世界史教程(三)一本　一·三〇　七月二十日

张蜕庵诗集一本　预约　七月二十一日

ツルゲーネフ全集(五)一本　一·五〇　七月二十三日

ドストイエフスキイ全集(三)一本　二・五〇　七月二十五日

影明钞急就篇一本　预约　七月三十日　　　　　　　七九・〇〇〇

ツルゲーネフ全集一本　一・八〇　八月一日

版芸術(八月分)一本　〇・五〇

春秋左传类编三本　豫约　八月四日

蜀龟鉴四本　钦文赠　八月六日

郷土玩具集(一至三)三本　一・五〇　八月七日

白と黒(五十号终刊)一本　〇・五〇　八月十一日

麟台故事残本一本　预约

ゴオゴリ全集(二)一本　二・五〇　八月十三日

Gogol：Briefwechsel 二本　一三・二〇

棠阴比事一本　预约　八月二十日

東方学報(京都五)一本　二・〇〇　八月二十二日

女一人大地ラ行ク一本　译者赠　八月二十四日

贞观政要四本　豫约　八月二十五日

ドストイエフスキイ全集(十四)一本　二・五〇　八月二十六日

海の童話一本　一・四〇

版芸術(九月分)一本　〇・五〇　八月二十八日　　　二六・四〇〇

图画见闻志一本　豫约　九月一日

ツルゲーネフ全集(四)一本　一・八〇　九月二日

清人杂剧二集十二本　西谛赠

辞通(下册)一本　预约　九月四日

チェーホフ全集(七)一本　二・五〇　九月六日

吴越备史二本　预约　九月八日

Grimm：Märchen 一本　七・五〇　九月十日

Neues W. Busch Album　一本　一四・〇〇

虚無よりの創造一本　一・五〇　九月十二日

春秋胡氏传四本　预约　九月十五日

無からの創造一本　一・五〇　九月十六日

モンテエニエ論一本　五・〇〇

王様の背中一本　一・二〇

The Chinese Soviets 一本　译者寄赠　九月十九日

A. Kravchenko　木刻十五幅　作者寄赠

玩具工業篇一本　二・五〇　九月二十日

先天集二本　豫約　九月二十二日

ゴーゴリ全集(四)一本　二・五〇　九月二十四日　　　三〇・〇〇〇

版芸術(十月分)一本　〇・五〇　十月一日

法书考一本　豫約

安徽丛书三集十八本　一〇・〇〇　十月四日

ドストイエフスキイ集(二)一本　二・五〇　十月五日

仰視鶴斎丛书六函三十六本　豫約　十月六日

吴骚合编四本　豫約　十月七日

冈察罗夫木刻十四幅　作者寄　十月九日

ツルゲーネフ全集(十四)一本　二・五〇　十月十二日

ドーソン蒙古史一本　六・〇〇　十月十三日

郑守愚文集一本　豫約

ジイド全集(四)一本　二・六〇　十月十八日

物質と悲劇一本　一・八〇　十月十九日

雪窦四集二本　豫約　十月二十日

生物学講座補遺八本　四・〇〇　十月二十四日

支那社会史一本　二・五〇

汉上易传八本　预约　十月二十七日

支那仏教印象記一本　作者贈　十月二十八日

版芸術(三之十一)一本　〇・五〇　十月二十九日

ゴーゴリ全集(五)一本　二・五〇

モリエール全集(一)一本　二・五〇　十月三十一日

牧野植物学全集(一)一本　六・五〇　　　　　　　　　　　　四四・四〇〇

ドストイエフスキイ全集(六)一本　二・五〇　十一月二日

王様の背中(豪华版)一本　三・五〇　十一月三日

園芸植物図譜(六)一本　二・八〇

革命前一幕一本　良友图书公司赠

欧行日记一本　同上

三垣笔记四本　一・六〇

安龙逸史一本　〇・三二〇

订讹类编四本　一・九〇〇

朴学斋笔记二本　〇・八〇

云溪友议二本　一・一二〇

闲渔闲闲录一本　〇・五六〇

翁山文外四本　一・九二〇

咄咄吟一本　〇・四八〇

权斋笔记附文存二本　〇・六四〇

诗筏一本　〇・四〇

渚山堂词话一本　〇・一六〇

王荆公年谱二本　〇・八〇

横阳札记四本　一・六〇

蕉乡[廊]脞录四本　一・二八〇

武梁祠画象考二本　四・八〇

チェーホフ全集(八)一本　二・五〇　十一月五日

芸術社会学一本　一・五〇

雨窗欹枕集二本　马隅卿寄赠　十一月十日

モリエール全集(二)一本　二・五〇　十一月十一日

田園詩シモオヌ一本　五・〇〇

程氏读书分年日程二本　豫约　十一月十三日

孔氏祖庭广记三本　同上

沈忠敏龟溪集四本　同上

ジイド全集七本　一八・二〇　十一月十四日

英文动物学教本三本　四二・〇〇

仪礼疏八本　预约　十一月十七日

礼部韵略三本　同上

范香溪文集五本　同上

汉画象残石拓片四幅　四・〇〇　十一月十九日

红楼梦图咏四本　五・四〇　十一月二十日

纫斋画賸四本　三・六〇

河朔访古新录附碑目四本　三・〇〇

安阳发掘报告(四)一本　一・五〇

郑菊山清隽集一本　豫约　十一月二十四日

嵩山晁景迂集十本　同上

N. Gogol's Sämt. Werk 五本　一五・〇〇　十一月二十七日

ドストイエフスキイ全集(十)一本　二・五〇　十一月卅日

　　　　　　　　　　　　　　　　　　　一一四・五〇〇

蜀碧二本　钦文赠　十二月一日

清石刻薛涛象拓片一枚　同上

容斋随笔至五笔十二本　豫约

版芸術(十二月号)一本　〇・五〇　十二月八日

龙龛手鉴三本　豫约　十二月八日

金石录五本　同上

ゴオゴリ全集(六)一本　二・五〇　十二月十二日

ツルゲーネフ全集(一)一本　一・八〇　十二月十四日

ジイド全集(十一)一本　二・五〇

周易要义三本　豫约　十二月十五日

礼记要义十本　同上

茗斋集附明诗钞三十四本　豫约　十二月二十二日

阿難と鬼子母一本　五・〇〇　十二月二十六日

書斎の岳人一本　三・三〇

贵池二妙集十二本　五・六〇　十二月二十七日

版芸術（明年正月分）一本　〇・五〇　十二月二十八日

春秋正义十二本　豫约　十二月二十九日

煙草一本　二・五〇　十二月三十日

晋书二十四本　豫约　十二月三十一日

魏书五十本　同上

北齐书十本　同上

周书十二本　同上　　　　　　　　　　　　　　二四・二〇〇

　　本年共用买书钱八百七十八元七角，
　　平均每月七十三元二角四分强也。

本年

魯迅増田渉質疑応答書
『支那小説史』に関する質疑応答書

コノマ、二書イテ、其ノ下二（時ノ誤リ？）ト注シタラ何デス。

時ハ神ヲ祭ル処ノ一定ノ区域、併シコ、テハ上帝（既二神）ノ時デスカラ諸神ヲ饗宴スル場所ト解ク外ナシ

30頁、3行

司天之九部及帝之囿時。

九天といふが如きもの？
の各部
＝囿囿 yes
＝国

時ハコノマ、or時ト訂正？
時ハ丘ノ意？

32頁，3行
4行

天子賜奔戎敗馬十駟，

帰之太牢，…

奔戎？ yes →牛？or（牛・豚・羊）？ no

帰附＝景品（副賞）の意？

ツケル ヿ

33頁

最末行、「……羿焉彈日？

烏焉解羽？」
＝
金烏

羿に射られて羽が解けた意？
割截？ no

35頁

末カラ二行、
又善射鈎、…

（弓を射ること？） no
or（占イが的中すること？）

鈎＝闇。或ル小サイ物品ヲ箱カ何カノ中ニ入レテ或ル人ニ当テサセル（＝射）ヿヲ「射鈎」トデフ。射ル人ハ其ノ物品ノ名ヲ直接二言ハナイ。謎ノ様ナヿヲ云フ。例ヘバ「時々家ノ中央二居、満腹ノ経綸アリ」ト云ツテ箱ヲ開ケテ見ルト、ソノ中ニアルモノハ蜘蛛デアレバ、的中トス。「射鈎二善ス」トハソノ芸ガ上手デ即チヨク的中スルヿナリ。

36頁
5行　　今人正朝作両桃人立門旁，…

（一月一日、元旦）

神話二飛鳥ガ来テ其ノ羽毛ヲ解ケル（脱落スル）山有リ。必ズ鳥デモナク羿二射ラレタワケデモナイ併シコ、デハ鳥「金鳥＝日ノ精」ガ羿ニイラレテ羽毛ガ脱落シタ様ニ使用シタラシイ。上句カラ聯想シタノデショウ？

一、残叢。新論ハ種々ノ刊本アリ、叢残ト顚倒シテ居ルモノモアル
デショウ。小説史略ノ方ハ或ル類書カラ引イテ来タノデスカラ其ノ儘ニ
シタ方ガヨイ。

残＝完全デナイ＝断片；叢＝コマゴマナルモノ＝ゴチャマゼタモノ、
合＝聚メル or 会スル。

二、此恒遣六部使者。六部使者トハ幽界ノ使者デス。文中ノ「此」トハ即チ
幽界ヲ指シテ居マス、仏教ト道教トノ混血児デ仏経ニハ小乗経典ニ
出典ガアルカモ知ランガ読ンダ「ガナイカラハッキリ言ヘマセン。
廻国行脚ノ僧ヲバ支那デハ六部ト云ヒマセン、編輯、次序ヲツケル

三、劉向所序六十七篇中、已有世説。　「劉向ノ序シタル所ノ六十
七篇ノ中ニ既ニ世説アリ」ト訳ス可キモノデショウ、

四、松下勁風。アノ㆑ニ使ッタ世説新語ハモウ目ノ前ニナイカラ、明
瞭ニ云ヘマセンガ ソノ通リニ残シテ下サイ。日本製ノ大字典ハ辞源カラ
取ッタ ダローガ シカモ辞源ハ中々アテニナリマセン。

番外、雑燴。種々ナモノヲ混雑シテ煮シタモノ、鍋ノママニ出サナイ。
併シ煮ルトハ違イマス。炒トハ鍋ニ少量ノ豚油ヲ入レテ煮立タアトニ
材料ヲ入レ デ二三十度迅速ニ撹動シテ皿ニ入レル、

A　臨川人湯顕祖ハ伝奇四種ヲ作リ皆ナ夢ニ関スル「ヲ材料トス。ダカラ一般ニ「玉茗堂四夢」ト云ハレル。「邯鄲夢」モ実ハモト「邯鄲記」ト云フタノデ後人ガソレヲ「…夢」トシタノデス。

B　「登太常第」ハ即チ「進士及第」デス。直訳スレバ「太常（礼部）ニ試験ヲ受ケテ第二登ポタ」ノ「デス。特ニ「太常」ト書クノハ唐ノ始メニハ礼部デ試験ヲヤッタノデハ無カタカラデス。或ハ進士及第ト訳シタ方ガワカリヤスイカモ知レマセン。

C　「国忠奉鼇纓盤水…」ソレハ文章ニ間違ガアリマス。陳鴻君ノ原来ノ間違カ或ハ後人ノ伝抄ノ間違カ知リマセンケレモ。実ハ「国忠鼇纓奉盤水…加剣」トシナケレバナリマセン。大臣ガ罪人ニナッタカラ牛ノ毛デ拵ヘタ纓・（絵）デ糸ノモノニ替ヘ、盤ノ中ニ水ヲ入レ、盤ノ上ニ剣ヲ加ヘ、其レヲ捧シテ帝ノ所ヘ行テ「何卆、殺シナサイ」ト云フソウダ。剣ハ自分ヲ殺ス道具、盤中ノ水ハ帝ガ自分ヲ殺シタ後、御手ヲ洗フニ使カヒマス。頗ル考ヘトゞイタ礼節デス。ソレハ漢ノ礼制デ、ケレモ本当ニ行フタノデハ、ナイデショウ。出典ハ漢書ノ鼂錯伝ノ注ニ有リマス。

コレハ偽古文ダカラワザト間違ダラケノ様ニシテ居ルデス。

或ル版本ニハ「計」トナッテ居マス。本文ノ下ニ（一作計）ト入レテ数千程ト訳シテ居タライ、デショウ

之＝無支祁ヲ征服スルコ

命（？）ト云フ意デスカ

年（？）デスカ？

106頁

禹授之童律，不能制；授之烏木由，不能制；
授之庚辰，能制。鴟脾桓胡木魅水霊山
祇石怪奔号聚遶，以数千載，庚辰以戦
（一作𢧵）逐去，頸……。庚辰之後
皆図此形者，兔淮濤風雨之難。

コレラノ怪物ハ禹ノ手下デスカ？

yes!

庚辰ノ日デス。本文モ「庚辰ノ日」トスベシダ。後ニハ作者ノ有意ノ誤ダラウ。

334

110頁

杜甫少年行有云、「黄衫年少宜来数，不見堂
前東逝波」，謂此也。

a、「東逝」or「東逝波」は熟語ですか？

「東」は如何なる意味で用ゐたのでせう？「水東流」式
の「東」ですか？

b、「黄衫年少云云」の杜甫の句がイコール謂・此・也・と
いふのは何か出拠がありますか、又は先生自らの
発明ですか？

杜甫が蔣防の霍小玉伝を読んだことがあるといふ仮
定ですかor当時その事実的話柄が流伝してゐて、杜甫が
それによつて「黄衫年少云云」と作つたのでせうか？

支那ニハ大抵水ハ
東ニ流ルト云フ。
マゾ熟語ランク
成テ居マス。

末人既ニソウ
考ヘマシタ、私
ノ発明デハナイ
ノデス。

杜甫ガ当時
其事実ヲ聴
イタヾロート云
フノデス。蔣防
ノ文章ヲ見タ
ノデハナイ。ソレ
モ末人ノ推測。

①114頁、"元無有"

桑綆、ハッキリ云ヘナイ。桑ノ皮デ拵ラヘタ縄ト訳スル外、仕方ナイ、

(2)113頁、以賢良方正対策第一、

地方ノ長官ニ賢良方正ナ人ト認メラレ京都ニ送リ、試験スルトキニ策問ヲ答ヘテ

第一者トシテ及ス。(賢良方正ニ挙ゲラレテモ落第スルコアリ、)

(3)115頁、分仙術感応二門

仙術ト感応トノ二類ニ分ス。

(4)116頁 <u>清四庫提要子部小説類</u>、

清四庫全書提要ノ中ノ子部小説類ナリ。其ノ提要ハ中ニ経、史、子、

集ノ四部(所謂"四庫")ニ分ケ、毎部ノ中ニ又各類アリ。

(5)117頁 邵公

周武王ノ時ノ人、周公ノ弟ナリ

(6) a 季札

春秋ノ時、呉国ノ太子、道徳ノ高ヲ以ツテ称セラレル、

b 三官書

道士ノ出鱈目デスカラ明確ニ云ヘナイ。三官カラ発セラレタル書(命令)デショウ。

c 九宮モ天界ノ宮殿ノ名、其ノ中ニ小イ宮殿ガ九アルヨーダ。

(6)118頁、

a、五印＝唐ノ時ニ印度ガ五部ニワカツテ居ルト云フノダカラ五印ト云フ。

"甞至中天寺……瓶膜拝焉"マデ金剛三昧ノ話。

b 寺中多画……ハ、麻屬及ヒ匙、筋。玄装ノ像デハナイ。

c 蓋西域所無者ハ麻屬及匙筋。

d、斎日ハ印度坊様ノ斎日 (寺ニハ毎月、何日カノ斎日ガアルデショウ。

其日ニアラユル坊様ニ食ハセル。シカシイツカハ知リマセン。)

336

右：
散騎常侍ナリ
学士院ヲ番スル給事中ニシテ且ツ

＝直

——and？　no！

散騎常侍，

122頁

鉉字鼎臣，……官至直学士院給事中　散騎常侍，

〃

鉉在唐時，已作志怪，…比修広記，常希収采而不敢自専，…

平常 or 嘗？

常＝嘗？
昔ハコノ二字、通用スルコトアリ
ケレドモ実ハ間違デス、

124頁

江淮異人録ヨリノ引文
成幼文為洪州録事参軍，……
…傅於頭上，捽其髮摩之，皆化為水，…

血？ or 頭？

頭全部ガ皆ナ水ニ変化シマシタ、
実ニ神妙ナ葉デス、

126頁

洪邁夷堅志ノトコロ
奇特之事，本縁希有見珍，而作者自序，『乃甚以繁
夥自憙，耄期急於成書，或以五十日作十巻，妄人因

老期
云々以下ハ今述ベタノ
皆ナ陳振孫ノ言デス
奇特ノ＝ハモトヨリ希
有ヲ以テ珍トナサレ、而
シテ作者ノ自序ニヨレ
バ甚ダソノ沢山デアル
「ヲ以ッテウヌボレ（陳
氏ノ書録ーニヨレバ」筆
期ニイタルト…

稍易旧説以投之，至有盈数巻者，亦不暇刪潤，径
以入録」（陳振孫直斎書録解題十二云）

右ノ作者自序ハ『乃……録』マデデスカ？

or『乃……自憙』マデデ、後ハ陳某ノ

言デスカ？

〃惟所作小序三十一篇，什九「各出新意，不相複重」，

宋史本伝ノ言デスカ？

宋人ノ随筆ニヨル（趙令時侯鯖録）

亦即チ祖父母ノ子孫（＝父母伯叔）、父母ノ子孫（自身及ビ其ノ兄弟）、自分ノ子女、即チ「全家」ナリ

三族＝
父(1)—伯叔
母(2)—自身
(3)—子女。
其ノ
兄弟

三族ト九族ノ分アリ、晋朝ハ大抵只三族ヲ誅ス。

127頁

緑珠伝ノ引文

…趙王倫乱常，……秀自是譜倫族之，…
綱＝常

全族ト八普通、
or
祖父…□…兄弟
親我子孫

全族ヲ殺ス？

デスカ？

コンナモノモ這入リマスカ？

＊宇文化及謀乱ノ計画成就ノ時、城外ニ兵ヲ置キ城内ニモ兵卒数万人集メ火ヲ挙ゲテ城外ノ人タニ知ラセタ。
（入城サセル為〆）
（宇文化及ノ党羽）
場帝其声ヲ聞イテ何ノ事ダト問ク。
司馬慶通偽テ曰ク「草坊（牧草ヲ儲書スル庫）失火、外人（宮外ノ人＝官、兵、民）救火、故喧鬧耳。」帝之ヲ信ジテ準備ナシ、遂ニ殺サレタ。（隋書中）
宇文化及伝ニ見ユ。

129頁

趙飛燕列伝ノ文中ニ

「蘭湯灎灎、昭儀坐其中、若三尺寒泉浸明玉」

yes、比譬デス。

蘭湯？ 昭儀？

130頁

大業拾遺記ノトコロ

宇文化及ト将謀乱，因請放官奴分直上下，詔許之，

「是有焚草之変」

官奴ヲ解放シテ
内外（＝上下）ノ番
（＝直）ニ分配シ。
（ツマリ奴隷ヲ門衛トシタ〟）

於是？ ？

トシテ as
orデアッタトコロノ who

〃 同引文

…長安貢御車女袁宝児，……

…昔伝飛燕可掌上舞，朕常謂儒生飾于文字，

カツテ＝カツテ
or平常
常？

御車女トナルベキ
モノダト思ッテ
貢シタ袁宝児。
実ハ臣下ノ謀遜ノ
言デ、アソバレルハ
ヅデ貢シタモノ

339

…
学画鵶・黄半未成
＝
額黄 ?
yes

…
帝昏湎滋深，往往為妖崇所惑，…呉公宅鶏台，…

地名？
＝ 地名？
＝
江ハ江總、太鼓持文臣ダ

…
倚臨春閣試東郭巍紫毫筆書小砑紅綃作答
形小ナル？ yes

江令「璧月」句，云云
江令ハ江ト云フトコロノ長官ノ意デス力？ yes

…
韓擒虎躍青驄駒擁万甲直来衝人，
万兵？ yes

…
後主問帝，「蕭妃何如此人？」
蕭妃─煬帝ノ妃デス力？ yes

（裏面へ！）

（唐太宗ガ其人ニ判官ノ姓名ヲ聞クト其人ガ云フニ「判官ガ非常ニキビシイカラ」他
ノ姓名ヲ知ラセルコトガ出キナイ（云フト判官ガ怒ルノ意）帝日クシカラバ汝ガ余ニ近ヅイテ
奇ニ云ヘ」是ニ於イテ其人ガ小サイ声デニハ「姓ハ崔、名ハ子玉」ト

134頁　唐太宗入冥記の引用文

　　　　　　　　　　　　　　　判官州付

…判官懆悪、不敢道名字。帝日、

「卿近前来。」軽道、「姓崔、名子玉」

卿ノ姓名（？）

135頁　梁公九諫の引用文

第六諫

則天睡至三更、又得一夢、夢与大
羅天女対手着棋、局中有子、旋
被打将、…　局中ニ「意外ナル」子ガアリ(?)

局中ニハ
子ガ有ツ
タケレ圧
直ナニ
人ニ取ラレ
テ仕舞フ

136頁
　　　　娼妓、芸妓ノ事
夢　梁　録　記載；

小説名銀字児，如煙粉霊怪，伝奇，公案，

撲刀，扞棒，発跡変態之事…

発跡ハ貧乏人ガ急ニ金持ニナルノ之類
変態ハ世態炎涼一定ナシノ類ナラン

謂発跡的変態乎。
（？）

発跡 and 変態

341

140頁　五代史平話の引用文

黄巣兄弟四人過了這座高嶺、望見那侯家荘。好座荘舎！

候家荘ハ村ノ名デ，荘舎トハ実ニ全村ノ家屋ヲ指スノデス。

農家？
or
別荘？

144頁　……西山一窟鬼の引用文

又是嗹嘍大官府第出身，

俗語デスカラ其ノ語源ヲ云ヘナイ。

ドエライ(？)何故ソンナ意味ニナリマスカ？

文字ノ意義ナキ俗語デスカ？

専家ヨリ伝シ yes
=
説話人 (？)

148頁　第二行、、錯斬崔寧馮玉梅団円両種，亦見京本通俗小説中，本説話之一科，伝自専家，

乳棗ハ只，棗デス。

151頁　取経記ノ引用文中

孩児化成一枝乳棗・

一本ノ乳棗ノ枝

乳棗ノ樹枝ヲ謂フカ(？)

一本ノ乳棗ノ枝(？)

155頁　末行

繁山高聳翠，

山ハ群ノ意カ？

ノ意カ？

繁山高聳翠，聳翠ハ熟語デ，単ニ聳ノ意カ？

鼇山高聳翠。竹ノ骨ノ上ニ紙ヲ張ッテ燈ヲ作ル。其ノ形ハ山デ山ノ下ニハ
鼇魚ナドヲ拵ヘテ海ヲ意味ス。ダカラ、其ノ燈ノ名ヲ「鼇山」ト云フ。
鼇山ガ高ク翠ヲ聳ツ。　山ハ緑色ノデスカラ「翠」デアラハス。実ハ「青
イ鼇山ガ高ク聳ツ」トノ意味ニ過ギナイ。修辞上コウナッタノデス。

一枝ノ乳棗

棗樹ノ一枝、其ノ枝上ニ棗ノ実アルモノ

「棋」ノヤリ方ヲ知ラナイタメ、又、「子」ノ概念ガハツキリシナイタメ、ドウシテモ左文ガ了解サレマセン、御教指ヲ願ヒマス！

135頁

梁公九諫の引用文

則天睡至三更，又得一夢，夢与大羅天女対手着棋，局中有子，旋被打将，頻輸天女，忽然驚覚。来日受朝，問諸大臣，其夢如何？狄相奏曰，「臣円此夢，於国不祥。陛下夢与大羅天女対手着棋，局中有子，旋被打将，頻輸天女……蓋謂局中有子，不得其位，旋被打将，失其所主。今太子盧陵王貶房州千里，是謂局中有子，不得其位，遂感此夢。……

官名デス。　教坊ハ官妓ノ居ル処、　教坊大使ハ其ノ教坊ヲツカサドルモノデ
ドウモ感心スベカラザル役人デス。

A、

155頁

元代ガゴタゴタデ
一切ノ文化ガ淪喪
シタ。「説話」ノフル
ワナイ／ハテフ迫モ
ナイデス。

那教坊大使袁陶曽作詞，名做撒金銭
官名 デスカ？女楽士（或ハ官妓？）ノ取締人？

B、

157頁

宋之説話人，……而不聞有著作；
元代擾攘，文化淪喪，更無論矣。

文化淪喪 ガ更無論デスカ？マア、サウデス。
不聞有著作 ガ更無論デスカ？
b.or a、
多分aダト思ヒマスガ、更字
ヲ穿鑿的ニ考ヘルトbノ
ヤウニモ思ハレルノデ
no

C、

158頁

斎時ハ朝
ノ一デショウ。
坊様ノ食フテフ
特別ニ斎トテフ。
ソウシテ昔ノ坊様ハ
「過午不食」デスカラ、
大抵朝ニ喫ベル。
ソレデ斎時ト云ヘ
バ朝ニナル、且ツ
一般ニ通用シタ。併シ
今ハモウ使ハナイ。

全相三国志平話ノ引用文；
却説黄昏火発，次日
斎時方出。
斉時デ 等時 ノ意デスカ？
＝
b─a
or
朝 ノコトカ？何故ニ斎ガ朝ヲ
意味スルデスカ？

345

宋ノ都会ハ可哀相ナ
モノ。草葺ノ
モノ、多数。
瓦ヲ使フモノハ幾分
シカナイ。シカモ、大抵
繁盛ナトコロ。ダカラ
「瓦デ造ッタ家」ト云ヘバ
「繁昌ナ市街」ノ意
味スル様ニナッテ地
名トナッタ、恰度銀
座ヲ指スガ如シ。

皆ナ十一人ノ名デス

D、

160頁

即チ「説三国志」デスカ？ 三分ハ曹・孫・劉ニヨル「天下三分」ノ意味デスカ？ 人＝yes

在瓦舎、「説三分」為説話之一専科、与「講五代史」並列。（東京夢華録）

街名ト解シテヨロシイデスカ？ ＝ 説トスベキデス、誤種デショウ

136頁ニ八東京夢華録ヲ
引イテ「日小説…日説三分、
日説五代史」トアリマスガ？

「説五代史」トスベキデハアリマセンカ？

E、

163頁

三国志演義第百回ノ引用文中…

将軍深明春秋，之、 人ノ名デスカ？ 人ノ名デスカ？

…豈不知庾公斯追子濯孺子者乎？ 人ノ名デスカ？

F、

169頁

平妖伝、杜七聖ノトコロノ引用文…

①掲起臥単看時，又接不上。 デスカ、単ノ意味ハ？

一枚ノキ・レデ寝具？ ツクッタ

只ダ「大ナ風呂敷」ノ
意。「臥」ト八掛蒲
団ノ大サノ意味デ
只ソノ「大」ヲ形容ス。
単トハ「アハセ」デナイ
風呂ヒキ。

②喝声「疾！」可憂怪。 憂作怪。

嚢時ニシテ 忽チニノ意味ガアリマスカ。

可愛ヲ直訳スレバ
併シ（可）死又程〔雯＝殺＝死〕意訳スレバ
「疾ノ」ト喝シタガ実ニ変（or妙）ナノデ…

or意味ノ無キ感嘆詞カ？

346

176頁

水滸全書
（忠義水滸全書）
ノ誤植デハアリマセンカ

173頁
洪邁ノ夷堅乙志（六）ヲ引イテ蔡居厚冥譜
ノ事ヲ云フ中ニ

……未幾，其所親王生亡而復醒，…

（親類ノ王生）デスカ？

所親トハ、シタシイ
モノ、ヨク相知ッテ居タ
モノ、ケダシ門客ダラウ

所削者蓋即
「燈花婆婆等事」（水滸伝全書発凡）

「伝」ハ誤植デナイ。「全
部ノ水滸伝＝削削ヲ
加ハヘナカッタ水滸伝」
ノ意

177 水滸伝ノ林冲ガ大雪ニ危屋ヲ出タトコロノ引文中―

花槍（一種ノ農具―軍草場デ使用シタ―ヲ
云フノデスカ、槍ト云フ農具（草刈）ノアル
コトガ管子ニ見エマスガ

→ 葫蘆ヲッケルニヨシ

（ヤリ）
武器デス。昔シハ、ソン
ナモノヲ、フタンニ持ッテ行
イダノデショウ

178 同ジク林冲ヲ叙シタ引文中―

a、……炭，拿幾塊来生在地炉裏；

地炉裏＝地炉ノ中、地炉トハ、
地而ヲ掘ッテ少々ヘコマシデ木炭ヲ
焚クモノ。

（王字ヂ一箇ノ名詞デスカ
or地炉ノ二字デ一箇ノ名詞デスカ

支那ノ大門〔玄関〕
門ハ皆、内ヘ向ッテ
開ケルノデス。
反拽トハ主人ガ外ニ出テ
門ヲ閉メルダケノ意味。
普通ハ大抵人ガ内ニ居テ
閉メルノデカラnormal,

b、……把草庁門拽上，出到大門首，把両扇草場門
反拽上，……

外
拽上←内

外←反拽上

拽上、反拽上ハコンナヤウニ解シテ可デスカ？

or 内外ノ関係ガ反対ニナリマスカ？サウテス

180頁
古時有個書生、
做了一個詞ノ
トコロ

182 ……
田虎王慶在百回本与百・十・七・回・本名同而文迴別，

百・十・五・回本ノ誤植カ？
ヨク覚エテナイガ、大分サウデショウ

a 「国家祥瑞」ハ
雪ガ降レバ豊作
ナリト云フ思想？
yes

185 後水滸ノトコロ
……故至清，則世異情遷，遂復有以為「雖始行不端，
而能翻然悔悟，……而其功誠不可泯」者，……

b 高臥有幽人，吟咏
多詩草ハ
高臥幽人ヲ排撃
シタルモノデスカ？
yes

括孤中ハ賞心居士ノ序文デスカ？yes

or 高臥幽人即チコノ詞ノ作者自ラヲ云フモノカ？no

ソレハ私ハ清ノ一部份ノ人タノ譲
論但一括シテ云アタノデネ

193頁ノ最初

元始ハ「上」デナイ。「上」ハ玉帝＝天帝デス。命令ハ元始カラ与ヘタケレヒ御褒美ハ天帝カラ出サナケレバナラナイラシイ

a、
玄帝収魔以治陰，「上賜玄帝……」

（玄帝ニ収魔ヲ命ジタモノハ、前頁ノ元始デ、且ツ元始＝上（上帝）デスカ？

天ニ登ツテ

b、
……初謂隋煬帝時，……上＝謁玉帝，封蕩魔天尊，令収天将；於是復生……入武当山成道。

以上ガ即チ玄帝ノ本身及ビ成道ヲ云ッタモノデ、成道シテ玄帝トナッタ訳デスカ？ yes

c、
最後ノ行

…玄天助国却敵事，——

退？ yes

玉清真人、上清
真人、太清真人、
コレハ三清ト云フ。
コノ三清様ノ住居
スル所ハ玉清宮……
ナドト云ツテ玉清、
ナドト云フ天界ニアリ。

而シテコノ三清様ハ
タダ老子一人ノ化身
デ——コノ難シイ化学ニ
ヨレバ「如来三清」トハ
即チ
実ニ「如来老子」ダ。

d、193頁ノ中間、
如来三清並来点化、…

192頁ノ最後ノ行
元始説法於玉清、

玉清・上清・太清ガ即チ三清デ、イヅレモ
仙人ノ居ル府デアルト解シマスガ
如来三清並来点化ノ三清ハ三清ノ主領ノ意味デ
スカ又ハソンナ封号ヲ有ツタ特種ノ仙人ガ居ルデセウカ？

——仙界ノ消息ハサッパリ分リマセン。早ク
仙人ニナツテ見タイ！

同感々々！

真君トハ即チ
天尊ノ元始ノ
デショウ

……。忽然真君与菩薩在雲端云云……

老君ノ誤植カ？ no

落伽山ハ観音様
ノ居ル処、実ハ観
音ニツレラレテ彼ノ居
ル処ニ帰ヘタノデアル

196頁

始

両手相合，帰落伽山云。

（落伽山ニ帰ッタ（自動）
or──
　　ヘ帰ヘシタ（他動）

孫悟空氏ノ金箍
棒ハ私モ未タ拝見
ノ光栄ヲ有シナカッタ。
思フニ普通ノ様ナ棍
棒デ堅固ニナラセル為メ
両端ニ鉄ノ環ヲハメタ
モノデアラウ　ソウシテ
孫ガ金持ダカラ鉄ノ代ニ
黄金ヲ使ッタ。

孫悟空氏ノ
金箍棒ノ図解ハ

コンナモノデセウカ？
no！
?

or

↑　コレハイワユル「金箍」デショウ

火餤山ト関
係ガアル・ツマリ
火（＝人然ニ）ガ
盛ンニナツテ成
道ヲ阻礎シタ
ノ意味デス。
火ガ五漏ヲ煎
ジテ〈＝道〉ガ
熱シ難ク、

五漏ト三関トハ、
皆十人身ノ上ノ
或ル部分デ、伴シ
何処デアルカハ
僕ニモ知リマセン。
五漏ト八竅ノ孔ニツ、
ロ、肛門、除部ガ、伴シ
ヒマスガ、如何？　解レバ、再考ス
ロ・ナルホド、皆ハ
ヨクナイ処ダ。

平マデ）全部ヲ、ホンヤクガ面到ナノデ小生ノ本デハ除刪ショウト思

206頁
ノ初メ
火餤山遙八百程，……。
・火煎五漏丹難熱，火燎三関道不清。
右の五漏ト三関ノ解釈ハ？
ナホ右ノ二句ハ三調芭蕉扇或ハ火餤山ト
殆ド無関係ノ句ト思ハレマスガ一詩ア
ツテモ証トナサレナイ（有詩不為証）ヤウデス、呵呵。
コノ詩ハ（火餤山遙八百程ヨリ、水火相聯性自

204頁
第二行
…後一事則取雑劇西游記及華光伝中之
鉄扇公主以配西游志伝中僅見其名之
牛魔王，——
記ノ誤植カ？yes

203頁
小聖施威降大聖ノ引用文中
聖出那繍花針児，幌，幌一幌，碗来粗細，…
一ふりyes（？）
幌字ノ意如何？

幌＝カーテンor
布拵ヘタ看板。
アンナモノハ、大抵
ブラ〳〵動イテ居
ルカラ転ジテ「揺
動」or「振ル」ノ意
味ニナル。

ツマリ心ガ動ケバ魔モ
ツイテ起ルトノ説
「境ハ心ニ由リテ
造ラレル」トノ説ニ
同ジ□デス

[208頁]

「心生種種魔生、心滅種種魔滅...」

二行
一行

many?
viel?
yes

ガ...レバ　ガ...レバ　ガ...スレバ
ナル　　　ナル　　　yes

?

引字ニ〜〜(傍線)
ハ不要デハ
アリマセンカ?

[209]

其封神事則隠拠六韜(旧唐書礼儀志引)
三行—四行

陰謀(太平御覧引)...

傍線〜〜ハ
〈不要デハアリマセンカ?
或ハ引ハイントロダクション(序文)
ノ意デスカ?

yes 誤植デス

[210]

然「魔羅」梵語、周代未翻、世俘篇之
魔字又或作磨、当是誤字・・・

右傍点ノトコロノ訳文ノ参考ニ、注トシテ
「訳経論曰、魔古従石作磨、…梁武帝
改従鬼。」(正字通)

正字通ハ附会ノ説多クアマリアテニナラナイ書ト
云ハレルガ参考ノ為メ附記ス。

周朝ニハ
「磨」デmara
ノ訳語トスル
↑モネナカッタ

以上ヲ附シテ置カウト存ジマスガ、蛇足ト思惟サレマスカ?
訳経論トイフ本ハ坊間ニアリマスカ?

封神伝ノ中ノ
詩ハ、大抵馬鹿
ラシイモノデス。

聖母ハ殺サレマシタ
殺サレタガ封神榜ノ
二名ガ出デ神トナル

ダカラ‥ニハ(正位)
封神スルキニ(正位)
部門ニ序シテ正位?
星官ノ第一番ニナ
リテ神廟(=北闕)
聖母モ中ニ祀ラレル
ノ香煙ハ万古ニ留ル。

(211) 截教之通天教主設万仙陣，闡教群仙
合破之ノ引用文中

『這聖母披髪大戦，…遇着燃燈道人，…』

正中頂門。可憐！正是‥

封神正位ヲ為星首，北闕香煙万載存。

封神正位ノ時星首ト為ルモノノハ $\overset{who?}{}$ 燃燈道人カ？
(星官ノ首)？ or 這聖母カ？
北闕ハ即チ燃燈道人ノ宮殿カ？
or 聖母………？

(214) 西洋演義ノ 即チ倭寇ノ？ yes
自序云「今者東事倥偬，何如西戎
即序，不得比西戎即序，何可令□二公見」
即序云云ハ王鄭ノ二公ハ西戎ヲ即時ニ
秩序シタ(即平服シタ)ソレニ反シテ
今ハ倭寇ヲナカナカ即序(即時平服)シ
ナイ……トイフ意ヲ有スルカ？ マア、少。ヘル

今ハ東事デ忙シク
西戎ノ即序ハ(タダチニ
秩序ツク=平服ノ
レバ西洋記ニ書イテル
ドウダ？若シ比ベル
「ヲサス」ニクラベレバ
ノガ出来ナケレバ実ニ
王鄭二公ニ見セテハ
イケナイダ＝Ｈ
ニ対シテイカニモシイ
ダ)

叙=序=
秩序ニツク「

春在堂随筆 (旧聞抄)ニハ之ガ
即叙トナツテ居マス、コノ叙ハ叙述ノ意
デハナイカ？
西戎ノコヲ早ク叙述シヨウ、
(早ク叙述シナケレバ二公ニ済マナイワケダ)

五鬼鬧判ノ引用文中、終ノ方

[216]

判官…只得站起来喝声道「哦，……我有私…」

タトヒ
我ニ私アルトモ

黙レ！デスカ 我ノ筆ハ yes
口ヲ走ラセバ 私ナイ？
嘘レ！ノ意ニ no （走）ハ只タ
ナルト愚考シマスガ yes 発音デス・

コレハ判官ノ面ニ現在生ヘテ
居ル鬚ヲ指スモノカ？

「鉄筆無私。你這蜘蛛鬚児扎的筆，
牙歯縫裏都是私（糸），敢説得個不容！」

判官ノ口内ヲ言フカ？

牙歯ハ筆ノコトヲ言ッタ
モノトハ解サレヌカ？

or

扎ハ抜カ？ no
紮カ？ yes

鉄筆ナラ、無私ダガ
汝ノクモノ糸（私ト同音デ
拵ヘタ筆ハ歯）
間マデ皆十糸＝私
デアル。敢テ無私ダ
トヱヘルカ？

私ト糸ハ同音ダ
カラ、言葉ノ游戯デ
アル。先ツ其ノ筆ハ
クモノ糸デ拵ヘタモノト
仮定シ（クモハロノ中ニ皆ナ
糸（私）デアルカラ判官ノロノ中カラ
出ルモノヲモ
皆ナ私（糸）ダ
トシテ仕舞フ

着脚＝足フミ
アルヿ＝確実

[219]

ノ最後ノ行

把始皇消息問他，倒是個着脚信。

脚デ歩イテ行ッテ聞ク信、
即チ 直接的ナ信 no
最モ確実ナ yes

右ノ少シ前ノ文

強遙ハ、解
釈ニ苦ム。

…倒是我緑珠楼上強遙丈夫。

緑珠楼デ虜美人（悟空）ハ項羽氏トハ離レテ、別ニ美人同志デ
宴シタルヤ？ yes 或ハ項羽ト共ニ宴シタルヤ？ no

「名義上ハ」或ハ
「有名無実」
意ナラン

[原本手元
ニナク調
査サレマ
セン乞教。]

李外傳ト李瓶児トハ
関係ナシ。只西門慶
トシテ誤殺サレタ。

222

金瓶梅ノ筋書ノトコロ

武松来報讐，尋之不獲，誤殺李外傳，…

……通金蓮婢春梅，復私李瓶児，…

（李外傳ト李瓶児トハ兄妹カ何カデスカ、

或は無関係ノ人カ？

223

来旺ト云フ男ノwife? *yes*

金瓶梅中ノ引用文ニ

婦人道「你看他還打張鶏児哩。
（庭鳥ガモノヲ見ルトキニ馬鹿ラシイ目ツキヲスル＝ワザト馬鹿ナフリヲスル＝オドケ）

瞞着我黄・猫・黒・尾，你幹的好・蠒・児。…

黄猫黒尾（一様デナイ 私ノ目ノトヾカナイ 処ニ遠ッタヲヤッテル）＝スル

好蠒児（秘密ナ処ニヒキコンデ 何カヤッテ居ル）

来旺媳婦子的一隻臭蹄子，…

…。甚麼罕稀物件，也不当家化的，…

那秋菊拾着鞋児説道 （傢伙）？ 吃語？

「娘・這個鞋，…」

一下女が女主人を呼んで娘といふか？ *yes* *mütter之意*

不当家化＝熟語。
「罪デアル」ノ意。
何ノ宝デアルカ、コンナニ
罪アルコヲシテ（余リニ珍
重スルカラ、アル淫婦ガ
死ンダ後ニ阿鼻地獄ニ陥
ルコ「ハアタリマヘダ〈彼ノ
女ノモノハ余リニ珍重サレタカラ〉

356

蝋燭ヲ挿スニハ、マスグニナケンバナラン

コ、ニハ、只、マスグニ〓〈行儀ヨク、恭シク〉四拝シタノ意。

＝225＝……只見両個唱的，……向前挿・燭・也似磕了四個頭。

ろーそく？yes

＝

目下が目上ト姦通スル「ヲ「烝」ト云ヒ目上ガ目下ト姦通スルヲ目下「報」トテフ

「衛宣公烝于夷姜」宣公ヲ中心トシテ云ヘバ「烝」、夷姜ヲ中心トシテ云ヘバ「報」デス。

ココデ
上ニ烝ハ上淫
下ニ報ハ下淫

227 万暦時又有名玉嬌李者，……袁宏道曾聞大暑，云「……武大後世化為淫夫，

上・烝下・報；…

左伝ニ――「衛宣公烝于夷姜」夷姜ハ衛公ノ庶母

左伝ニ「文公報鄭子之妃」鄭子の妃ハ 調ヘルル本持合ハズ 文公ノ何ニ当ルヤ？

上ニ烝ハ上淫）ト解ス可キダト思ヒマスガ、
下ニ報ハ下淫）辞源ニ報ヲ「下淫上曰報」ト解シテ烝ト同ジイ意ニナリマス、如何？

間違デショウ

229 続金瓶梅主意殊単簡，……
一日施食，以輪廻大簿指点衆鬼，‥
（　）？

　　　輪廻大簿を衆鬼に見せて_{yes}

　　　or ——で——をしらべて、_{no}

至潘金蓮則転生為……名金桂，夫日
劉瘸子，其前生実為陳敬済，以夙業故，
体貌不全，金桂怨憤，因招妖蠱，又縁受驚　云云，
（誰が妖蠱を招いたか？
　妖蠱が自らやって来たか？

金桂が怨憤スル、
ソノ欠点ヲ乗ジテ
妖蠱ガ自ラヤッテクル
ダカラ「因ッテ妖蠱ヲ
招イタ」トデフ。

231 一名三世報，殆包挙将来擬続之事；
或并以武大被酖，亦為夙業，合数之・
得三世也。
（武大が毒殺されたこと、三世と
　いふこと、どんな関係を有するか？

コノ「世」トハ父子ノ「世」
デナイ。一人ノ輪廻上
ノ「デス。

武大ノ前身―武大―其ノ後身
一世　　二世　　三世
　＝　　　＝

235 「謝家玉樹」

玉樹ハ辞源ニ晋書謝玄伝ヲ引イテ

「晋謝安問諸子姪，子弟何・与・人・事・，正欲

使其佳，玄答曰，譬如芝蘭玉樹，欲

其生於庭階耳。」

「何ゾ人事ヲ与ヘバ」
ト読ンデ

トアリマスガ、

何与人事トハドンナ意味デスカ

「若シ人間世界ノコトガ勝手ニ出来ルモノナラ」ノ意デスカ？

「人ニ事ヘテ」ノ意デスカ？「人事ニ於テ」ノ意デスカ？

ナホ右全文ノ大意ヲ書イテ下サイ

何与人事＝人ノ事
ト何ノ関係アル？
人ノ事トハ自分ノ
「ノ意。

晋謝安ガ自分ノ子姪達ニ問フ…「子姪ハ目上ト何ノ関係アル？シカモ
ソノ佳デアルコヲ望ムノカ？」玄答曰…「丁度芝蘭玉樹ノ様ナ良木ガ
自分ノ家ノ庭ニアッテホシイトイフ同様ノミ。」
拙訳ト云フ可シ！

241　第一行──二行

一夕暴風雨抜去玉芙蓉，乃_・絶_・。　絶エテ来ナイ

交際ヲ絶ッ_{yes}

or

生命ヲ絶ッ

237　最後ノ行

二人トモ

因与絳雪易装為青衣，

共二？

＝

or与……易（……と易へて）

一人デ）

236　山黛の詩

（傷む）？_{yes}

夕陽憑弔素心稀，遁入梨花無是非，……

痩来只許雪添肥，

（雪が肥らしてくれることのみ許す）？_{yes}

白燕デスカラ只タ
雪デソノ上ニ加ヘ
ルコニ似アフ。

悪詩ト云フ可シ！

360

河間ハ地名。コ、、ハ、「夫ヲ謀殺シタ女」ノ意。河間ニ夫ヲ殺害シタ有名ナ
女ガアツタカラ、コウ云フ名詞ガ出来タノデス

続金瓶梅二
金蓮ハ
河間婦トナリマシタ、
河間ハ地名デス
河間ハ地名デスカ？
人名デスカ？

番外、

a、「特進光禄大夫柱国少師少傅少保礼部尚書」、
コノ官名ニ句読ヲ打テバ右ノ如クデスカ
yes

？柱国ハ少保ニマデ関係シマスカ？
no

生員ハ秀才デアル
コトハ分リマス ガ
生員は入学生員ノ

意味デ、何カ学校へ
入ッテ居タモノデスカ――
秀才ガ郷試ニ応ズル為メ
特別ノ学校ヲ設ケテ、
ソコへ収容シタノデスカ？

b
生員
監生 ＼区別／
共ニ秀才オデアリ、且ツ
郷試ヲ受ケヤウトスル
学生デスカ？

試験ニ及第シテ、秀オニナッタモノ。
童子デ優秀タルガ為メニ国子監（昔ハ太学ト云フ）ニ
這イテ勉強スルモノ。一定ノ年限タツト秀オト同ジ
資格ヲ有ス。（シカシ清朝ニハ金ヲ
貢ゲハ監生ノ称号ヲ買フ コガ出来
タ。）

二氏之学＝仏、道、

c、二氏之学
（小説学トデモ云フヤウナモノデスカ）
学校ニ入レタカ？

又ハ釈、道、
yes
或ハ黄、老、
no デセウカ？

茂苑ハ長洲ノ別名、
丁度日本ノ京都ハ
「洛」ト云フガ如シ

244頁
ノ終カラ225頁ノ初メ
猶龍名夢龍，長洲人，
故緑天館主人称之曰茂苑野史，

長洲ヲ茂苑ト云フノハ何ノ理由カ?

「終」トハ只語気ヲ強メル字
全句ハ訳シ難イ。
「別ノ処ニ嫁ニ行ク1モ出来
ナク、婚約ヲ破棄
スルコモ出来ナイ。シカラバ
アノ癩病患者ヲ見テ(実
行出来ナイ意ヲフクム)活
孤孀(夫アルヤ、モ、メ)ニナッテ
居ルコヲ我慢シナケレバ
ナラナイ(=不成)ノカ?!!!

247頁 最後カラ二行目
終不然，看著那癩子守活孤孀不成?

さうするとーの意味でせうが、
終不然ヲ他ノ文字ニテ置き換ヘタラ如何ナル
文字ガ該当シマスカ?
難道トシテ不成ヲ徐イタラ?

248頁
引用文ノ最後
任地絮聒個不耐煩，方纔罷休。…
渾家?yes
＝イクラモ饒舌ラセテ置ケバ
ヤメテ仕舞フ
自分ヒトリ、ツマラナクナッテ
コノ語ハ宋ノ廖融ノ故事ヲ引キ通俗編ニ詳シイノデ
渾家ガ自身デ?yes
分リマシタ。

250頁
却不道是犬市裏売平天冠兼

虎ガ何処カノ藪デ刺ニサ
サレテソノ刺ガ内ノ中ニトマッテ
居ル、「挑虎刺」ハ「虎ノ為メニソノトゲ
ヲ出シテヤル」7

挑虎刺。
詳シク
教ヘテ下サイ。

又挑虎刺トハ「草市」ノ時ニ店頭ニ草ヲ吊ルノ風ヲ云ヒ、
(虎刺ハ刺ノアル一種ノ草デスカ)
王冠ヲ売ル商売ト虎ノ為メニ
刺ヲ出ス商売ハ相手ガ
ナイ筈デアル、

且ツ刺アッテ誰モ寄リ
ツカヌ意味デスカ?

挑虎・刺

蒲松齢ノ伝

始成歳貢生。

郷試ニ及第セヌ生
員(秀才)デ、ソノ徳行
学問ニヨッテ毎年(=歳)
地方ノ長官ヨリ中央ニ
推薦(=貢)スルモノヲ
「歳貢生」ト云フ。
シカシ清朝デハ矢張リ
試験ニヨッテシ、且歳
貢生ニナッテモ不相変
地方ニ居テ北京ニ行カ
ナカッタ。詰リ一ノ肩
書ニスガナカッタノデス。

(郷試ニ及第セヌ生員(秀才)デ、長年政府へ
糧米ヲ献ジタモノトカ、又ハ学問徳行ノアル
コトヲ認メラレタモノナドガ、無試験デ薦挙サレル
学位ヲ貢生ト云フ、貢生ニ数種アルガ、歳々ソノ
額ニ応ジテ政府(太学)へ献米シタモノノ薦挙
サレタモノヲ原則的ニハ歳貢生ト云フ、但シ後ニハソノ歳々ニ所
要ノ人数ダケ薦挙サレタ貢生ヲ云フヤウニナッタ。)

歳貢生ヲ右ノ如ク注シヤウト思ヒマスガ、
歳ノ字ノ説明ハ推量ニ過ギマセン、後ノ方ハコレデ
イイデセウカカ、御訂正願ヒマス。

歳貢生ハ 歳貢 ヲシタル 生 カ
or 歳々ノ 貢生 カ
yes / no

狐夫人デス。

259　孤娘子＝狐夫人（？）──既婚

　　　or 狐令嬢（？）──未婚

一ヶ年ホト
過ギテ

260　逾年＝数年過ギテノコトデスカ？

　　翌（＝明）年ノコトヲ云ヒマスカ？

　　数年経過 或ハ 翌年、ドチラニモ云ヒマスカ？

「彼」＝与共
シデ仕舞フト約束シタ。

与
　　＝共

260　最末行

　　　約与共尽，

ホトンド、イッショニ、ミンナ、尽シタ（？）

「立所ニ死ンダ」ト「立ツテ
死ンダ」トノ両方ノ意義ト
モトレルガ、ソコデハ「盆
槍数日坐ツテソノママ、
死ンダ」ト訳シタ方ガヨ
イダラウト思フ。

$\dfrac{268}{11行}$

立＝立橋

　　or

立所ニ死ンダ（？）

　　＝立橋

立橋デ熟語デスカ？

364

八股　ヲ解シ易ク教ヘテ下サイ

成化二十三年会試楽天者保天下文起講先提、
三句即講楽天四股過接四句復講保天下
四股復収四句作大結
宏治九年会試責難於君謂之恭文亦然毎股
中一反一正一虚一実一浅一深其両対題両扇
立格則毎扇之中各有四股次第之法亦復如之，

（日知録）

八股ガ頭ニ這入ラナイノデ
右ノ文ニヨッテ解シヨウトシマスガ
ドウモチンプンカンプンデ駄目デス

277
11行
餃餅＝一種ノ飴デスカ

278
8行
吉服＝メデタイ服（?）ノ意デセウガ
通常服デスカ（客ト接スル時ナドノ）

259
為瓜蔓之令，客値瓜色，…

『楽天者保天下』ニ就イテ云フ
題目ノ答ヘ方
先ヅ三句ニテ書キ、ソレハ「起講」ト
云フ　ソシテ四股（＝節）ヲ「楽天」ニ
ツイテ書ク　ソシテ又四句ヲカイテ
下文ニワタリ行ク・ソノ次「保天下」ニツ
イテ四股書ク　ソウシテ四句ヲカイ
テ・ムスブ（四股ニ四股ヲ加ヘバ八股）
即チ・八股ノ構造ハ
起講三句―題目ノ前半ニ
ツイテ四股（即チ一扇）―橋
（＝過接）四句―題目ノ後
半ニツイテ四股（又一扇）
結語四句（一股ノ書キ方ハ、反ヨリ正ニ、
或ハ虚カラ実ニ、或ハ浅カラ深ニ道入ル様ニ書イテモ皆十可）

菓子デス　粉テ皮ヲ拵ヘ、中ニ餡アリ。
餅ハ大抵円形、餃ハ◯様ナ形ヲシテ居ル

吉服ハ礼服デス・喪デ
ナイキハ皆十吉服デ
全フ　通常服デスカ
特別ニメデタイ服トモ云ヘ〼ナイ

一種ノ酒令デ〼ヲ投ゲテ
勝負ヲ決ス・一点ノ面ダケ
赤色、他ノ五面ハ黒（或ハ青）
色、即チ「爪色」、赤色ノナイ
キハ負ルノデ酒ヲ飲マナケレバナラン

全座ニ渡ッテ
ヤルデスカラ、丁
度瓜ノ蔓ノ様ニ
ニ蔓延シテ行ク酒令
（青色）

A、B二氏ノ中、一人ハ山師、
一人ハ馬鹿デモヨイ。
書クノハ、其ノ山師ノ手品デ
読ムノモ、其ノ山師。ソシテ
別ニ一人ノ書クモノガ居テ
読ミ出通リニ書イテ
置ク。

コレハ前ニ聞イテ、大体了解シマシタガ

Ⓑ　Ⓐ

コノ沙盆ノ上ニ
何ダカ怪シゲナモノヲ画クトキ
ソレヲ普通ノ文章或ハ言語ニ
判断シテ、普通人ニ理解
サセルモノハ誰デスカ？
Ⓐ、Ⓑ両氏ノ外ニ仲間ガ（指導者？）
マダ居リマスカ？又ハ
Ⓐ氏或ハⒷ氏ガソノ判読（？）ヲヤリマスカ？

「小説史略」ハ晨報附鐫ニ
出シタ「ハ無イ。
北京大学デ講義シタノハ
民国八九年ノ二デ、毎週間、
二三頁ヲ印刷シテ聴講者
ニ分配シタ。十二年ニ上半
部ヲ修正シテ北新書
局カラ出版シタ（上冊）。十三
年二下冊モ出版シタ。
再版ノ キ（十四年カ）ニ合
本トナル。

「小説史畧」ハ　最初ニ
（コノ筆名ヲツカッタ「モナイ）
廬・隠・ノ名デ
晨報附鐫十二年六月至九月
ニ出マシタカ（コレハ全篇デスカ？）
スルト学校デノ講義ハ十一年
デスカ？
次ニ
北京ノ北新カラ分冊本ガ出タト云フノハ
上下二冊デスカ
（右『訳者ノ言葉』ニ必要ニツキ教示ネガヒマス。）

234頁「弗告軒」ノ三字

…郤将告字読了去声，不知弗告二字，

蓋取詩経上「弗諼弗告」之義，這「告」

字当読与「谷」字同音。

ツマリ

告ヲ　　コクト読ムベキヲ

　　　　コウト発音シタ yes

　　　　ト云フワケデスカ

275 馬二先生ノ挙業論ノトコロ

孔子生在春秋時候，

那時用「言揚行挙」做官，

コレハ馬二先生ノ創装スル所ノ熟語デスカ？

普通ノ言葉デ独創モ熟語デモナイ。ツマリ

言語ヨク或ハ品行ヨケレバアゲラレテ官吏ニナルトノ意。

287頁
9行

288頁
10行

290頁
最末行

291頁
4行

招来ス、アノ一派　悪イ奴

一・年・大・二・年・小・的・，……又打着那起混賬行子們…

一年ハ大キクナッタノニ
二年ニナルト反ッテ小サクナッタ
「年ガ大キクナッタノニ
反ッテ愈々小供ラシクナル。
＝大キクナッテ愈々ワケ
ヲワカラナクナル」ノ意

意味ハ…今年大…昨年小—

那起ハ「アイツラ」ノ意カ？

或ハ起ハ（混賬行子們）ノ為ニメニ）カ
二由ッテ）
？

一年は一年より大ノ意カ？

両句話
（少しの話）？ yes

「臨散時忽然談及一事，最是千古佳談，…」
（別レニ臨ンデ忽チ一事二談及スルガ、…）
何ノ別レ？清客（＝幕友）トノ別レカ？

アノ時賈政ガ丁度、幕友達
ト（先日ノ）尋秋ノ面白味ヲ
談ジテ居タ。云フニ、別レ
二臨ンデ…（先日ノ尋秋
二集ッタ人人ノ）ヲ指ス

有一姓林行四者，
排行第四

排行第Xナルモノハ
兄弟姉妹（子女トモニ）ミナ数ヘルカ
又ハ兄弟＼姉妹／両者別ニ数ヘルカ

例バ林四娘ト云ヘバ

女ノ排行二兄弟ヲモ入レモノモ
アリ、女ダケ、数ヘルコモ
アリ。然シ後者ヲ用フル
キ多シ

林四娘ハ只タ四番目ノ娘様ト解釈スル外ナシ、

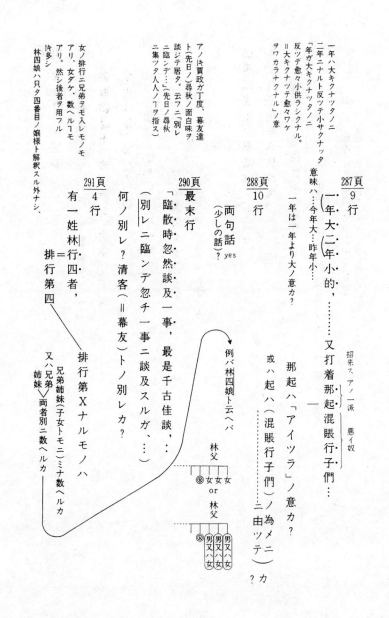

片方買ヒ込ムコモスル。
古イモノ、破レルモノ、何
テモ買ヒ込ミ、ソウシテ、
ツイデニウル。本ニ限ラナイ、

291 最末行

鼓担＝古・モノ・ヲ担ギ鼓ヲ打ッテ呼売スルモノ
書本ノミニ限ルカ？ or 古モノハ本ニ限ラヌカ？

293頁 2行

云「帰大荒」
「大荒ニ帰ス」ト歌ッタ？ yes

〃4行

休笑世人癡
（世人ノ・癡ヲ笑フナカレ！）
or
（世人ヨ・癡ヲ笑フナカレ！）＝
no yes
紅楼夢ニ出テクル人物タチノ癡

296頁 6行

以「石頭」為指金陵
「石ノ頭」ト「金ノ陵」ト似テ居ルノ意カ？

石頭ハタヾ「石」ノ意。
金陵＝南京ノ別名、
昔ハ一名「石頭城」トモ
云フノダカラ「石頭」ハ、南
京ヲ指ス様ニナル

賈ハ「仮」ノ発音ニ
同ジ。仮＝偽

躬＝「紅楼夢」
　　作者自身

<u>296</u>
6行ノ末―7行

以「賈」為斥・偽朝，
＝
斥ハ指斥スルコト……程度軽シ yes
或ハ排斥スルコト……程度重シ no

<u>297</u>
2行

王国維（静菴文集）且詰難此類，以為
「所謂『親見親聞』者，亦可自旁観者之口言之，
未必躬為劇中之人物」也。
＝
読者＝「親見親聞」者？ no

コノ文章ハ王国維ノ言フ所ヲ著者ガ可トシ是トシタモノ 或ハ
デアリマスカ？
（王説ニ賛成？）
王説ヲ否トスルノデス。

370

年表ノ撮略ノトコロ

一七一九，康熙五十八年，曹雪芹生於南京。
{(?)
〔コレハ仮定ダカラ、(?) ヲ附スルガ本当
　デハアリマセンカ？〕

又、コレニ（？）ヲ附ケナイトスレバ

一七三二，雍正十年，鳳姐談南巡事，宝玉
十三歳。依這裏所仮定的推算，雪芹
・・・・・・・・・・・・・・・
也是十三歳。

300頁
末ヨリ2行

コレハ如何シタモノデセウ？
突兀トシテココニ仮定ガ出テ来ルト
読者ハ驚イテ！マタ最初
ニ帰ッテ読ミ直シ、仮定ノ所在
ヲ探スラシイデス。

俞平伯従

成蓼生所序之八十回本… yes
所序ハ序文ヲ書イタ…？
　or
　　秩序ヅケタ…？ no

俞平伯ノ年表ハ
全部「仮定」
デスカラ、2行
ノ「俞平伯有」
ノ下ニ「仮定之」
三字ヲ入レタラ
ヨイデシヤウ。

漢軍=漢
軍、コレハ漢人
デ、軍デアッテ
カツテハ実ニ
清朝ニ於ケル
朝ニ於ケル漢
人ノ軍隊トシ
テ、重用サレ
タル漢軍ノ
役人ニシテ軍
人ナリ。

漢軍ノ漢人ハ
全ク役人トシテ
重用サレタル
全盛ナル力ア
ル漢人ノ
部漢軍ニシテ
（紀元）ソ？テ
漢軍デアラ？モ
（例）ニ漢軍末葉
カ？籍…

清朝ニ漢人ハ
軍ノ支処ニ降ル
ツ？ス浦モ？
タ？ス浦ハ清
朝ニモ？ナサ？
漢人ニ浦ヘ軍
人ガ？中伊ヤ
ノ役新ニ至？全
ク漢人ニ限ルモ
アラズ満州人モ
アリシ、
漢人ノ軍末葉
紀？ルテモ流
利

秀才ガ貢生ニ挙ラ
レバ成均(昔ノ太学、
後来ノ国子監)ニ行イ
テ勉強ス可キモノデスガ
実ハ肩書バカリデ行カ
ナイ.貢生ヲトル試験ハ
地方デヤルノデ「成均」ニ
デモ、ナイ、ダカラ「成
均」ハ秀才ノ升学スル処デ
試験場デハナイ、

作者ハソノ本ヲ二十冊ニ
分ケテ出版スルツモリ
ナノテ、コノ二十字ヲ数目
字ノ代用トシテ毎冊ノ
表面ニ一字ヅツ、書クノデス。例ヘバ

野叟曝言 一
トカク可キモノハ、「一」トカ、
ナイデ、次ノ様ニスル

野叟曝言 奮
而シテソノ二十字ハ、カタ一方
本ノ内容ヲ自画自讃
シテ居ル

303頁
2行 「以名諸生貢於成均,…」

成均=
モトハ古ノ大学ノ名デアルガ、清朝デハ(?)
貢生ヲトル試験場ヲ云フ

右ノ如ク成均ヲ解シテハ如何デセウカ?
又ハ貢生ヲ入レル学校? yes アルガ、実ハ行カナイ、
(ソンナ学校が有ツタカ?)

304頁
3行

以「奮武揆文，天下無双正士；鎔経，鋳史，人間第一奇書，
二十字編巻，

右ノ二十字ニアラハレタ意味内容デ編巻シタノカ?
or二十字ノ一字一字ヲ以テ編目ノ名題トシタノカ?

314頁
6行

壬遁。 (吉凶)
「六壬」ト云フ卜術ニヨッテ未来ヲ知ル方法、

象緯。
星象及ビ「緯書」(漢代人ノ造ツタ偽書)ニヨッテ未
来ノ大事ヲ知ル学問。

HUWA！
張物ヲ迅速ニ
板カラ引リハナスト
コンナ音ヲスル
肉屋ガ巧ニ肉ヲ骨
カラ切リハナスキニモ
コノ字デ形容スル

弔ハ古字、吊ハ
後起字、二字同
一デス。

麦堅尼＝Wɪllian Mckinley
棗高士＝Leon Czolgosz
郭耳緩＝Emma Goldman（？

309頁 最末行
耆然。
耆然。
耆ノ発音ヲ教ヘラレタシ。ローマ字デ。
日本デハケキ、クワクナド、読マセマスガ、

319頁
3行
雙陸馬弔・
番外・
吊トスベキデハアリマセンカ？
（or発音ノアテ字デアルカラ、ドチラデモ可？

北美合衆国大統領麦堅尼，於西暦
一千九百〇一年九月十四日，被棗高士
刺斃於紐育博覧会。捕縛之後，
受裁判。棗高士警言，『行刺之
由，酒聴年政府党鉅魁郭耳緩女
傑之演説，有所感憤，決意殺大
統領者也。』（右ノ傍点人名ヲローマ字デ
教ヘテ下サイ。

コレハ図書館デ本ヲ調ベレバ分ルコト
デスガ、若シ即坐ニ貴下ノ方デ分レバ省事也。一御面倒ナラ、ドウデモ
カマイマセン。

309頁 7行

是為蠱妖之「窮神尽化」云。‥‥‥‥

ドノ意味

「云」ハ私ノ言葉デ
「トモフ」ダ、「デアルサウダ」ナ「──」ト云フコトダ？。

or

云云 ？

（云字ハ原文ノ文字カ？
又ハ著述ノ加ヘタ文字カ？

311頁 1行

甘鼎亦棄官去，言将度廋嶺云。

廋

其ノ本ニ‥‥‥ト云フ

云云。

or

云云。？ yes

トモフコトダ？

374

燕山外史ハ俳諧ト生動
両方トモ游仙窟ニ及バ
ナイコデス。

A、B、両方共ニ用ヒマ
シタモノダラウ。古画
カラ知ル可シ。

「令閨」ノ臙脂学ノ
程度ハスコブル、アヤ
シイモノデ、キカナカツタ。

六朝儷語（トノ比較ハ）暫ク
言ハナイデ（無論及バナイ
ノ意味ヲフクンデ居ル。
張鸞ノ作ニクラベテモ
アノ様ニ俳諧デハナイケ
レ圧而シテソノ生動ニモ
劣ツテ居ル。

「侍」ハ誤植、

女ガ植ルト香ガモウ一層
ヨイト云フ伝説カラ来タ
名デショウ 女ヲ待ッ花。
シテ見レバ蘭モ頗ル不
届十花ダ。

312頁—9行

姑勿論六朝儷語，即較之張鸞之作，
雖無其俳諧，而亦遜生動也。

生動ノ多イ方ハ游仙窟ナリ
俳諧ノ有ル方ハ燕山外史デ
）トノ意カ？

313頁—6行

侍女花（？）

日本ノ翻刻燕山外史ニハ
・女花トシテ蘭花ト注ス、如何？
待女花トシテ蘭花ト注ス、如何？

番外

臙脂ハ古来化粧料トシテ

A、頬ニ塗抹セルモノカ

B、唇ニ塗抹セルモノカ

A・B共ニ用ヒシカ、

令閨ニ聴イテ見テ下サイ、

323頁
①行

面。＝麗。

黄痩（麗ハ麗大＝隆起、顴骨ノ部分デ、ダカラ、頬ヲ指ノデスガ一般ニハ「顔」全部ヲ意味スル。コヽニモ顔ノ意味デス。）

麗ハ如何ナ意味デセウ、面ガ痩セテ高イ？

or面麗デタヾ面ノ意？

326頁
④行

「……就書中『賈雨村言』例之，…」

賈雨村ハ書中ノ人名デスカ？人名ナラ（傍線）ガ
イリマセンカ？

「賈雨村言」ハ「仮語村言」ト同音、「捃ラヘタ物語、俗ナ言葉」ニナルノデカラ、旁線ヲ引イテモイ、ガ引カナクテモ可ナリ

頁〃
末カラ②行

桂ノ多数、一本以上ノ桂樹デスガ、桂林ノ様ニ大キクナイ

叢ハ桂林ノ意味デスカ？or木・犀・ノコトヲ叢桂ト云ッテ単ナル桂ト区別シタノデスカ？

叢桂ハヨク他ニモ見マスガ、

327頁
末カラ⑤行

（駱馬ノ黒鬣ノ白馬）

駱馬楊枝

唐代ノ貴少年ハ白馬ニ乗ッテ路側ノ柳ノ枝ヲ折ッテ鞭トスル「ハ風流ナ「デアッタ様デス。都去也＝皆ナスギサッタ！

楊ノ枝ヲ鞭トシタコトハ何カ風流ナ事ト考ヘテ居タノデセウカ？（誰カノ詩句ノ中ニデモアル語ト思ヒマスガ？

コレハ蘇州
ノ言葉

御前ハ湿布衫ヲ
人二着セテ自分
二至ツテハサツパリ
ニナルツモリ（想）
ダラウ！
倒ヘバ或ル男ガ一人ノ女ヲ
愛シタガ後ニイヤニナツタ。
併シソノ女ハ中々ハナサナイ、
五月蝿クナル。コヽニオイテ、別
ノ男ヲソノ女ニ接近サセテ
女ガソノ男ニクツツイテ仕舞フ
工夫ヲスル。成功スレバ、
自分ハ、サツパリ。

或ハ或ル人ガ或
種商売ヲ経営
スル。少々損ヲスル
ガ大イシタクモ
ナイ。兎角、イヤニ
ナツタ。コンドハ或
ル馬鹿ヲウマク
ダマシテソノ商
売ヲ譲ツテ仕
舞フ。サツパリ

334頁
末カラ⑤行
耐想拿件湿布衫撥来別人着仔，耐末脱体哉，

（湿つたシヤッチを別人にやる）

ツテ、自分ハサツパリスル──ト云フ意デセウガ、モ
少シ具体的ニ云ヘバ、ドンナ事ニナルデセウ？

ト云フノハ、気持チノ悪イモノヲ別人ニヤ

着セテ
了
厄介ナ了ヲ別人二

湿布衫ハ実ハ「湿ツタシヤツ」トハ少々違フテ
「ヨク乾カナイシヤツ」ト意味スルノデス。

御前ニ至ツテハ
原書末ハ末ノ誤リデセウ？
ト同ジ意デスカ？
yes

頁
末カラ③行
等我説完仔了哩

我ガ説完シテ仕舞フノヲ待テテ

仔了　＝　了
　　　＝　哩

説完仔了

又ハ
右ノ三字ガ連続シテ語尾（よ）トナリマスカ？
説完仔了ガ一語デ、哩ノミガ語尾デスカ？

３３５頁

末カラ⑤行
斗門噎住。

斗門ハ

ココデスカ?

雅片ノ「キセル」デス

コレハ「烟斗」トデモ雅片ヲツケル

吸口

→火

斗門

剖面

斗門ニツケタ雅片ニモ小孔ヲ一ツアケナケレバ
ナラナイ　クツレルト斗門ガフサガレル

「咽住」トハ塞ツテ仕舞ノ。

３３６頁

末カラ④行
至描写他人之徴逐,…

他人トハ「上海
名流」以外ノ人々デス

彼等即チ 他們 ノ他デスカ?

又ハ別人ノ意ノ他デスカ?

恐ラクコッチト
思ヒマスガ、

３２７頁

末カラ④行
禿頭回道「…」

禿頭ハ渾名デスカ?
yes

=
(ハゲ)

男

女

下男

378

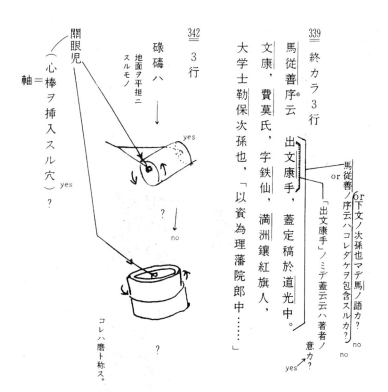

339≡ 終カラ3行

馬従善序云 出文康手、蓋定稿於道光中。

文康，費莫氏，字鉄仙，満洲鑲紅旗人，

大学士勒保次孫也，「以資為理藩院郎中……」

馬従善ノ序云マデ馬ノ語カ？　no
or
6r下文ノ次孫也マデ馬ノ語カ？　no

馬従善ノ序云ハコレダケヲ包含スルカ？　no
or
「出文康手」ノミデ蓋云云ハ著者ノ意カ？　yes

342≡ 3行

碌磚ハ
地面ヲ平担ニ
スルモノ
→
yes
?　no
コレハ磨ト称ス。
?

闕眼児
（心棒ヲ挿入スル穴）？　yes
軸＝

379

346頁
最末行
槅扇ハ
文言デ言
ヘバ「門」or「戸」
デス。

南方ノ門or戸(実ハ門ハ二枚、戸ハ一枚、併シ今ハ混用)ハ二枚
ノ方ガ多イ、板デ拵ラヘ、格子ナシ、併シ形ハ大抵、図ノ如シ。
北方ノハ一枚モノ多ク格子アリ、如下図：

コ、ハ庭or道路

室→ no

室→ yes

核＝槅？

中央ノ一枚ハ
即チ「槅扇」、
上半ハ格子、
下半ハ板。ソ
ノ外面ニ又
竹簾ヲ掛
ケル(冬ハ門
幕)

動カナイ

動ク

空間又ハ薄板 no 空間ハ紙デ張リマス。

コンナモノヲ日本デ
格子戸ト云ヒマスガ、
大体コレデセウカ？ yes

347頁
3行
穿着簇青的夜行衣靠……
衣装
or 誤植カ？no
併シ意味ハ「衣装」ト等シ。

何故、「靠」ト云フノカ？「俠客」達ノ用語デスカラ我們凡人ニハ解リ難シ。

鋪底トハ実ハ店ノ残リデス。「售」トハ家屋（大抵ハ自分ノモノデナクテ、カリ屋）ノ造作一切ノ売リ残ツタ品物ヲ人ニ譲ツル↑。看板ハ譲ヅルキト譲ラナイキアル。日本ノ「シニセ」トハジシ違フラシイ

356頁
①行
後以「鋪底」售之商人，
＝店ノ土台
＝店ノ権利＝店ノ一切ノ支配権、経営権？

360頁
最末行
最講究養心之学
道学デス。
ドンナ学問デセウ？
ドンナコアッテモ、心ガ動カナイ工夫。詰リ

359頁
最初ノ行
送他一個外号、叫他做「琉璃蛋」
＝ガラス玉
看穿サレルカラガラス玉カ？ no
ガラス玉デス。ツル〳〵スベッテ把握ノ出来ナイモノ、
要領ヲ得ナイ、狡猾ナモノ

戸部員外ハ官名。
戸部官ノ職ハ定員アルモノデスカラ、ソノ職ガアクト（死ヌカ、升進スルカ、員外タル。
順序ニソノアイタ職ニツク。ソレヲ「補缺」ト云フ。補缺一千年ニ「補缺
スルニハ一千年カ、ル（待タナケレバナラナイ）ト云フ意味デ何時ニ実
職ニツクコガ解ラナイコデス

369頁 7行

缺？ yes

戸部員外補闕一千年。

戸部＝財政部 yes 員外＝名バカリデ役ノツカナイ官名、

ツマリ、戸部ノ員外ニ一千年モ補闕（就官）シテ居ルト云 yes
シナイカモ知ラント云

フコトハ、アリ得ベカラザルコトデ、要スルニ、無官ニ自嘲自尊
官アテモ　ト等シイ
官アテモ、ル

〃9行 〝秋・葉・式・的洞門。〟

370頁 ①行

淡墨羅巾燈畔字、小風鈴佩夢中人、

or 小ナル風鈴？ yes

小風ニ鈴ヲ佩ス？ no

芭蕉ノ葉ラシイ形、
馬鹿ナ形デス。
ソノ形ハ芭蕉カラ来
タモノダト思フ。

淡墨デ羅巾ノ
上ニ書イタ（字）ハ
燈畔ノ（書イタ）
字、
小イ風ニ吹カレテ
鈴佩ガチリン〳〵
ト鳴ッテ居ルモノ
ハ夢ノ中ニマデ
見ユ人（＝イツモ
記憶シテ居ル人）

羅巾ニ書カレタ字ガ淡墨デアル？ yes

羅巾デ燈ガツクツテアル？ no

382

手モ足モ音ヲサセナイ、何ノ音モ立タセナイ ──
詰リヒソカニ這入ッテ主人ニ知セナイ為メデス。ソコニハ悪戯ノ分子ヲ含ンデ居ル

最末 ──
一路躡手躡脚的進来。

そろそろ＝徐々に？ no

チョコチョコト小走リニ急イデ」ト解釈スル字書モ
アリマスガ、コレハ間違ヒト思ヒマス。少クトモコノ場合ニハ
適合シナイヤウデス。yes

Ⓐ
番外、

道班
道台
＝

道台トハ官名─デスカ？ yes
（or民間カラ尊称シテ呼ブ名デスカ？ no

民間デハ道台ト云フガ

実際、政府カラハソンナ官名ヲ出シテ居ナイ？ no
出シテ居マス。「道」ト
云ヒマス

Ⓑ
A 大少爺
A 大老爺
A 大少爺

（父）── コレハ父ノ長子ニ限リマスカ？又ハ次子、三子
デモA大少爺ト云ヒマスカ no
或ハ二子ナラA二少爺

（子）── トハ云ヒマセンカ？ yes
三子ナラA三少爺
ソー云フ風ニ云ヒマス。

383

小説史畧原著四十六頁、八行（訳本デハ六十頁三行）

コノ反訳ハ「唐ノ張束之ガ洞冥記ノ後ニ書イテ云フ……」

又云「唐ノ張束之書洞冥記後云，漢武故事，王倹造也」

or

「唐ノ張束之ノ書、洞冥記ノ後ニ云フ……」

（書ハ名詞ト解スベキカ？　動詞ト解スベキカ？）

2.

小説史畧原著五十三頁、三行（訳本デハ七十頁十四行）

外戚伝ニ注シテ史記ト書キマシタガ、一友人ガ書ヲ寄セテ云リ

（史記デハ外戚ハ「世家」ニ入ッテ居リ、「外戚世家」ヲ検スル

ニ、ソンナ文ハ見当リマセン、班固ノ漢書ニ外戚伝アリ、

原書ニハ注ナシ、訳本ニ（史記）ト注シテ居ル。ソノ外戚伝ヲ史記ト推測スル外、仕様ナシ。古人ノ著作中ニ往々ソノ書名ヲ書キチガヒコアリ。外戚世家ヲ外戚伝トカイテ仕舞フコトモ、不思議ナコトナシ。今ノ史記ハモウ、漢、晋人ノ見タ所ノ完全ナ史記デハナイ。多クノ脱簡ガアル、ソレハ、今デハ逸失シタモノデシヤウ。兎角、小説デスカラコウ云フ風ニ推測スルホカ、仕様ナシ。併シ劉歆ノ漢書デハ決シテナイ。西京雑記ハ劉歆ノ作ダト云フノデ、此ノ一條ハ「家君」（歆ノ父向）ノ言葉ヲ記シテ居ルノデスカラ子ノ著作ヲ引用スル筈ナイ。班固ハ劉歆ヨリモオソイカラ無論ソノ漢書デナイ。

然シソレニモコノ文ハナシ、ココノ所謂「外戚伝」ハ劉歆ノ『漢書』

ナルモノヲ指スノデハナイカ？」

小生モ所謂「劉歆ノ漢書」ヲ指スノカトモ思ヒマスガ、如何デセウ？

原著六十二頁一行（訳本デハ八三頁五行）

3、

「劉敬叔字敬叔……」

右ノ「字敬叔」ノ三字ハ衍文デハナイカ？ト質問サレマシ

タ。質問者ノ意見デハ名ト字トガ同ジイコトヲ不審ニ

名ト字トガ
同一デス。衍
文デハ無イ。

思ツテ居ルラシイデス。然シ「名ト字ト同ジイ場合ハヨクアルコ

トデ、衍文デハアルマイ」ト答ヘマシタ。如何デセウ？

4、

原著七十九頁十行（訳本デハ一〇六頁十一行）

385

…下至繆惑，亦資一笑。

紕＝繆、

タゞ繆惑トスベシ。

コノ繆惑トハ世説新語ノ紕漏、惑溺ノ篇ヲ
指スモノカ？（或ハ繆字ヲ含ム篇名アル伝本ニ

然リ

拠ラレタルモノカ？）訳本に「繆惑」ト〜〜〜ヲ付シタ
ノハ誤リカ？/or「繆・惑」トスベキカ？ or タゞ「繆惑」トスベ
キカ？

5、原著八十頁六行（訳書一〇七頁）
　「三語掾」ノ解釈ヲ
　「三語掾」トハ「同ジキコトナカルベシ」トモ「ハタ同ジキ
コトナカランヤ」トモ両様ニ読マレ、ツマリ
｛「同ジクハナイ」a トモ「同ジイ」b トモ両義ニ
　同ジクハナイ a トモ 同ジイ b トモ両様ニ読マレ、ツマリ｝

「将無同」ハ晋代ノ俗語ダカラ今ニハモウ解リ兼ネル。思フニ両義ヲ含ム要領ヲ得ナイ言葉モナケレバ「同ク解ク」様ナ簡単ナ答モナイラシイ。ダカラ解釈モ多岐デアル。カモ知リマセン。即チ──「始メカラ同デナイ」or「モトヨリ同デナイ」。モトヨリ同デナイカラ「同異」ヲ問フモノハ馬鹿ダ。「同異」ヲ比較スルモノモ余計ナ┐ヲスルモンダトナル。王衍先生ガ一杯クハサレテ感心シタノデシャウ。

解釈サレル、即チ「異ナリトスレバ、異デアリ。同ジトスレバ、同ジデアル」ト云フコトヲ僅々三字デ答ヘタカラ王衍先生ガ感心シタ──ト云フ解釈スル人ガアルガ、ドウカト質問サレマシタ。小生ハ両義ニ取ル必要ハナイ、一義ノミデヨイダロウト答ヘマシタガ、如何デセウ？

原著二百二十七頁九行（訳本三〇六頁ノ注）

「潘金蓮亦作河間婦」

右ノ「河間婦」ハ「夫ヲ謀殺スル毒婦」ト云フノハ怪シイ。「現世デ夫ヲ毒殺シタ応報デ、来世デ「夫ヲ謀殺スル毒婦」トハ不合理ダ。コレハ「性的不能者ノ妻ニナルコト」デハナイカ？──

6.

コノ「三語」ハモウ意義ト関係ナシ、詰リ三字ニヨッテナッタ役人ノ┐デス。古文ニ千言＝千字、タカラ三語＝三字。

一理モ有レバ穿鑿過ギルトモ思フ。成程河間ニ関ト質問サレマシタ。ソノ理由トシテ、『河間ハ「宦官ノ名産地」

トシテ古来聞エル（後漢書ヤ新旧唐書、宋史等ノ宦
者ヲ見ルニ河間ナル字ガ屡々見エル。明史宦官
伝ニハ王振、蔣琮等河間府出身ガアリ、「清稗類
鈔」奄寺類ニハ「閹宦類多河間人」トアリ。但シ宋史
宦者伝ニ拠レバ開封ノ人ヲ最モ多シト為スヤウデアルガ、河
間府ノ宦官供給地タルハ大約元、明即チ北平定都後ノ
現象ト思フ、……」。

コノ解釈ハ如何デセウ。アマリ鑿穿シ過ギテ居ルデセ
ウカ？

番外

原著二百二十六頁末カラ二百二十七頁初メノ辺、「紅鉛」「秋石」ニツイテ
野獲編巻二十一ニ云フ「茗邵陶則用秋石，取童男小遺去頭尾，煉之如
辰砂以進，茗顧盛則用紅鉛，取童女初行月事，煉之如
解。

宦多ク出タガ
併シソノ閹宦ハ
人工的デ且ツ結
婚シナイ。性的
不能者ノ妻ニナッタ
女ヲ「河間婦」
ト呼ブ「例モ滅
多ニ見エナイ。

嘗河間ニ出タ
有名ナ毒婦
ノコトヲ記シタモ
ノヲ見タ「アル
ト覚エテ居マスガ
併シ急ニソノ書
名ヲ考エ出セナイ。
兎ニ角先ツ保留
シテ調査ヲ待チ
マショウ。

解塩、山西省
解州カラ出ル塩、
石塩ノ様ナ塊デナク
末塩ノ様ナコマカイ
粉末デモナイ。雪
花ノ様ナモノデ日
本ノ塩ニ似ル。——

海水カラ取ルモノハ皆ナコンナ形ダ
シカシ解塩
ハ土カラ取
ルモノ。

「塩以進……」
頭尾＝始ト終リ
尾＝仕マヒ
頭＝始

詰リ出ル小便ノ初メ
ノ一部分ヲ取ラナイ？
終リノ一部分モ取ラナイ
?（

未另发表。

初收 1986 年 3 月日本汲古书院版《鲁迅增田涉师弟答问集》(伊藤漱平、中岛利郎编)。